거친 들을 지나는 길손

루쉰의 정신세계 탐색

중국 루쉰연구 명가정선집 01

거친 들을 지나는 길손 루쉰의 정신세계 탐색

초판 인쇄 2021년 6월 20일 **초판 발행** 2021년 6월 30일
글쓴이 쑨위스 **옮긴이** 김언하 **펴낸이** 박성모 **펴낸곳** 소명출판 **출판등록** 제13-522호
주소 서울시 서초구 서초중앙로6길 15, 2층
전화 02-585-7840 **팩스** 02-585-7848 **전자우편** somyungbooks@daum.net **홈페이지** www.somyong.co.kr

값 22,000원   ⓒ 소명출판, 2021
ISBN 979-11-5905-233-0 94820
ISBN 979-11-5905-232-3 (세트)

중국 루쉰 연구

명 가 정 선 집

01

거친 들을 지나는 길손

루쉰의 정신세계 탐색

THE PASSING TRAVELER THROUGH THE WILDERNESS
A STUDY OF LU XUN'S SPIRITUAL WORLD

쑨위스 지음 | 김언하 역

중국 루쉰연구 명가정선집

일러두기

- 이 책은 허페이(合肥) 안후이대학출판사(安徽大學出版社)에서 2013년 6월에 출판한 중국 루쉰연구 명가정선집 『中國需要魯迅』을 한글 번역하였다.
- 가급적 원저를 그대로 옮겼으며, 설명이 필요한 경우에는 '역주'로 표시하였다.

'중국 루쉰연구 명가정선집'을 펴내며

린페이林非

100년 전인 1913년 4월, 『소설월보小說月報』 제4권 제1호에 '저우춰周逴'로 서명한 문언소설 「옛일懷舊」이 발표됐다. 이는 뒷날 위대한 문학가가 된 루쉰이 지은 것이다. 당시의 『소설월보』 편집장 윈톄차오惲鐵樵가 소설을 대단히 높이 평가해 작품의 열 곳에 방점을 찍고 또 「자오무焦木 · 부지附志」를 지어 "붓을 사용하는 일은 금침으로 사람을 구해내는 것이라 할 수 있다", "전환되는 곳마다 모두 필력을 보였다", 인물을 "진짜 살아있는 듯이 생생하게 썼다", "사물이나 풍경 묘사가 깊고 치밀하다", 또 "이해하고 파악해 문장을 논하고 한가득 미사여구를 늘어놓기에 이르지 않은" 젊은이는 "이런 문장을 본보기로 삼는 것이 아주 좋다"라고 말했다. 이런 글은 루쉰의 작품에 대한 중국의 정식 출판물의 최초의 반향이자 평론이긴 하지만, 또 문장학의 각도에서 「옛일」의 의의를 분석한 것이다.

한 위대한 인물의 출현은 개인의 천재적 조건 이외에 시대적인 기회와 주변 환경에서 비롯되기도 한다. 1918년 5월에, '5 · 4' 문학혁명의 물결 속에서 색다른 양식의 깊고 큰 울분에 찬, '루쉰'이라 서명한 소설 「광인일기狂人日記」가 『신청년新靑年』 월간 제4권 제5호에 발표됐다. 이로써 '루쉰'이란 빛나는 이름이 최초로 중국에 등장했다.

8개월 뒤인 1919년 2월 1일 출판된 『신조新潮』 제1권 제2호에서

'기자'라고 서명한 「신간 소개」에 『신청년』 잡지를 소개하는 글이 실렸다. 그 글에서 '기자'는 최초로 「광인일기」에 대해 평론하면서 루쉰의 "「광인일기」는 사실적인 필치로 상징주의symbolism 취지에 이르렀으니 참으로 중국의 으뜸가는 훌륭한 소설이다"라고 말했다.

이 기자는 푸쓰녠傅斯年이었다. 그의 평론은 문장학의 범위를 뛰어넘어 정신문화적 관점에서 중국 사상문화사에서의 루쉰의 가치를 지적했다. 루쉰은 절대로 단일한 문학가가 아닐 뿐 아니라 중국 근현대 정신문화에 전면적으로 영향을 끼친 심오한 사상가이다. 그래서 루쉰연구도 정신문화 현상의 시대적 흐름에 부응해 필연적으로 일어난 것이고, 시작부터 일반적인 순수 학술연구와 달리 어떤 측면에서는 지난 100년 동안의 중국 정신문화사의 발전 궤적을 반영하게 됐다.

이로부터 루쉰과 그의 작품에 대한 평론과 연구도 새록새록 등장해 갈수록 심오해지고 계통적이고 날로 세찬 기세를 많이 갖게 됐다. 연구자 진영도 한 세대 또 한 세대 이어져 창장의 거센 물결처럼 쉼 없이 세차게 흘러 중국 현대문학연구에서 전체 인문연구에 이르기까지 하나의 큰 경관을 형성했다. 그 가운데 주요 분수령은 마오둔茅盾의 「루쉰론魯迅論」, 취추바이瞿秋白의 「『루쉰잡감선집魯迅雜感選集』·서언序言」, 마오쩌둥毛澤東의 「신민주주의론新民主主義論」, 어우양판하이歐陽凡海의 「루쉰의 책魯迅的書」, 리핑신李平心(루쭤魯座)의 「사상가인 루쉰思想家的魯迅」 등이다. 1949년 이후에 또 펑쉐펑馮雪峰의 「루쉰 창작의 특색과 그가 러시아문학에서 받은 영향魯迅創作的特色和他受俄羅斯文學的影響」, 천융陳涌의 「루쉰소설의 현실주의를 논함論魯迅小說的現實主義」과 「문학예술의 현실주의를 위해 투쟁한 루쉰爲文學藝術的現實主義而鬪爭的魯迅」, 탕타오唐弢의 「루쉰 잡문의 예술적 특징

魯迅雜文的藝術特徵」과 「루쉰의 미학사상을 논함論魯迅的美學思想」, 왕야오王瑤의 「루쉰 작품과 중국 고전문학의 역사 관계를 논함論魯迅作品與中國古典文學的歷史關係」 등이 나왔다. 이 시기에는 루쉰연구마저도 왜곡 당했을 뿐 아니라, 특히 '문화대혁명' 중에 루쉰을 정치적인 도구로 삼아 최고 경지로 추어 올렸다. 그렇지만 이런 정치적 환경 속에서라고 해도 리허린李何林으로 대표된 루쉰연구의 실용파가 여전히 자료 정리와 작품 주석이란 기초적인 업무를 고도로 중시했고, 그 틈새에서 숨은 노력을 묵묵히 기울여왔다. 그래서 길이 빛날 의미를 지닌 많은 성과를 얻었다. 결론적으로 루쉰에 대해 우러러보는 정을 가졌건 아니면 다른 견해를 담았건 간에 모두 루쉰과 루쉰연구의 존재를 무시할 수 없다.

귀중한 것은 20세기 1980년대 이후에 루쉰연구가 사상을 제한해온 오랜 속박에서 벗어나 영역을 확장해 철학, 사회학, 심리학, 비교문학 등 새로운 시야로 루쉰 및 그의 생애와 작품에 대해 더욱 심오하고 두텁게 통일적이고 종합적으로 연구하며 해석하게 됐고, 시종 선두에 서서 중국의 사상해방운동과 학술문화업무의 발전을 촉진시키기 위해 불멸의 역사적 공훈을 세웠다. 동시에 또 왕성한 활력과 새로운 지식구조, 새로운 사유방식을 지닌 중·청년 연구자들을 등장시켰다. 이는 중국문학연구와 전체 사회과학연구 가운데서 모두 보기 드문 것이다.

그래서 이 연구자들의 저작에 대해 총결산하고 그들의 성과에 대해 진지한 검토를 하는 것이 매우 필요한 일이 되었다. 안후이安徽대학출판사가 이 무거운 짐을 지고, 학술저서의 출판이 종종 적자를 내고 경제적 이익을 얻을 수 없는 시대에 의연히 편집에 큰 공을 들여 이 '중국 루쉰연구 명가정선집中國魯迅研究名家精選集' 시리즈를 출판해 참으로 사람을 감격하게 했다. 나는 그들의 노력이 수포로 돌아갈 리 없고, 이 저작들이 중국의 루쉰연구학술사에서 틀림없이 중요한 가치를 갖고 대대로 계승돼 미래의 것을 창조해내서 중국에서 루쉰연구가 더욱 큰 발전을 이룰 것을 굳게 믿는다.

이로써 서문을 삼는다.

2013년 3월 3일

횃불이여, 영원하라
지난 100년 중국의 루쉰연구 회고와 전망

1913년 4월 25일에 출판된 『소설월보』 제4권 제1호에 '저우춰'로 서명한 문언소설 「옛일」이 발표됐다. 잡지의 편집장인 윈톄차오는 이 소설에 대해 평가하고 방점을 찍었을 뿐 아니라 또 글의 마지막에서 「자오무·부지」를 지어 소설에 대해 호평했다. 이는 상징성을 갖는 역사적 시점이다. 즉 '저우춰'가 바로 뒷날 '루쉰'이란 필명으로 세계적인 명성을 누리게 된 작가 저우수런周樹人이고, 「옛일」은 루쉰이 창작한 첫 번째 소설로서 중국 현대문학의 전주곡이 됐고, 「옛일」에 대한 윈톄차오의 평론도 중국의 루쉰연구의 서막이 됐다.

1913년부터 헤아리면 중국의 루쉰연구는 지금까지 이미 100년의 역사를 갖게 됐다. 그동안에 사회적 상황의 변화로 인해 수많은 곡절을 겪었음에도 불구하고, 그러나 여전히 저명한 전문가와 학자들이 쏟아져 나와 중요한 학술적 성과를 냈음은 물론 20세기 1980년대에 점차 중요한 영향력을 지닌 학문인 '루학魯學'을 형성하게 됐다. 지난 100년 동안의 중국의 루쉰연구사를 돌이켜보면, 정치적인 요소가 대대적으로 루쉰연구의 역사과정에 커다란 영향을 끼쳤음을 볼 수 있다. 그래서 우리도 정치적인 각도에서 중국의 루쉰연구사 100년을 대체로 중화민국 시기와 중화인민공화국 시기로 구분할 수 있다.

중화민국 시기(1913~1949)의 루쉰연구는 중국의 100년 루쉰연구의 맹아기와 기초기라고 말할 수 있다. 비공식 통계에 따르면, 이 기간

중국의 간행물에 루쉰과 관련한 글은 모두 96편이 발표됐고, 그 가운데서 루쉰의 생애와 관련한 역사 연구자료 성격의 글이 22편, 루쉰사상 연구 3편, 루쉰작품 연구 40편, 기타 31편으로 나뉜다. 이런 글 가운데 비교적 중요한 것은 장딩황張定璜이 1925년에 발표한 「루쉰 선생魯迅先生」과 저우쮜런周作人의 『아Q정전阿Q正傳』 두 편이다. 이외에 문화 방면에서 루쉰의 영향이 점차 확대됨에 따라 점차 더욱더 많은 평론가들이 루쉰과 관련한 연구에 몰두하기 시작해 1926년에 중국의 첫 번째 루쉰연구논문집인 『루쉰과 그의 저작에 관하여關於魯迅及其著作』를 출판했다.

중국의 100년 루쉰연구의 기초기는 중화민국 난징국민정부 시기(1927년 4월~1949년 9월)이다. 비공식 통계에 따르면, 이 기간에 중국의 간행물에 루쉰과 관련한 글은 모두 1,276편이 발표됐고, 그 가운데 루쉰의 생애 관련 역사 연구자료 성격의 글 336편, 루쉰사상 연구 191편, 루쉰작품 연구 318편, 기타 431편으로 나뉜다. 중요한 글에 팡비方璧(마오둔茅盾)의 「루쉰론魯迅論」, 허닝何凝(취추바이瞿秋白)의 「『루쉰잡감선집魯迅雜感選集』·서언序言」, 마오쩌둥毛澤東의 「루쉰론魯迅論」과 「신민주주의적 정치와 신민주주의적 문화新民主主義的政治與新民主主義的文化」, 저우우양周揚의 「한 위대한 민주주의자의 길一個偉大的民主主義者的路」, 루쮜魯座(리핑신李平心)의 「사상가인 루쉰思想家魯迅」과 쉬서우창許壽裳, 징쑹景末(쉬광핑許廣平), 펑쉐펑馮雪峰 등이 쓴 루쉰을 회고한 것들이 있다. 이외에 또 중국에서 출판한 루쉰연구 관련 저작은 모두 79권으로 그 가운데 루쉰의 생애와 사료연구 저작 27권, 루쉰사상 연구 저작 9권, 루쉰작품 연구 저작 9권, 기타 루쉰연구 저작(주제 연구 및 집록류輯錄類 연구 저작) 34권이다. 중요한 저작에 리창즈李長之의『루쉰 비판魯迅批判』, 루쉰기념위원회魯迅紀念委員會가 편집한『루쉰선생기념집魯迅先生紀念集』, 샤오훙蕭紅의『루쉰 선생을 추억하며回憶魯迅先生』, 위다푸郁達夫의『루쉰 추억과 기타回憶魯迅及其他』, 마오둔이 책임 편집한『루쉰을 논함論魯迅』, 쉬서우창의『루쉰의 사상과 생활魯迅的思想與生活』과『망우 루쉰 인상기亡友魯迅印象記』, 린천林辰의『루쉰사적고魯迅事迹考』, 왕스징王士菁의『루쉰전魯迅傳』 등이 있다. 이 시기의 루쉰연구가 전체적으로 말해 학술적인 수준이 높지 않다고 해도, 그러나 루쉰 관련 사료연구, 작품연구와 사상연구 등 방면에서는 중국의 100년 루쉰연구를 위한 기초를 다졌다.

중화인민공화국 시기에 루쉰연구와 발전이 걸어온 길은 비교적 복잡하다. 정치적인 요소의 영향을 받았기 때문에 여러 단계로 구분된다. 즉 발전기, 소외기, 회복기, 절정기, 분화기, 심화기가 그것이다.

중화인민공화국 '17년' 시기(1949~1966)는 중국의 100년 루쉰연구의 발전기이다. 신중국 성립 이후 당국이 루쉰을 기념하고 연구하는 업무를 매우 중시해 연이어 상하이루쉰기념관, 베이징루쉰박물관, 사오싱紹興루쉰기념관, 샤먼廈門루쉰기념관, 광둥廣東루쉰기념관 등 루쉰을 기념하는 기관을 세웠다. 또 여러 차례 루쉰 탄신 혹은 서거한 기념일에 기념행사를 개최했고, 아울러 1956년에서 1958년 사이에 신판『루쉰전집魯迅全集』을 출판했다. 『인민일보人民日報』도 수차례 현실 정치의 필요에 부응해 루쉰서거기념일에 루쉰을 기념하는 사설을 게재했다. 예를 들면「루쉰을 배워 사상투쟁을 지키자學習魯迅, 堅持思想鬪爭」(1951년 10월 19일),「루쉰의 혁명적 애국주의의 정신적 유산을 계승하자繼承魯迅的革命愛國主義的精神遺産」(1952년 10월 19일),「위대한 작가, 위대한 전사偉大的作家 偉大的戰士」(1956년 10월 19일) 등이다. 그럼으로써 학자와 작가들이 루쉰을 연구하도록 이끌었다. 정부의 대대적인 추진 아래 중국의 루쉰연구가 점차 발전하기 시작했다.

비공식 통계에 따르면 이 기간에 중국의 간행물에 발표된 루쉰연구와 관련한 글은 모두 3,206편이다. 그 가운데 루쉰의 생애 관련 역사 연구자료 성격의 글이 707편, 루쉰사상 연구 697편, 루쉰작품 연구 1,146편, 기타 656편이 있다. 중요한 글에 왕야오王瑤의 「중국문학의 유산에 대한 루쉰의 태도와 중국문학이 그에게 끼친 영향魯迅對於中國文學遺産的態度和他所受中國文學的影響」, 천융陳涌의 「한 위대한 지식인의 길一個偉大的知識分子的道路」, 저우양周揚의 「'5·4' 문학혁명의 투쟁전통을 발휘하자發揚"五四"文學革命的戰鬪傳統」, 탕타오唐弢의 「루쉰의 미학사상을 논함論魯迅的美學思想」 등이 있다. 이외에 또 중국에서 출판된 루쉰연구와 관련한 저작은 모두 162권이 있고, 그 가운데 루쉰의 생애와 사료연구 저작은 모두 49권, 루쉰사상 연구 저작 19권, 루쉰작품 연구 저작 57권, 기타 루쉰연구 저작(주제 연구 및 집록류 연구 저작) 37권이다. 중요한 저작에 『루쉰 선생 서거 20주년 기념대회 논문집魯迅先生逝世二十周年紀念大會論文集』, 왕야오의 『루쉰과 중국문학魯迅與中國文學』, 탕타오의 『루쉰 잡문의 예술적 특징魯迅雜文的藝術特徵』, 펑쉐펑의 『들풀을 논함論野草』, 천바이천陳白塵이 집필한 『루쉰魯迅』(영화 문학시나리오), 저우샤서우周遐壽(저우쭤런)의 『루쉰의 고향魯迅的故家』과 『루쉰 소설 속의 인물魯迅小說裏的人物』 그리고 『루쉰의 청년시대魯迅的靑年時代』 등이 있다. 이 시기의 루쉰연구는 루쉰작품 연구 영역, 루쉰사상 연구 영역, 루쉰 생애와 사료 연구 영역에서 모두 중요한 학술적 성과를 얻었고, 전체적인 학술적 수준도 중화민국 시기의 루쉰연구보다 최대한도로 심오해졌고, 중국의 100년 루쉰연구사에서 첫 번째로 고도로 발전한 시기이다.

중화인민공화국의 '문화대혁명' 10년 동안은 중국의 100년 루쉰연구의 소외기이다. '문화대혁명' 초기에 중국공산당 중앙이 '프롤레타리아 문화대혁명'을 발동하고, 아울러 루쉰을 빌려 중국의 '문화대혁명'을 공격하는 소련의 언론에 반격하기 위해 7만여 명이 참가한 루쉰 서거30주년 기념대회를 열었다. 여기서 루쉰을 마오쩌둥의 홍소병紅小兵(중국소년선봉대에서 이름이 바뀐 초등학생의 혁명조직으로 1978년 10월 27일에 이전 명칭과 조직을 회복했다 - 역자)으로 만들어냈고, 홍위병(1966년 5월 29일, 중고대학생을 중심으로 조직됐고, 1979년 10월에 이르러 중국공산당 중앙이 정식으로 해산을 선포했다 - 역자)에게 루쉰의 반역 정신을 배워 '문화대혁명'을 끝까지 하도록 호소했다. 이는 루쉰의 진실한 이미지를 대대적으로 왜곡했고, 게다가 처음으로 루쉰을 '문화대혁명'의 담론시스템 속에 넣어 루쉰을 '문화대혁명'에 봉사토록 이용한 것이다. 이후에 '비림비공批林批孔'운동, '우경부활풍조 반격反擊右傾飜案風'운동, '수호水滸'비판운동 중에 또 루쉰을 이 운동에 봉사토록 이용해 일정한 정치적 목적을 달성했다. '문화대혁명' 후기인 1975년 말에 마오쩌둥이 '루쉰을 읽고 평가하자讀點魯迅'는 호소를 발표해 전국적으로 루쉰 학습 열풍을 일으켰다. 이에 대대적으로 전국 각지에서 루쉰 보급업무를 추진했고, 루쉰연구가 1980년대에 활발하게 발전하는데 기초를 놓았다.

비공식 통계에 따르면 전체 '문화대혁명' 기간(1966~1976)에 중국의 간행물에 발표된 루쉰 관련 연구는 모두 1,876편이 있고, 그 가운데 루쉰 생애와 사료 관련 글이 130편, 루쉰사상 연구 660편, 루쉰작품 연구 1,018편, 기타 68편이다. 이러한 글들은 대부분 정치적 운동에 부응해 편찬된 것이다. 중요한 글에 『인민일보』가 1966년 10월 20일 루쉰 서거30주년 기념을 위해 발표한 사설 「루쉰적인 혁명의 경골한 정신을 학습하자學習魯迅的革命硬骨頭精神」, 『홍기紅旗』 잡지에 게재된 루쉰 서거30주년 기념대회에서의 야오원위안姚文元, 궈머뤄郭沫若, 쉬광평許廣平 등의 발언과 사설 「우리의 문화혁명 선구자 루쉰을 기념하자紀念我們的文化革命先驅魯迅」, 『인민일보』의 1976년 10월 19일 루쉰 서거40주년 기념을 위해 발표된 사설 「루쉰을 학습하여 영원히 진격하자學習魯迅永遠進擊」 등이 있다. 그 외에 중국에서 출판한 루쉰연구 관련 저작은 모두 213권이고, 그 가운데 루쉰 생애와 사료연구 관련 저작 30권, 루쉰 사상 연구 저작 9권, 루쉰작품 연구 저작 88권, 기타 루쉰연구 저작(주제 연구 및 집록류 연구 저작) 86권이 있다. 이러한 저작은 거의 모두 정치적 운동의 필요에 부응해 편찬된 것이기 때문에 학술적 수준이 비교적 낮다. 예를 들면 베이징대학 중문과 창작교학반이 펴낸 『루쉰작품선강魯迅作品選講』 시리즈총서, 인민문학출판사가 출판한 『루쉰을 배워 수정주의 사상을 깊이 비판하자學習魯迅深入批修』 등이 그러하다. 이 시기는 '17년' 기간에 개척한 루쉰연구의 만족스러운 국면을 이어갈 수 없었고 루쉰에 대한 학술연구는 거의 정체되었으며, 공개적으로 발표한 루쉰과 관련한 각종 논저는 거의 다 왜곡되어 루쉰을 이용한 선전물이었다. 이는 중국의 루쉰연구에 대해 말하면 의심할 바 없이 악재였다.

'문화대혁명'이 막을 내린 뒤부터 1980년에 이르는 기간(1977~1979)은 중국의 100년 루쉰연구의 회복기이다. 1976년 10월 '문화대혁명'이 막을 내렸을 때는 루쉰에 대해 '문화대혁명'이 왜곡하고 이용하면서 초래한 좋지 못한 영향이 여전히 상당한 정도로 존재하고 있었다. '문화대혁명'이 막을 내린 뒤 국가의 관련 기관이 이러한 좋지 못한 영향 제거에 신속하게 손을 댔고, 루쉰 저작의 출판 업무를 강화했으며, 신판『루쉰전집』을 출판할 준비에 들어갔다. 아울러 중국루쉰연구학회를 결성하고 루쉰연구실도 마련했다. 그리하여 루쉰연구에 대해 '문화대혁명'이 가져온 파괴적인 면을 대대적으로 수정했다. 이외에 인민문학출판사가 1974년에 지식인과 노동자, 농민, 병사의 삼결합 방식으로 루쉰저작 단행본에 대한 주석 작업을 개시했다. 그리하여 1975년 8월에서 1979년 2월까지 잇따라 의견모집본('붉은 표지본'이라고도 부른다)을 인쇄했고, '사인방'이 몰락한 뒤에 이 '의견모집본'('녹색 표지본'이라고도 부른다)들을 모두 비교적 크게 수정했고, 이후 1979년 12월부터 연속 출판했다. 1970년대 말에 '삼결합' 원칙에 근거하여 세운, 루쉰저작에 대한 루쉰저작에 대한 주석반의 각 판본의 주석이 분명한 시대적 색채를 갖지만, '문화대혁명' 기간의 루쉰저작에 대한 왜곡이나 이용과 비교하면 다소 발전된 것임을 의심할 여지는 없다. 그래서 이러한 '붉은 표지본' 루쉰저작 단행본은 '사인방'이 몰락한 뒤에 신속하게 수정된 뒤 '녹색 표지본'의 형식으로 출판됨으로써 '문화대혁명' 뒤의 루쉰 전파에 중요한 공헌을 했다.

비공식 통계에 따르면, 이 동안에 중국의 간행물에 발표된 루쉰 관련 연구는 모두 2,243편이고, 그 가운데 루쉰의 생애와 사료 관련 179편, 루쉰사상 연구 692편, 루쉰작품 연구 1,272편, 기타 100편이 있다. 중요한 글에 천융의「루쉰사상의 발전 문제에 관하여關於魯迅思想發展問題」, 탕타오의「루쉰 사상의 발전에 관한 문제關於魯迅思想發展的問題」,

위안량쥔袁良駿의 「루쉰사상 완성설에 대한 질의魯迅思想完成說質疑」, 린페이林非와 류짜이푸劉再復의 「루쉰이 '5·4' 시기에 제창한 '민주'와 '과학'의 투쟁魯迅在五四時期倡導"民主"和"科學"的鬪爭」, 리시판李希凡의 「'5·4' 문학혁명의 투쟁적 격문-'광인일기'로 본 루쉰소설의 '외침' 주제"五四"文學革命的戰鬪檄文-從『狂人日記』看魯迅小說的"吶喊"主題」, 쉬제許傑의 「루쉰 선생의 '광인일기' 다시 읽기重讀魯迅先生的『狂人日記』」, 저우젠런周建人의 「루쉰의 한 단면을 추억하며回憶魯迅片段」, 펑쉐펑의 「1936년 저우양 등의 행동과 루쉰이 '민족혁명전쟁 속의 대중문학' 구호를 제기한 경과 과정과 관련하여有關一九三六年周揚等人的行動以及魯迅提出"民族革命戰爭中的大衆文學"口號的經過」, 자오하오성趙浩生의 「저우양이 웃으며 역사의 공과를 말함周揚笑談歷史功過」 등이 있다. 이외에 중국에서 출판한 루쉰연구 관련 저작은 모두 134권이고, 그 가운데 루쉰의 생애와 사료 연구 관련 저작 27권, 루쉰사상연구 저작 11권, 루쉰작품 연구 저작 42권, 기타 루쉰연구 저작(주제연구 및 집록류 연구 저작) 54권이다. 중요한 저작에 위안량쥔의 『루쉰사상논집魯迅思想論集』, 린페이의 『루쉰소설논고魯迅小說論稿』, 류짜이푸의 『루쉰과 자연과학魯迅與自然科學』, 주정朱正의 『루쉰회고록 정오魯迅回憶錄正誤』 등이 있다. 전체적으로 말하면 이 시기의 루쉰연구는 '문화대혁명'이 루쉰을 왜곡한 현상에 대해 바로잡고 점차 정확한 길을 걷고, 또 잇따라 중요한 학술적 성과를 얻었으며, 1980년대의 루쉰연구를 위해 만족스런 기초를 다졌다.

20세기 1980년대는 중국의 100년 루쉰연구의 절정기이다. 1981년에 중국공산당 중앙이 '문화대혁명'의 영향을 철저하게 제거하기 위해 인민대회당에서 루쉰 탄신100주년을 위한 기념대회를 성대하게 거행했다. 그리하여 '문화대혁명' 시기에 루쉰을 왜곡하고 이용하면서 초래된 좋지 못한 영향을 최대한도로 청산했다. 후야오방胡耀邦은 중국공산당을 대표한 「루신 탄신100주년 기념대회에서의 연설在魯迅誕生一百周年紀念大會上的講話」에서 루쉰정신에 대해 아주 새로이 해석하고, 아울러 루쉰연구 업무에 대해 새로운 요구 사항을 제기했다. 『인민일보』가 1981년 10월 19일에 사설 「루쉰정신은 영원하다魯迅精神永在」를 발표했다. 여기서 루쉰정신을 당시의 세계 및 중국 정세와 결합시켜 새로이 해독하고, 루쉰정신을 계승하고 발전시킬 중요한 현실적 의미를 제기했다. 그리고 전국 인민에게 '루쉰을 배우자, 루쉰을 연구하자'고 호소했다. 그리하여 루쉰에 대한 전국적 전파를 최대한 촉진시켜 1980년대 루쉰연구의 열풍을 일으켰다. 왕야오, 탕타오, 리허린 등 루쉰연구의 원로 전문가들이 '문화대혁명'을 겪은 뒤에 다시금 학술연구 업무를 시작하여 중요한 루쉰연구 논저를 저술했고, 아울러 193,40년대에 출생한 루쉰연구 전문가들이 쏟아져 나왔다. 예를 들면 린페이, 쑨위스孫玉石, 류짜이푸, 왕푸런王富仁, 첸리췬錢理群, 양이楊義, 니모옌倪墨炎, 위안량쥔, 왕더허우王德後, 천수위陳漱渝, 장멍양張夢陽, 진훙다金宏達 등이다. 이들은 중국의 루쉰연구를 시대의 두드러진 학파가 되도록 풍성하게 가꾸어 민족의 사상해방 면에서 중요한 작용을 발휘하도록 했다. 그러나 1980년대 말에 정치적인 이유로 인해 루쉰은 또 당국에 의해 점차 주변부화되었다.

비공식 통계에 따르면 20세기 1980년대 10년 동안에 중국 전역에서 루쉰연구와 관련한 글은 모두 7,866편이 발표됐고, 그 가운데 루쉰 생애 및 사적과 관련한 글 935편, 루쉰사상 연구 2,495편, 루쉰작품 연구

3,406편, 기타 1,030편이 있다. 루쉰의 생애 및 사적과 관련해 중요한 글에 후펑胡風의 「'좌련'과 루쉰의 관계에 관한 약간의 회상關於"左聯"及與魯迅關係的若干回憶」, 옌위신閻愈新의 「새로 발굴된 루쉰이 홍군에게 보낸 축하 편지魯迅致紅軍賀信的新發現」, 천수위의 「새벽이면 동쪽 하늘에 계명성 뜨고 저녁이면 서쪽 하늘에 장경성 뜨니-루쉰과 저우쭤런이 불화한 사건의 시말東有啓明西有長庚-魯迅周作人失和前後」, 멍수훙蒙樹宏의 「루쉰 생애의 역사적 사실 탐색魯迅生平史實探微」 등이 있다. 또 루쉰사상 연구의 중요한 글에 왕야오의 「루쉰사상의 한 가지 중요한 특징-깨어있는 현실주의魯迅思想的一個重要特點-淸醒的現實主義」, 천융의 「루쉰과 프롤레타리아문학 문제魯迅與無産階級文學問題」, 탕타오의 「루쉰의 초기 '인생을 위한' 문예사상을 논함論魯迅早期"爲人生"的文藝思想」, 첸리췬의 「루쉰의 심리 연구魯迅心態硏究」와 「루쉰과 저우쭤런의 사상 발전의 길에 대한 시론試論魯迅與周作人的思想發展道路」, 진훙다의 「루쉰의 '국민성 개조' 사상과 그 문화 비판魯迅的"改造國民性"思想及其文化批判」 등이 있다. 루쉰작품 연구의 중요한 글에는 왕야오의 「루쉰과 중국 고전문학魯迅與中國古典文學」, 옌자옌嚴家炎의 「루쉰 소설의 역사적 위상魯迅小說的歷史地位」, 쑨위스의 「'들풀'과 중국 현대 산문시『野草』與中國現代散文詩」, 류짜이푸의 「루쉰의 잡감문학 속의 '사회상' 유형별 형상을 논함論魯迅雜感文學中的"社會相"類型形象」, 왕푸런의 『중국 반봉건 사상혁명의 거울-'외침'과 '방황'의 사상적 의미를 논함中國反封建思想革命的一面鏡子-論『吶喊』『彷徨』的思想意義』과 「인과적 사슬 두 줄의 변증적 통일-'외침'과 '방황'의 구조예술兩條因果鏈的辨證統一-『吶喊』『彷徨』的結構藝術」, 양이의 「루쉰소설의 예술적 생명력을 논함論魯迅小說的藝術生命力」, 린페이의 「'새로 쓴 옛날이야기'와 중국 현대문학 속의 역사제재소설을 논함論『故事新編』與中國現代文學中的歷

史題材小說」, 왕후이汪暉의「역사적 '중간물'과 루쉰소설의 정신적 특징歷史的"中間物"與魯迅小說的精神特徵」과「자유 의식의 발전과 루쉰소설의 정신적 특징自由意識的發展與魯迅小說的精神特徵」 그리고「'절망에 반항하라'의 인생철학과 루쉰소설의 정신적 특징"反抗絶望"的人生哲學與魯迅小說的精神特徵」 등이 있다. 그리고 기타 중요한 글에 왕후이의「루쉰연구의 역사적 비판魯迅研究的歷史批判」, 장멍양의「지난 60년 동안 루쉰잡문 연구의 애로점을 논함論六十年來魯迅雜文研究的症結」 등이 있다. 이외에 중국에서 출판한 루쉰연구에 관한 저작은 모두 373권으로, 그 가운데 루쉰 생애와 사료 연구 저작 71권, 루쉰사상 연구 저작 43권, 루쉰작품 연구 저작 102권, 기타 루쉰연구 저작(주제 연구 및 집록류 연구 저작) 157권이 있다. 저명한 루쉰연구 전문가들이 중요한 루쉰연구 저작을 출판했고, 예를 들면 거바오취안戈寶權의『세계문학에서의 루쉰의 위상魯迅在世界文學上的地位』, 왕야오의『루쉰과 중국 고전소설魯迅與中國古典小說』과『루쉰작품논집魯迅作品論集』, 탕타오의『루쉰의 미학사상魯迅的美學思想』, 류짜이푸의『루쉰미학사상논고魯迅美學思想論稿』, 천융의『루쉰론魯迅論』, 리시판의『'외침'과 '방황'의 사상과 예술「吶喊」「彷徨」的思想與藝術』, 쑨위스의『'들풀' 연구「野草」研究』, 류중수劉中樹의『루쉰의 문학관魯迅的文學觀』, 판보췬范伯群과 쩡화펑曾華鵬의『루쉰소설신론魯迅小說新論』, 니모옌의『루쉰의 후기사상 연구魯迅後期思想研究』, 왕더허우의『'두 곳의 편지' 연구「兩地書」研究』, 양이의『루쉰소설 종합론魯迅小說綜論』, 왕푸런의『루쉰의 전기 소설과 러시아문학魯迅前期小說與俄羅斯文學』, 진훙다의『루쉰 문화사상 탐색魯迅文化思想探索』, 위안량쥔의『루쉰연구사(상권)魯迅研究史上卷』, 린페이와 류짜이푸의 공저『루쉰전魯迅傳』및 루쉰탄신100주년기념위원회 학술활동반이 편집한『루쉰 탄신 100주년기념

학술세미나논문선紀念魯迅誕生100周年學術討論會論文選』등이 있다. 전체적으로 말하면 이 시기의 루쉰연구는 중국의 100년 루쉰연구사상의 폭발기로 '문화대혁명' 10년 동안의 억압을 겪은 뒤, 왕야오, 탕타오 등으로 대표되는 원로 세대 학자, 왕푸런, 첸리췬 등으로 대표된 중년 학자, 왕후이 등으로 대표되는 청년학자들이 루쉰사상 연구 영역과 루쉰작품 연구 영역에서 모두 풍성한 연구 성과를 거두었다. 아울러 저명한 루쉰연구 전문가들이 쏟아져 나왔을 뿐 아니라 중국 루쉰연구의 발전을 최대로 촉진시켰고, 루쉰연구를 민족의 사상해방 면에서 선도적인 핵심 작용을 발휘하도록 했다.

20세기 1990년대는 중국의 100년 루쉰연구의 분화기이다. 1990년대 초에, 1980년대 이래 중국에 나타난 부르주아 자유화 사조를 청산하기 위해 중국공산당 중앙이 1991년 10월 19일 루쉰 탄신110주년 기념을 위하여 루쉰 기념대회를 중난하이中南海에서 대대적으로 거행했다. 장쩌민江澤民이 중국공산당 중앙을 대표해 「루쉰정신을 더 나아가 학습하고 발휘하자進一步學習和發揚魯迅精神」는 연설을 했다. 그는 이 연설에서 새로운 형세에 따라 루쉰에 대해 새로운 해독을 하고, 아울러 루쉰연구 및 전체 인문사회과학연구에 대해 새로운 요구 사항을 제기하고 또 새로운 방향을 제시했다. 루쉰을 본보기와 무기로 삼아 사상문화전선의 정치적 방향을 명확하게 바로잡았던 것이다. 이로 인해 루쉰도 재차 신의 제단에 초대됐다. 하지만 시장경제의 발전에 따라 시장경제라는 큰 흐름의 충격 아래 1990년대 중·후기에 당국이 다시 점차 루쉰을 주변부화시키면서 루쉰연구도 점차 시들해졌다. 하지만 195, 60년대에 태어난 중·청년 루쉰연구 전문가들이 줄줄이 나타났다. 예를 들면 왕후이, 장푸구이張福貴, 왕샤오밍王曉明, 양젠룽楊劍龍, 황젠黃健, 가오쉬둥高旭東, 주샤오진朱曉進, 왕첸쿤王乾坤, 쑨위孫郁, 린셴즈林賢治, 왕시룽王錫榮, 리신위李新宇, 장훙張閎 등이 새로운 이론과 새로운 연구 방법으로 루쉰연구의 공간을 더 나아가 확장했다. 1990년대 말에 한둥韓冬 등 일부 젊은 작가와 거훙빙葛紅兵 등 젊은 평론가들이 루쉰을 비판하는 열풍도 일으켰다. 이 모든 것이 다 루쉰이 이미 신의 제단에서 내려오기 시작했음을 나타냈다.

비공식 통계에 따르면 20세기 1990년대에 중국에서 발표된 루쉰연구 관련 글은 모두 4,485편이다. 그 가운데 루쉰 생애와 사적 관련 글 549편, 루쉰사상 연구 1,050편, 루쉰작품 연구 1,979편, 기타 907편이다. 루쉰 생애와 사적과 관련된 중요한 글에 저우정장周正章의 「루쉰의 사인에 대한 새 탐구魯迅死因新探」, 우쥔吳俊의 「루쉰의 병력과 말년의 심리魯迅的病史與暮年心理」 등이 있다. 또 루쉰사상 연구 관련 중요한 글에 린셴즈의 「루쉰의 반항철학과 그 운명魯迅的反抗哲學及其命運」, 장푸구이의 「루쉰의 종교관과 과학관의 역설魯迅宗教觀與科學觀的悖論」, 장자오이張釗貽의 「루쉰과 니체의 '반현대성'의 의기투합魯迅與尼采"反現代性"的契合」, 왕첸쿤의 「루쉰의 세계적 철학 해독魯迅世界的哲學解讀」, 황젠의 「역사 '중간물'의 가치와 의미-루쉰의 문화의식을 논함歷史"中間物"的價值與意義-論魯迅的文化意識」, 리신위의 「루쉰의 사람의 문학 사상 논강魯迅人學思想論綱」, 가오위안바오郜元寶의 「루쉰과 현대 중국의 자유주의魯迅與中國現代的自由主義」, 가오위안둥高遠東의 「루쉰과 묵자의 사상적 연계를 논함論魯迅與墨子的思想聯系」 등이 있다. 루쉰작품 연구의 중요한 글에는 가오쉬둥의 「루쉰의 '악'의 문학과 그 연원을 논함論魯迅"惡"的文學及其淵源」, 주샤오진의 「루쉰 소설의 잡감화 경향魯迅小說的雜感化傾向」, 왕자랑王嘉良의 「시정 관념-루쉰 잡감문학의 시학 내용詩情觀念-魯迅雜感文學的詩學內蘊」, 양젠룽의 「상호텍스트성-루쉰의 향토소설의 의향 분석文本互涉-魯迅鄕土小說的意向分析」, 쉐이薛毅의 「'새로 쓴 옛날이야기'의 우언성을 논함論『故事新編』的寓言性」, 장훙의 「'들풀' 속의 소리 이미지『野草』中的聲音意象」 등이 있다. 이외에 기타 중요한 글에 펑딩안彭定安의 「루쉰학-중국 현대문화 텍스트의 이론적 구조魯迅學-中國現代文化文本的理論構造」, 주샤오진의 「루쉰의 문체 의식과 문체 선택魯迅的文體意識及其文體選擇」, 쑨위의 「당대문학과 루쉰 전통當代文學與魯迅傳統」 등이 있다. 그밖에 중국에서 출판된 루쉰연구 관련 저작은 모두 220권으로, 그 가운데 루쉰 생애 및 사료 연구와 관련된 저작 50권, 루쉰사상 연구 저작 36권, 루쉰작품 연구 저작 61권, 기타 루쉰연구 저작(주제 연구 및 집록류 연구 저작) 73권이 있다. 그 가운데 중요한 루쉰의 생애 및 사료 연구와 관련된 저작에 왕샤오밍의 『직면할 수 없는 인생-루쉰전無法直面的人生-魯迅傳』, 우쥔의 『루쉰의 개성과 심리 연구魯迅個性心理研究』, 쑨위의 『루쉰과 저우쭤런魯迅與周作人』, 린셴즈의 『인간 루쉰人間魯迅』, 왕빈빈王彬彬의 『루쉰 말년의 심경魯迅-晚年情懷』 등이 있다. 또 루쉰사상 연구 관련 중요한 저작에 왕후이의 『절망에 반항하라-루쉰의 정신구조와 '외침'과 '방황' 연구反抗絶望-魯迅的精神結構與「吶喊」「彷徨」研究』, 가오쉬둥의 『문화적 위인과 문화적 충돌-중서 문화충격의 소용돌이 속에 있는 루쉰文化偉人與文化衝突-魯迅在中西文化撞擊的漩渦中』, 왕첸쿤의 『중간에서 무한 찾기-루쉰의 문화가치관由中間尋找無限-魯迅的文化價値觀』과 『루쉰의 생명철학魯迅的生命哲學』, 황젠의 『반성과 선택-루쉰의 문화관에 대한 다원적 투시反省與選擇-魯迅文化觀的多維透視』 등이 있다. 루쉰작품 연구 관련 중요한 저작에는 양이의 『루쉰

작품 종합론』, 린페이의 『중국 현대소설사에서의 루쉰中國現代小說史上的魯迅』, 위안량쥔의 『현대산문의 정예부대現代散文的勁旅』, 첸리췬의 『영혼의 탐색心靈的探尋』, 주샤오진의 『루쉰 문학관 종합론魯迅文學觀綜論』, 장멍양의 『아Q신론-아Q와 세계문학 속의 정신적 전형문제阿Q新論-阿Q與世界文學中的精神典型問題』 등이 있다. 그리고 기타 루쉰연구 저작(주제 연구 및 집록류 연구 저작)에 위안량쥔의 『당대 루쉰연구사當代魯迅研究史』, 왕푸런의 『중국 루쉰연구의 역사와 현황中國魯迅研究的歷史與現狀』, 천팡징陳方競의 『루쉰과 저둥문화魯迅與浙東文化』, 예수쑤이葉淑穗의 『루쉰의 유물로 루쉰을 알다從魯迅遺物認識魯迅』, 리윈징李允經의 『루쉰과 중외미술魯迅與中外美術』 등이 있다. 전체적으로 말하면 루쉰이 1990년대 중·후기에 신의 제단을 내려오기 시작함에 따라서 중국의 루쉰연구가 비록 시장경제의 커다란 충격을 받기는 했어도, 여전히 중년 학자와 새로 배출된 젊은 학자들이 새로운 이론과 연구방법을 채용해 루쉰사상 연구 영역과 루쉰작품 연구 영역에서 계속 상징적인 성과물들을 내놓았다. 1990년대의 루쉰연구의 성과가 비록 수량 면에서 분명히 1980년대의 루쉰연구의 성과보다는 떨어진다고 해도 그러나 학술적 수준 면에서는 1980년대의 루쉰연구의 성과보다 분명히 높았다고 말할 수 있다. 이러한 현상은 루쉰연구가 이미 기본적으로 정치적 요소의 영향에서 벗어나 정상궤도로 진입했고, 아울러 큰 정도에서 루쉰연구의 공간이 개척되었음을 나타내고 있다고 말할 수 있다.

21세기의 처음 10년은 중국의 100년 루쉰연구의 심화기이다. 21세기에 들어서면서 루쉰을 기념하는 행사를 개최하려는 당국의 열의는 현저히 식었다. 2001년 루쉰 탄신120주년 무렵에 당국에서는 루쉰기념대회를 개최하지 않았고 국가 최고지도자도 루쉰에 관한 연설을 발표하지 않았을 뿐 아니라『인민일보』도 루쉰에 관한 사설을 더 이상 발표하지 않았다. 이와 동시에 루쉰을 비판하는 발언이 새록새록 등장했다. 이는 루쉰이 이미 신의 제단에서 완전히 내려와 사람의 사회로 되돌아갔음을 상징한다. 하지만 중국의 루쉰연구는 오히려 꾸준히 발전하였다. 옌자옌, 쑨위스, 첸리췬, 왕푸런, 왕후이, 정신링鄭心伶, 장멍양, 장푸구이, 가오쉬둥, 황젠, 쑨위, 린셴즈, 왕시룽, 장전창姜振昌, 쉬쭈화許祖華, 진충린靳叢林, 리신위 등 학자들이 루쉰연구의 진지를 더욱 굳게 지켰다. 더불어 가오위안바오, 왕빈빈, 가오위안둥, 왕쉐첸王學謙, 왕웨이둥汪衛東, 왕자핑王家平 등 1960년대에 출생한 루쉰연구 전문가들도 점차 성장하면서 루쉰연구를 계속 전수하게 되었다.

2000년에서 2009년까지 비공식 통계에 따르면 중국에서 발표한 루쉰연구 관련 글은 7,410편으로, 그 가운데 루쉰 생애와 사료 관련 글 759편, 루쉰사상 연구 1,352편, 루쉰작품 연구 3,794편, 기타 1,505편이 있다. 루쉰 생애 및 사적과 관련된 중요한 글에 옌위신의「루쉰과 마오둔이 홍군에게 보낸 축하편지 다시 읽기再讀魯迅茅盾致紅軍賀信」, 천핑위안陳平原의「경전은 어떻게 형성된 것인가?-저우씨 형제의 후스를 위한 산시고經典是如何形成的-周氏兄弟爲胡適刪詩考」, 왕샤오밍의「'비스듬히 선' 운명"橫站"的命運」, 스지신史紀辛의「루쉰과 중국공산당과의 관계의 어떤 사실 재론再論魯迅與中國共産黨關係的一則史實」, 첸리췬의「예술가로서의 루쉰作爲藝術家的魯迅」, 왕빈빈의「루쉰과 중국 트로츠키파의 은원魯迅與中國托派的恩怨」 등이 있다. 또 루쉰사상 연구의 중요한 글에 왕푸런의「시간, 공간, 사람-루쉰 철학사상에 대한 몇 가지 견해時間·空間·人-魯迅哲學思想

芻議」, 원루민溫儒敏의 「문화적 전형에 대한 루쉰의 탐구와 우려魯迅對文化典型的探求與焦慮」, 첸리췬의 「'사람을 세우다'를 중심으로 삼다-루쉰 사상과 문학의 논리적 출발점以"立人"爲中心-魯迅思想與文學的邏輯起點」, 가오쉬 등의 「루쉰과 굴원의 심층 정신의 연계를 논함論魯迅與屈原的深層精神聯系」, 가오위안바오의 「세상을 위해 마음을 세우다-루쉰 저작 속에 보이는 마음 '심'자 주석爲天地立心-魯迅著作中所見"心"字通詮」 등이 있다. 그리고 루쉰 작품 연구의 중요한 글에 옌자옌의 「다성부 소설-루쉰의 두드러진 공헌復調小說-魯迅的突出貢獻」, 왕푸런의 「루쉰 소설의 서사예술魯迅小說的敘事藝術」, 팡쩡위逄增玉의 「루쉰 소설 속의 비대화성과 실어 현상魯迅小說中的非對話性和失語現象」, 장전창의 「'외침'과 '방황'-중국소설 서사방식의 심층 변화『吶喊』『彷徨』-中國小說敘事方式的深層嬗變」, 쉬쭈화의 「루쉰 소설의 기본적 환상과 음악魯迅小說的基本幻象與音樂」 등이 있다. 또 기타 중요한 글에는 첸리췬의 「루쉰-먼 길을 간 뒤(1949~2001)魯迅-遠行之後1949~2001」, 리신위의 「1949-신시기로 들어선 루쉰1949-進入新時代的魯迅」, 리지카이李繼凱의 「루쉰과 서예 문화를 논함論魯迅與書法文化」 등이 있다. 이외에 중국에서 출판한 루쉰연구 관련 저작은 모두 431권이다. 그 가운데 루쉰 생애 및 사료 연구 관련 저작 96권, 루쉰사상 연구 저작 55권, 루쉰작품 연구 저작 67권, 기타 루쉰연구 저작(주제 연구 및 집록류 연구 저작) 213권이다. 그 가운데 루쉰 생애 및 사료 연구의 중요한 저작에 니모옌의 『루쉰과 쉬광핑魯迅與許廣平』, 왕시룽의 『루쉰 생애의 미스테리魯迅生平疑案』, 린셴즈의 『루쉰의 마지막 10년魯迅的最後十年』, 저우하이잉周海嬰의 『나의 아버지 루쉰魯迅與我七十年』 등이 있다. 또 루쉰사상 연구의 중요한 저작에 첸리췬의 『루쉰과 만나다與魯迅相遇』, 리신위의 『루쉰의 선

택魯迅的選擇』, 주서우퉁朱壽桐의 『고립무원의 기치-루쉰의 전통과 그
자원의 의미를 논함孤絶的旗幟-論魯迅傳統及其資源意義』, 장닝張寧의 『수많은
사람과 한없이 먼 곳-루쉰과 좌익無數人們與無窮遠方-魯迅與左翼』, 가오위
안둥의 『현대는 어떻게 '가져왔나'?-루쉰 사상과 문학 논집現代如何"拿
來"-魯迅思想與文學論集』 등이 있다. 루쉰작품 연구의 중요한 저작에 쑨위
스의 『현실적 및 철학적 '들풀' 연구現實的與哲學的-「野草」硏究』, 왕푸런의
『중국 문화의 야경꾼 루쉰中國文化的守夜人-魯迅』, 첸리췬의 『루쉰 작품을
열다섯 가지 주제로 말함魯迅作品十五講』 등이 있다. 그리고 주제 연구 및
집록류 연구의 중요한 저작에는 장멍양의 『중국 루쉰학 통사中國魯迅學通
史』, 펑딩안의 『루쉰학 개론魯迅學導論』, 펑광롄馬光廉의 『다원 시야 속의
루쉰多維視野中的魯迅』, 첸리췬의 『먼 길을 간 뒤-루쉰 접수사의 일종 묘
사(1936~2000)遠行之後-魯迅接受史的一種描述1936~2000』, 왕자핑의 『루쉰의
해외 100년 전파사(1909~2008)魯迅域外百年傳播史1909~2008』 등이 있다.
전체적으로 말하면, 21세기 처음 10년의 루쉰연구는 기본적으로 정
치적인 요소의 영향에서 벗어났고, 루쉰작품에 대한 연구에 더욱 치
중했으며, 루쉰작품의 문학적 가치와 미학적 가치를 훨씬 중시했다.
그래서 얻은 학술적 성과는 수량 면에서 중국의 100년 루쉰연구의 절
정기에 이르렀을 뿐 아니라 학술적 수준 면에서도 중국의 100년 루쉰
연구의 절정기에 이르렀다.

　21세기 두 번째 10년에 들어서면서 중국의 루쉰연구는 노년, 중
년, 청년 등 세 세대 학자의 노력으로 여전히 만족스러운 발전을 보
인 시기이다.

　비공식 통계에 따르면 2010년 중국에서 발표된 루쉰 관련 글은 모

두 977편이고, 그 가운데 루쉰 생애 및 사료 관련 글 140편, 루쉰사상 연구 148편, 루쉰작품 연구 531편, 기타 158편이다. 이외에 2010년에 중국에서 출판된 루쉰 관련 연구 저작은 모두 37권이고, 그 가운데 루쉰 생애 및 사료 관련 연구 저작 7권, 루쉰사상 연구 저작 4권, 루쉰작품 연구 저작 3권, 기타 루쉰연구 저작(주제 연구 및 집록류 연구 저작) 23권이다. 대부분이 모두 루쉰연구와 관련된 옛날의 저작을 새로이 찍어냈다. 새로 출판한 루쉰연구의 중요한 저작에 왕더허우의 『루쉰과 공자魯迅與孔子』, 장푸구이의 『살아있는 루쉰—루쉰의 문화 선택의 당대적 의미"活着的魯迅"—魯迅文化選擇的當代意義』, 우캉吳康의 『글쓰기의 침묵—루쉰 존재의 의미書寫沈默—魯迅存在的意義』 등이 있다. 2011년 중국에서 발표된 루쉰 관련 글은 모두 845편이고, 그 가운데 루쉰 생애 및 사료 관련 글 128편, 루쉰사상 연구 178편, 루쉰작품 연구 279편, 기타 260편이다. 이외에 2011년 한 해 동안 중국에서 출판된 루쉰 관련 연구 저작은 모두 66권이고, 그 가운데 루쉰 생애 및 사료 관련 연구 저작 18권, 루쉰사상 연구 저작 12권, 루쉰작품 연구 저작 8권, 기타 루쉰연구 저작(주제 연구 및 집록류 연구 저작) 28권이다. 중요한 저작에 류짜이푸의 『루쉰론魯迅論』, 저우링페이周令飛가 책임 편집한 『루쉰의 사회적 영향 조사보고魯迅社會影響調查報告』, 장자오이의 『루쉰, 중국의 '온화'한 니체魯迅—中國"溫和"的尼采』 등이 있다. 2012년에 중국에서 발표된 루쉰 관련 글은 모두 750편이고, 그 가운데 루쉰 생애 및 사료 관련 글 105편, 루쉰사상 연구 148편, 루쉰작품 연구 260편, 기타 237편이다. 이외에 2012년 한 해 동안 중국에서 출판된 루쉰 관련 연구 저작은 모두 37권이고, 그 가운데 루쉰 생애 및 사료 관련 연구 저작 14권,

루쉰사상 연구 저작 4권, 루쉰작품 연구 저작 8권, 기타 루쉰연구 저작(주제 연구 및 집록류 연구 저작) 11권이다. 중요한 저작에 쉬쭈화의『루쉰 소설의 예술적 경계 허물기 연구魯迅小說跨藝術研究』, 장멍양의『루쉰전魯迅傳』(제1부), 거타오葛濤의『'인터넷 루쉰' 연구"網絡魯迅"研究』등이 있다. 상술한 통계 숫자에서 현재 중국의 루쉰연구는 21세기 처음 10년에 얻은 성과를 바탕으로 계속 만족스러운 발전 시기에 있었음을 알수 있다.

마지막으로 지난 100년 동안의 루쉰연구사를 돌이켜보면 중국에서 발표된 루쉰연구 관련 글과 출판된 루쉰연구 논저에 대해서도 거시적으로 숫자적인 분석이 필요하다. 비공식 통계에 따르면 1913년에서 2012년까지 중국에서 발표된 루쉰과 관련한 글은 모두 31,030편이다. 그 가운데 루쉰 생애 및 사료 관련 글이 3,990편으로 전체 수량의 12.9%, 루쉰사상 연구 7,614편으로 전체 수량의 24.5%, 루쉰작품 연구 14,043편으로 전체 수량의 45.3%, 기타 5,383편으로 전체 수량의 17.3%를 차지한다. 상술한 통계 결과에서 중국의 루쉰연구는 전체적으로 루쉰작품과 관련한 글이 주로 발표되었고, 그다음은 루쉰사상 연구와 관련한 글이다. 가장 취약한 부분은 루쉰의 생애 및 사료와 관련해 연구한 글임을 알 수 있다. 루쉰연구계가 앞으로 더 나아가 이 영역의 연구를 보강할 수 있기를 희망한다. 이외에 통계 결과에서 다음과 같은 사실도 알 수 있다. 중화민국 기간(1913~1949년 9월)에 발표된 루쉰연구와 관련한 글은 모두 1,372편으로, 중국의 루쉰연구 글의 전체 분량의 4.4%를 차지하고 매년 평균 38편씩 발표되었다. 중화인민공화국 시기에 발표된 루쉰연구와 관련한 글은 모두 29,658편으로 중국의 루쉰연구 글의 전체 분량의 95.6%를 차지하며 매년 평균 470편씩 발표되었다. 그 가운데 '문화대혁명' 후기의 3년(1977~1979), 20세기 1980년대(1980~1989)와 21세기 처음 10년 기간(2000~2009)은 루쉰연구와 관련한 글의 풍작 시기이고, 중국의 루쉰연구 문장 가운데서 56.4%(모두 17,519편)에 달하는 글이 이 세 시기 동안에 발표된 것이다. 그 가운데 '문화대혁명' 후기의 3년 동안에 해마다 평균 748편씩 발표되었고, 또 20세기 1980년대에는 해마다 평균 787편씩 발표되었으며, 또한 21세기 처음 10년 동안에는 해마다 평균 740편씩 발표되었다. 이외에 '17년' 기간(1949년 10월~1966년 5월)과 '문화대혁명' 기간(1966~1976)은 신중국 성립 뒤에 루쉰연구와 관련한 글의 발표에 있어서 침체기이다. 그 가운데 '17년' 기간에는 루쉰연구와 관련한 글이 모두 3,206편으로 매년 평균 188편씩 발표되었고, '문화대혁명' 기간에 루쉰연구와 관련한 글은 1,876편으로 매년 평균 187편씩 발표되었다. 하지만 20세기 1990년대는 루쉰연구와 관련한 글의 발표에 있어서 안정기로 4,485편이 발표되어 매년 평균 448편이 발표되었다. 이 수치는 신중국 성립 뒤 루쉰연구와 관련한 글이 발표된 매년 평균 451편과 비슷하다.

이외에 비공식 통계에 따르면 중국에서 루쉰연구와 관련해 발표된 저작은 모두 1,716권이고, 그 가운데서 루쉰 생애 및 사료 관련 연구 저작이 382권으로 전체 수량의 22.3%, 루쉰사상 연구 저작 198권으로 전체 수량의 11.5%, 루쉰작품 연구 저작 442권으로 전체 수량의 25.8%, 기타 루쉰연구 저작(주제 연구 및 집록류 연구 저작) 694권으로 전체 수량의 40.4%를 차지한다. 상술한 통계 결과에서 중국에서 출판된 루쉰연구 저작은 주로 루쉰작품 연구 저작이고, 루쉰사상 연구 저작이 비교적 적은 것을 알 수 있다. 학술계가 더 나아가 루쉰사상 연구를 보강해 당대 중국에서 루쉰사상 연구가 더욱 큰 작용을 발휘할 수 있기를 희망한다. 또 이외에 통계 결과에서 중화민국 기간(1913~1949년 9월)에 루쉰연구 저작은 모두 80권으로 중국의 루쉰연구 저작의 출판 전체 수량의 대략 5%를 차지하고 매년 평균 2권씩 발표되었지만, 중화인민 공화국 시기에 루쉰연구 저작은 모두 1,636권으로 중국의 루쉰연구 저작 출판 전체 수량의 95%를 차지하며, 매년 평균 거의 26권씩 발표됐음도 볼 수 있다. '문화대혁명' 후기의 3년, 20세기 1980년대(1980~1989)와 21세기 처음 10년 기간(2000~2009)은 루쉰연구 저작 출판의 절정기로 이 세 시기 동안에 루쉰연구 저작은 모두 835권이 출판되었고, 대략 중국의 루쉰연구 저작 출판 전체 수량의 48.7%를 차지했다. 그 가운데서 '문화대혁명' 후기의 3년 동안에 루쉰연구 저작은 모두 134권이 출판되었고, 매년 평균 거의 45권이다. 또 20세기 1980년대에 루쉰연구 저작은 모두 373권이 출판되었고, 매년 평균 37권이다. 또한 21세기 처음 10년 기간에 루쉰연구 저작은 모두 431권이 출판되었고, 매년 평균 43권에 달했다. 그리고 이외에 '17년' 기간(1949~1966), '문화대혁명' 기간과 20세기 1990년대(1990~1999)는 루쉰연구 저작 출판의 침체기이다. 그 가운데 '17년' 기간에 루쉰연구 저작은 모두 162권이 출판되었고, 매년 평균 거의 10권씩 출판되었다. 또 '문화대혁명' 기간에 루쉰연구 저작은 모두 213권이 출판되었고, 매년 평균 21권씩 출판되었다. 20세기 1990년대에 루쉰연구 저작은 모두 220권이 출판되었고, 매년 평균 22권씩 출판되었다.

'문화대혁명' 후기와 20세기 1980년대가 루쉰연구와 관련한 글의 발표에 있어서 절정기가 되고 또 루쉰연구 저작 출판의 절정기인 것은 루쉰에 대한 국가적인 정치 이데올로기의 새로운 자리매김과 루쉰연구에 대한 대대적인 추진과 관계가 있다. 21세기 처음 10년에 루쉰연구와 관련한 글을 발표한 절정기이자 루쉰연구 논저 출판의 절정기가 된 것은 사람으로 돌아간 루쉰이 학술연구의 대상이 되었고 또 중국에 루쉰연구의 새로운 역군들이 대량으로 쏟아져 나온 것과 커다란 관계가 있다. 중국의 루쉰연구가 지난 100년 동안 복잡하게 발전한 역사를 갖고 있긴 하지만, 루쉰연구 분야는 줄곧 신선한 생명력을 유지해왔고 또 눈부신 발전 가능성을 지니고 있다. 미래를 전망하면 설령 길이 험하다고 해도 앞날은 늘 밝을 것이고, 21세기 둘째 10년의 중국 루쉰연구는 더욱 큰 성과를 얻으리라 믿는다!

미래로 향하는 중국의 루쉰연구는 다음과 같은 중요한 문제 몇 가지에 주목해야 한다.

우선, 루쉰연구 업무를 당국이 직면한 문화전략과 긴밀히 결합시켜 루쉰을 매체로 삼아 중서 민간문화 교류를 더 나아가 촉진시키고 루쉰을 중국 문화의 '소프트 파워'의 걸출한 대표로 삼아 세계 각지로 확대해야 한다. 루쉰은 중국의 현대 선진문화의 걸출한 대표이자 세계적인 명성을 누리는 대문호이다. 거의 100년에 이르는 동안 루쉰의 작품은 많은 외국어로 번역되어 세계 각지에서 출판되었고, 외국학자들은 루쉰을 통해 현대중국도 이해했다. 하지만 부인할 수 없는 현실은 바로 거의 20년 동안 해외의 루쉰연구가 상대적으로 비교적 저조하고, 루쉰연구 진지에서 공백 상태를 드러낸 점이다. 이러한 배경 아래 중국의 루쉰연구자는 해외의 루쉰연구를 활성화할 막중한 임무를 짊어져야 한다. 루쉰연구 방면의 학술적 교류를 통해 한편으로 해외에서의 루쉰의 전파와 연구를 촉진하고 또 다른 한편으로는 루쉰을 통해 중화문화의 '소프트 파워'를 드러내고 중국과 외국의 민간문화 교류를 촉진해야 한다. 지금 중국의 학자 거타오가 발기에 참여해 성립한 국제루쉰연구회國際魯迅硏究會가 2011년에 한국에서 정식으로 창립되어, 20여 개 나라와 지역에서 온 중국학자 100여 명이 이 학회에 가입하였다. 이 국제루쉰연구회의 여러 책임자 가운데, 특히 회장 박재우朴宰雨 교수가 적극적으로 주관해 인도 중국연구소 및 인도 자와하랄 네루대학교, 미국 하버드대학, 한국외국어대학교와 전남대학에서 속속 국제루쉰학술대회를 개최하였다. 또한 앞으로도 이집트 아인 샴스 대학교, 러시아 상트페테르부르크 국립대학, 일본 도쿄대학, 말레이시아 푸트라대학교 등 세계 여러 대학에서 계속 국제루쉰학술대회를 개최하고 세계 각 나라의 루쉰연구 사업을 발전시켜 갈 구상을 갖고 있다(국제루쉰연구회 학술포럼은 그 후 실제로는 중국 쑤저우대학蘇州大學, 독일 뒤셀도르프대학, 인도 네루대학과 델리대학, 오스트리아 비엔나대학, 말레이시아 쿠알라룸푸르 중화대회당中華大會堂 등에서 계속 개최되었다 —역자). 해외의 루쉰연구가 다시금 활기를 찾은 대단히 고무적인 조건 아래서 중국의 루쉰연구자도 한편으로 이 기회를 다잡아 당국과 호흡을 맞추어 중국 문화를 외부에 내보내, 해외에서 중국문화의 '소프트 파워' 전략을 펼치고, 또 다른 한편으로는 해외의 루쉰연구자와 긴밀히 협력해 공동으로 해외에서의 루쉰의 전파와 연구 업무를 추진해야 한다.

다음으로, 루쉰연구 사업을 중국의 당대 현실과 긴밀하게 결합시켜야 한다. 지난 100년 동안의 루쉰연구사를 돌이켜보면, 루쉰연구가 20세기 1990년대 이전의 중국 역사의 진전과 긴밀한 관계를 갖고 있었음을 볼 수 있다. 하지만 20세기 1990년대 이후 사회적 사조의 전환에 따라 루쉰연구도 점차 현실 사회에서 벗어나 대학만의 연구가 되었다. 이러한 대학만의 루쉰연구는 비록 학술적 가치가 없지 않다고 해도, 오히려 루쉰의 정신과는 크게 거리가 생겼다. 루쉰연구가 응당 갖추어야 할 중국사회의 현실생활에 개입하는 역동적인 생명력을 잃어 버린 것이다. 18대(중국공산당 제18기 전국대표대회 - 역자) 이후 중국의 지도자는 여러 차례 '중국의 꿈'을 실현시킬 것을 강조했는데, 사실 루쉰은 일찍이 1908년에 이미 「문화편향론文化偏至論」에서 먼저 '사람을 세우고立人' 뒤에 '나라를 세우는立國' 구상을 제기한 바 있다.

오늘날 것을 취해 옛것을 부활시키고, 달리 새로운 유파를 확립해 인생의 의미를 심오하게 한다면, 나라 사람들은 자각하게 되고 개성이 풍부해져서 모래로 이루어진 나라가 그로 인해 사람의 나라로 바뀔 것이다.

중국의 루쉰연구자는 이 기회의 시기를 다잡아 루쉰연구를 통해 루쉰정신을 발전시키고 뒤떨어진 국민성을 개조하고, 그럼으로써 나라 사람들이 '중국의 꿈'을 실현시키도록 하고, 동시에 또 '사람의 나라'를 세우고자 했던 '루쉰의 꿈魯迅夢'을 실현해야 한다.
마지막으로 중국의 루쉰연구도 창조를 고도로 중시해야 한다. 당국이 '스얼우十二五'(2011~2015년의 제12차 5개년 계획 - 역자) 계획 속에서 '철학과 사회과학 창조프로젝트'를 제기했다. 중국의 루쉰연구도 창조프로젝트를 실시해야 한다. 『중국 루쉰학 통사』를 편찬한 장멍양 연구자는 20세기 1990년대에 개최된 한 루쉰연구회의에서 중국의 루쉰연구 성과의 90%는 모두 앞사람이 이미 얻은 기존의 연구 성과를 되풀이한 것이라고 말했다. 일부 학자들이 이견을 표출한 뒤 장멍양 연구자는 또 이 관점을 다시금 심화시켰으니, 나아가 중국의 루쉰연구 성과의 99%는 모두 앞사람이 이미 얻은 기존의 연구 성과를 되풀이한 것이라고 수정했다. 설령 이러한 말이 커다란 논쟁을 불러일으켰다고 해도, 의심할 바 없이 지난 100년 동안 중국의 루쉰연구는 전체적으로 창조성이 부족했고, 많은 연구 성과가 모두 앞사람의 수고를 중복한 것이었다고 말할 수 있다. 푸른색이 쪽에서 나오기는 하나 쪽보다 더 푸른 법이다. 최근에 배출된 젊은 세대의 루쉰연구자는 지식구조 등 측면에서 우수하고, 게다가 더욱 좋은 학술적 환경 속에 처해 있다. 그리하여 그들이 열심히 탐구해서 창조적으로 길을 열고, 그로부터 중국의 루쉰연구의 학술적 수준이 높아질 수 있기를 희망한다.

'중국 루쉰연구 명가정선집' 총서 편집위원회
2013년 1월 1일

　루쉰의 문학작품은 지극히 풍부한 문화적 자원이다. 그것은 수천 년 중국과 서양의 가장 우수한 문화적 전통이 융합하고 뒤섞인 결과인 동시에 20세기 중국 현대문화와 현대문학 전통의 발단이자 근원이다. 또한 그 자체로 사람들이 끊임없이 인식하고 감상할 수 있는 하나의 개방적 전통이 되었다. 루쉰에게 가까이 가고, 루쉰을 인식하며, 루쉰의 정신과 작품을 연구하고 해석하는 일은 앞으로도 영원히 완성되지 않을 것이다. 20여 년에 걸친 루쉰연구의 심화는 이미 풍성한 성과를 거두었다. 나는 새로운 세기에 접어든 지금 앞으로 루쉰연구의 부단한 심화를 위해 가장 중요한 것은 연구자의 자아 조정 문제라고 생각한다.

　이런 자아 조정이 각기 다른 역사적 단계에서 마주치는 것은 서로 다른 새로운 문제들이다. 오늘날 중국사회의 민주화 과정을 어떻게 추진할 것인가, 민족의 자질 향상과 정신의 개조 및 건설을 어떻게 추진할 것인가 등의 매우 어려운 과제가 이미 양지良知를 갖춘 지식인에게 준엄하고 근심어린 과제로 인식되고 있다. 이는 새로운 세기에 접어든 이후 중국사회와 민족정신의 구조에 나타난 봉건주의의 고질과 악성 종양의 팽창, 중국사회의 진전과정에서 드러난 물질의 발전이나 민족정신의 자질향상 사이의 불균등성, 중국문학의 발전이 직면한 창조적 활기와 급속한 상업화의 도전과 같은 모순이 갈수록 첨예하게 대두되기 때문이다. 루쉰과 그의 작품에 대한 연구에서 학문 자체의 발전과 돌파 외에 더욱 필요한 것은 민족의 자질과 민족의 정신을 개조하고 향상시키고자 하는 현실적 절박감이다. 이는 우리 연구자들에게 중국사회, 중국문화 그리고 중국민족에 대한 더욱 깊은 이해를 요구한다.

루쉰의 깊이는 그가 중국의 사회현실에 대해, 중국의 민족정신의 폐해에 대해, 중국문화의 고질적 문제에 대해 보통사람을 뛰어넘는 이해를 지니고 있었다는 데서 느낄 수 있다. "우리가 부분을 보고 있을 때, 그가 본 것은 오히려 전체였다. 우리가 현실을 파악하려고 열중하고 있을 때, 그는 이미 고금古今과 미래를 파악했다." 신시기(사회주의 신시기의 줄임말. 문화대혁명이 끝난 1976년 이후의 시기를 가리킨다 - 역자) 이래의 루쉰 연구를 돌아볼 때 두드러진 한 가지 문제는 연구자들이 중국사회, 중국민족문화의 역사와 현황에 대해, 특히 물질과 정신의 신구교체 상태에 놓여 있는 수많은 인민대중, 따뜻하게 입고 배불리 먹는 것溫飽조차 아직 완전하게 해결하지 못한 주변적 상태에 놓인 노동민중에 대한 이해가 너무 낮은 것이라고 말할 수 있다. 다시 말해 광대한 청년학생을 포함한 사회의 각종 지식인 집단의 심성과 맥박에 대해, 그들이 어떤 자세로 민족과 사회에 녹아들어야 하는 것인지, 또 어떤 자세로 전통이나 세속권력에 대해 냉철하게 저항을 지속해야 할 것인지, 이런 문제들 또한 진정한 이해나 파악에 이르렀다고 말하기 어렵다.

루쉰연구자의 현실적이고 인문학적인 관심은 인민대중의 실제적 운명에 부합하는 것을 그 전제로 삼아야 할 것이다. 이 전제를 무시하고 우리가 자신의 계몽적 태도로 루쉰 형상을 재창조하고, 사상적 정치적 계몽을 진행하려고 한다면, 루쉰과 현실세계의 비타협 또는 대립을 강조하면서 자신이 처한 현실에서 마땅히 갖추어야 할 또 다른 인문정신의 요지를 망각하기 십상일 것이다. 루쉰 정신을 민중의 실제적 운명에서 벗어나고, 현실적 처지에서 벗어난 궁극적 추구라는 일종의 현학玄學적 사고로 바꾸어버린다면, 루쉰 정신의 가르침과 각자의 실천규범이 서로 어그러지게 될 것이고, 또한 루쉰 정신과 어긋나는 의식과 행위들이 각종 권리의 비호 아래 범람하게 될 것이다. 이런 루쉰 정신의 해석, 제창 그리고 호소는 종이 위의 빈말이 될 수밖에 없을 것이다. 우리는 빈말과 큰소리에 반대한다고 하면서, 스스로는 또 루쉰을 가지고 빈말과 큰소리를 늘어놓고 있다. 선진적 인물의 정신을 배우자고 제창하면서 선진적 인물의 정신과 상반되게 행동하고, 루쉰 정신을 제창하면서 세속적 물욕의 풍조 속에 깊이 빠져있다. 어쩌면 어리석은 권세가에서 깨어있는 지식인까지, 반대자에서 피반대자까지 같은 길을 걷고 있는 것이다. 그래서 루쉰의 정신, 인격 그리고 작품의 사상을 해석할 때, 자신의 의식구조를 조정하는 것이 더욱 중요해 보인다. 인본을 존중하는 것과 민본을 중시하는 것, 현실비판과 사회참여, 사상계몽과 역사적 책임, 우환의식과 민족적 각성의 진작, 루쉰 정신의 이해와 사회현실문제의 이해, 공평한 마음씀과 사리사욕 억제 등의 관계를 어떻게 제대로 파악할 것인가, 또한 루쉰연구를 어떻게 단일한 정치사상적 해석에서 벗어나게 하면서 또 다른 단일한 이데올로기적 해석으로 빠져드는 것을 막을 것인가, 이런 것들은 현재 루쉰과 그의 작품에 대한 연구에서 깊이 생각해볼 만한 문제들임에 틀림없다.

답습과 중복은 인간 정신의 낭비이다. 루쉰은 연구대상 자체로서는 유한한 것이다. 루쉰연구의 역사는 이미 80년 가까이 되고, 성과 또한 갈수록 많아지고 있다. 하지만 여기에는 중복된 작업이 상당히 많고,

이런 중복 작업은 지금도 계속되고 있다. 연구자의 창조적 활력을 어떻게 고무시킬 것인가, 그리하여 루쉰과 그의 작품 연구에 있어서 새로운 공간, 새로운 국면을 어떻게 개척할 것인가, 이것은 아주 절박한 문제이다. 현재 엄숙한 연구들이 많지만 아직도 다음과 같은 비과학적 현상들이 존재한다. 학술사를 존중하지 않고 중복해서 작업하는 재탕식 연구, 학술적 실제에서 출발하지 않고 갖은 궁리를 다 짜내 고의로 글을 쓰는 풍토, 실제적이거나 새로운 아이디어도 없으면서 제목만 바꾸는 짜깁기 연구, 사료를 중시하지 않고 거시적 논의를 구축하는 데 몰두하지만 내용은 결여된 거품 문장, 자신의 주관적 의도에 따라 텍스트를 새로 읽으면서 텍스트의 객관적 의미와 유리되는 경향 등, 이 모든 문제에 대해 연구자의 진정한 창조적 사유를 어떻게 강화할 것인가. 영국의 역사학자 토인비(1889~1975-역자)는 이렇게 지적했다. 역사에 대한 인간의 인상이 "느낌에 지나지 않는다면 아직은 충분하지 못한 것이다. 반드시 호기심을 가지고 이런 느낌을 강화해야한다. 그런데 호기심은 사회변화의 과정에서 생생하고 강력하게 표현될 때 비로소 자극되기 시작한다". "호기심이라는 창조적 격동이 없다면, 역사상 가장 널리 알려지고 가장 깊은 인상을 남긴 기념물이 감동적인 판토마임을 연출하더라도 영향력을 가질 수 없을 것이다. 왜냐하면 그들과 대면하고 있는 관객의 눈이 보아도 보지 못할 것이기 때문이다. 도전과 응전이 없다면 창조성의 불꽃은 피어날 수 없을 것이다." 루쉰과 그의 문학작품에 대한 연구에도 토인비가 말한 문제가 존재한다. 연구자는 강력한 이념과 과학적 방법으로 사회의 대변화 과정 속의 생동적이고 강력한 현상들과 대면하고, 자신의 내면에 충만한 루쉰 작품 속의 그런 '큰 사랑과 큰 증오'와 같은 '호기심'을 자극해야 한다. 이런 '호기심'이 우리에게 가져다주는 것은 루쉰을 학습하고 연구하고자 하는 일종의 새로운 창조적 충동일 것이고, 현실의 질문과 학술적 과제와 대면하는 도전과 응전이라는 긴장과 압박일 것이다. 이런 '호기심'을 강화하고, 이런 도전과 응전의 능력을 강화한다면 우리는 더욱 생각을 넓히고, 예리하게 창조할 수 있을 것이다. 새것에 힘쓰면서도 경박하지 않고, 착실하게 하면서도 틀에 박히지 않을 것이며, 평범하고, 중복되고, 짜깁기 같은 글을 더 적게 쓰고, '창조적 불꽃'이 풍부한 연구성과를 더 많이 냄으로써 우리의 총체적인 연구성과가 신세기 민족 영혼의 참된 부활, 재승화 그리고 눈부심을 위해 어리석은 사람들을 일깨우고, 또 사람들로 하여금 깊이 생각하게 하는 정신적 그림을 제공하기를 바란다.

　루쉰을 신격화하고 치켜세우는 것에 반대하는 것은 아주 어려운 일이다. 20년에 가까운 항쟁과 실천을 통해 루쉰 신격화 시대의 역사는 이미 끝나고, '신격화를 벗어난' 루쉰에 대한 다원적 해석이라는 과학적 지향의 시기에 접어들었다. 이는 학술적으로 '경전해석식' 루쉰연구의 종결을 의미한다. 하지만 연구의 총체적 형태의 종결이 연구자의 관념 및 사유의 변혁이 완성된 것을 의미하지는 않는다. 낡은 관념과 사유의 흔적은 주로 아래의 몇 가지 형식으로 나타난다. ① 루쉰연구에 신격화 문제가 존재했다는 사실을 인정하지 않고, '문혁'과 '4인방' 시기에 루쉰에 대한 왜곡, 추화 그리고 실용화만 존재했다고 인식한다. 동일한 사실에 대해 상이한 이해를 가지는 것은 물론 정상적인 현상이다. 하지만 사실 자체를 무시하는 것은, 아마 관념의 잠재적 흔적일 것이며, 그것은 관념이 만든 역사적 타성을 철저하게 개혁하기 위해 노력하는 것을 불가능하게 만들 것이다. ② 루쉰을 일종의 정신적 문화적 모범의 화신으로 간주하고, 이에 반대하거나 자신과 다른 목소리의 존재를 용납하지 않는다. 신시기에 접어들어 반대하거나 자신과 다른 목소리가 출현하자마자 루쉰 수호자로부터의 비판과 성토는 물론이고 심지어 행정명령의 간섭까지 받아 처분을 받거나 단속을 당하기도 했다. 루쉰연구 자체는 여전히 이데올로기 권력과 밀접한 관계가 있어, 공자孔子, 진시황秦始皇, 량치차오梁啓超처럼 하나의 순수한 학술적 문제로 다루기가 어려웠다. ③ 현실적 수요와 감정이입으로 말미암아, 너무 깊은 천착이 빚어낸 '과도 해석'은 많은 연구성과를 루쉰 자신과 멀어지게 만들었다. 루쉰의 작품과 사상에 덧붙여진 외재적 장식은, 루쉰을 연구자 자신의 의식, 영혼 그리고 의지의 기준에 부합하는 새로운 우상으로 빚어냈다. 루쉰의 신격화에 반대하면서 또 다른 루쉰 '신화'의 창조 과정을 시작한 것이다. 여기에는 '해석'의 적절성 문제가 있을 뿐만 아니라, 중국인의 뿌리 깊은 우상숭배 콤플렉스가 여전히 작용하고 있는 것이다. 우상은 사상적 대결 속에서 스스로 만든 일종의 정신적 환영, 정신적 도구에 지나지 않는다. '5·4' 시기에 계몽의 선구자들이 공자라는 정신적 우상을 타도했으면서도 얼마 지나지 않아 또 기독교의 큰 사랑이라는 정신적 우상을 제시했던 것 또한 그 내재적 원인과 심리가 흡사한 것이다.

루쉰이라는 연구대상의 특수성으로 말미암아, 또 역사연구가 갖는 주관적 감정의 필연적 개입, 루쉰의 생존 시기와 현실 사회의 지나치게 가까운 거리로 말미암아, 루쉰연구와 루쉰에 대한 사회적 견해를 냉철하고 객관적이고 과학적인 '순수학문' 연구에 가깝게 만드는 것은 당분간 그다지 가능하지 않아 보인다. 이런 역사적 제약과 연구자가 추구하는 루쉰연구의 과학성 사이에 존재하는 낙차는 가능한 줄어들어야 할 것이다. 이를 위해서는 반드시 다음의 사항들이 요구된다. ① 루쉰 저작 텍스트의 객관적 의미를 존중해야 한다. ② 루신 작품의 역사적 구체적 문맥을 존중해야 한다. ③ 연구과정에서 주관적 정서의 과도한 개입이나 '과도 해석'에 반대하는 원칙을 견지해야 한다. 루쉰을 하나의 역사적 인물로 다루고, 연구의 현실감과 시대성을 루쉰 텍스트의 객관적 실재에 부합하게 하는 것을 원칙으로 삼아야 한다. 권력적 문화실용주의에 반대하면서 또 다른 새로운 개인적 문화실용주의로 빠져들어서는 안 된다. 루쉰 개인과 루쉰 작품에 대한 견해가 공생과 상호보완, 백가쟁명의 상태를 이루어야 한다. 오랫동안 하나의 목소리만이 지배적 지위를 차지했던 과거에 비추어, 상이한 의견 심지어 첨예한 반대의견의 발표도 학술 발전을 추진하는 데 필수적인 정상적 현상으로 간주해야 할 것이다. 어떤 의견에 찬동하지 않는다면 학술적인 검토야 할 수 있지만, 걸핏하면 '수호하자'느니 하면서 행정적 제재나 여론몰이 또는 법률에 호소하여 이런 주장들이 발표되는 것을 압박하거나 금지해서는 안 될 것이다. 공자, 진시황, 량치차오를 연구하는 것처럼 할 수 있게 될 때, 루쉰연구는 진정으로 성숙하게 될 것이다. 상이한 의견이나 '별종'으로 간주되는 목소리에 대해, 우리는 늘 마땅히 '너그럽게 받아들여야', '상이한 목소리의 발표를 허락해야', '평상심을 가지고 대해야' 한다고 말한다. 이는 그 자체로 권력자의 담론을 대표하는 태도와 색채를 지니고 있다. 다른 사람이 왜 당신에게 '너그럽게 받아들여야' 한다고, '발표를 허락해야' 한다고 요구하는가. 진정으로 자유로운 학술 공간, 성숙한 학술 연구의 상황에서는 이런 대화가 있어서는 안 될 것이다. 우리는 루쉰을 수호할 필요도 없고, 수호할 수도 없다. 우리는 지식인의 학술적 품격과 시대의 양지에 의지하여 루쉰의 정신사상과 문학세계의 해석자가 되기만 하면 충분한 것이다.

연구자가 주체적으로 부단히 스스로의 태도를 조정하는 것이야말로 연구 자체의 심화발전에 하나의 관건이 된다. 한 민족의 참된 발전은 많은 선각자들의 깨어있는 외침과 계몽에 의지하기 마련이지만, 동시에 더욱 많은 '민족의 등뼈' 같은 참된 인물들의 필사적인 노력과 고투가 필요한 법이다. 루쉰의 국민정신 개조 외침의 소리가 드높았을 때가 바로 중국의 등뼈 같은 인물들에 대한 그의 찬양과 호소가 가장 열렬했던 시기였다. 그는 이미 마비되었거나 마비되지 않았더라도 현실과 역사에 대해 방관하는 자—'연극의 구경꾼'—에 대해서도 반대했다.

루쉰이 임종을 앞두고 쓴 「반하소집半夏小集」의 잡문 한 단락은 지금 읽어도 깊은 생각에 잠기게 한다.

이것은 명왕조가 망한 뒤의 일이다.

무릇 살아있는 사람들은 어떤 이는 마음으로 복종했고, 다른 많은 사람들은 압박에 못 이겨서 그랬다. 하지만 가장 편안하고 방자하게 산 것은 매국노들이었다. 또 가장 고결하게 살고, 사람들에게 존경을 받은 것은 매국노를 통렬하게 꾸짖은 일민(逸民)이었다. 나중에 자신이 숲속에서 목숨을 거두자 그 아들이 과거에 나가는 데 지장이 없었고, 오히려 저마다 좋은 아버지를 하나씩 둔 셈이 되었다. 묵묵하게 항전한 열사들은 아들 하나 남긴 이도 드물었다.

나는 현재의 문예가들에게 옛날의 일민 같은 태도가 결코 없기를 바란다.

곰곰이 생각해보면 루쉰이 당시의 문예가들에게 '바란' 의미를 말하지 않아도 분명하게 알 수 있을 것 같다. 그는 당시의 지식인들이 드러낸 갖가지 심리에 유감을 느껴 이 글을 쓴 것이다. 크게 본다면 그가 제기한 것은 지식인의 사회적 책임 문제, 즉 현실의 갖가지 정신적 속박과 곤경에 직면했을 때 진정으로 각성한 계몽자로서의 자아선택과 자아조정 문제라고 말할 수 있을 것이다.

20세기 80년대 이래의 루쉰연구자들에 대해 냉철하게 살펴본다면 고통스러운 자성을 하지 않을 수 없다. 어떤 의미에서 나 자신을 포함한 연구자들 모두에게 많건 적건 이런 '옛날의 일민 같은 태도'가 존재했었다. 이론적 사고가 제공한 공간에서 우리는 아주 깊이 있고, 당당하고, 고결하고, 도취적이었지만, 권력, 이익, 언론매체 그리고 세속적 정신과 물질의 유혹이라는 압력 아래에서 우리는 아주 취약하고, 무능하고, 조급하고, 이기적이고, 냉담하고 심지어 뻔뻔스럽기까지 했다. 과거에 톈번샹田本相이 『차오위연보曹禺年譜』를 차오위 선생에게 바치면서 이렇게 말했다. "선생에게 한 가지 설명을 드려야겠습니다. 선생이 반우파투쟁反右派鬪爭 때 쓴 글은 일단 수록하지 않는 것이 어떨지요." 차오위는 이렇게 말했다. "그렇게 하는 것도 좋겠지요. 그 시기의 역사는 너무 고통스러워요! 우쭈광吳祖光, 쑨자슈孫家秀는 다 나의 좋은 친구들입니다. 당시에는 비판하지 않는다는 것이 불가능했어요, 비판하지 않으면 안 되었지요. 본심에 어긋나는 줄 알면서도 써냈어요. (그는 한동안 묵묵히 있다가 말했다) 중국의 지식인은 불쌍하고 가련해요, 어떤 때는 뻔뻔스럽기도 하고요!" 이미 75세의 고령인 차오위도 그때는 "오랫동안 말을 할 수 없었다"고 한다. 차오위의 영혼이 담긴 자책은 아주 고통스러운 것이다. 하지만 또한 그가 이미 양심을 지닌 지식인으로서 냉철한 반성을 하고 있었다는 사실을 말해주는 것이기도 하다.

루쉰연구 속에서 자신을 돌이켜 보면, 우리가 멸시했던 것이 어떤 때는 바로 우리가 추구한 것이었다는 사실을 고통스럽게 발견할 것이다. 루쉰이 해부하고 채찍질한 지식인의 많은 병폐가 루쉰연구자 자신들에게도 존재한다. 루쉰과 그 작품에 대한 연구가 새로운 세기에 깊이 있게 발전하게 하기 위해, 연구자 주체의 건설과 진일보 성숙을 위해, 이미 꽤 오래 전 루쉰이 제기했던 '문예가'에 대한 '바람'을 찬찬히 음미하는 것은 지금까지도 '루쉰에 기대 먹고사는' 우리들에게 아직도 어떤 시사와 경종의 의미를 갖는 것 같다.

차례

『들풀』탐구와 해석의 한도

『들풀』의 예술적 근원 탐색

하지만 먼저 이 사람이 침착하고, 용맹하고, 변별력이 있고, 이기적이지 않아야 한다. 가져오는 것이 없다면 사람은 스스로 새로운 사람이 될 수 없고, 가져오는 것이 없다면 문예는 스스로 새로운 문예가 될 수 없다.

—루쉰, 『차개정잡문·가져오기주의』

위대한 작가라면 누구나 기존의 예술적 형식과 관습에 절대 만족하지 않는다. 그는 영원히 지치지 않는 개척자처럼 언제나 부지런하게 땀과 피를 쏟아 새로운 예술영역을 개척하고, 새로운 표현형식을 탐색하여, 예술의 화원을 위해 부단히 찬란하고 눈부신 새로운 꽃을 피워낸다.

루쉰 선생의 『들풀』은 그가 『외침』과 『방황』을 이어 '5·4' 이후의 새로운 문단에 바친 한 송이 향기롭고, 아름답고, 기이한 꽃이다.

『들풀』의 출현은 그 당시 거의 독보적이었다. 그것은 정수의 예술과 독특한 풍격으로 중국현대문학사에서 산문시의 근원이 되었을 뿐만 아니라, 후세 내지 오늘날의 산문시 창작에도 확실히 심원한 영향을 끼쳤으며 모범이 되었다.

하지만 새로운 예술형식이 그렇듯『들풀』은 척박한 대지에서 우연히 생겨난 것이 아닐 뿐더러, 작가의 머리에서 아무렇게나 만들어진 것도 아니다. 당연하게도『들풀』은 그 자신의 예술적 근원을 지니고 있다. 이 예술적 근원은 루쉰이 산문시집『들풀』을 창작할 때 선인들의 예술적 자양분을 상당히 창조적으로 섭취했다는 것이다.

구체적으로 이 예술적 근원은 무엇인가?

루쉰 선생은 목각 예술형식의 발전에 대해 언급할 때 일찍이 이렇게 말했다.

> 외국의 훌륭한 법도를 차용하고 이를 알맞게 손질해서 우리의 작품을 더욱 풍만하게 하는 것이 한 가지 길이고, 중국의 유산을 선별하고 여기에 새로운 기운을 융합해서 장래의 작품으로 하여금 새로운 국면을 열게 하는 것 또한 한 가지 길이다.[1]

루쉰은 여기서 새로운 문예를 창조하는 두 가지 길에 대해 "중국을 위해 서양을 쓰기洋爲中用"와 "오늘을 위해 옛날을 쓰기古爲今用"로 요약했다. 이것은 목각에 대해 말한 것이지만, 다른 예술형식에도 마찬가

---

[1]   루쉰,『차개정 잡문·'목각기정(木刻紀程)' 서문(小引)』.

지로 적용된다. 『들풀』의 탄생은 결국 어느 길에 속하는가? 어떤 이는 『들풀』과 같은 종류의 산문시가 중국에 "옛날부터 있었다古已有之"고 말한다. 또 어떤 이는 『들풀』의 풍격은 이하李賀 시의 영향을 깊이 받았다고 말한다. 이런 견해들은 나름의 근거와 일리가 없는 것은 아니지만, 『들풀』의 창작 실제에 비추어 본다면 아무래도 지나치게 견강부회한다는 느낌을 지울 수 없다. 나는 『들풀』과 같은 독특한 산문시는 그 창작에 있어 주로 외국문학을 본보기로 삼고, 다시 말해 '외국의 훌륭한 법도를 차용하고' 여기에 작가 자신의 창조를 더하여 만들어진 것이라고 생각한다. 『들풀』은 외국 산문시에 대한 참조가 중국문학의 전통에 대한 수용보다 훨씬 많으며, 이는 의심할 여지없는 사실일 것이다.

외국의 문예에 대해 루쉰 선생은 줄곧 '봉쇄주의閉關主義'를 한껏 배척하고, "머리를 쓰고 안목을 드러내어" '가져오기拿來' 해야 한다고 주장했다. 그는 일찍이 이렇게 말했다.

모든 사물은 독창성을 귀하게 여긴다고 하지만, 중국이 세계 속의 한 국가인 이상 다른 나라의 영향을 좀 받는 것은 피할 수 없는 일이다. 그렇다고 해서 이렇게 연약한가 하며 얼굴을 붉힐 필요는 없을 것 같다. 문예만 가지고 말하더라도 우리는 정말 아직도 너무 적게 알고 있으며, 너무 적게 수용하고 있다.[2]

---

2   루쉰, 『집외집 · '분류(奔流)' 교정 후기』.

루쉰의 이런 '가져오기주의'의 기개와 '얼굴을 붉힐 필요는 없다'는 정신은 '5·4' 이래 신문학의 발전에 있어서 지극히 소중한 전통이다. 『들풀』은 바로 이런 '가져오기주의'의 모범사례이다.

루쉰은 『들풀』에서 외국문학의 자양을 어떻게 참조하고 흡수했으며, 또 자신만의 창조를 이루었는가? 이 문제를 탐구하는 것은 여러 해 동안 '관문을 닫고 스스로를 지킨閉關自守' 우리의 문예가 이국의 과즙을 더욱 많이, 더욱 잘 '섭취'하여 자신의 발전과 번영을 모색하는 데 있어 결코 의미가 없지 않을 것이다.

1. 산문시의 제창과 『들풀』의 탄생

산문시집 『들풀』은 서양문학을 소개하고 학습함으로써 만들어진, 문예의 풍성한 성과이다.

'5·4' 시기 왕성하게 일어났던 사상과 문학 계몽운동의 한 가지 중요한 특징은 '더德'선생과 '싸이賽'선생을 떠받드는 깃발 아래, 허기진 듯 목마른 듯 외국문학의 자양을 소개하고 섭취함으로써 자신의 발전을 위한 자양으로 삼으려 했다는 것이다. 루쉰은 5·4문학혁명 이후 단편소설이 발전한 원인에 대해 이렇게 말했다.

소설가가 문단에 침입한 것은 '문학혁명' 운동의 시작, 즉 1917년 이래의 일이다. 물론 한편으로는 사회의 요구가 있었고, 다른 한편으로는 서양문학의 영향을 받았기 때문이다.[3]

루쉰의 산문시집 『들풀』의 탄생도 사정이 대체로 이와 같다. 1931년 루쉰은 「'들풀' 영역본 서문」에서 이유가 있어 생겨난 이런 '자질구레한 감상小雜感'의 창작 동기와 전투적 내용에 대해 분명하게 설명했다. 『들풀』에서 우리는 한편으로 어두운 밤과 같은 사회에 직면하여 터뜨린 루쉰의 전투적 함성을 들을 수 있고, 적막 속에서 끈질기게 탐색하고 용감하게 전진한 그의 맥박을 느낄 수 있다. 또 한편으로는 부지런히 서양문학의 예술적 유산을 비판적으로 섭취하여 중국문학의 새로운 영역을 찾아 가시밭길을 헤쳐나간 그의 개척정신을 볼 수 있다.

산문시라는 이런 독립된 예술형식은 5·4문학혁명의 발전이 심화됨에 따라 중국에 유입되기 시작한 것이다.

『들풀』은 1924년에서 1926년까지 씌어졌다. 이보다 4, 5년 전, 신시新詩 혁명이 일어난 지 얼마 안 되어 곧 바로 산문시를 소개하고 시험삼아 창작하는 이들이 생겨났다.

1918년에서 1923년까지, 초기 백화白話 시인인 류반눙劉半農은 신시를 창작하는 동시에 『새벽曉』, 『기아餓』, 『비』, 『고요靜』, 『묵란의 바다 깊은 곳墨蘭的海洋深處』 등의 우수한 산문시를 지었다. "나는 시의 체재에 있어서 가장 신선한 양식을 만들어낼 줄 안다"[4]고 자부했던 류반눙은 비교적 이른 시기에 산문시 창작을 시험했던 사람들 가운데 하나이다.

이와 더불어 신시의 위대한 창시자 궈머뤄郭沫若는 다른 한편에서 길을 개척하는 역할을 했다. 1920년 12월 20일, 그는 『시사신보時事新

---

3   루쉰, 『차개정 잡문·'초혜각(草鞋脚)'(영역 중국단편소설집) 서문』.
4   류반눙, 『양편집(揚鞭集)·자서』.

報』부록 『학등學燈』에 『나의 산문시』라는 제목으로 「겨울」, 「그녀와 그」, 「여자 시신女尸」, 「대지의 부름大地的號」이라는 4수의 짧막한 산문 시 작품을 발표했다. 1921년 2월 16일, 『학등』은 투르게네프의 산문 시 한 수를 번역 게재했는데, 궈모뤄는 여기에 역자의 짧은 서문을 쓰 기도 했다. 이처럼 그는 외국의 산문시라는 문예형식을 중국의 독자 에게 소개하려고 노력했던 것이다.

이를 전후하여 1918년부터 1924년 즈음에 『신청년』, 『신보부간晨 報副刊』, 『소설월보』, 『문학순간文學旬刊』, 『문학주보』, 『학등』, 『각오』, 『어사語絲』 등의 간행물에 류반눙, 선잉沈穎, 저우쭤런周作人, 시디西諦[정 전둬鄭振鐸], 선싱런沈性仁, 장딩황張定璜, 수자오룽蘇兆龍 등이 번역한 투르 게네르, 보들레르의 산문시가 실렸다. 어떤 간행물은 전문적으로 산 문시를 소개하고 토론하는 글을 발표하기도 했다.[5]

어떤 글에서 정전둬가 말한 것과 같다. "우리는 시의 요소가 결코 운이 있고 없는 데 있지 않다는 사실을 알아야 한다." 오히려 "시의 정 서와 시의 상상에 있고, 그것을 어떤 형식으로 표현하든 상관할 필요 가 없다. 시의 본질—시의 정서와 시의 상상—이 있다면 산문으로 표현한 것도 '시'이고, 시의 본질이 없다면 운문으로 표현한 것도 결 코 시가 아니다". 이 글에서는 또 프랑스의 보들레르가 "아주 일찍 산 문으로 시를 지었다. 러시아의 투르게네프도 50여 편의 산문시를 지 었다"[6]고 소개했다. 장원톈張聞天은 또 장편 논문 「보들레르 연구波特來耳

---

5   예를 들어 『문학순간』 제24~27기에는 YL의 「산문시를 논함(論散文詩)」, 시디의 「산문시를 논함」, 왕핑링(王平陵)의 「'산문시를 논함'을 읽고」, 텅인(滕因)의 「산문 시를 논함」 등이 실렸다.

研究」를 번역했는데, 1924년 4월에 출판된 『소설월보』 제15권 『프랑스문학연구 특집호』에 실렸다. 이 기간에 궈모뤄, 류반눙, 주쯔칭朱自淸, 빙신冰心, 쉬위눠徐玉諾, 차오쥐인焦菊隱, 쉬즈徐雉 등은 철학적 의미가 풍부하고 경관과 사물에 정감을 실은 산문소품들을 차례로 발표했다. 위에서 서술한 번역, 소개와 창작은 산문시라는 이 예술의 화원의 새로운 꽃을 길러내는 데 적극적이고 건설적인 역할을 했음에 틀림없다.

산문시라는 이 새로운 꽃의 빛나는 색채 속에는 루쉰 선생의 심혈 또한 녹아들어 있다.

신시 탄생 초기 봉건 문인들의 질책에 반격을 가하고 시단의 적막한 곤경을 타파하기 위해 루쉰은 소설과 잡문을 창작함과 동시에, 붓을 들어 「꿈」, 「사랑의 신愛之神」, 「복사꽃」, 「그들의 화원」, 「사람과 때人與時」, 「그」와 같은 6수의 백화시를 써냈다. 신시의 발전을 위해 성원을 보태는 '변죽邊鼓'을 울렸던 것이다. 이 몇 수의 신시들을 읽어보면 남다른 특색을 느낄 수 있다. 철학적 울림이 풍부한 의미심장한 풍격, 문자 밖의 의미가 깊고 미묘한 상징적 수법, 운율에 구애받지 않는 산문적 격조는 산문시의 특징을 지니고 있다고 해야 할 것이다. 이 점에 대해 저명한 시인이자 시론가인 주쯔칭은 나중에 이렇게 논평한 적이 있다.

자연적 리듬 그리고 시가 운이 없어도 된다고 하는 주장 역시 아마 외국 '자유시'의 영향일 것이다. 그러나 시에게 일종의 새로운 언어를 찾아준다는 것은 결코 쉬운 일이 아니다. 더구나 구세력이 너무 강대한 상

---

6   「산문시를 논함(論散文詩)」, 『문학순간』 제24기, 1922.1.1.

황에서는. 많은 작가들은 급한 나머지 옛날 시사(詩詞)의 어조를 내버릴 수 없었다. (…중략…) 오직 루쉰 씨 형제만 옛날의 속박에서 완전히 벗어났다. 저우치밍(周啓明, 저우쬐런 ― 역자)씨는 운을 아예 별로 사용하지 않았다. 그들은 독자적으로 서구화의 길로 걸어갔다.[7]

주쯔칭이 여기서 말한 외국 '자유시'의 영향 아래 신시가 드러낸 "자연적 리듬과 함께 시가 운이 없어도 된다"는 특징은 루쉰의 백화시 몇 수에 대한 요약으로도 간주될 수 있다. 이 속에서 우리는 운이 없는 산문시에 대한 루쉰의 최초의 노력을 읽어낼 수 있지 않은가?

그러나 이 백화시 몇 수는 아직 자유로운 무운시無韻詩 창작 시도에 지나지 않는다. 비록 그것들이 산문시의 몇몇 특징을 갖추었다 할지라도 결국 산문시는 아닌 것이다. 그렇다면 루쉰이 『들풀』을 창작하기 이전 산문시에 관한 이론과 작품을 접하거나 소개한 적은 없었던가?

대답은 긍정적이다.

일찍이 1906년 루쉰이 일본 도쿄에서 막 문예활동에 종사하기 시작했을 때, 네덜란드의 반. 에덴의 『어린 요한』을 읽었다. 이 산문시 같은 동화는 당시 루쉰이 '대단한 동경'을 느꼈을 뿐만 아니라, 20년 뒤에도 여전히 더없이 사랑하여 "스스로 즐겨 보고 또 다른 사람도 읽기를 바라는 책"[8]이라고 여겼다. 나중에 루쉰은 그 책을 중국의 독자에게 소개했다. 이 시 같은 동화에 대해 루쉰은 이렇게 말했다. 그것은 "'한 편의 상징적이고 사실적인 동화시'이다. 운이 없는 시이고, 어른

---

7   『중국신문학대계 · 시집 서문』.
8   루쉰, 「'어린 요한' 서문」, 『루쉰역문집』 제10권, 베이징 : 인민문학출판사, 1958, 6쪽.

들의 동화이다".[9]

1908년 루쉰은 중국에서 최초로 페퇴피의 시를 소개한 논문 「페퇴피 시론裴彖飛詩論」을 번역했는데, 거기서 이렇게 말했다. "무릇 걸작은 주로 산문으로 쓰여진다. 또한 이국의 언어로 옮기더라도 그 아름다움을 해치지 않는다. 대개 시의 운치가 그 속에 가득해서 영원히 사라지지 않는다. 아름다움이라는 것은 그저 리듬과 언어에 의지하는 것이 아니다."[10] 이는 이후의 루쉰의 일관된 관점과 부합하는 것이다. 사실 루쉰이 아주 일찍부터 시의 본질은 "'시'의 운치가 그 속에 가득해서" "그래서 아름다운 것"이지, "그저 리듬과 언어에 의지하는 것이 아니다"라는 사실을 이해하고 있었다는 것을 설명해준다. 이는 산문시의 특징들과 기본적으로 일치한다.

알려진 대로 루쉰은 전기에 니체의 저작을 가까이 한 적이 있다. 이는 사상적인 이유뿐만 아니라, 그가 니체의 산문시 같은 글을 무척 좋아했기 때문이다. 1920년 그는 니체의 『차라투스트라의 서문』을 번역하여 『신사조新潮』에 발표했다. 그 번역 후기에서 루쉰은 이렇게 말했다. "니체의 글은 너무 좋다. 이 책은 잠언 형태로 되어 있는데, 표면적으로 보기에는 항상 모순이 있다. 그래서 이해하기가 쉽지 않다."[11] 루쉰은 여기서 긍정과 비판을 함께 했다. 그러나 다음과 같은 사실은 인정해야 할 것이다. 즉, 니체의 이런 '잠언으로 되어 있는' 산문시 같

---

9   위의 글.
10   루쉰, 『루쉰역문집』 제10권, 베이징 : 인민문학출판사, 1958, 7쪽.
11   루쉰, 「'차라투스트라의 서문' 역자후기」, 『루쉰역문집』 제10권, 베이징 : 인민문학출판사, 1958, 457쪽.

은 글은, 훗날 루쉰의 산문시나 여타 창작에 대해 어떤 유익한 영향을 끼쳤다고 하지 않을 수 없다.

1921년 루쉰은 『소설월보』의 '피압박 민족문학호'에 「근대 체코문학 개관」을 번역했는데, 거기서 체코 작가 차이얼蔡伊爾이 "산문도 썼지만 그건 바로 운韻이 없는 시였다"[12]라고 말했다.

1921년부터 루쉰은 맹인 시인 에로셴코의 동화 극시 『분홍 구름』 및 다른 동화작품을 번역하기 시작했는데, 오래지 않아 『에로셴코 동화집』으로 묶어 출판했다. 루쉰은 줄곧 이런 동화작품을 시 같은 산문으로 간주했다. 그는 "세상에 시인이 언어와 문자로 자신의 마음과 꿈을 그려낸 것보다 더욱 분명하고 유창한 담론은 없는 법이다"[13]라고 말했다. 이런 동화들을 산문시로 간주했던 것은 루쉰 뿐만이 아니었다. 당시 루쉰과 함께 에로셴코의 동화를 번역했던 후위즈胡愈之는 에로셴코의 동화 『마른 잎 잡기枯葉雜記』에 대해 이렇게 말했다. "대체로 보아 장편의 산문시라고 할 수 있다. 사실 그의 다른 동화 작품들도 산문시로 간주할 수 있다."[14]

루쉰은 또 『들풀』을 창작하기 전에 에로셴코의 신작 『붉은 꽃』을 번역하여, 1923년 7월호의 『소설월보』에 발표했다. 청년이 혁명 이상을 위해 헌신하는 정신을 찬양한, 이 의미심장한 작품은 실은 아름다운 상징적 산문시이다.

『들풀』의 제1편인 「가을 밤」의 창작과 발표 전후, 루쉰은 네덜란드

---

12 루쉰, 『루쉰역문집』 제10권, 베이징 : 인민문학출판사, 1958, 83쪽.
13 루쉰, 「'분홍 구름' 서문」, 『루쉰역문집』 제2권, 베이징 : 인민문학출판사, 1958, 365쪽.
14 『마른 잎 잡기』 역자 후기, 『동방잡지』 제19권 제6호에 실렸다.

의 작가 모러타이두러^{謨勒泰都黎}— 즉 타이칼^{台凱爾}— 의 산문시 두 편 「고상한 생활」, 「무례와 비례」를 1924년 12월 7일『경보부간^{京報副刊}』에 발표했다. 이 네덜란드 작가의 신선하고 발랄하며 의미심장한 글은 "네덜란드 산문의 따뜻하고 생생한 마음의 소리"[15]로 충만하다는 찬사를 받았다.

위에 언급한 회고와 서술들은 매우 거칠게 다룬 것이다. 거기에는 루쉰이 번역한 문장이 있고, 루쉰 자신의 평가와 소개도 있고, 산문시의 번역 작품도 있다. 루쉰이 보들레르의 산문시를 번역, 소개한 상황에 대해서는 아래에서 자세히 논할 것이므로 여기서는 언급하지 않겠다. 위의 상황을 통해 이미 루쉰이 산문시를 중국신문학에 소개하고 제창하는데 얼마나 간절한 심정이었는지, 또한 그가 이 현대문예의 새로운 꽃을 재배하는 데 얼마나 부지런했는지 알 수 있다.

이런 부단한 작업의 결정체가 바로『들풀』의 탄생이다.

루쉰이 20세기의 20년대 중반기 1년 넘는 시간을 쏟아 부어 20여 편의 산문시를 잇달아 창작한 것은 이유가 없는 것이 아니었다. 과거 어떤 이는 루쉰이 "단편소설에서 산문으로 전환하여",『들풀』을 쓴 것은 "예술적으로 한 걸음 늦춘 것"이며 "한 걸음 또 한 걸음 뒤로 물러난 것"이라고 생각했다.[16] 이것은『들풀』창작이 예술영역에서 갖는 전투적 의의를 이해하지 못한 일종의 오해에 불과하다. 사실『들풀』의 탄생은 루쉰이 소설, 잡감, 신시를 쓴 것과 마찬가지로 새로운 예술영역의 개척이라는 측면에서 꼭 같이 선명한 전투적 의의를 갖는 것이다. 5 · 4

---

15   『어린 요한 · 원서(原序)』,『루쉰역문집』제4권, 베이징 : 인민문학출판사, 1958, 12쪽.
16   비수탕(畢樹棠), 「루쉰의 산문」,『우주풍(宇宙風)』제34기, 1937.2.1.

문학혁명 이후 소설과 산문의 성공에 대해서는 말할 필요가 없다. 유년기에 머물러 있던 백화시는 수년간의 고난에 찬 전투와 실천을 통한 성과로서 이런 예술형식의 존재와 발전의 필연성을 증명했다. 비록 완고한 복고파 문인들과 양복을 입은 왕조의 젊은 후손들이 여전히 수군거리며 고개를 가로젓고 있었지만, 이는 결국 가을벌레의 울음소리에 지나지 않는 것으로 대세에는 큰 영향을 미칠 수 없었다. 오직 산문시라는 예술형식만 신문학에 있어서 여전히 약한 고리로 남아 있었다. 더구나 지나치게 산만한 신시의 결점에 대한 사람들의 불만과 비난이 산문시의 존재이유에 대한 회의로까지 비화되기도 했다. 이 때문에 산문시를 제창하고 소개하는 것은 전투적일 필요가 있었다. 정전둬鄭振鐸는 일부 사람들의 "산문이 시가 될 수 있을까"라는 의혹에 대해 이론과 실천의 측면에서 이렇게 해명하는 글을 썼다. "많은 사람이 '운이 없으면 시가 아니다'라는 견해를 갖고 있고, '산문은 시가 될 수 없다'고 여긴다. 사실 이는 불합리하고 무지한 것이다. 보들레르, 투르게네프 등의 많은 산문시 작가들의 작품이 '운이 없으면 시가 아니다'라는 신념을 깨트려 버렸다".[17] 어떤 글은 산문시의 특징과 그 발전의 필연성을 이렇게 제기했다. "우리나라 신시는 대부분 자유시이고, 산문시는 지극히 적다", "진정한 산문시가 출현하여, 시단에 하나의 신기원을 열기 바란다."[18] 루쉰이 『들풀』을 창작하기 얼마 전 선옌빙沈雁冰은 "사상이 고루한 많은 사람들이 신시를 크게 꾸짖는" 복고적 반동을 비판하는 동시에, 신시의 창작에 있어서 형식을 지나치게 강조하면서 산문시를 부정하는 잘못된

---

17 「산문시를 논함」, 『문학순간』 제24호.
18 텅인(滕因), 「산문시를 논함」, 『문학순간』 제27호.

경향에 대해서도 비판했다. 그는 명확하게 말했다. "시구는 산문의 문장으로도 가능한 것이다. 그러므로 산문 형식의 시를 써낼 수 있다면, 이 역시 시인 것이다".[19] 이런 상황에서 산문시를 소개하고 창작하는 것은 확실히 새로운 예술형식을 개척하고 건설하며, 봉건적 복고주의에 대항하는 의의를 지니고 있었다. 더구나 이론만 주장하고 '진정한 산문시'의 창작실천 실적이 없다면, 마찬가지로 산문시에 대한 사람들의 의혹과 비난을 해소할 수 없을 것이다. 바로 이런 의미에서 루쉰이 『들풀』을 지은 것은 창작의 실적으로 산문시의 발전을 위해 새로운 길을 닦은 것이며, 이는 실제로 5·4문학혁명에 대한 예술형식 영역의 계승과 심화로 간주할 수 있다.

물론 새로운 문예형식을 소개하고 건설하기 위해서는 예술형식 자체만 중시해서는 안 된다. 루쉰은 분명히 말한 적이 있다. 자신이 외국문학을 소개하는 목적은 "결코 무슨 '예술의 궁전'에 손을 뻗어 외국의 기이하고 아름다운 화초를 뽑아다가 중국의 예술의 화원에 이식하려고" 하는 것이 아니라, "학대받는 사람들의 고통스러운 울부짖음을 전파하여 포악한 권력자에 대한 증오와 분노를 고취하려고" 하는 것이다. 따라서 초창기 신문학에 있어서 이런 예술형식의 수입과 제창은 전투의 필요성을 위해서이다. 『들풀』의 출현은 '기강이 해이해진 지옥'과 같은 어두운 사회를 겨냥한 정치사상적 투창과 비수였을 뿐만 아니라, 예술의 측면에서 산문시라는 문예형식이 신문학에서 갖는 지위를 크게 강화함으로써 구문학에 대한 시위와 전투의 역할을 담당했다.

---

19 「잡감」, 『문학순간』 제75기, 1923.6.2.

『들풀』은 현대문학사에서 산문시의 신기원을 개척한 이정표로서 모자람이 없다.

2. 세기 말의 과즙과 안목 있는 취사선택

『들풀』에 끼친 외국작가의 영향 가운데 가장 먼저 꼽을 수 있는 것은 보들레르와 그의 산문시이다. 보들레르는 19세기 후반 프랑스 현대시의 창시자이고, 상징주의 시인의 선구자이자 대표자이다. 그는 최고의 찬사와 최악의 비난을 동시에 받은 시집『악의 꽃』을 썼다. 그의 두 권의 산문시집『파리의 우울』과『인조 낙원人造的樂園』은 현대 산문시 발전의 선구가 되었다.

보들레르의 사상과 작품은 부르주아계급 '세기 말' 정신의 전형적 반영이다. 귀족 집안에서 태어난 그는 청년기의 방탕함으로 인해 이후 가난하고 초라한 생활을 영위했다. 지식인다운 낭만주의적 이상을 품고 1848년 2월 프랑스 대혁명에 참가했으나 혁명의 실패와 피비린내 나는 투쟁은 그의 환상을 산산이 부수어버렸다. 이때부터 그는 세상을 경멸하고 퇴폐적이고 타락한 삶을 시작했다. 그의 시는 바로 혁명의 폭풍에 내팽개쳐진 부르주아계급 지식인의 정신적 모순과 위기의 반영이다. 그는 "종일 눈물에 젖어 있는" 가난하고 불행한 민중의 비참한 생활을 동정했다. 그는 '태양'처럼 빛나는 생활에 대한 갈망을 노래했고, 죄악이 가득하고 기형적인 자본주의 제도에 대해 저주를 퍼부었다. 그러나 대부분의 그의 사상과 작품은 주로 세기 말의 퇴폐와 몰락의 경향을 비관주의 색채로 표현했다. 그는 술과 여자를 노래하고, 사망과 무덤을 노래하고, 연인의 시체에 있는 구더기를 노래했다. 인생을 영원히 벗어날 길 없는 '커다란 병원'으로 간주한 그는 향락과 퇴폐를 찬미했고 술과 여자에 대한 탐닉 속에서 위안을 구했다. 그는 「탐닉沈醉」이라는 제목의 산문시에서 이렇게 노래했다. "영원한 탐닉이여! 이것만이 인생에서 유일한 것이다. 다른 어떤 것도 다 하찮을 뿐!" 그의 시와 산문시는 독창성이 풍부하다. 기발한 상상, 상징적 수법, 재치 있는 은유, 조화로운 리듬으로 자본주의 사회의 부패와 추악함을 생생하게 그려냄과 동시에 그것에 대한 자신의 깊은 애착과 찬미를 표현했다. 몰락한 부르주아계급의 정신적 고민과 추구를 표현했고, 예술적으로 독보적인 창조의 경지에 이르렀다. 이 때문에 프랑스 그리고 유럽 문단에 커다란 충격을 안겨주었다. 프랑스의 대시인 위고는 「일곱 노인」과 「왜소한 노부인」을 읽은 뒤, 곧 그에게 편지를 써서 이렇게 말했다. "당신은 다른 사람이 이해하지 못하는 사멸의 섬광으로 예술의 천당을 장식했습니다. 당신은 일종의 새로운 전율을 창조했습니다."[20]

중국 현대문학사에 영향을 끼쳤던 외국작가들 가운데 보들레르는 루쉰에게 있어서 결코 낯선 작가가 아니었다. 보들레르의 사상과 창작 경향 그리고 그의 산문시를 루쉰은 일찍이 접하고 이해했다. 1922년에는 루쉰과 함께 외국문학 소개에 열심이던 저우쭤런이 『소설월보』에 보들레르의 산문시 「탕아游子」, 「창」 등의 작품을 잇달아 번역했

---

20   스텀(Sturm)의 『보들레르 연구』에서 인용. 장원톈 역, 『소설월보』 제15권 호외, 1924.4.

『들풀』의 예술적 근원 탐색 61

다. 1924년 10월에도 문학연구회가 창간한 『문학주보』에 보들레르의 산문시 「달의 가족月亮的眷屬」, 「어느 것이 진짜인가?哪一個是眞的?」가 실렸다. 루쉰과 저우쭤런, 그리고 문학연구회의 관계는 아주 밀접했다. 루쉰이 이런 소개의 글을 살펴보고 유의하지 않았을 까닭이 없다. 『들풀』의 연재를 시작하고 오래지 않아 잡지 『어사』에 루쉰이 잘 아는 장딩황이 다시 보들레르의 산문시 「거울」, 「어느 것이 진짜인가?」, 「개와 단지狗和罐子」를 번역했다. 루쉰은 이들 역시 보았을 것이다.

루쉰 자신도 보들레르의 산문시론에 관한 글을 번역한 적이 있다. 『들풀』의 창작 전, 혹은 그 과정에서 루쉰이 번역한 일본 쿠리야가와 하쿠손廚川白村의 『고민의 상징』과 『상아탑을 나와서』, 그리고 시마자키 도손島崎藤村의 『천초에서從淺草來』 등의 작품에는 모두 보들레르와 그의 산문시에 관한 서술과 소개가 있다. 『고민의 상징』에서 루쉰은 보들레르의 산문시 「창窓」을 번역한 적이 있다. 이것은 지금 우리가 볼 수 있는, 루쉰이 번역한 유일한 보들레르의 산문시이다.

비록 루쉰이 보들레르를 읽고 소개한 적은 있지만, 그는 이 세기 말의 시인에 대해 별다른 흥미를 느끼진 못했다. 루쉰이 공산주의자가 된 후, 일찍이 「비혁명적인 급진적 혁명론자」, 「소설의 제재에 관한 통신」이라는 두 편의 글에서 보들레르라는 개인주의자의 퇴폐적 노선을 깊이 있게 비판했다.

프랑스의 보들레르는 누구나 다 아는 퇴폐적 시인이다. 하지만 그는 혁명을 환영했는데, 혁명이 그의 퇴폐적 생활을 방해하게 된 다음에야 비로소 혁명을 증오했다.[21]

루쉰은 아울러 이렇게 지적했다. 프랑스의 고티에와 보들레르의 작품이 비록 "같은 계급을 증오하고 풍자하기"는 했지만, "프롤레타리아 계급과 한편인 것은 결코 아니었다". "하층인물을 그린다 할지라도 (…중략…) 이른바 객관이라는 것은 실은 높은 곳에서 내려다보는 싸늘한 눈초리이고, 동정이라는 것은 공허한 보시에 지나지 않는 것이어서 프롤레타리아에게 아무런 도움이 되지 않았다".[22] 루쉰은 부르주아계급 개인주의자인 동시에 퇴폐주의자인 보들레르의 계급적 본질에 대해, 또한 보들레르의 작품이 대표하는 계급적 이익에 대해 똑똑히 알고 있었다. 게다가 루쉰의 『들풀』에 표현된 전투적 사상은 보들레르와 아무런 공통점이 없다.

그러나 예술의 발전 과정에서 일어나는 일은 종종 정치사상의 영역에서보다 훨씬 복잡하기 마련이다. 루쉰이 정치사상의 측면에서 보들레르와 확연한 경계를 그었다고 할지라도, 예술적 측면에서 보들레르 산문시를 참조하고 수용했을 가능성은 결코 배제할 수 없다. 문학예술의 영역에서는 이런 상황이 종종 있어왔다. 새로운 문예형식의 발전에 있어서 외국 문학유산에 대한 계승과 참조는 종종 그에 대한 비판과 폐기보다 많은 법이다. 구문학의 자양에 대한 섭취가 없다면 새로운 문예형식의 창조도 없기 때문이다. 루쉰은 보들레르의 퇴폐성을 좋아하지 않았지만, 『들풀』에는 보들레르 산문시의 영향이 낙인처럼 남아있다.

『들풀』은 보들레르 산문시 속에서 어떤 것들을 섭취했는가?

21　루쉰, 『이심집·비혁명적인 급진적 혁명론자』.
22　루쉰, 『이심집·소설의 제재에 관한 통신』.

나는 루쉰의 『들풀』이 의미구성造意의 심원함, 서정의 절실함, 리듬의 조화로움, 표현文辭의 우아함 같은 측면에서 정도의 차이는 있지만 모두 보들레르 산문시의 영향을 받았다고 생각한다. 그 가운데에서도 영향이 가장 현저하고, 『들풀』이 그 당시의 산문시 창작과 상이한 특색을 드러내도록 만든 것은 아무래도 상징주의적 방법의 대규모 운용일 것이다.

보들레르의 산문시는 상징주의의 선구적 작품으로 간주되고 있다. 상징주의와 낭만주의, 현실주의의 가장 큰 차이는, 작가가 자기 내면의 느낌과 정서를 표현할 때, 분명함을 버리고 그윽함을 취하고, 묘사는 가벼이 하되 암시를 중시하고, 독자의 상상을 환기할 수 있는 암시적인 형상과 이미지를 사용하고, 작가의 사상 감정을 직접적 묘사에 기탁하는 대신 전체적으로 더욱 깊이 있게 암시한다는 것이다. 이 때문에 일부 상징파의 산문시는 우리가 읽은 다음에도 그것이 표현하고자 하는 사상 정서의 윤곽과 기복만 느낄 수 있을 뿐, 상징적 형상이나 이미지의 구체적 비유 내용을 완전히 이야기할 수 없다. 어떤 것은 전체적 의미조차 말할 수 없을 만큼 심각한 신비주의적 색채를 띠고 있다.

루쉰의 『들풀』은 상징주의 표현법을 대담하게 섭취하고 있다. 그 가운데 「가을 밤」, 「그림자의 작별」, 「걸인」, 「복수」, 「복수 2」, 「눈」, 「아름다운 이야기」, 「죽은 불」, 「잃어버린 좋은 지옥」, 「묘비문」, 「무너져 내린 선의 떨림」 등의 시편은 대체로 교묘하게 의미심장한 상징적 표현을 사용했으며, 어떤 것은 바로 상징주의 시 자체라고 말할 수 있다. 『들풀』의 제1편인 「가을 밤」은 바로 우아한 상징주의 산문시이다. 작가가 그려낸 한 폭의 가을 밤의 정경은 바로 루쉰이 살았던 당시 어두운 사회와 자신의 투쟁적 심경에 대한 간접적 묘사이다. 이 상징적 가을 밤 속에서 작가는 자신의 현실투쟁에 대한 느낌과 애증을 표현했다. "갖가지 매혹적인 눈빛으로 깜박거리고 있는" "이상하고 높다란 하늘", 하늘에서 "반짝반짝 기괴하게 눈을 깜박이는" 것 같은 별, 동산의 이름 없는 화초들을 얼어서 오돌오돌 떨게 만드는 잦은 서리, 하늘에 걸린 "난처하여 새하얗게 질린" 달, 그리고 "까악 하는 울음"과 함께 날아간 밤에 나다니는 불길한 새, 이런 가을밤의 자연경관들은 모두 풍경에 대한 일반적 묘사일 뿐만 아니라, 작가가 애증이 충만한 필치로 그려낸 반동세력의 상징이다. 이 어두운 세력과 대립하여 작가는 열정적이고 강인한 어조로 추위 속에서 잎을 모조리 떨구었지만, 여전히 묵묵히 쇠꼬챙이처럼 줄기차게 "이상하고 높다란 하늘"을 찌르고 있는 대추나무를 찬미하고, 무서리를 맞으면서도 아름다운 꿈을 꾸고 있는 작은 분홍 꽃에 대해 깊은 동정을 보이고, 빛을 추구하기 위해 죽어간 작고 푸른 벌레 ─ 푸르스름하고 정교한 영웅들에게 묵묵히 자신의 경의를 바쳤다. 이처럼 우아하고 정교한 상징수법으로 심원한 전투적 내용을 표현했다.

「가을 밤」의 상징주의 표현방법이 자연적 경관과 사물을 가지고 작가의 심경을 넌지시 나타냈다면, 「그림자의 작별」, 「묘비문」 등의 시편에서는 상징주의 방법이 더욱 오묘하고 환상적인 색채를 띠고 있다. 오묘하게 구성된 의미, 기이한 환상은 이들 산문시가 예술적으로 더욱 보들레르에 접근하도록 만들었다. 산문시 「묘비문」이 씌어지기 전에 『문학주보』와 『어사』 잡지 두 곳 모두에 보들레르의 산문시 「어느 것이 진짜인가?」가 실렸다. 루쉰의 「묘비문」과 이 산문시는 상당히 비슷한 점이 있다. 이 설명을 위해 그의 산문시를 인용해보고자 한다.

나는 진짜 Benedicta[23]를 안 적이 있다. 그녀는 이상으로 이 공간을 가득 채웠다. 사람들은 그녀의 눈에서 위대함, 아름다움, 명예 그리고 우리로 하여금 불후의 것이라고 믿게 하는 일체의 욕망을 느꼈다.

그러나 이 신기한 여자아이는 너무 아름다웠기 때문에 오래 살 수 없었다. 이 때문에 내가 그녀를 안 지 며칠 지나지 않아 그녀는 죽었다. 청춘이 무덤에서 한창 향기를 피워 올리고 있을 때, 나는 손수 그녀를 묻었다.

내 눈이 내 보배를 묻은 그곳을 아직 주시하고 있을 때, 갑자기 죽은 사람과 꼭 닮은 꼬마 하나가 미친, 이상한, 광포한 표정으로 그 신선한 땅에 서서 징그럽게 웃으며 말하는 것이 보였다. "나야, 내가 진짜 Benedicta야! 나는 유명한 악질이지! 너의 멍청함과 너의 맹목 때문에, 나는 이제 네가 나를, 이 현실의 나를 사랑하도록 벌을 내릴 거야."

그러나 나는 화가 났다. 나는 그녀에게 대답했다. "안 돼! 안 돼! 안 돼!" 나는 나의 거부를 유별나게 표현하고자 했기 때문에, 단번에 땅에서 너무 힘껏 뛰어올랐고, 내 발과 무릎까지 새 무덤 속에 빠지고 말았다. 그래서 구렁텅이에 빠진 한 마리 늑대처럼 나는 지금까지, 아마 영원히 그럴 테지만, 그 이상의 무덤에 묶여 있는 것이다.[24]

이것은 하나의 온전히 상징적인 이야기이다. 작가는 현실의 '구세주'와 무덤의 미인을 대비시켜 사람들이 현실에서 추구하는 위대함, 아름다움, 명예, 애정에 대해 부정적 대답을 하고 있다. 이들 이상은 오직 무덤에서만 영원한 것이리라! 보들레르는 기이하고 환상적인 형

---

23 '구세주'의 의미.
24 『Baudelaire 산문시초』, 장딩황 역, 『어사』 제15기, 1925.2.23.

상을 가지고 자신의 허무주의 사상을 표현했다. 이 산문시의 번역이 발표되고 4개월이 지난 뒤, 루쉰은 「묘비문」을 썼다. 「묘비문」에서 루쉰은 꿈속에서 무덤 속 사자死者의 사상에 대한 '나'의 부정을 통해, 그리고 마지막에 사자가 일어나 앉은 다음 "나는 재빨리 달아났다. 혹시 그가 쫓아 오지나 않을까 두려워 뒤돌아 볼 엄두가 나지 않았다"는 '나'의 태도를 통해, 사상 속의 낡은 '나'에 대한 철저한 부정과 새로운 길을 찾아 용감하게 전진하는 혁명적 정신을 드러냈다. 이런 전투적 정서는 보들레르의 퇴폐적 철학과 전혀 어울리지 않는 것이다. 그러나 루쉰의 「묘비문」에 나오는 묘비문을 둘러보고, 사자와 마주하는 기이한 예술적 구상이라든지, 환상적 형상 속에서 비교적 몽롱한 사상을 드러내는 표현방법 같은 것은 보들레르의 상징주의의 영향을 받았음이 분명하다. 두 작품을 간략하게 대비하기만 해도, 우리는 이 점을 어렵지 않게 알 수 있다.

환상적 이미지와 형상 속에서 상징과 은유의 수단을 통해 자신의 사상과 감정을 구사하는 것, 이는 『들풀』이 보들레르 산문시의 상징주의 영향을 받은 중요한 특징이다. 루쉰의 붓 아래에서 이런 환상적 형상과 세계는 깊이 있는 사회적 내용을 암시하고, 풍부한 사상과 정서를 함축하고 있다. 사물의 경관에 대한 또렷한 묘사 같지만, 뜻밖에 농후한 상징적 색채를 입혀 놓기도 한다. 「아름다운 이야기」에서 그 '아름답고, 그윽하고, 재미있는' "마치 하늘에 온통 오색비단을 뿌려 놓은 것처럼 뒤엉켜 있었던" '아름다운 이야기' 속에서, 우리는 작가가 간절히 바라는 아름다운 생활의 상징을 본다. 그 가없는 광야 위에, 뼛속까지 시린 추위로 가득한 하늘 아래 날아오르는 '북방의 눈' 속에,

작가는 혹독한 현실에 대한 자신의 증오의 감정을 기탁한다. 「눈」속의 자연적 경관과 사물은 이렇게 상징적 색채를 부여받는다. 현실 속에 결코 존재하지 않는 '나'는 얼음계곡에 오랫동안 처박혀 있던 '죽은 불'을 살려내고, 그로 하여금 "영원히 얼어붙지 않고, 영원히 타오르게 하기" 위해, 설사 '거대한 돌수레'의 수레바퀴에 깔려 죽는다 할지라도 아까울 게 없다는 정신은 작가가 찬양하고 또 몸소 실천했던 숭고한 희생정신의 상징이 아닌가? 「죽은 불」은 이런 상징적 묘사를 통해 영원히 사멸하지 않는 불에 대한 찬가를 써냈던 것이다. 「무너져 내린 선의 떨림」, 「복수」 등의 시편에서 작가가 정성껏 엮어낸 이야기를 읽은 다음 우리가 얻게 되는 것은 결코 이야기의 형상 그 자체의 의미가 아니라, 이야기 또는 형상이 암시하고 상징하는 더욱 광범한 내용이다.

이처럼 다채로운 상징적 방법을 운용하여 더욱 깊은 예술적 효과에 다다른 것은 루쉰이 『들풀』의 창작과정에서 이 점을 분명히 자각하고 있었기 때문이다. 「복수」의 창작 의도에 대한 설명을 통해 이 점을 알 수 있다. 이 산문시에 대해 루쉰은 일찍이 이렇게 말했다.

사회에 방관자가 많은 것을 증오했기 때문에 『복수』 제1편을 지었다.[25]

루쉰은 또 이렇게 말했다.

---

25   루쉰, 『이심집 · '들풀' 영역본 서문』.

내가 『들풀』에서 일찍이 남자 하나와 여자 하나가 광야에서 칼을 쥐고 마주 섰는데, 따분한 사람들이 반드시 그들의 따분함을 달래줄 무슨 일이 생길 것이라고 여겨 몰려들지만, 두 사람은 그때부터 미동도 하지 않아 따분한 사람들은 늙어죽을 때까지 여전히 따분해 한다는 이야기를 적고, 「복수」라고 제목을 붙였습니다. 이 역시 그런 뜻입니다.[26]

루쉰은 군중의 마비된 정신상태에 대한 분노와 비판을 표현하기 위해 『들풀』에서는 「노라는 집을 나간 후 어떻게 되었는가?」라는 연설에서 한 것처럼, 군중은 "영원히 연극의 관객이다"라고 전투적 논설로써 지적하지 않았다. 또 「조리돌림」에서처럼 세밀한 묘사로 각종 마비된 인간 군상을 그려내지도 않았다. 그는 오히려 두 사람이 광야에서 칼을 쥐고 마주 서있는 상징적 이야기를 독자 앞에 전개시킴으로써 그와 동일한 사상과 감정을 표현했다. 이런 상징적 이야기와 형상에 사상을 기탁하는 방법은, 루쉰이 『들풀』의 창작 과정에서 대폭 운용한 것이다. 상징적 방법으로 구성한 이미지와 형상 속에는 보들레르 산문시의 상징주의 영향의 흔적이 깊이 새겨져 있다.

물론 『들풀』에는 적지 않은 의미심장한 현실주의 작품, 예를 들어 「연」, 「말하는 방법」, 「이런 전사」, 「똑똑한 사람과 바보와 종」, 「흐릿한 핏자국 속에서」, 「깜박 졸다」 등등이 있다. 설사 상징성이 비교적 강한 작품이라 할지라도, 그 속에 역시 엄숙한 현실주의 방법의 운용이 있다. 그러나 우리는 『들풀』의 많은 시편들이 상징적 방법으로 창

26   루쉰, 「정전둬에게」, 『루쉰서신집』, 베이징 : 인민문학출판사, 1976, 546쪽.

작되었고, 또 어떤 것은 바로 상징주의 작품이라는 사실을 인정하지 않을 수 없다. 이런 사실을 인정한다고 해서 루쉰과 『들풀』의 사상적 광휘에 영향을 미치지 않을 것이다. 오히려 거꾸로 우리는 그 속에서 루쉰이 어떻게 안목 있게, 선별적으로 이역의 과즙을 섭취했는지 볼 것이다. 보들레르 산문시의 상징주의는 현대의 여타 상징주의와 마찬가지로 종종 신비주의 색채를 드리운다. 이런 이역의 과즙에 대한 루쉰의 섭취는 배짱과 안목이 있는 것인 셈이다. 루쉰은 보들레르 작품 속의 '세기 말' 정서와 퇴폐적이고 신비적인 색채에 대한 감별력을 지니고 있었다. 1924년 『어사』가 막 출판되었을 때, 쉬즈모徐志摩가 자신이 번역한 보들레르 『악의 꽃』 시집 속의 「시신死尸」한 수를 부쳐왔다. 거기에는 장황한 설명으로 가득한 상당히 긴 서문이 붙어 있었다. 보들레르의 시는 '불후의 꽃'이고, "그 고약한 냄새는 기이하게 독한 것이지만, 기이하게 향기로운 것이기도 하다. 설사 죽는다 할지라도 그 냄새를 잊을 수 없다"고 주장했다. 또 보들레르 시의 "참된 오묘함은 그의 문자에 있지 않고, 그의 불가사의한 리듬에 있다". "누군가 알아들을 수 없다면 자신이 귀가 너무 무디거나 거친 것을 원망해야 할 것이다."[27] 보들레르 시의 신비주의를 숭배하고 치켜세우는 그의 오류에 대해, 루쉰은 재빨리 「음악?」이라는 잡감을 지어 쉬즈모에게 "농담을 한바탕 건네고", "쉬즈모의 그런 부류의 시는 더욱 좋아하지 않는다"[28]고 말했다. 이것은 실제로 쉬즈모가 극력 고취했던 보들레르 시의 신비주의에 대한 루쉰의 비판을 말해준다. 나중에 루쉰은 침종사沈鍾社의

---

27   쉬즈모, 「'시신' 역자 전기(前記)」, 『어사』 제3기, 1924.12.1.
28   루쉰, 『집외집·서언』.

문학청년들에게 어떻게 "밖으로 눈을 돌려 이역의 자양을 섭취하고, 안으로 눈을 돌려 자신의 영혼을 발굴할 것인지"에 대해 소개하면서 이렇게 말했다.

그러나 당시 각성하기 시작한 지식청년들의 심정은 대체로 열렬하기는 했지만 그래도 애처로운 것이었다. 설사 빛을 한 점 찾았다 할지라도, "원의 직경이 1이면 그 둘레는 3인 것처럼(徑一周三)", 오히려 더욱 분명하게 주위의 끝없는 어둠을 보았다. 섭취한 이역의 자양이라는 것도 '세기 말'의 과즙이었다. 와일드(Oscar Wilde), 니체(Fr. Nietzsche), 보들레르(Ch. Baudelaire), 안드레예프(L. Andreev) 같은 사람들이 마련해준 것이었다.[29]

루쉰이 여기서 그들이 섭취했다고 한 '세기 말'의 과즙이란 그들 사상의 소극적 요소만을 지칭하는 게 아니라 예술적 영향까지도 포함한다. 침종사가 섭취한 이역의 자양에 대한 루쉰의 적확한 평가는 그가 보들레르의 창작이 대표하는 '세기 말'의 경향에 대해 분명하게 인식하고 있었다는 사실을 설명한다.

그렇다면 곧 한 가지 의문이 생긴다. 루쉰처럼 신세기의 서광을 받은 민주주의 전사가 어떻게 보들레르 같은 '세기 말'의 과즙을 섭취했을까? 사실 이것은 전혀 모순이 되지 않는다. 첫째, 보들레르 등의 예술에 대한 비판은 1935년 루쉰이 공산주의자가 된 이후에 이루어진

---

29 루쉰, 『차개정 잡문 2집·'중국신문학대계' 소설 2집 서문』.

것이다. 우리는 10년 이후 프롤레타리아계급 전사의 사상적 지평을 가지고 전기 루쉰의 예술사상에 대해 설명할 수는 없다. 『들풀』을 쓰던 시기의 루쉰은 새로운 혁명의 길을 찾아 도처에서 '방황'하고 고민했다. 당시 침종사 청년들이 '끝없는 어둠' 속에서 '열렬함'과 '애처로움'을 느꼈던 것과 매우 비슷하다. 루쉰의 "밖으로 눈을 돌려 이역의 자양을 섭취하고, 안으로 눈을 돌려 자신의 영혼을 발굴한다"는 면모 또한 침종사의 청년들과 무척 유사하다. 그가 『들풀』을 쓸 때, 보들레르 산문시의 상징주의를 섭취하여 자신의 정서로 나타낸 것은 무척 자연스러운 일이다. 둘째, 루쉰 자신 또한 전기의 사상과 창작에 있어서 정도의 차이는 있지만 니체, 안드레예프의 영향을 받았다고 인정했다. 그렇다면 그가 『들풀』과 같은 서정적 산문시를 지을 때 보들레르의 예술적 과즙을 섭취했다는 것 또한 확실히 가능한 일이다. 셋째, 더욱 중요한 것은 루쉰이 이역의 '세기 말'의 과즙을 섭취했다는 말은 결코 선택과 비판 없이 수용했다는 의미가 아니다. 루쉰은 이역의 문예에 대해 줄곧 기세 좋게, 용감하게, 안목 있게, 선별적으로 '가져오기'를 주장했다. 그는 이렇게 말했다.

설사 결코 중국에 고유한 것이 아니라 할지라도, 장점이 있기만 하면 우리는 역시 배워야 한다. 설사 그 선생이 우리의 원수라 할지라도, 우리는 역시 그에게 배워야 한다.[30]

---

30   루쉰, 『차개정 잡문·아이의 사진으로부터 말하다』.

사실이 증명하듯 보들레르의 산문시 같은 '세기 말'의 과즙 안에도 마찬가지로 우리에게 섭취될 수 있는 양분이 들어있다. 루쉰이 선별적으로, 안목 있게 섭취하여 맺어놓은 과실 『들풀』은 아름답지 않은가? "기교는 결코 나쁘다고 할 수 없는" 『들풀』이 상징주의 방법을 가지고서도 혁명적 내용을 표현할 수 있다는 사실을 증명하고 있지 않은가?

　물론 『들풀』의 일부 시편과 묘사 속에는 지나치게 난해하고 복잡하거나 심지어 읽어도 이해가 안 되는 곳도 있다. 「그림자의 작별」, 「묘비문」은 바로 이런 대표적인 예이다. 이런 사정이 생겨난 원인은 다층적이다. 첫째, 사회적 환경의 제약 때문이다. "그때는 대놓고 말하기 어려웠기 때문에 표현이 때로는 무척 모호했었다."[31] 둘째, 이것은 서정적이고 회포를 노래하는 산문시이다. 이런 예술형식 자체는 칼날을 다 드러내는 잡감이나 심정을 직접 토로하는 산문과 달리, 보다 함축적이고 은근하게 서술하여 독자에게 더욱 많은 상상과 연상의 여지를 남겨줄 것을 요구한다. 셋째, 루쉰은 『들풀』이 "내가 많은 좌절을 겪은 다음에 써낸 것"이기 때문에 비록 "기교는 결코 나쁘다고 할 수 없지만, 심정은 너무 의기소침했었던"[32] 것이다. 이런 '의기소침'이 바로 새로운 혁명의 역량과 노선을 찾지 못했을 때 생겨난 '공허'와 '어둠'의 사상이었다. 이런 사상과 정서의 모순과 투쟁 또한 『들풀』에 석연치 않은 복잡한 요소를 보태주었다. 그러나 우리는 이 밖에도 또 하나의 원인이 있다는 사실을 인정하지 않을 수 없다. 『들풀』의 난해함과 복잡함, 즉 사람들이 저마다 견해가 분분하고 의미를 파악하기 힘든

31　루쉰, 『이심집 · '들풀' 영역본 서문』.
32　루쉰, 「샤오쥔(蕭軍)에게」, 『루쉰서신집』, 베이징 : 인민문학출판사, 1976, 636쪽.

점이 있는 것은 그 예술적 표현방식에 보들레르 산문시의 상징주의가 끼친 영향이 낙인처럼 분명한 까닭이다.

3. 여러 사람의 장점을 널리 받아들여
자신만의 독자적인 창조를 이룬다

『들풀』은 이역의 자양을 섭취하여 자신의 새로운 꽃을 가꾼다는 측면에서 우리에게 많은 소중한 경험을 제공한다. 그 가운데 중요한 한 가지는 여러 사람의 장점을 널리 받아들여 독자적으로 창조하는 것이다. 루쉰은 자신이 어떻게 외국작가를 본받아 창작했는지 설명하면서 이렇게 말한 적이 있다.

이후에 창작을 하고자 한다면 첫째, 관찰을 해야 한다. 둘째, 다른 사람의 작품을 보아야 한다. 그러나 오직 한 사람의 작품만 보아서 그에게 속박되어서는 안 되고, 반드시 여러 작가를 두루 섭렵하여 그들의 장점을 섭취한다면 비로소 나중에 독립할 수 있다. 내가 모범으로 삼은 것은 대체로 외국의 작가들이었다.[33]

이것은 루쉰이 단편소설을 쓰게 된 경험을 말한 것이다. 꼭 같이 『들풀』의 창작에도 적용된다. 『들풀』의 창작과정에서 루쉰은 여러 작

---

33   루쉰, 「둥융수(董永舒)에게」, 『루쉰서신집』, 베이징 : 인민문학출판사, 1976, 398쪽.

가를 두루 섭렵하고 그들의 장점을 섭취하여 자신만의 독자적인 창조를 이룬다는 이런 정신을 견지했기 때문에, 이 산문시집이 특이한 예술적 광채를 드러낼 수 있게 된 것이다.

루쉰의『들풀』창작은 보들레르를 본받았지만, 또 보들레르에 머물지 않았다. 그는 광범하게 여러 예술작품을 섭취했다. 투르게네프 산문시의 계몽주의 사상과 현실주의 표현방법, 반. 에덴『어린 요한』의 부드럽고 우아한 상징주의 필치, 에로센코 동화에 듬뿍 들어있는 치기와 동심어린 서정시 격조와 풍부한 철학, 페퇴피 시의 허무에 대한 반항 과 끈질기게 전진하는 낙관정신, 니체의 준엄함 속의 잠언과 경구가 넘치는 풍격과 특징 (…중략…) 이런 것들 모두가 루쉰『들풀』창작에 각기 다른 영향을 미쳤다.

보들레르를 제외하면 20세기의 20년대 초 중국 신문학이 소개한 산문시 가운데 가장 성취가 뛰어나고 영향을 크게 미친 외국작가로는 투르게네프를 들어야 할 것이다.

투르게네프는 19세기 중엽 러시아의 저명한 작가이다. 세계적으로 유명한 몇몇 장편소설 외에도 만년에 인구에 회자되는 50여 편의 산문시를 지었다. 그의 산문시들은 인생과 자연, 역사와 현실, 삶과 죽음, 자유와 필연 등의 제반 문제에 대해 여러 해 동안에 걸친 작가의 관찰과 사색의 결정체이다. 보들레르의 산문시와 달리 그의 이런 작품들은 처량한 분위기나 숙명론적 색채를 표현한 것들도 있지만, 더욱 많은 시편들은 현실주의적 필치와 화면으로 어두운 독재사회에 대한 증오, 불행한 약자들에 대한 동정, 아름다운 생활과 이상에 대한 갈망을 표현했다. 어떤 시들은 작가의 인생에 대한 의지와 열정을 긍정하고, 자신의 끈질긴 전진의 신념을 표현했는데 상당히 감동적이다.

　루쉰은『들풀』을 창작하기 전에 투르게네프의 작품들을 벌써 잘 알고 있었다. 그는 줄곧 러시아문학을 중국신문학 발전의 '스승이자 친구'로 간주했다. "거기에서 압박받는 사람들의 선량한 영혼, 고단함, 몸부림을 보았고, 또 40년대 작품에서는 희망을 불사르는 것을, 60년대의 작품에서는 비애를 느꼈기 때문이다."[34] 루쉰은 투르게네프를 포함한 러시아문학의 주류에는 '인생을 위한' 사상이 관통하고 있다고 인식했다.

　　이런 사상은 대개 20년 전 중국의 일부 문예소개와 합류하게 되었다. 도스토예프스키, 투르게네프, 체호프, 톨스토이의 이름이 점차 등장하기 시작했고, 아울러 그들의 작품이 잇달아 번역되었다. 당시 '피압박민족문학'을 조직적으로 소개했던 것은 상하이의 문학연구회였는데, 그들은 피압박자를 위해 소리 내어 외쳤던 작가들이라고 할 수 있다.[35]

　이 단락을 통해 우리는 루쉰이 투르게네프와 그의 작품에 대해 벌써부터 읽고 이해하고 있었다는 사실을 알 수 있다. 루쉰의 눈에 투르게네프 또한 피압박자를 위해 소리 내어 외친 '인생을 위한' 작가의 대열에 속했다. 문학연구회가 이런 작가들을 소개한 것을 루쉰도 익히 알고 있었고, 아울러 직접 참가하기도 했다. 보들레르에 비해 투르게네프는 루쉰과 더욱 많은 사상적, 예술적 연관성을 지니고 있다.

34　루쉰, 『남강북조집·중러 문자 교류를 축하하며』.
35　루쉰, 『남강북조집·'리라(竪琴)' 전기(前記)』.

루쉰은 투르게네프의 산문시를 직접 번역하거나 소개한 적이 없다. 그러나 그가 구독하고 또 기고하기도 했던 『신보부간』, 『소설월보』 등의 잡지에 적지 않은 투르게네프의 산문시와 관련 논문이 실렸다. 『들풀』 창작 이전의 예를 든다면, 1920년 6월에서 10월까지 『신보』 제7판(부간)에 투르게네프의 산문시 50수가 연재되었다.(선잉沈穎 번역) 1921년 7월에 출판된, 루쉰이 번역한 『노동자 수후이로프綏惠略夫』가 실렸던 『소설월보』에 투르게네프의 산문시 2수, 「거지叫化子」, 「노동자와 손이 흰 사람工人和白手的人」이 실렸다. 1922년 5월에 출판된 『소설월보』에 투르게네프가 러시아 여성 혁명가를 찬양한 산문시 「문지방」이 번역 게재되었다. 1925년 1월에 출판된 『소설월보』에 루쉰이 번역한 「스페인 극단의 장성」이라는 논문이 실렸는데, 같은 기에 정전둬가 번역한 투르게네프의 저명한 산문시 「참새」가 실렸다. 『들풀』의 창작 과정에서는 『들풀』을 연재했던 잡지 『어사』 제26기에 웨이쑤위안韋素園이 번역한 투르게네프의 「장미」가 실렸으며, 같은 기에 루쉰의 소설 「고 씨 영감」이 발표되었다. 이 모두가 당시 중국어로 번역된 작품들로서 루쉰이 투르게네프의 산문시를 접촉하고 읽었을 가능성을 설명해주는 것이며, 루쉰이 다른 경로를 통해서도 투르게네프의 산문시를 이해하고 섭렵했다는 것은 증명할 필요가 없는 사실일 것이다.

　　작가가 외국문학의 영향을 받았다는 사실을 고찰하는 가장 훌륭한 증명은 바로 예술작품 속에서이다. 투르게네프의 산문시를 한 번 읽어보기만 한다면, 『들풀』 속에서 이역의 자양을 광범하게 섭취한 흔적을 어렵지 않게 발견하게 된다.

　　『들풀』에서 우리는 루쉰과 투르게네프가 꼭 같이 '인생을 위한' 계몽주의 사상의 특징을 지니고 있으며, 그들 모두 혁명적 선각자의 분투와 헌신의 정신을 찬양하고, 마비되고 낙후된 대중에 대해 격분하고 있음을 볼 수 있다. 투르게네프의 산문시 「문지방」은 높다란 저택의 문지방 밖에 서있는 러시아의 젊은 여성이 안개가 자욱하고 눈바람이 몰아치는 싸늘한 저택 안으로 의연히 뛰어드는 것을 그렸다. 느리고 무겁고 탁한 소리가 그녀에게 질문을 던지고, 안에서 그녀를 기다리고 있는 것은 "추위, 기아, 증오, 조소, 모욕, 감옥, 질병, 심지어 사망"이라고 알려준다. 그녀는 그것들을 알고 나서도 "모든 고통, 모든 충격을 인내하고" 심지어 자신을 희생할 준비까지 한다. 그녀는 사람들의 감사도, 연민도, 명예도 요구하지 않는다.

"넌 기꺼이 죄를 범하겠다는 거냐?"

젊은 여성은 그녀의 고개를 숙였다.

"난 기꺼이 (…중략…) 죄를 범하겠어."

안쪽의 소리가 잠시 멎더니, 이윽고 이런 말을 했다.

"넌 장래의 고통 속에서 현재의 신념을 부인하게 될 것이고, 너의 청춘을 헛되이 낭비했다고 여기게 될 것이라는 사실을 알고 있는가?"

"그 정도는 나도 알고 있다. 오직 네가 들여보내 주기만 바란다."

"들어오너라."

젊은 여성은 문지방을 넘어 들어갔다. 두터운 커튼이 즉시 드리워졌다.

"바보!" 어떤 사람이 뒤에서 조롱했다.

"성자(聖人)야!" 어디서인지 모르게 이런 소리가 대답했다.

이것은 한 편의 혁명가에 대한 송가이다. 이 러시아의 젊은 여성은 고통과 희생을 두려워하지 않고, 명예와 지위에 연연하지 않고, 의연히 어두운 제도를 대표하는 '저택'의 '문지방'을 넘어 들어간다. 기꺼이 '범죄'의 더러운 누명을 쓰고, 심지어 생명을 희생하는 한이 있더라도 철저하게 투쟁한다. 투르게네프는 어두운 철권통치사회에 직면하여 용감하게 전진하는 혁명가의 반역정신을 찬양했다. 이런 정신은 '5·4' 시기 중국의 민주주의 혁명가의 반봉건정신과 일치하는 것이다. 이 때문에 이 산문시는 1922년 5월 정전둬에 의해 중국의 독자에게 다시 한 번 소개되었다. 루쉰은 『들풀』에서 서정적 필치로 강인한 반항정신을 찬미했다. 싸늘한 가을밤에 "이상하고 높다란 하늘"을 줄기차게 찌르는 대추나무에 대한 찬미, "사방은 적의로 가득한데", 십자가에 못 박혀 죽음을 눈앞에 두고도 전혀 두려운 기색이 없는 예수에 대한 묘사, 굶주림과 목마름 그리고 피로에도 불구하고 보시나 위안을 바라지 않고, 앞쪽이 가시밭길로 충만한 무덤이라는 사실을 뻔히 알고 있으면서도 여전히 "형편없이 지쳤지만 더없이 고집스럽게" 나아가는 '길손'에 대한 찬양, "자선가 등등을 해친 죄인"이 되는 것을 두려워하지 않고 "마침내 물건 없는 진법 속에서 늙어 쇠약해지고 임종을 맞으면서도" 영원히 투창을 집어 드는 전사에 대한 칭송…… 이런 것들은 모두 루쉰의 철저한 반봉건정신의 예술적 결정이다. 이런 형상들이 구현하는 정신은 투르게네프의 「문지방」에 나오는 전사의 사상이나 감정과 일치한다. 루쉰이 그려낸 이런 투사들의 형상 속에는 "압박 받는 사람들을 위해 소리 내어 외친" 투르게네프가 그려낸 강인하고 두려움 없는 혁명가 정신의 그림자가 있다.

투르게네프의 또 다른 저명한 산문시 「노동자와 손이 흰 사람」은 20세기 20년대 중국의 신문학운동에서 널리 알려진 작품이다. 이 산문시는 노동자와 손이 흰 혁명가의 대화 형식을 채택했다. 노동자의 행복을 추구하고 자유를 쟁취하려고 노력한 어떤 혁명가가 수갑을 차고 6년 동안 감옥살이를 했다. 노동자들은 그의 '흰 손'이 자신들과 다르고, 수갑 때문에 나는 녹슨 냄새로 인해 그가 자신들의 편이 아니라고 생각하고 그를 쫓아낸다. 심지어 "가두는 게 좋아. 그럼 네까짓 게 혁명을 일으키겠어!"라고 말한다. 2년 후에 그 흰 손의 혁명가는 교수형 판결을 받는다. 형이 집행되던 날 노동자들은 그에게 어떤 경의나 동정도 보이지 않는다. 그를 교살하는 반동세력에 대해서도 전혀 불만이나 원한이 없다. 오히려 그 교수형에 사용된 밧줄을 손에 넣으려고 상의한다. 왜냐하면 "사람들 말에 따르면 그 물건은 집안에 행운을 가져오기" 때문이다. 정신적으로 마비된 대중에 대해 격분하는 정신은 투르게네프의 또 다른 산문시 「머저리의 재판愚人的裁判」에서 더욱 직접적으로 표현되었다. 대중을 위해 부지런하고, 열정적이고, 정성껏 일을 한 사람에게 돌아온 것은 뜻밖에도 '정성스러운 마음'과 '정성스러운 청년'들의 그에 대한 혐오와 질타이며, 심지어 그들은 그를 원수로 대한다. 그러나 그는 하던 일을 계속할 뿐, 자신을 위해 변호하지 않는다. 공정한 재판조차 요구하지 않는다. 시는 우의寓意가 분명한 이런 이야기로 끝을 맺는다. 어떤 행인이 농사짓는 가난한 사람에게 빵을 대신할 수 있는 양식―감자를 준다. 그것은 가난한 사람들의 생명을 연장시킬 수 있는 양식이다. 그러나 그들은 그가 준 소중한 선물을 진창에 버리고 그것도 모자라 발로 짓밟아버린다. 지금은 그것을 먹고 있지만, 그들을 기아에서 구원해준 은인의 이름조차 알지 못한다. 이 두 편의 산문시에 표현된 사상이 루쉰의 『들풀』에 영향을 미친 흔적을 찾아볼 수 있다. 루쉰은 「복수 2」, 「무너져 내린 선의 떨림」에서 예수가 수난을 겪는 이야기와 한 노부인이 자녀들에게 버림받는 운명을 통해 투르게네프와 비슷한 사상을 표현했다. 즉, 대중을 위해 행복을 도모한 사람이 대중에게 이해받기는커녕 결국 대중에게 적대시당하는 것이다. 대중은 그의 희생을 감상하거나 그의 은혜를 망각한다. 이런 루쉰의 계몽주의 사상의 근원은 물론 투르게네프의 산문시에 국한되지 않는다. 또한 격분 속에서도 대중이 일어나 투쟁하기를 열렬히 바라는 루쉰의 사상은 그 시대정신과 깊이에 있어서 투르게네프를 훨씬 뛰어넘는다. 그러나 우리는 투르게네프의 산문시가 사상적 측면에서 『들풀』에 미친 영향을 뚜렷하게 읽어낼 수 있다. 쑨푸위안孫伏園은 일찍이 이렇게 회고했다.

> 루쉰 선생이 내게 서양의 문예에도 『약』과 유사한 작품이 있다고 말한 적이 있다. 예를 들어 러시아의 안드레예프에게 『치통』(원제는 Ben Tobit)이라는 작품이 있다. 예수가 골고다에서 십자가에 못 박히던 날, 골고다 부근에 치통을 앓던 상인이 하나 있었다. 그도 라오솬(老栓) 샤오솬(小栓)과 마찬가지로 자신의 질병이 한 혁명가의 억울한 죽음보다 훨씬 중요하다고 느낀다.
>
> (…중략…)
>
> 또한 투르게네프의 산문시 50수 가운데에도 「노동자와 손이 흰 사람」이라는 시가 있는데, 그 의도가 역시 비슷하다.[36]

이는 안드레예프의『치통』이 루쉰의 소설『약』에 대해 끼친 영향과 마찬가지로, 투르게네프의 「노동자와 손이 흰 사람」 등의 산문시와 루쉰『들풀』의 일부 시편들은, 그 구상의 '유사함'과 '의도'의 '비슷함'이 더없이 분명하다.

예술적 구상과 형상의 선택에 있어서『들풀』과 투르게네프의 산문시는 비슷한 곳이 무척 많다. 꿈속에서 자신의 전투적 사상과 정서를 표현한 점은『들풀』의 많은 시편들이 갖고 있는 예술적 구상의 특징이다. 예를 들어 「죽은 불」부터 시작하여, 「개의 반박」, 「잃어버린 좋은 지옥」, 「묘비문」, 「무너져 내린 선의 떨림」, 「말하는 방법」, 「죽은 뒤」까지 포함해서 7편의 산문시가 자신의 꿈속에서의 환상과 느낌을 연속적으로 묘사하고 있으며, 더구나 모두 "나는 꿈에 자신이 …… 하는 것을 보았다"라는 동일한 구절로 서두를 시작한다. 이런 독특한 예술적 구상과 방법, 꿈속에서 전개되는 예술적 경지와 형상은 산문시의 서정적 이미지를 강화했고, 동시에 작가의 사상 심경과 어두운 현실 사이의 대립적 성격을 함축적으로 표현했다. 루쉰은 왜 반복적으로 꿈속의 환상세계를 가지고 현실세계의 느낌을 표현하고자 했는가? 그 이유는 이렇게 함으로써 작가가 자신의 사상과 감성을 표현하기에 편리하다는 것이다. 루쉰 자신이 말했듯이, 현실생활에서 "만일 길을 찾을 수 없다면, 우리에게 필요한 것은 꿈이다. 그러나 장래의 꿈이 아니라 현재의 꿈이 필요하다". 또 다른 이유는 바로 투르게네프 산문시의 영향인 것이다. 투르게네프의 50여 수의 산문시 가운데, 꿈속과 환

---

36 쑨푸위안, 「루쉰 선생의 소설」, 『우주풍(宇宙風)』 반월간 제30기, 1936.12.1.

상을 그린 것이 6, 7편 정도 된다. 어떤 것은 환상 속의 이상적 경지를 그렸는데, 「짙푸른 나라蔚藍的國」 같은 것이다. 어떤 것은 꿈속에서 이야기를 전개하는데, 「세상의 종말世界的末日」, 「벌레」, 「두 형제」, 「그리스도」 그리고 「자연」 같은 것이다. 어떤 시편들은 "나는 꿈에 자신이 (…중략…) 하는 것을 보았다"라는 서정적 필치로 서두를 시작한다. 예를 들어 「그리스도」는 이렇게 시작한다.

나는 꿈에 내 자신이 어떤 나지막한 목조 교회 안에 있는 것을 보았다. 나는 아직 젊은이였다. 거의 어린아이였다. 그 오래되고 낡은 성화의 그림 앞에 가는 촛불이 타고 있었다. 촛불의 빛은 붉은 점 같았다.[37]

이어서 자신은 그리스도가 자기 옆에 서 있는 것을 보았다고 적고 있다. 그런데 이 그리스도는 보통사람과 꼭 같은 얼굴을 하고 있었다. '나'는 믿지 못하고 그럴 리가 없다며 다시 보니 여전히 보통사람과 꼭 같은 얼굴이었다. 이때 "갑자기 내 가슴이 서늘해지고, 나는 깨어났다. 비로소 나는 보통사람과 꼭 같은 얼굴이야말로 바로 그리스도의 얼굴이라는 사실을 깨달았다". 꿈속의 환상을 통해 작가와 우상숭배가 서로 대립하는 반역사상을 표현한 것이다. 또 하나의 산문시 「자연」 역시 동일한 표현방법을 사용했다.

37　투르게네프 산문시의 인용은 발표된 간행물을 주석을 달아 명시한 것을 제외하고 모두 바진(巴金)이 번역한 투르게네프의 『산문시』(상하이 문화생활출판사, 1945)에 근거했다.

나는 꿈에 내가 천정이 둥근 으리으리한 지하 예배당에 들어가는 것을 보았다. 안에는 땅속에 고르게 퍼진 빛으로 충만했다.

예배 한가운데에 한 존엄한 여인이 앉아 있었다. (…중략…) 나는 대뜸 이 여인이 바로 '자연'임을 깨달았다. 일종의 경외감으로 즉시 내 영혼의 가장 깊은 곳에서 전율이 일었다.

이어서 '나'는 '자연'이라는 인간의 '어머니'에게 '최고의 완전함과 행복'을 기구한다. '자연'은 뜻밖에 이렇게 말한다. "나는 어떻게 하면 벼룩의 다리에 힘을 좀 더 보태주어, 적들로부터 쉽게 도망치게 할까를 생각하고 있는 중이야." '나'는 '자연'에게 "착함, 이성 (…중략…) 공정한 도리"를 하소연한다. '자연'은 뜻밖에 그저 싸늘하게 이렇게 대답할 뿐이다. "그건 사람의 말이야!" 마지막에 "땅이 낮고 탁한 신음소리를 내며 떨리기 시작했고, 나는 곧 깨어났다". 작가는 꿈속에서 사람과 '자연'의 대화를 통해 불합리한 사회제도를 비호하는 '법률'과 '공정한 도리'에 대한 부정적 태도를 드러냈다. 환상적인 꿈속의 구상, 몽환적으로 전개되는 기이한 예술형상은, 루쉰의 『들풀』에서 동일하게 숙련되고 교묘한 운용을 보이게 된다. 루쉰의 투르게네프 산문시에 대한 예술적 구상과 방법의 참조와 섭취는 명백한 것이다.

『들풀』이 보들레르와 투르게네프 등의 산문시의 영향을 받았다고 해서 『들풀』이 예술적인 측면에서 독자적 창조가 없다는 것은 아니다. 여러 작가를 두루 섭렵하고 그들의 장점을 섭취하는 목적은 자신만의 풍격을 만들어내어 독립적으로 창조하려는 것이다. 선인에 대한 참조와 학습이 없다면 새로운 문예형식의 탄생도 없다. 그러나 참조와 학습은 결코 단순한 모방이나 어설픈 복제가 아니다. 루쉰이 말했듯이 "의존과 모방은 결코 참된 예술을 낳을 수 없다". 『들풀』이 중국 현대 산문시의 독보적인 작품이 될 수 있었던 가장 중요한 이유는 루쉰이 이역의 과즙을 섭취한 기초 위에서 자신만의 풍격을 만들어내는 예술적 창조를 진행했기 때문이다.

『들풀』의 독보적인 창조에 관해 보들레르, 투르게네프와 3가지 측면에서 간략한 비교와 분석을 해보자.

1) 사상의 측면에서 투철한 혁명적 민주주의자의 참신한 지평을 표현했다.

보들레르와 투르게네프의 산문시 창작의 사상경향은 차이가 매우 크다. 하나는 '세기 말'의 상징파 예술의 대표이고, 다른 하나는 '인생을 위해'를 견지했던 민주주의 작가이다. 그러나 그들은 모두 부르주아계급의 이익과 요구를 대변했다는 점에서는 같다. 이들과 달리 루쉰은 10월 혁명이라는 신세기의 서광의 세례를 받고 창작의 길에 들어섰다. 『들풀』이 표현한 혁명적 내용과 자아해부의 정신은 보들레르, 투르게네프의 작품과는 완전히 상이한 시대적 내용과 계급적 요구를 반영했으며, 루쉰의 '5·4' 시기 전투가 구현한 전체적 방향과 일치하는 것이었다. 이 방향이란 바로 철저하고 비타협적인 반제반봉건 정신이다. 『들풀』과 보들레르, 투르게네프의 산문시 가운데 예술적 구상의 측면에서 유사한 작품을 비교해 보면, 우리는 루쉰의 독창적인 창조가 도달한 새로운 지평을 알 수 있다. 『들풀』을 발표하기 시작한 잡지 『어사』에 보들레르의 산문시 「개와 단지」가 실렸었다. 이 산문시의 전문은 이렇다.

"나의 사랑스러운 개, 나의 착한 개, 나의 보배인 개야, 자, 자, 시내의 가장 좋은 향수가게에서 사온 정통 향기를 맡아보려무나."

그놈은 자신의 꼬리를 흔들며 — 나는 그것이 이 가련한 짐승의 기쁨의 미소를 대표하는 신호라고 생각한다 — 가까이 왔다. 호기심 어린 듯 그 축축한 코를 마개가 열린 단지 입구에 대었다. 잠시 후 놀라 뒤로 펄쩍 물러났다. 그놈은 성난 표정을 지으며 나를 향해 짖어대기 시작했다.

"아, 이 싹수없는 개야, 만약 내가 네게 똥 한 무더기를 주었다면, 기뻐 어쩔 줄 모르며 냄새를 맡았겠지. 아니면 깡그리 먹어 치워버렸거나. 하여 네놈은, 내 고달픈 인생의 쓸모없는 반려자, 네놈도 일반 민중과 닮았구나. 사람들은 미묘한 향기를 결코 너희에게 주어서는 안 되지. 그건 너무 자극적이기 때문이야. 오직 세심하게 선별한 더러운 똥을 줄 수 있을 뿐이야."[38]

이 상징적인 이야기에서 보들레르는 하나의 사상을 말한다. 일반 민중에 대해 마치 자신의 개를 대하듯 그들에게 '세심하게 선별한 더러운 똥'을 줄 수 있을 뿐이고, 결코 '미묘한 향기'를 주어서는 안 된다는 것이다. 뿐만 아니라 투르게네프의 산문시에도 「개」라는 제목의 작품이 있다. 거기서 이렇게 쓰고 있다. "우리 둘은 방안에 있었다. 나

---

38   장딩황 역, 『어사』 제15기, 1925.2.23. 「개와 작은 병」으로 번역해야 할 것이다.

의 개와 나는 (…중략…) 밖에서는 무서운 폭풍이 울부짖고 있었다."
'나'와 개는 서로 응시하고 있었다. '죽음'이 싸늘하고 거대한 날개를
움직여 날아 내려와 그들의 생명을 위협했을 때, '나'와 그의 마음에
는 모두 "동일한 전율의 불꽃이 번쩍이고 있었다". 이때 "하나의 생명
과 또 다른 동일한 생명이 두려워하며 천천히 서로 접근하고 있었다".
투르게네프의 이 산문시는 사람들에게 말하고 있다. 죽음의 공포 앞
에서는 사람과 짐승을 막론하고 어떤 생명의 감정도 모두 이해하고 접
근하게 된다. 그들은 이 '죽음'의 거대하고 싸늘한 날개의 올가미를
벗어날 방법이 없다. 오직 말없는 응시 속에서 동일한 공포의 '불꽃'
을 번쩍이고 있을 뿐이다. 보들레르의 「개와 단지」의 번역이 『어
사』에 발표된 지 2개월 뒤에 루쉰은 「개의 반박」을 썼다. 이것은 꿈속
에서 일어난 사람과 개 사이의 한바탕 대화이다. 나는 옷과 신발이 남
루해서 마치 거지같은 몰골로 좁다란 골목길을 걷고 있었다. 등 뒤에
서 개 한 마리가 짖기 시작했다. 그래서 '나'는 그 개에게 화가 나서 버
럭 소리를 질렀다. "쳇! 입 닥쳐! 이런 권세와 이익에 빌붙는 개 같으
니라구!" 뜻밖에 개는 히히 하고 웃으며 "어찌 감히! 부끄럽지만 사람
만은 못 합니다"라고 말한다. 개의 인간에 대한 반박 속에서 루쉰은
현실생활 속에서 개보다 더욱 권세에 빌붙는 반동계급과 그들에게 사
육되는 하수인 같은 문인에 대해 가차 없는 풍자를 표현했다. 예술적
구상을 놓고 볼 때, 이 루쉰의 산문시는 확실히 보들레르, 투르게네프
의 작품과 비슷한 곳이 있다. 모두 사람과 개의 관계를 가지고 사회현
실에 대한 느낌과 태도를 드러냈다. 그러나 그들 사이의 사상적 지평
은 지극히 커다란 차이가 있다. 보들레르는 개에 대한 사람의 질책을

통해 민중에 대해 극단적으로 멸시하는 부르주아사상을 표현했다. 투르게네프는 사람과 개의 상호 응시를 통해 숙명론적 비관철학을 펼쳤다. 그런데 루쉰은 사람들이 보통 개를 권세와 이익에 빌붙는 동물이라고 생각하는데, 오히려 그것을 거꾸로 이용해 개로 하여금 인간에 대해 반박하게 만들었다. 개에게 동전과 은화, 무명과 비단, 관리와 백성, 주인과 노예의 구분에 근거해 귀천을 구분하고 태도를 달리하는 측면에서 아직 "부끄럽지만 사람만은 못 합니다"라고 말하게 했다. 이처럼 철저한 혁명적 민주주의자 루쉰은 인민대중의 입장에 서서 지배계급과 그 주구들에게 신랄한 풍자로 분노의 불길을 분출했다. 예술적 구상은 유사하지만 루쉰이 그려낸 작품은 오히려 완전히 다른 전투적 광채를 드러냈다.

『들풀』이 도달한 새로운 사상적 지평은, 루쉰이 이국의 자양을 섭취하면서 '가져오기주의'의 기개가 있었을 뿐만 아니라, 낡은 것을 버리고 새로운 것을 만드는 창조적 아이디어도 있었다는 사실을 설명해준다. 예술적으로 독자적인 것을 만들어내려면 작가가 선진적 입장과 세계관을 지니고 있는 것만으로는 부족하며, 반드시 이런 사상을 참신한 예술적 구상과 독창적인 서정적 형상을 통해 표현해야 한다. 앞서 우리는 보들레르의 산문시 「어느 것이 진짜인가?」를 언급했는데, 환상 속에서 죽은 자와 산 자의 대화를 통해 허무주의 철학을 표현했다. 루쉰의 「묘비문」은 꿈속에서 묘비문을 읽고, 죽은 자가 일어나 앉는 것을 바라보는 구상을 통해, 자신이 허무주의 사상과 결별하는 태도를 드러냈다. 이는 예술적 구상과 서정적 형상에 있어서의 혁신인 셈이다. 루쉰은 꿈속에서 상징적 이야기를 전개했는데, 꿈의 서두와 현실적 결말, 묘비문에 새겨진 함축적이고 의미심장한 글귀, 무덤 속 시신에 대한 "얼굴에 슬프거나 즐거운 기색이 전혀 없었고, 그저 연기처럼 몽롱했다"는 표현, 이 모두는 기상천외한 구상이다. 특히 시의 결말에서 루쉰은 보들레르처럼 산 자의 두 다리를 무덤 속에 깊이 빠트려 영원히 헤어나지 못하게 만드는 대신, 더욱 함축적인 구상을 운용했다.

> 나는 곧 떠나려고 했다. 하지만 이미 무덤 속에 일어나 앉은 시신은 입술도 움직이지 않은 채 말했다. ―
> "내가 장차 먼지로 변했을 때, 너는 나의 미소를 보게 되리라!"
> 나는 재빨리 달아났다. 혹시 그가 쫓아 오지나 않을까 두려워 뒤돌아 볼 엄두가 나지 않았다.

무덤 속 죽은 자의 음산하고 절망적인 사상 정서, 이 예전의 '나'는 자신의 지나간 모순된 사상인데, '나'의 이런 예전의 사상 정서와 결별하려는 태도가 사람들이 상상하기 힘든 독자적 경지와 형상을 통해 함축적이고 깊이 있게 표현되었다. 루쉰은 자신의 선진적 사상에 완전한 예술형식을 부여했다.

이와 동일하게 무덤과 죽은 자를 그린 것으로 투르게네프의 산문시 「늙은 부인老婦」이 있다. 내용은 이렇다. 자신이 혼자 광야를 걷고 있는데, 어쩐지 줄곧 등 뒤에서 가볍고 조심스러운 발걸음 소리가 느껴진다. 고개를 돌려 쳐다보니 어떤 작달막한 노부인이었다. 이 노부인은 원래 "사람이 벗어날 수 없는 운명"의 상징이다. 그런데 '나'의 앞에 "검고 너른 것이 하나 있었다. 그것은 일종의 동굴이었다. (…중략…) 하나의 무덤" "그녀는 나를 자꾸 그곳으로 쫓고 있었다.' '나'의 머릿속에 이런 생각이 들자 즉시 필사적으로 달아났지만, 결국 노부인의 추적을 벗어날 수 없었다. "벗어날 수 없구나!" 이것이 이 산문시의 결말이다. 투르게네프는 이런 이야기를 통해 자신의 비관적인 숙명론을 표현했다. 작가가 그려낸 그 광야의 길손은 운명에 쫓기며 벗어날 수 없는 약자의 형상이다. 그의 뒤에는 운명을 상징하는 징그럽게 웃는 노부인이 쫓아오고 있고, 그의 앞에는 죽음을 대표하는 검고 어두운 동굴 무덤이 기다리고 있다. 그는 운명의 간섭을 벗어날 역량도 없고, 죽음의 위협을 제압할 신념도 없다. 루쉰의 「묘비문」과 「길손」은 보들레르와 투르게네프 작품의 영향을 받은 흔적이 있기는 하지만, 사상이 더욱 심오하고, 구상이 한층 참신하다. 루쉰의 '재빨리 달아나며' "뒤돌아볼 엄두가 나지 않은' '나'가 전투적 역정으로 나서면 바로 그가 그려낸 '길손'의 형상인 것이다. 이 광야의 길손은 감옥과 가죽채찍으로 가득한 어두운 사회에 대해 결코 타협하지 않는 전사이다. 그는 잔혹한 압박으로 가득한 지나온 세계에 대해, 가슴 가득 증오를 품고 자신이 추구하는 미래의 생활을 향해 완강하게 전진한다. 그는 앞쪽에 무덤이 있다는 것을 알고 있지만, 무덤 뒤에 어떤 세계가 있는지를 더욱 알고 싶어 한다. 그가 듣는 것은 운명이 그를 사망으로 내모는 발소리가 아니라, 멀리서 그에게 들리는 쉬지 말고 전진하라는 부름이다. 형편없이 지쳤지만 더없이 고집스럽고, 대의를 위해 목숨을 돌보지 않는 그의 전투정신은 루쉰의 혁명노선에 대한 지치지 않는 탐색과 진보사상에 대한 진지한 신념을 반영한다. 이 길손의 완전한 예술적 형상에는 보들레르와 투르게네프의 숙명론이나 비관주의 색채가 없다. 이는 예술적 섭취이자 예술적 창조이다. 루쉰의『들풀』에는 신흥계급의 이익을 대표하는 시대적 사상적 낙인이 깊이 찍혀 있다.

2) 예술방법에 있어서 상징주의와 현실주의 양자의 결합을 구현했다.

산문시의 창작방법에서 보들레르는 상징주의를 위주로 하면서 사실적 방법을 응용했다. 투르게네프 또한 상징적 방법을 사용했지만 현실주의의 명랑한 필치를 더 많이 사용했다.『들풀』의 창작에서 루쉰은 함축적이고 은근하면서도 진실하고 자연스러운 예술적 효과를 거두기 위해 상징적 방법과 사실적 방법의 장점을 섭취하여, 때로는 상징적 방법으로 자신의 사상을 암시하고 은유하는가 하면, 때로는 현실주의적 묘사를 통해 자신의 느낌을 드러냈다. 많은 시편에서 환상적 이미지, 상징적 형상, 진실로 가득한 묘사와 표현, 신랄하고 전투적인 조롱과 풍자가 서로 긴밀하게 결합되고, 융합적으로 운용되어 그의 산문시들을 진실하고 심원하게 만들었다.『들풀』의 우아한 시편들은 상징과 사실의 방법이 서로 결합된 서정적 산문시이다. 예를 들어「무너져 내린 선의 떨림」의 노부인의 형상은 하나의 상징적 묘사이다. 그녀는 빈곤 속에서 자신의 육체를 팔아 어린 딸을 양육했지만, 딸은 성인이 된 뒤 뜻밖에도 어머니의 과거를 부끄럽게 여기고 그녀를 경멸한다. 노부인은 황야에서 무너져 내린 육체의 떨림으로 배은망덕한 인간에 대한 '복수'를 표현한다. 전편은 상징적 이야기이고, 노부인의 형상 역시 상징적 형상이다. 그러나 전편에는 생활의 생생하고 사실적인 묘사가 가득하다. 두어 살 난 여자아이가 '손님'의 문 여는 소리에 놀라 깼을 때의 외침, 어머니가 손안의 작은 은자銀子를 꼭 움켜쥐고서 안도하며, 딸아이의 배고픔에 대해 위로하는 것, 젊은 부부가 자신을 양육한 노인에 대해 질책하는 말, 개구쟁이 아이가 갈대 잎을 휘두르며 외치던 '죽어라'하는 소리, 이 모든 묘사는 얼마나 세밀하고, 사실적이며, 생활의 숨결이 충만한가. 또 다른 산문시 「죽은 뒤」는 루쉰이 꿈에 자신이 길에서 죽어 있는 것을 본 뒤 맞닥뜨리는 여러 가지 경우와 느낌을 그린 것이다. 이런 구상 자체는 투르게네프 산문시의 영향을 받은 것이다. 투르게네프에게 「내가 무엇을 생각하겠는가? ……」라는 산문시가 한 수 있는데, 서두가 이렇게 시작한다.

내가 죽음에 임했을 때, 내가 그래도 생각할 수 있다면, 내가 무엇을 생각하겠는가?

나는 내가 결코 삶을 제대로 살지 못했고, 내가 그것을 낭비했고, 그것을 아무렇게나 취급했고, 내가 그 은혜로운 물건을 어떻게 누릴 것인지 전혀 알지 못했다고 생각할 것이다.

"뭐라고? 이게 바로 죽음이라고? 아니 이렇게 빨리? 그럴 리가! 아, 나는 아직 일을 할 시간이 없었어. (…중략…) 나는 이제 막 시작할 준비를 했단 말이야!"

작가는 자신이 이미 살았던 '유한한 즐거운 시절'을 생각하고, '내세'에서의 알 수 없는 운명을 생각하는 것을 그렸다. 그는 자질구레한 일들을 억지로 생각하면서, "눈앞에 가로놓인 암흑"을 생각하는 데서 벗어나려 한다. 루쉰의 「죽은 뒤」라는 시는 죽은 뒤의 감각적 조우를 쓴다는 환상적 구상 자체도 묵직한 상징적 색채를 띠고 있다. 그러나 시속에서 죽은 뒤의 감각에 대한 묘사는 투르게네프의 추상에 가까운 논의와 다르다. 루쉰은 유머와 신랄함이 풍부한 현실주의 필치로 꿈속에서 죽은 뒤 '지각'한 모든 것을 세밀하고 생생하게 재현했다. 귓가에 들리는 까치와 까마귀의 울음소리, 동틀 무렵 흙냄새가 섞여 있는 상큼한 공기, 외바퀴 수레가 머리맡으로 지나갈 때의 사람을 짜증나게 하는 소리, 구경하러 온 사람들의 발에 채인 황토가 자신의 콧구멍에 날아들어 "나는 재채기를 하고 싶었지만 끝내 하지 못하고, 재채기 하고 싶은 생각만 났다"는 표현이 있다. 이어서 루쉰은 냉담한 구경꾼들이 내는 '쯧쯧 윙윙'하는 논의, 개미와 파리 등의 각종 벌레들이 자신의 몸에서 '비판'의 자료를 찾는 모습, 흉악한 순경이 그에 대해 "어떻게 여기서 죽었지? ……"라며 내뱉는 질책을 그려냈다. 헌책방 발고재勃古齋의 젊은 외판사원이 죽은 사람한테서까지 돈을 챙기려는 부분의 멋진 묘사를 보자.

"안녕하세요? 당신 죽었어요? ……"

무척 귀에 익은 목소리다. 눈을 떠 쳐다보니 헌책방 발고재(勃古齋)의 젊은 외판사원이다. 20년도 넘게 보지 못했을 텐데 여전히 옛 모습 그대로다. 나는 또 천지사방 육면의 벽을 쳐다보았다. 정말이지 너무 거칠었다. 아예 손질은 눈꼽만큼도 하지 않았는지 톱밥이 여전히 주렁주렁 달려 있었다.

"괜찮아요. 괜찮고 말고요." 그가 말하면서 짙은 남색 보자기를 풀었다. "이건 명대(明代) 판본인 『공양전(公羊傳)』인데, 가정(嘉靖) 시기의 책장 위아래에 검은 줄이 쳐진 선장본이예요. 선생님께 가져왔으니 두고 보시지요. 이건 또……"

"이봐요!" 나는 의혹에 찬 눈길로 그를 응시하며 말했다. "당신 정말 멍청해진거요? 내 이런 모습을 보고도 무슨 명대 판본을 보라느니 어쩌느니? ……"

"볼 수 있어요. 괜찮아요."

나는 대뜸 눈을 감아버렸다. 그에게 무척 짜증이 났기 때문이다.

이것은 꿈속의 환상이고, 죽은 뒤의 감각이다. 그러나 묘사가 얼마나 세밀하고, 사실적이고, 함축적이고, 깊이가 있는가! 상징적 수법을 사용하면서도 현실생활에 대한 박진감이 넘치는 묘사인 것이다. 『들풀』의 일부 시편들에 보이는 것은 상징주의 방법의 단순한 복제도 아니고, 루쉰 소설의 현실주의 묘사방법의 기계적 운용도 아니다. 그것들은 대담하게 상징주의와 현실주의의 완전한 결합을 이루었다고 말할 수 있다. 우리가 『들풀』이 중국 현대산문시의 신기원을 열었다고 말하는 하나의 중요한 표지가 바로 여기에 있다.

3) 서정적 풍격에 있어서 민족화된 서정적 산문시의 독자적 특색을 형성했다.

루쉰은 『들풀』에서 이역의 과즙을 섭취하고, 여러 작가의 장점을 두루 섭렵했는데, 그것은 예술적 풍격에 있어서 결코 외국 산문시의 짜깁기나 이식이 아니었다. 『들풀』은 다양한 자양을 섭취하고 자신의 알뜰한 창조를 거침으로써 이미 민족 산문시의 독자적 풍격을 형성했다. 「가을 밤」의 그윽함과 엄숙함, 「눈」의 눈부심과 따스함, 「죽은 뒤」의 생생함과 신랄함, 「그림자의 작별」의 기발함과 미묘함, 「연」, 「12월의 이파리」의 부드러움과 소박함, 이 모든 것들은 중국 현대산문시의 독자적 특색을 갖추고 있다. 루쉰은 "외국의 좋은 법도를 차용하고 이를 알맞게 손질하고" 대담하게 혁신했을 뿐만 아니라, "중국의 유산을 선별하고 여기에 새로운 기운을 융합해서" 작품으로 하여금 "새로운 국면을 열게" 했다. 중국민족의 전통에서 우아한 산문의 농후한 서정적 풍격, 민족 영회시詠懷詩의 함축적이고 은근한 특색, 루쉰이 섭취한 이역의 과즙, 이 모두가 함께 융합되어 『들풀』의 많은 시편들을 외국산문시의 영향의 흔적이 보이면서도 민족적 숨결이 드러나게 만들었다. 예를 들어 「눈」, 「연」, 「아름다운 이야기」 등의 시는 우리가 루쉰의 붓을 통해 조국의 아름다운 자연풍경과 농후한 농촌 생활의 숨결을 발견할 수 있는 것이다. 「길손」, 「말하는 방법」, 「똑똑한 사람과 바보와 종」 등의 시는 루쉰의 소설이나 잡문처럼 깊숙하고, 준엄하고, 유머러스하고, 신랄한 풍격과 필치가 반짝이는 것이다. 「걸인」, 「이런 전사」, 「흐릿한 핏자국 속에서」 등의 시편은 루쉰이 어떻게 민족의 언어를 숙련되게 운용하여, 산문시로 하여금 조화로운 리듬과 우아한 내재적 운율을 갖추게 했는지 볼 수 있는 것이다.

마오쩌둥은 「음악가와의 대화」라는 글에서 우리의 문예는 외국의 장점을 학습하여, 중국의 독자적인 새로운 것을 창조해야 한다고 줄곧 강조했다. 그는 이렇게 말했다. "근대문화는 외국이 우리보다 뛰어나다. 이 점을 인정해야 한다." "외국의 것을 섭취하고, 그것을 개조하여 중국의 것으로 바꾸어야 한다. 루쉰의 소설은 외국의 것과도 다르고, 중국 고대의 것과도 다르다. 그것은 중국의 현대의 것이다." 루쉰의『들풀』역시 그렇다. 그것은 외국산문시의 장점을 광범하게 흡수했고, 또 중국 현대산문시의 풍격을 부지런히 창조했다. 그것은 확실히 이미 "외국의 것과도 다르고, 중국 고대의 것과도 다른" 중국 현대산문시의 예술적 진품이 되었다.

50여 년 전, 루쉰 선생이 피비린내 몰아치던 남방에서 정성껏 기른 한 다발의『들풀』을 독자에게 바칠 때, 그는 노기어린 음성으로 이렇게 말했다. "나는 물론 나의 들풀을 사랑한다. 그러나 나는 들풀을 장식으로 삼는 이 땅은 증오한다." 오늘날 들풀을 장식으로 삼던 죄악의 '땅'은 일찌감치 '죽고 썩었다', 하지만 루쉰이 심혈을 기울여 기른『들풀』은 여전히 예술의 화원에서 영원히 퇴색하지 않는 광채를 빛내고 있다.

우리는『들풀』을 사랑한다. 그리고 루쉰이『들풀』을 창작하면서 우리에게 남겨준 지극히 소중한 경험을 더욱 사랑한다.

그러나 진보하거나 또는 퇴보하지 않으면서, 때때로 스스로 독창적인 것을 만들고자 한다면, 최소한 이역에서 자료를 구해야 한다. 만약 각종 금기, 각종 조심, 각종 불평, 이렇게 하면 조상을 거스르게 되고, 저렇게 하면 오랑캐 같지 않을까 하면서 평생 동안 살얼음을 밟는 것처럼 두려워한다면, 벌벌 떨기도 모자랄 판에 어떻게 좋은 것을 만들 수 있겠는가.[39]

---

39   루쉰,『무덤 · 거울 유감(看鏡有感)』.

『들풀』과 중국 현대산문시

세상에는 모란을 사랑하는 사람이 아마 가장 많을 것이다. 그러나 만다라꽃 또는 이름 없는 작은 풀을 좋아하는 사람도 있다.

—루쉰, 「샤먼통신」, 『화개집 속편』

5·4문학혁명이 개척한 문예의 화원에 무리지어 자랐던 『들풀』은 지금까지도 산문시 가운데 예술적 조예가 가장 뛰어난 한 그루 기화이초라고 간주된다. 『들풀』의 편폭은 비록 짧지만 뜻밖에 세월이 흘러도 쇠퇴하지 않는 생명력을 지니고 있다. 중국 현대산문시 역시 『들풀』의 출현으로 말미암아 독자적이며, 성숙한 정상에 올랐다. 『들풀』의 가치를 올바르게 인식하기 위해서는 그것이 중국 현대산문시 발전에서 차지하는 지위에 대해 고찰하고 검토하지 않을 수 없다.

1. 루쉰의 산문시 창작 최초의 실천

한 위대한 작가의 창작은 동시대의 문학에 빛과 영향을 줄 수 있지만, 또 그 시대의 진보적 예술사조의 훈육을 벗어날 수 없는 법이다. 걸출한 예술작품을 창작하기 위해서는 선인이 남겨놓은 전통의 젖을 빨아야 할 뿐만 아니라, 많은 동시대인들의 평범하지만 개척적인 노동과 연계되어야 한다. 발밑의 흙이 없다면 하늘을 찌르는 봉우리도 없는 것과 마찬가지로, 한 세대의 창조적 개척과 탐색이 없다면 일반적 수준을 뛰어넘는 예술의 진품의 탄생도 없다. 이것은 예술의 발전법칙이다. 『들풀』이라는 이 산문시집의 탄생 역시 그러했다. 5·4문학혁명부터 『들풀』의 출현까지 중국 현대산문시의 발전은 일단의 탐색과 창조의 길을 걸었다. 루쉰을 포함한 많은 시인과 작가가 산문시의 발전을 위해 노동의 땀을 쏟았다.

현대산문시가 독립된 예술형식으로 중국에 전래된 것은 문학혁명을 강력하게 제창한 『신청년』 잡지에서 비롯되었다.

1918년 5월, 루쉰이 「광인 일기」를 발표했던 같은 기, 즉 4권 5기의 『신청년』에 인도 시인 라탄·데비^{Ratan Devi}의 시 「나는 눈길을 간다 我行雪中」가 실렸다. 이것은 한 수의 우아한 산문시로서, 류반눙이 문언文言으로 번역했다. 시에서는 '나'가 눈길을 걸어 맨하탄을 지나면서, 한 집에 들어간 후 겪게 되는 갖가지 환상을 그렸는데, 이를 통해 인생에 대한 감회를 표현했다. 류반눙은 이 시를 번역한 경과에 대해 이렇게 말했다. "두어 해 전 나는 이 시를 미국의 *VANITY FAIR* 월간에서 손에 넣었다. 시詩, 사詞, 가歌, 부賦 각종 체재로 번역을 시도해 보았지만, 모두 격조가 맞지 않아 뜻을 이룰 수 없었다. 결국 선인들이 불경을 번역하던 필법을 본받아, 그 복잡하고 미묘한 곳을 직서하는 식으로 바꾸었다. 하지만 역시 마음에 쏙 들지는 않았다. 마음 같아서는 한 번 완전히 직역하는 문체를 만들어 보고 싶었지만, 그게 쉬운 일이 아니어서 그냥 천천히 시험해보기로 했다." 이 말은 중국의 전통적 시, 사, 곡, 부의 격조로는 이미 산문시라는 이런 체재의 작품이 담고 있는 '복잡 미묘함'을 전달할 방법이 없으므로, "한 번 완전히 직역하는 문체를 만드는" '시험'을 해야 한다는 것이다. 류반눙이 추구한 이런 새로운 '문체'가 바로 중국현대의 산문시이다. 이 시의 말미에 류반눙은 이 월간 기자의 서언序言도 번역했는데, 거기에서「나는 눈길을 간다」는 한 수의 "구상이 엄밀한 산문시"라고 말했다. 이것이 아마 '산문시'라는 개념이 중국신문학에서 가장 일찍 수입된 예일 것이다.

같은 해 8, 9월에 류반눙은『신청년』에 백화로 타고르의 무운시無韻詩 9수와 투르게네프의 산문시 2수를 번역해 실었다. 그 뒤『신청년』, 『시사신보・학등』,『신보부간』,『소설월보』,『문학순간』(나중에『문학주보』로 바뀌었다),『어사』등의 신문과 잡지에 보들레르, 투르게네프, 오스카 와일드, 타고르 등의 산문시 번역이 잇달아 발표되었다. 그 가운데 투르게네프, 보들레르의 산문시에 대한 번역 소개가 비교적 많았다.『신보부간』의 전신인『신보』(제7판)는 1920년 6월부터 투르게네프의 산문시 50수를 잇달아 전부 번역 게재함으로써 투르게네프의 산문시 전체를 중국의 독자에게 추천하고 소개했다. 보들레르의 경우, 당시의 간행물들이 그의 산문시 번역을 많이 발표했을 뿐만 아니라, 전문적으로 그를 소개하고 연구한 논문도 게재했다.[1] 이런 번역과 소개의 분명한 목적은 다른 나라 시인의 창작 실천을 가지고 "운이 없으면 시가 아니다"라는 중국 전통의 신조를 타파하는 것이었다. 또 신문학이 자신의 예술영역을 확대하는 모범을 찾고, 산문시의 생존과 발전을 위해 합리적 근거를 찾는 것이었다. 외국 산문시에 대한 소개는 민족 산문시를 창조하기 위한 일종의 참조였다. 이런 강력한 이식과 참조가 없었다면 중국 현대산문시의 탄생도 없었다고 말할 수 있다. 이런 이식과 참조가 없었다면『들풀』의 출현도 없었다.

　참조는 물론 창조를 대체할 수 없다. 중요한 것은 산문시를 스스로 창작하는 것이다. 하지만 새로운 문학형식의 출현과 발전은 종종 집단적 창조의 결과이다. 5·4문학혁명의 발전에서『들풀』이 탄생한 전후에 이르기까지, 산문시 또한 '시험嘗試'에서 건설에 이르는 고독하고 험난한 발전과정을 겪었다. 많은 작가와 시인들이 그들의 부지런한 노력으로 이 예술의 화원에서 찬밥 신세이던 새로운 꽃을 재배하기 위해 험난한 탐색의 발자취를 남겼다. 류반눙은 산문시 창작에 종사한 최초의 작가이다. 그가 1918년『신청년』에 잇달아 발표한「무 파는 사람賣蘿蔔人」,「창호지窓紙」,「새벽曉」등은 신문학사에 있어서 산문시 창작의 최초의 울림이었다. 그 뒤 신시의 창시자 궈모뤄가「나의 산문시」,「길가의 장미」를 잇달아 발표했다. 문학연구회의 시인과 작가, 빙신, 주쯔칭, 쉬디산許地山, 왕퉁자오王統照, 쉬위눠, 자오쥐인, 왕수런王叔任, 쑨량궁孫俍工, 쉬즈 등은 모두『소설월보』,『문학주보』에 그들의 산문시 작품을 발표했다. 이 밖에『어사』,『광표狂飆』사의 간행물에도

1　예를 들어 톈한(田漢)의「악마시인 보들레르 백년제」(『소년중국』제3, 4,5기), 장원톈이 번역한 스텀의『보들레르 연구』(『소설월보』제15권 호외).

쑨푸시孫福熙, 장이핑章衣萍, 가오창훙高長虹 등의 산문시가 발표되었다. 『신보부간』에도 일부 산문시가 실렸다. 이 시기에 비록 성과가 뛰어난 산문시가 탄생하지는 않았지만, 이런 시인과 작가들의 부지런한 개간은 산문시라는 화원의 척박함과 적막함을 깨트려, 민족 산문시 최초의 아름다운 꽃을 피어나게 만들었다. 처음 핀 아름다운 꽃들은 신문학 창작의 영토를 확장하고, 구문화와 투쟁하는 임무를 다했을 뿐만 아니라, 이후『들풀』의 탄생을 포함한 산문시의 창작을 위해 충분하고 풍족한 예술적 자양도 마련했다. 위대한 문화혁명의 기수 루쉰 또한 그의 창작실천을 통해 산문시 개척자의 대오에 가입했다. 신시 혁명에서는 루쉰이 백화시의 탄생을 위해 힘을 보태는 '변죽을 울리는' 역할을 했을 뿐이라면, 산문시의 탄생과 발전에서는 루쉰이 이를 훨씬 뛰어넘어 길을 개척하는 사령관이 되었다. 5·4문학혁명 초기에 루쉰이 현대산문시 최초의 창작자 가운데 하나였다는 사실을 설명해주는 충분한 근거가 있다.

우리는 중국 고전시가 교육과 서양문학의 깊은 가르침을 함께 받은 루쉰이 시적 기질이 아주 강했던 사람이라는 사실을 알고 있다. 초기에 번역한 『스파르타의 혼』과 그가 지은 『악마파 시의 힘摩羅詩力說』은 이미 이런 특징을 드러냈다. 이런 시정詩情은 5·4문학혁명 초기에 발전하게 된다. 이 시기 그가 지은 몇 수의 백화시에는 농후한 시의詩意가 넘쳐흐르고, 각운의 가지런함에 구속받는 산문시의 어떤 특징을 드러내고 있었다. 심지어 그가 쓴 소설과 잡문에도 어떤 곳은 뚜렷한 산문시의 풍채를 띠고 있었다. 중국 신문학사 최초의 백화소설인 「광인 일기」는 흐릿한 상징적 필치 속에 깊고 너른 울분을 토로했는데, 전체적으로 철학적 의미와 감정이 융합된 시적 특색을 갖추었을 뿐만 아니라, 어떤 부분은 사실 우아하고 심오한 산문시라고 볼 수 있다. 「광인일기」의 예술적 특징에 관해, 선옌빙沈雁冰은 당시 어떤 평론에서 이렇게 말한 적이 있다. "이 기이한 글 속의 냉철한 문장과 가파른 어조는 함축적이고 은근한 의미와 흐릿한 상징주의 색채와 어울려 남다른 풍격을 구성함으로써 사람들로 하여금 보자마자 형언할 수 없는 슬픈 유쾌함을 느끼게 한다."[2] 이런 요약은 사실 '5·4' 초기 루쉰의 일부 작품이 지니고 있던 산문시의 특징을 설명해준다.

그러나 일부 작품이 산문시의 특색을 갖추었다는 것은 결국 아직 산문시 자체는 아니라는 말이다. 루쉰이 의식적으로 산문시를 창작한 것은 1919년 여름이다. 그 해 8, 9월에 쓴 「혼잣말自言自語」이 바로 그가 시험적으로 창작한 최초의 산문시이다.

이 일련의 우아하고 심오한 짤막한 산문시는 산문시가 탄생한 지 얼마 되지 않은 시기에 쓰였는데, 전투적 철학과 사고가 충만하고, 특이한 운치와 풍채를 갖추었다. 또 어떤 시편은 나중의 『들풀』 창작의 초기형태임이 분명하다. 그것들은 루쉰과 중국 현대산문시의 관계를 이해하고, 『들풀』의 예술적 특징의 형성을 연구하는데 있어서 중요한 가치를 지닌다.

「혼잣말」은 짤막한 편폭으로 작가의 소소한 느낌과 사고를 표현했는데, 루쉰이 『들풀』에 대해 말한 것처럼 그때그때의 '자질구레한 감상'인 셈이다. 하지만 그 속의 감상과 사고는 농후한 시적 의미와 철학

---

2   선옌빙, 「'외침'을 읽고」, 『문학주보』 제91기, 1923.10.8.

적 색채를 띠고 있다. 산문시의 「서문序」은 아주 시적이다. 그것은 연작시의 간판이다. 작가는 거기서 강남 지방 어촌 마을의 여름날, "귀 먹고 눈 어두운" '타오할아버지陶老頭子'가 혼잣말을 중얼거리는 정경을 서술했다. 이는 루쉰이 연작시를 같이 꿰기 위한 평계역할을 하는 짧은 서문이자, 독립된 예술적 가치를 지닌 서정적 산문시이다. 객관적 현실생활의 직접적 묘사가 아니라, 주관적 내면세계의 서정적 자술인 '혼잣말'의 특징은 연작 산문시의 성질을 결정했다. 나머지 6편의 산문시는 모두 편폭이 무척 짧다. 가장 긴 것이 4, 5백 자에 지나지 않고, 짧은 것은 1, 2백 자에 불과하다. 이렇게 짤막한 편폭 속에 루쉰은 그의 심오한 사상과 감정을 응축했던 것이다. 각각의 시편은 사상과 철학의 전투적 숨결이 넘쳐흐르고, 심오하고 지혜로운 시적 의미의 광채가 빛나고 있다. 예를 들어 「불의 얼음火的氷」과 「고성古城」은 상징적 묘사 속에 선각자인 혁명가에 대한 찬양의 감정이 가득하다. 그것들은 사람들에게 차갑고 어두운 세력과의 투쟁에 있어 굳세고 끈질기며 용감하게 희생하는 정신과 품격을 형상적으로 드러냈다. 「게」와 「파도波兒」는 우화적 분위기의 이야기 속에 현실투쟁에서 얻은 귀중한 경험을 응집시켰다. 시에서는 전우에게 새로운 사업을 창조하는 혁명과정에서 충분한 경계와 인내를 가져야 한다는 사실을 중심으로 전달한다. 「나의 아버지」와 「나의 동생」은 서정적 독백의 어조로 자신에게 엄격한 솔직하고 아름다운 흉금을 진지하게 드러냈으며, 사람들이 봉건적 미신과 허위, 예교적 전통과 철저하게 결렬하도록 넌지시 인도하고 있다. 루쉰이 토로한 이런 전투적 의미가 충만한 철학과 사상은 모두 정교하게 구상된 서정적 경지를 통해 표현되었다. 심오한 철학적 의미와 농후한 시적 정취가 루쉰의 글에서 완전하게 결합되고 있다. 이는 「혼잣말」이라는 연작 소형 산문시가 예술적으로 성숙한 뚜렷한 표지이다.

「혼잣말」이라는 연작의 짧은 글이 산문시의 특징을 갖추었다고 말하는 까닭은 루쉰이 시의 형상과 이미지의 추구에 특히 주의했기 때문이다. 그는 자신의 심오한 사상을 직접적인 논설 형태로 호소하지 않고, 시의 형상과 이미지 속에 기탁했다. 시의 형상과 이미지에 대한 추구가 만드는 구상이 바로 산문시와 일반적인 산문잡감 사이의 두드러진 차이이다. 「불의 얼음」은 가장 함축적인데, 혁명가를 찬양하는 작가의 심경이 기이하고 범접하기 어려운, 산호처럼 아름다운 불의 얼음이라는 형상 속에 완전히 감추어져 있다. 「게」와 「파도波兒」가 그리고 있는 감상은 비교적 쉽게 사람들에게 이해된다. 그러나 이는 결코 추상적 설교를 통한 것이 아니라, 형상의 계시로 말미암은 것이다. 껍질을 벗고 새롭게 태어나려는 늙은 게가 엉큼한 '동료'에 대해 극도로 경계하는 통찰, 천진난만한 파도의 아름다운 사물의 성장에 대한 지나치게 조급한 갈망, 이런 묘사들은 사람들의 영혼에 울림을 줄 뿐만 아니라, 예술의 아름다움에 대한 향유도 선사한다. 이것이 바로 산문시의 특징이 갖는 예술적 매력이다. 봉건주의에 반대하는 전투에서 루쉰은 비수와 같은 잡문에 만족하지 않고, 일련의 우아하고 심오한 산문시 창작에 몰두했다. 이는 그가 산문시라는 예술의 특징과 기능에 대해 깊은 깨달음이 있었다는 사실을 설명해주는 것이다. 이는 다음을 보면 충분히 이해할 수 있다.

루쉰은 「우리는 지금 어떻게 아버지 노릇을 할 것인가」라는 논문에서 중국의 각성한 자들이 어른에게 순종하고 어린이를 해방하려면,

한편으로 낡은 빚을 청산하고 다른 한편으로 새로운 길을 개척해야 한다고 제기했다. 즉 "스스로 인습의 무거운 짐을 지고, 암흑의 갑문을 어깨로 받쳐, 그들을 너르고 밝은 곳으로 내보내 앞으로는 행복하게 생활하고 합리적으로 처신하도록 해야 한다". 그는 "자녀를 해방하고 싶어 하지 않고" 그들을 '무의미한 희생'으로 만들려는 복고적이고 수구적인 '어른'에 대해 질책했다. 여기에 표현된 사상은 심오한 것이고, 사용된 언어 또한 형상적 특징이 풍부하다. 그러나 이것은 여전히 이론적 논설이지 시적 형상의 현현이 아니다. 이 글을 쓰기 한 달 전에, 루쉰은 「혼잣말」 속의 짧은 산문시 「고성」을 지었다. 동일한 사상이 또 다른 예술형식 속에서 아주 다르게 표현되고 있다. 「고성」과 「우리는 지금 어떻게 아버지 노릇을 할 것인가」를 비교해 보면, 형상적 언어가 결코 형상적 시는 아니라는 사실을 분명하게 알 수 있다. 형상적 시가 되려면 반드시 정교한 예술적 구상을 통해 독창적인 시적 형상과 이미지를 찾아내야 하며, 그리하여 자신의 사상과 감정을 함축적이고 은근하게, 감칠맛 나게 표현해야 한다. 「혼잣말」은 이런 미학적 특징을 갖춘 산문시이다.

「혼잣말」은 예술적 표현방법에 있어서도 다방면으로 개척했다. 현실생활의 사건에 대한 묘사를 빌어 혁명적 심정을 펼친 시들이 있는데, 예를 들어 「나의 아버지」, 「나의 동생」 같은 것이다. 그러나 더욱 많은 시들은 상징주의의 방법을 운용하여 시의 형상과 이미지를 구성하고, 암시, 비유, 은유 등의 수단을 통해 감정을 드러낸 것이다. 루쉰은 서구의 상징주의 예술 대가들의 퇴폐와 신비를 내던지고, 그들이 창조한 예술 방법을 차용하여 상징적 형상을 구성했다. 이런 측면에서 루쉰의 대담한 예술적 창조는 「혼잣말」을 같은 시기에 출현한 다른 산문시들에 비해 비교적 독보적인 풍격을 갖도록 만들었다. 「게」와 「파도」는 상징에 속하기는 해도, 그래도 비교적 평이한 편이고, 우화이고 동화적인 색채를 띠고 있다. 「고성」과 「불의 얼음」은 완전한 상징적 예술형상이다. 고성의 퇴락, 소년의 외침, 노인의 완고함, 이 모두는 현실사회에서 신구 세력이 필사적인 격투를 벌이는 생생한 모습을 상징하고 있다. 「불의 얼음」의 상징적 형상은 더욱 완벽하다. 시에서 찬양한 사람은 '불의 얼음' 같은 사람이다. 작가는 일반적 현실주의 방법에서 하듯이 이런 사람의 사적과 품위를 정면으로 칭송하지 않았다. 이렇게 하자면 더욱 많은 문자가 필요하다. 또 설사 그렇게 한다 해도 그 사람의 정신적 면모를 완전하게 드러내기는 어려울 것이다. 루쉰은 상징적 방법을 사용하여 '녹은 산호'처럼 붉고 아름다운 '흐르는 불'을 가지고, 그의 마음속의 혁명적 선각자의 형상을 상징했다. 이 흐르는 불은 "말할 수 없는 냉기"를 만나 얼음으로 변했지만, 여전히 산호처럼 아름다운 본색을 지니고 있다. 루쉰이 불을 그리고, 불의 얼음을 그린 것은 모두 '불의 얼음의 사람'에 대한 존경과 찬미의 감정을 나타내기 위해서였다. 차고 어두운 압박으로도 영원히 정복할 수 없는 혁명적 선각자의 불굴의 성격이 우아한 상징적 형상 속에 숨어 있다. 상징적 방법의 운용으로 말미암아 이 산문시는 그 사적을 직접 서술하는 작품에 비해 더욱 많은 서정적 의미를 내포할 수 있었고, 작품을 감상하는 사람들에게 더욱 광활한 상상의 공간을 제공할 수 있었다.

「혼잣말」의 가치는 이 연작 소형 산문시 자체의 예술적 성과를 훨씬 뛰어넘는다. 이 일련의 소형 산문시가 오랫동안 묻혔다가 재발견됨으로써 사람들의 중국 현대산문시 발전에 대한 역사적 관념을 바꾸었다. 과거에 사람들은 1924년에서 1926년에 걸쳐 쓰여진 『들풀』이 루쉰의 최초의 산문시 창작이며, 그 이전에 루쉰은 어떤 산문시 작품도 발표한 적이 없다고 줄곧 여겨왔는데, 이제 수십 년 동안 굳어있던 관념이 깨어지게 된 것이다. 벌써 1919년 8, 9월 사이, 즉 문학혁명이 최초로 발생하던 시기에 루쉰은 「혼잣말」이라는 구상이 정교하고, 의미가 심원한 산문시의 진품을 써냈던 것이다. 이로써 루쉰이 산문시를 쓴 시기가 장장 5년이나 앞당겨졌다. 이 사실은 우리에게 하나의 새로운 관념을 확고하게 심어주었다. 즉, 루쉰은 새로운 문예형식의 가장 부지런한 개척자로서 손색이 없었다는 것이다. 그는 소설, 잡문, 신시를 쓰는 동시에 황무지를 일구는 보습으로 산문시의 영토를 개척했으며, 그 천재적 창조성으로 이 거친 대지에 한 다발의 아름다운 작은 꽃을 보냈던 것이다.

물론 「혼잣말」은 결코 신문학 최초의 산문시는 아니다. 이 연작 산문시가 나타나기 전에 『신청년』, 『신사조』 등의 잡지에 이미 산문시 비슷한 작품들이 발표되었다. 그러나 이런 작품들 가운데 류반능의 「창호지」, 「새벽」 등의 진정한 산문시를 제외하면, 다른 작품들은 아직 산문시가 아니라 산문화된 무운의 신시에 지나지 않았다. 여기에는 두 가지 사정이 있었다. 하나는 운은 있었지만 행을 나누어 배열하지 않은 신시가 있었는데, 예를 들면 선인모沈尹黙의 저명한 「공원의 이월난公園裏的二月蘭」, 「삼현三弦」 등이다. 이들은 산문형식으로 배열은 했지만, 무척 각운에 주의를 기울였고, 음절의 쌍성雙聲과 첩운疊韻에 주의를 기울였다.

「삼현」의 마지막 구는 이렇다. "閃閃的金光"(반짝반짝 금빛 광채), "低低的土墙"(낮고 낮은 흙담), "鼓蕩的聲浪"(격동하는 파도소리). 이는 비록 산문의 형식은 있지만, 산문시라고 할 수 없으며, 사람들은 여전히 산문화된 신시라고 인식했다. 다른 하나는 저우쭤런의 「시내小河」 같은 경우이다. 작가는 스스로 보들레르의 산문시에 가깝다고 인식했다. 『신청년』에 처음 발표되었을 때, 시 앞에 일단의 설명이 붙어 있었다. "어떤 사람이 나에게 이 시는 무슨 체재인지 물었다. 나 자신도 대답할 수 없었다. 프랑스의 보들레르Baudelaire가 제창한 산문시가 거의 비슷할 것이다. 하지만 그는 산문 형식을 사용했고, 지금 이것은 한 행씩 나누어 쓴 것이다."³ "거의 비슷할 것이다"라는 말은 산문시라는 말과 결코 같지 않다. 시에 비록 흐릿한 상징적 색채가 있지만, 깊은 사상과 오롯한 시적 의미가 결여되어 있어서, 줄곧 산문시가 아니라 운이 없는 신시라고 간주되었다. 사실 산문시의 체재와 내용을 갖춘 작품의 작가는 아무래도 류반눙이다. 그러나 1918년에서 1919년까지 그가 지은 산문시는 겨우 몇 수에 불과하다. 그 가운데 「새벽」은 사상과 예술이 모두 성숙했다고 볼 수 있는 작품이다.

이 시에서 작가는 투박한 소묘의 수법을 사용하여 시대의 여명기에 대한 예민한 감수성과 즐거운 정서를 표현했다. 차창 밖의 우아한 자연 경관과 차창 안의 사람들의 가련한 얼굴의 선명한 대조, 달게 자고 있는 아이에 대한 빛나는 서술, 이런 것들이 작가의 빛, 어둠, 인생, 미래에 대한 시적 의미와 정서를 함축적으로 전달했다. 류반눙 산문시

---

3   『신청년』 제6권 제2호, 1919.2.

의 독자적 풍격은 1920년 그가 외국으로 나간 뒤 더욱 커다란 발전이 있었다. 이 당시 「새벽」 같은 작품은 정말 유례를 찾기 힘든 시이다. 또 궈모러가 최초로 「나의 산문시」 4수를 발표한 것 역시 1920년의 일이다. 이런 상황에서 루쉰이 1919년에 쓴 연작 산문시 「혼잣말」은 특별한 의미를 갖는다. 이 연작 산문시는 서문과 전체 제목이 있고, 각 시편은 독립적으로 구성되어 있다. 제7수 「나의 동생」 말미에 '미완'이라는 글자가 붙어있어, 작가가 『들풀』 같은 시집을 쓰려고 했던 것 같다. 이는 루쉰이 중국현대문학사에서 최초로 자각적으로, 계획적으로, 대량으로 산문시를 썼던 사람이라는 사실을 설명해준다. 더구나 「혼잣말」은 사상이 심오하고, 구상이 신묘하고, 상상이 기발하고, 풍격이 남달랐기 때문에, 당시 산문시 창작의 영역에서 일찍이 볼 수 없었던 것이다. 이런 의미에서 루쉰의 「혼잣말」은 중국 현대산문시의 가장 빛나는 출발점으로 간주할 수 있다.

2. 산문시에 대한 루쉰의 부지런한 탐색의 발자취

「혼잣말」은 루쉰이 중국 현대산문시를 위해 황무지를 개척한 첫 페이지를 기록했다. 「혼잣말」에서 『들풀』 창작 전후 나아가 30년대까지, 루쉰은 줄곧 신문학 창시자의 자세로 현대산문시의 발전을 위해 노동의 땀방울을 쏟았다.

루쉰의 『들풀』은 중국 현대산문시의 예술적 정상으로 간주되지만, 이런 정상에 도달하는 것은 결코 쉬운 일이 아니었다. 그것은 굳세고

끈질긴 탐색을 거친 것이다. 「혼잣말」에서 『들풀』에 이르는 발전이
바로 이에 대한 좋은 설명일 것이다.

　「혼잣말」은 『들풀』과 완전히 같지는 않은 또 다른 유형의 소형 산문
시이다. 그것은 독자적인 예술적 가치를 지니고 있으며 중국 현대산문
시의 예술적 보고를 풍부하게 만들었다. 이것이 문제의 한 측면이다.
또 다른 측면은 「혼잣말」과 『들풀』이 특별한 예술적 관련을 지니고 있
다는 것이다. 「혼잣말」 속에서 우리는 『들풀』의 산문시들의 초기형태
를 분명하게 볼 수 있다. 예를 들어 「불의 얼음」은 확실히 『들풀』의
「죽은 불」의 가장 간결한 소묘이다. 「죽은 불」에는 얼음 속에 동결된
불의 상징적 예술형상이 보존되어 있고, 「불의 얼음」에 내포된 혁명사
상이 확장되어 있을 뿐만 아니라, 시의 구절들 또한 크게 변동 없이 이
식되어 있다. 「나의 동생」이 서술한 스토리와 드러낸 취지는 바로 『들
풀』의 산문시 「연」의 기초적 구상이다. 「나의 아버지」를 풍부하게 하
고 확장시키면 바로 「아버지의 병」이 되어 『아침 꽃을 저녁에 줍다』에
수록될 것이다. 그러나 「혼잣말」과 비교하면 『들풀』의 시편들은 확실
히 예술적으로 더욱 성숙한 경지에 이르렀다. 구상은 더욱 광활해졌
고, 서정은 더욱 풍부해졌고, 표현된 주제 역시 더욱 심화되었다. 「죽
은 불」을 예로 들어보자. 작가는 얼음계곡에 의해 얼어 죽은 '죽은 불'
의 스토리를 풍부하게 만든 것 외에, 꿈속의 '나'가 죽은 불을 구하는
스토리, 죽은 불과 '나'의 대화, '죽은 불'과 암흑의 세력을 상징하는
'거대한 돌수레'가 함께 멸망하는 것 등을 추가했다. 깜찍한 소묘가 커
다란 유화로 변한 것처럼, 「혼잣말」의 「불의 얼음」에서 『들풀』의 「죽
은 불」에 이르기까지 루쉰의 산문시 창작은 예술적으로 더욱 성숙한

길로 나아갔다. 이런 특별한 관계를 지닌 몇 수 외에, 「혼잣말」의 모든 예술적 구상과 풍격의 특징 또한 나중에 『들풀』에서 한 단계 더 발전되었다. 예술창작의 길은 고달픈 것이고 완성도 없는 것이다. 「혼잣말」의 창작에서 『들풀』의 탄생까지, 이 시기 동안 현대산문시에 대한 루쉰의 고달픈 창조의 흔적은 더없이 분명한 것이다.

「혼잣말」에서 『들풀』까지는 5년의 시간이 지났다. 이 기간 루쉰은 전문적인 산문시 창작이 없다. 그는 모든 정력을 소설과 잡문의 창작에 쏟았다. 하지만 루쉰의 「혼잣말」에 표현된 시적 정감의 불꽃은, 수시로 그의 다른 작품 속에서 감동적인 섬광을 터뜨렸다. 일부 짤막한 잡문은 시적인 정취와 철학적 의미가 가득해, 산문시의 격조와 풍채를 갖추고 있다. 예를 들어 「희생모犧牲謨」, 「전사와 파리」, 「만리장성」, 「꽃 없는 장미 2」 같은 것들이다. 어떤 것은 기지가 넘치는 풍자이고, 어떤 것은 상징적 암시이고, 어떤 것은 정곡을 찌르는 격언인데, 모두 시적 정취의 빛을 반짝이고 있다. 비교적 긴 서정적 산문, 예를 들어 「류허전劉和珍군을 기념하며」 같은 글에서, 우리는 깊은 깨달음을 주는 산문시의 우아한 한 단락을 볼 수 있다. 또 어떤 서정적 잡감은 바로 한 편의 우아한 산문시이다. 예를 들어 1922년 4월, 루쉰은 「'러시아 가극단'을 위해」라는 글을 썼다. 그는 러시아 가극단의 베이징 공연을 빌어 북양군벌北洋軍閥 통치 아래의 어두운 현실에 대해, "사막보다 더욱 무서운" 중국에 대해, 분노하며 자신의 '반항의 노래'를 불렀다.

어떤 사람이 베이징에 처음 오면, 얼마 지나지 않아 대뜸 이렇게 말한다. "난 마치 사막에 사는 것 같아요."

그렇다, 사막이 여기에 있다.

꽃이 없고, 시가 없고, 빛이 없고, 열기가 없다. 예술이 없고, 게다가 취미도 없다, 게다가 호기심까지 없다.

무겁디 무거운 모래……

나는 얼마나 비겁하고 나약한 인간인가. 이때 나는 생각했다. 만일 내가 가수라면, 내 목소리는 잠겨버렸을 것이다.

사막이 여기에 있다.

하지만 그들은 춤을 추었다, 노래를 불렀다, 미묘하고도 성실한, 게다가 용감한.

흘러가고 또 노래하는 구름……

병사들은 손뼉을 쳤다, 입맞춤을 할 때. 병사들은 또 손뼉을 쳤다. 또 입맞춤을 할 때.

병사가 아닌 사람들도 몇몇 손뼉을 쳤다. 역시 입맞춤을 할 때, 그런데 하나가 가장 우렁찼다. 병사들을 뛰어넘었다.

나는 얼마나 편협한 인간인가. 이때 나는 생각했다. 만일 내가 가수라면, 나는 내 리라를 감추고, 내 노래를 침묵시켰을 것이다. 그렇지 않다면 나는 내 반항의 노래를 불렀을 것이다.

더구나 정말, 나는 내 반항의 노래를 불렀을 것이다.

루쉰은 심오하고 비약적인 시적 언어, 반복되고 메아리치는 선율, 상징과 비유의 수법을 사용하여 자기 내면의 강렬한 분노와 격동을 표현했다. 이것은 『들풀』을 창작하기 전에 지은 한 편의 귀한 산문시이다. 여기서 우리는 루쉰의 마음속에 메아리치는 도도한 시정을 볼 수 있고, 「혼잣말」과 같은 소형 산문시에서 『들풀』과 같은 내면을 해부하는 산문시로 발전해가는 예술의 특징도 볼 수 있다. 이것은 루쉰이 산문시에 대한 최초의 시험에서 성숙의 고봉을 향해 매진하는 과정에서 남겨 놓은 반짝이는 발자취이다.

이런 험난한 여정의 흔적은 루쉰의 소설 창작에도 반영되어 있다. 루쉰이 『들풀』을 짓던 동일한 시기에 쓴 소설들도 마찬가지로 농후한 시적인 정감과 필치가 충만해있다. 『들풀』 속의 「눈」과 창작시기가 비슷한 소설 「술집에서」는, 강남 지방의 설경과 눈을 터는 늙은 매화의 풍경을 묘사한 부분이 시적 정취와 회화적 분위기가 가득하다. 그 속에 담긴 정서와 이미지는 「눈」 속의 묘사와 자못 비슷하다. 이 시기에 시적 정취가 가장 물씬 풍기도록 쓰인 소설은 『죽음을 슬퍼하며傷逝』이다. 서정적 1인칭 시점으로 쓰인 이 '수기'는 전편에 시적인 정감과 필치가 넘친다. 많은 단락은 그토록 시적인 아름다움으로 충만하고, 결말 부분의 슬퍼하는 구절은 아예 한편의 우아하고 심오한 산문시로 간주할 수 있다.

그러나 그것은 새로운 삶의 길보다 더욱 공허하다. 이제 있는 것은 초봄의 밤뿐. 끝내 여전히 그토록 긴. 나는 살아 있다. 나는 아무래도 새로운 삶의 길을 향해 그 첫 발을 내디뎌야 하리라. ─뜻밖에 내 회한과 슬픔을 써낸 것에 지나지 않았다, 자군(子君)을 위한, 자신을 위한.

나는 여전히 노랫가락 같은 울음소리밖에 없었다. 자군을 무덤으로 보내며, 망각 속에 묻으며.

나는 잊어야 한다. 내 자신을 위해, 게다가 다시는 그 망각으로 자군을 무덤에 보낸 것을 생각하지 않기 위해.

나는 새로운 삶의 길을 향해 첫 발을 내디뎌야 한다. 나는 마음의 상처 속에 진실을 깊이 감추어 놓고, 말없이 앞으로 가야 한다. 망각과 거짓을 나의 길잡이로 삼아 (…중략…)

물론 시적 정취가 있는 단락이라고 해서 산문시와 같은 것은 아니다. 이런 예들을 든 것은 하나의 현상을 설명하고 싶어서이다. 즉, 루쉰의 내면에 시적 정취의 불꽃이 있었다. 그러나 이런 시적 정취는 결코 아무 때나 참신한 빛을 터뜨릴 수 있는 것은 아니다. 한 작가의 시적 정취는 거대한 폭발의 시기가 있는데, 이 폭발기의 작품은 종종 시적 정취의 빛을 부여받는다. 루쉰에 대해 말하자면, 『들풀』을 썼던 1924년에서 1925년까지가 바로 그의 시적 정취의 폭발기였다. 『들풀』은 이런 폭발기의 시적 정취의 산물이고, 『죽음을 슬퍼하며』, 『술집에서』 등도 이런 지나치게 왕성한 시적 정취의 자연적 발로이다. 이런 작품들 속에서 우리는 산문의 시화詩化에 대한 루쉰의 두터운 수양과 끈질긴 추구를 볼 수 있다.

「혼잣말」에서 『들풀』에 이르는 역정은 다음과 같은 사실을 설명해 준다. 즉, 우리는 『들풀』을 땅바닥에서 난데없이 솟아난 산봉우리라고 간주해서는 안 된다는 것이다. 거기까지 이르는 길에는 풀이 무성한 옥토가 있고, 기복이 이어지는 구릉이 있다. 이런 평범한 길을 지나는 발자취가 있어야 비로소 더욱 높은 산봉우리에 오를 수 있는 법이다. 이 모든 추구와 탐색의 발자취를 떠나서 『들풀』의 예술적 성취를 고립적으로 평가한다면, 『들풀』의 탄생에 대해 과학적 해석을 내릴 수 없을 것이다.

『들풀』이 루쉰의 산문시 예술에 대한 탐색의 정상이라고 말한다고
해서, 그의 산문시에 대한 실천이 여기서 끝났다는 말은 아니다. 정상
은 종점과 같지 않다. 그 뒤 루쉰은『들풀』창작처럼 집중적으로 산문시
를 쓴 적은 없지만, 때로는 시적 정취가 충만한 산문과 소품을 지었다.
그 가운데 어떤 것들은 완벽하고 우아한 산문시이다. 예를 들어『준풍
월담』속의「밤의 찬송夜頌」과「가을밤 유람기秋夜紀游」라든지,『차개정
잡문 말편』속의「반하소집半夏小集」같은 것이다.「밤의 찬송」과「가을
밤 유람기」는 예술적으로 드문 수작이다. 전자는 어두운 밤과 같은 사
회현실에 대한 분노와 불평을 표현했는데, 어둠의 장막을 열어젖히고
모든 추악한 영혼들을 질책했다. 후자는 부자와 권세가들의 개 '발바
리'에 대한 조롱과 혐오를 드러냈다. 루쉰이 이런 작품들을 썼을 때는
이미 산전수전 다 겪은 공산주의 전사였다. 20년대 초기의 고민과 방황
의 정서는 이미 씻은 듯이 없어졌다. 예술적으로도『들풀』의 지나치게
떨떠름하고 난해한 결함을 벗어났다. 두 작품이 모두 밤을 그리고 있지
만, 오히려 음산함과 '의기소침함'이 없다. 서정에 철학적 의미를 싣는
『들풀』의 지극한 운치는 남겨둔 채, 명쾌하고 상큼한 격조가 생겨났다.
루쉰은 가을밤에 도로를 천천히 걷다가, 우연히 상류층 중국인 또는 등
급 없는 서양인의 조계에서 들려오는 개 짖는 소리를 듣고 이렇게 썼다.

　나는 농촌에서 자라 개 짖는 소리를 듣기 좋아한다. 깊은 밤 저 멀리
개 짖는 소리가 들리면 기분이 좋아진다. 옛날 사람이 "개 짖는 소리가
표범 같다"고 한 것이 이것이다. 만약 우연히 낯선 마을 밖을 지나다 미
친듯한 울음소리가 들리고 덩치 큰 사나운 개가 튀어나오면, 대뜸 전투

에 임한 듯 긴장감이 들고 무척 재미있었다.

그러나 애석하게도 여기서 들리는 것은 발바리 소리다. 그놈은 숨었다 나타났다 하면서 매끄럽게 짖는다. 멍멍!

나는 이런 울음소리를 좋아하지 않는다.

나는 한편으로 천천히 걸으면서 한편으로 싸늘한 웃음을 짓는다. 나는 그놈의 입을 다물게 하는 방법을 알고 있기 때문이다. 그놈 주인의 집사와 몇 마디 나누거나, 그놈에게 고기 뼈다귀를 던져주기만 하면 된다. 이 두 가지는 내가 할 수 있는 것이지만, 나는 하지 않는다.

그놈은 늘 멍멍 하고 짖는다.

나는 이런 울음소리를 좋아하지 않는다.

나는 한편으로 천천히 걸으면서 한편으로 짓궂은 웃음을 짓는다. 내 손에 돌멩이를 한 개 쥐고 있기 때문이다. 짓궂은 웃음이 막 사라지자 손을 들어 돌멩이를 날려 그놈의 코에 정통으로 맞추어버린다.

깨갱 깽 하는 소리가 나더니 그놈이 보이지 않는다. 나는 천천히 걷는다, 천천히 걷는다. 드문 적막 속에서.

가을이 벌써 왔다. 나는 그래도 천천히 걷는다. 개 짖는 소리는 그래도 난다. 하지만 더욱 숨었다 나타났다 한다. 소리도 예전과 달라졌다. 거리도 더욱 멀어졌다. 코빼기도 보이지 않는다.

나는 더 이상 싸늘한 웃음을 짓지 않는다. 더 이상 짓궂은 웃음을 짓지 않는다. 나는 천천히 걷는다. 한편으로 그놈의 매끄러운 소리를 편안하게 들으며.

이것은 「가을밤 유람기」이다. 필치는 자유자재하고, 표현은 시적 정취가 가득하다. 상징과 사실의 방법이 서로 부드럽게 녹아들어, 물과 하늘이 구분되지 않는다. 전사가 승리를 거둔 후에 느끼는 호방한 감정과 명랑하고 질박한 풍채가 눈앞에 선하다. 이것은 루쉰이 후기에 우리에게 남겨준 가장 뛰어난 한 수의 산문시이다. 그것은 루쉰의 후기 산문시 창작의 새로운 특징을 드러냈다.

　루쉰의 만년에 이처럼 순수한 산문시는 그다지 보이지 않는다. 이것은 아마 긴장된 투쟁생활이 그가 자신의 감정을 서정적 예술형상 속에 녹여 부을 여유를 더 이상 허락하지 않았기 때문일 것이다.[4] 하지만 우연히 지었던 소수의 작품들에서 우리는 여전히 루쉰이 중국 현대산문시의 발전을 위해 고달프게 노력했던 흔적을 어렵지 않게 찾을 수 있다. 『들풀』은 바로 중국 현대산문시에 대한 루쉰의 장기간의 탐색 과정에서 가장 빛나는 이정표이다.

3. 『들풀』의 산문시에 있어서의 지위와 영향

　중국 현대산문시는 1918년에 탄생하여 『들풀』이 완성된 1926년까지 모두 7, 8년의 세월이 흘렀다. 루쉰과 많은 선구자들의 부지런한 개척을 거쳐 새로 생겨난 현대산문시는 유치에서 성숙으로의 여정을

4　루쉰은 만년에도 산문시 창작에 뜻이 있었다. 그가 「밤의 찬송」, 「가을밤 유람기」를 쓴 것은 바로 의식적으로 연작 산문시 같은 작품을 쓴 것이다. 나중에 시적 정취가 충만한 산문들을 따로 한 권으로 묶어 책 제목을 『밤의 기록(夜記)』으로 부르려고 했다. 생전에 뜻을 이루지 못한 이 염원은 나중에 쉬광핑(許廣平)에 의해 완성되었는데, 그러나 이미 산문시집은 아니었다.

밟았다. 『들풀』의 출현은 바로 중국 현대산문시가 성숙에 이른 첫 번째 이정표였다. 『외침』이 중국 현대단편소설의 역사적 항로를 개척한 것과 꼭 마찬가지로 『들풀』은 중국 현대산문시의 발전에서 획기적 의의를 지닌 작품이다.

『들풀』이 출판된 1927년 이전까지 단지 2권의 산문시집이 나왔을 뿐이다. 한 권은 1925년에 출판된 자오쥐인焦菊隱의 산문시집 『한밤중에 울다夜哭』이고, 다른 한 권은 1926년에 출판된 가오창훙高長虹의 시와 산문시 합집인 『마음의 탐험心的探險』이다. 『한밤중에 울다』는 신문학사에서 첫 번째 산문시집이다. 위경위于賡虞는 이 시집 서문에서 이렇게 말했다. "이 시집의 시편들은 정감의 얽힘과 부드러움, 침착함과 예리함에 있어서 참으로 우리의 근래의 바람을 이미 만족시켰다. 그러나 이런 문체로 시를 쓰고 더구나 이처럼 아름답고 깊이 있게 쓴 것은 내가 아는 한 중국의 시단에서 이것이 첫 번째 대수확이다." 다소 지나친 찬사로 보이는 이런 평가를 통해, 우리는 자오쥐인의 창작이 현대산문시 발전에서 갖는 가치와 의의를 어렵지 않게 알 수 있다. 자오쥐인은 신문학 초기에 유일하게 산문시 창작에 전심전력으로 몰두했던 시인이다. 『마음의 탐험』에 대해 루쉰은 일찍이 이렇게 말했다. 이 시집에서 가오창훙은 "허무가 실재라고 생각하면서도 또 이 실재에 반항하는 그의 날카롭고 고통스러운 전투의 외침을 남김없이 토로했다".[5] 이 두 권의 시집은 어느 정도는 청년의 우울하고 고통스러운 외침을 반영하고, 예술적으로도 자신만의 특징을 지니고 있지만, 사상의 심오함과 예

---

5   루쉰은 「'미명총간(未名叢刊)'과 '오합총서' 광고」를 쓰고자 했다. 『방황』 판권쪽 뒤의 광고를 보라.

술의 기발함을 가지고 볼 때 『들풀』에 훨씬 못 미친다. 신문학에 대한 영향이라는 각도에서 볼 때, 『들풀』은 예술적으로 성숙한 첫 번째 시집이라고 할 수 있다. 이 "지극히 시적인 소품산문집"인 『들풀』은 "빈약한 중국문예의 화원에 핀 한 송이 기이한 꽃"이다.[6]

　『들풀』은 예술적으로 시인의 내면에 대한 심오한 자아해부를 특징으로 삼는다. 『들풀』 이전의 일부 산문시도 자신의 내면의 감정을 그린 서정적 작품이 적지 않게 있었다. 우리는 거기서 그 시대 청년들의 사상적 맥박을 느낄 수 있고, 그들의 고통과 기쁨, 애증과 갈구를 들을 수 있었다. 어떤 것은 시대의 격랑 속에 느끼는 피로와 고민이었고, 어떤 것은 자연과 모성애에 도취된 기쁨과 즐거움이었고, 어떤 것은 개인생활의 추구가 실패함으로써 생겨난 고통과 신음이었고, 어떤 것은 내면의 허무와 암흑에 대한 격투가 빚어낸 처참한 전투의 함성이었다. …… 이런 내심의 서정은 그 시대의 반봉건 투쟁과 일맥상통하는 것이다. 그러나 이런 감정이 반영한 시대적 내용은 아무래도 비교적 협소한 것이었다. 또 일부 우수한 산문시들은 현실생활과 자연경관에 대한 객관적 묘사로 칭송을 받았지만, 작가의 강렬한 개성적 색채는 결여되어 있었다. 루쉰의 『들풀』은 현실을 풍자하는 전투적 시편이 있기는 하지만, 그래도 주된 것은 영혼에 대한 자기해부의 기록이다. 전체적으로 자신의 환경과의 끈질긴 전투의 심경을 그린 첫 번째 시편 「가을 밤」에서, 청년들의 영혼이 거칠어지고 이로 인해 기쁨과 안도의 감정이 가득한 「깜박 졸다」에 이르기까지, 루쉰은 자신의 모순과

6　리쑤보(李素伯), 『소품문 연구』, 신중국서국, 1932, 112쪽.

투쟁으로 충만한 영혼을 사람들에게 형상적으로 해부해보였다. 자기 내면에 대한 형상적 해부가 『들풀』처럼 준엄하고 심오한 산문시는 없었다. 여기서 우리는 루쉰이 혁명적 민주주의자에서 공산주의자로 전환하는 과정에서 내면으로 겪었던 고통의 역정을 볼 수 있을 뿐만 아니라, 우리 전체 민족과 시대가 한 사람의 위대한 사상가를 만드는 과정에서 남겨놓은 심오한 기록도 볼 수 있다. 『들풀』은 사람들에게 개인의 시정과 시대의 투쟁을 긴밀하게 결합시켜야 한다는 사실을 알려주었다. 『들풀』은 과장하지 않고, 덧칠하지 않는 준엄한 자아해부로 현대산문시의 서정적 예술의 길을 개척했다. 당시 어떤 사람은 이 산문시집이 작가가 자신의 "순수한 내부의 경험"[7]을 쓴 것이며, 『들풀』은 "가장 전형적이고 가장 심오한 인생의 혈서"라고 했는데[8], 바로 『들풀』의 이런 예술적 특징에 대한 긍정이었다.

『들풀』이 출현하기 훨씬 전에 어떤 산문시들은 상징주의 표현방법을 운용하여 서정抒情과 사의寫意를 하는 데 주목했다. 비록 현실주의 방법에 뛰어난 류반눙이었지만, 1921년 이후의 일부 산문시들은 프랑스 시의 영향을 받아 비교적 강한 상징적 색채를 띠었다. 루쉰의 「혼잣말」에도 이런 예술방법에 대한 초보적인 시험이 있었다. 그러나 한 권의 산문시집이 상징적 방법을 대량으로 운용하여 창작된 것은 아무래도 『들풀』에서 비롯된 것이다. 『들풀』 창작 이전에 루쉰은 일본 쿠리야가와 하쿠손廚川白村의 『고민의 상징』을 번역했다. 이 책의 주장은 문예는 "생명력이 억압을 받아 생겨난 고민과 번뇌가 바로 문예의

---

7   예성타오(葉聖陶) · 샤몐쭌(夏丏尊), 『문심(文心)』, 상하이 : 개명서국, 1934, 8쪽.
8   아잉(阿英) 편, 『현대 16가 소품』, 상하이 : 상해광명서국, 1935, 413쪽.

뿌리이고, 그 표현방법이 바로 광의의 상징주의이다"라는 것이다. 그러나 "이른바 상징주의라는 것은 결코 단순히 지난 세기 말엽 프랑스 시단의 일파가 표방했던 주의가 아니다. 이런 의미에서 무릇 모든 문예는 옛날부터 지금까지 상징주의 표현법을 사용하지 않은 것이 없었다".[9] 루쉰은 당시 사상의 대비약 직전의 투쟁적 고민의 시기를 지나고 있었다. 또한 북양군벌의 통치 아래에 있던 사회의 어두운 현실도 다소 반항의 소리를 대놓고 말하기 어렵게 만들었다. 이런 요소들로 인해 그는 비교적 집중적으로 상징적 수법을 사용하여 자신의 전투적 정서와 자아해부의 심경을 표현했다. 유럽에서 19세기 말에 부상한 상징주의는 그 특정한 역사적 내용을 지니고 있었다. 그런데 나중에 사람들에게 광범위하게 수용된 것은 주로 그들의 강력한 제창을 거쳐 운용된 상징적 방법이었다. 상징적 방법의 특징은 '암시'이다. 말라르메는 이렇게 말했다. "암시는 곧 환상이다. 이런 불가사의한 기능을 완전히 이용한 것이 상징이다."『들풀』에서 우리는 이런 방법의 능숙하고 자유로운 운용을 발견한다. 가을밤의 하늘과 곧게 서 있는 대추나무라든지, 어촌마을의 풍경과 아름다운 환상, 따뜻한 나라의 비랑눈과 북방의 눈꽃, 복수하는 노부인과 수난 받는 예수를 막론하고, 모두 사물들 자체의 표면적 의미를 훨씬 뛰어넘어 상징주의 색채를 부여받았다. 루쉰 자신의 창조도 있었다. 그는 상징주의의 퇴폐와 신비를 폐기했을 뿐만 아니라, 어떤 작품들에서는 의미심장한 상징적 방법과 신랄하고 풍자적인 현실주의 묘사를 완전하게 결합시키기도 했다. 이

---

9   루쉰, 「'고민의 상징' 서문(引言)」에서 이 책의 제4, 6장의 말을 인용했다.

렇게 함으로써 『들풀』이 지닌 함축의 은근함과 의미의 그윽함은 산문시 창작에서 지극히 보기 드문 것이 되었다. 『들풀』은 신문학 초기의 상징주의 작품이다. 이런 상징주의는 혁명적 정감과 철학적 의미를 표현하여, 이미 유럽의 19세기 말의 상징주의와 달리 혁명적 상징주의가 되었다. 『들풀』은 현대문학의 상징주의의 길을 열었다. 그것은 마땅히 신문학에서 중요한 지위를 차지해야 할 것이다.

내면심리의 모순에 대한 준엄한 해부와 상징주의 방법의 완벽한 운용은 산문시 『들풀』의 시의詩意가 충만하면서도 철학적 의미가 풍부하고, 그윽하고 준엄하면서도 세련되고 심오한 서정적 특징을 구성한다. 산문시 자체의 전투적 의미 외에 산문시 예술의 발전에 대한 『들풀』의 가장 중요한 공헌 또한 바로 여기에 있다.

『들풀』은 『어사』에 잇달아 발표되고 있었을 때, 벌써 독자의 주의와 반향을 끌어냈다. 『들풀』은 『어사』 잡지의 창간과 더불어 세상에 나왔다. 그것은 새로 창간된 『어사』에서 가장 사람들의 주목을 끄는 한 다발 아름다운 꽃이었다. 루쉰의 『들풀』과 다른 산문수필들은 "『어사』의 판로를 매호마다 좋아지게 하여, 천 몇백 부에서 이천 부, 삼천 부, 나중에는 오천 부, 팔천 부까지 늘어났다. 그것의 영향은 무척 컸다".[10] 『어사』의 핵심 구성원인 촨다오川島 선생은 『들풀』을 포함해서 『어사』에 발표한 루쉰 작품의 의의를 회고하면서 이렇게 말했다. "이런 시(『들풀』을 가리킨다), 소설, 산문은 발표되기만 하면 언어형식이나 내용을 막론하고 사람들에게 열렬한 환영을 받았다. 『어사』의 사회적 가치를 높

---

10   징여우린(荊有麟), 『루쉰 회고(魯迅回憶)』, 상하이 : 생해잡지공사, 1947, 111쪽.

이고 기초를 다졌으며, 나아가 초기 『어사』의 영향력을 확대시켰다."[11]

『들풀』은 그 사상이 심오하고 표현이 기발했기 때문에, 당시 문학청년들이 무척 즐겨 읽었다. 『들풀』 열 몇 수가 『어사』에 막 발표되었을 때, 당시 『어사』사의 한 문학청년이 글을 발표했다. 다들 『들풀』을 다투어 읽으면서도 '이해할 수 없었던' 심정을 설명하고, 루쉰과 『들풀』에 대해 토론하던 상황을 소개했다.[12] 또 다른 문학청년 펑즈馮至는 나중에 당시 루쉰의 작품을 읽던 정경을 회고하면서 이렇게 말했다.

> 그는 한편으로 자신을 해부하고, 한편으로 괴상망측한 '물건 없는 진법'을 향해 투창을 집어 들었다. 『축복』, 『술집에서』, 『비누』, 『이혼』 그리고 『화개집』, 『들풀』 속의 걸작들은 발표되자마자 우리 모두 앞 다투어 읽었다. 당시의 정경은 한 사람이 읽거나 몇 사람이 함께 읽는 것이었다. 읽은 뒤에는 서로의 감상을 이야기하거나 친구에게 편지가 왔을 때 독후감을 써 보내기도 했다. (…중략…) 회고해보면 어떤 것은 아직도 눈에 선하다. 비록 우리의 관점은 때때로 아주 부정확한 것이었지만.[13]

펑즈는 침종사沈鍾社의 주요 구성원이다. 『들풀』이 발표되었을 때는 그가 침종사의 문학청년으로 문예운동에 투신했을 무렵이었다. 여기서 묘사한 그들이 서로 경쟁하듯 루쉰의 신작을 읽던 정경은, 당시 문학청년들의 『들풀』에 대한 열애와 관심을 반영한다.

---

11 「루쉰 선생과 '어사'를 추억하며」, 『문예보』, 1956.12.
12 장이핑(章衣萍), 「고묘잡담(5)」, 『경보부간』 제105호, 1925.3.31.
13 펑즈, 『루쉰과 침종사』.

『들풀』은 사람들에게 문학적 향유뿐만 아니라 전투적 고무도 제공했다.

『들풀』이『어사』에 다 발표되고 얼마 지나지 않아 루쉰이 베이징을 떠나 샤먼으로 갔을 때, 어떤 문학청년은 이렇게 썼다. 「죽은 불」에서 루쉰이 스스로 '얼음 계곡'을 벗어나려고 할 뿐만 아니라, "옆에 있는 사람도 데리고 함께 얼음계곡을 벗어나려고 하는" 용감하게 '정진'하는 자아희생 정신을 보았고, 루쉰이 청년들을 위해 '걸어야 할 길'을 인도해주는 것을 보았다. 「이런 전사」에서 루쉰이 찬양했던 혁명전사의 '용감하게 전진하는 정신'의 빛을 보았다.[14]

『들풀·머리말』은 장제스蔣介石가 혁명을 도살한 죄행에 대한 이글거리는 분노로 충만해 있다. 당시 백색공포 속에서 이는 사람들의 마음을 비추는 횃불이었다. 1928년 5월 중산대학의 한 학생이 루쉰에게 편지를 한 통 보내면서 청년학생들에 대한 국민당의 진압과 도살을 넌지시 규탄했다. 그는 "하늘이 분노하고 있을" 때, 만일 당국을 거슬린다면 "설사 목이 잘리고 감옥에 가지는 않더라도, 최소한 학적이 말소될 것입니다. 최근에 이미 두 가지 사례가 있었습니다". 이어서 또 이렇게 말했다.

저는 이 때문에 두렵습니다. ─학적이 말소되면─ 마침내 붓을 놓고 더 이상 쓸 수 없게 됩니다. 마지막으로 저는 선생님의『들풀』의「머리말」에 나오는 구절을 인용하겠습니다. "그러나 나는 태연하다, 흐뭇하

---

14   「루쉰 선생을 보내며」,『세계일보·부간』, 1926.8.24, 26쪽.

다. 나는 장차 크게 웃으리라, 나는 장차 노래하리라."[15]

이 자료를 통해 우리는 당시 백색공포 아래에서 투쟁하던 청년들이
『들풀·머리말』에서 얼마나 고무를 받았는지 엿볼 수 있다. 「머리말」
은 당시 혁명청년들이 투쟁을 견지하도록 스스로를 격려하는 무기였
다. 그 뒤『들풀』속의「가을 밤」,「그림자의 작별」,「이런 전사」,「흐
릿한 핏자국 속에서」,「길손」,「똑똑한 사람과 바보와 종」등의 걸작
은 많은 장소에서 낭송 또는 공연됨으로써, 자신의 전투적 역할을 담
당했다.[16]

중국 신문학이 개간한 많은 문예형식의 영역에서 산문시는 가장 척
박한 땅이라고 할 수 있다. 비록 루쉰을 비롯한 많은 사람들의 부지런
한 제창과 실천이 있었지만, 30여 년 동안 그다지 풍성한 과실을 거두
지 못했다.『들풀』또한『외침』,『방황』처럼 뚜렷한 영향을 끼치지는
못했다. 그것은 다음과 같은 이유 때문이다. 첫째, 산문시라는 이런 특
수한 문예형식의 창작은 쉽사리 할 수 있는 것이 아니다. 그것은 시적
정취와 수양을 요구한다. 둘째,『들풀』은 그 자체가 내용이 심오하고
난해하기 때문에 깊이 연구하지 않으면 손쉽게 자양을 섭취할 수 없
다. 셋째,『들풀』은 특정한 시대의 풍격과 특징을 지니고 있으므로, 기

---

15 진궁(金工), 「광저우 통신」, 『어사』 제4권 제24기, 1928.6.11.
16 예를 들어 1939년 10월 충칭에서 루쉰 서거 3주년을 기념하여 항적협회(抗敵協會)
    의 연극협회가 일찍이 「길손」을 분장해서 공연했다. 후펑(胡風)이 이를 위해 특별히
    「길손' 해석(小釋)」이라는 글을 썼다. 1940년 8월 홍콩 문화계는 루쉰 탄생 60주년
    기념대회를 열었다. 쉬디산이 인사말을 하고, 샤오훙이 루쉰의 평생 사적을 소개했
    다. 쉬츠(徐遲)가 「똑똑한 사람과 바보와 종」을 낭송했으며, 저녁에는 또 〈길손〉 공
    연이 있었다.

계적으로 산문시 창작의 참조나 모범이 될 수 없다. 그러나 문예작품의 영향은 단순히 다른 작가의 창작에서 찾을 수 있는 것이 아니다. 이런 영향은 더욱 광범한 의미에서 고찰되어야 한다. 『들풀』이 개척한 길을 따라 중국 현대산문시는 언제나 앞으로 발전했다. 최근 20년 동안 우리는 우수한 산문시가 발표되는 것을 끊임없이 보았다. 『들풀』의 예술적 생명은 햇볕이나 비와 이슬처럼 신문학의 한 세대의 작가들을 양육했다. 소설과 산문의 예술적 대가인 바진巴金은 그가 문학의 길에 오르던 때를 회고하면서 이렇게 말했다. 1925년 베이징에서 고민이 많고 적막한 아파트 생활을 하고 있었을 때 루쉰의 소설이 "나라는 이 실망한 아이의 마음을 위로했다. 나는 처음으로 예술의 힘을 느꼈고, 예술의 힘을 믿게 되었다. 몇 해 동안 나는 줄곧 『외침』을 손에서 놓은 적이 없다. 그것을 들고 꽤 많은 곳을 다녔다. 나중에 나는 또 『방황』과 산문시집 『들풀』을 손에 넣고, 더욱 열렬하게 그것들을 읽었다. 나는 지금도 『죽음을 슬퍼하며傷逝』에 나오는 단락을 외울 수 있다. 나는 의식적으로 또 무의식적으로 문자를 다스리는 방법을 배웠다. 지금 내가 일찍이 써냈던 몇 권의 소설을 떠올릴 때, 나는 처음으로 나에게 문자를 어떻게 다스려야 하는지를 알려준 사람에게 감사를 드리지 않을 수 없다".[17] 생명력 있는 예술의 명품은 종종 새로운 예술을 창조하는 소중한 자원이 된다. 바진 같은 작가는 루쉰의 『외침』, 『들풀』의 예술적 햇살 속에서 양육의 은혜를 입었다. 산문과 산문시 창작에 종사했던 작가들은 더더욱 『들풀』에서 정도의 차이는 있

---

17   바진, 「루쉰 선생을 추억하며」.

겠지만 예술창작의 자양을 섭취했다. 『들풀』 이후 산문시를 썼던 많은 시인과 작가들은 그들의 작품에서 어떤 이는 『들풀』의 사상의 계시를 받았고, 어떤 이는 『들풀』의 풍격의 도야를 받았고, 어떤 이는 『들풀』의 언어의 공력을 배웠고, 어떤 이는 『들풀』의 서정적 수법을 참조했다. 그들은 모두 자신만의 음미와 창조를 거친 다음 우수한 시편들을 써냄으로써, 중국 현대산문시의 화원을 위해 참신한 꽃을 보태주었다. 어떤 산문시들은 『들풀』의 예술적 자양을 직접적으로 섭취하여 『들풀』의 영향과 낙인을 더욱 선명하게 남겨놓았다. 예를 들면 30년대에 일찍이 잡문의 풍격이 루쉰과 흡사해 문단의 일화를 낳았던 탕타오唐弢선생 같은 경우이다. 나중에 그가 써낸 산문시집 『돛을 내리며落帆集』에서 우아한 필치, 몽환적 묘사, 상징적 색채, 가파른 서정과 심오한 철학과 같은 특징으로 말미암아, 우리는 『들풀』의 계시의 그림자나 독자적인 창조의 풍격도 볼 수 있었다. 비슷한 예는 적지 않다. 루쉰이 고달프게 황무지에 심었던 한 다발의 들풀이 현대산문시의 더욱 많은 예술의 꽃을 길러냈다.

『들풀』의 청년세대에 대한 간절한 바람은 얼마나 그들 생활에 푸근함과 전진을 위한 격려가 되었던가! 루쉰이 군벌의 비행기 폭격과 비밀 수배령 속에서 쓴 「깜박 졸다」가 노래한 청년들의 '거칠지만' 사랑스러운 '영혼'에 대한 송가는 얼마나 많은 청년들의 영혼에 더욱 큰 각성을 가져왔던가. 천초사 그리고 나중에는 침종사의 구성원이었던 린루지林如稷는 일찍이 새로 나온 잡지 『천초』를 직접 루쉰 선생에게 말없이 건네주었다. 나중에 그가 머나먼 바다 건너 프랑스에서 루쉰의 『깜박 졸다』에 나오는 "시적 정취와 열정이 풍부한" 글을 읽었을 때,

루쉰의 지극한 감정과 희망에 감동되어 "밤새 뜨거운 눈물을 흘렸던" 것이다.[18] 1948년 국민당과의 투쟁이 가장 험난했을 때, 일찍이 루쉰의 고무를 받고 머나먼 문학의 길에 올랐던 천웨이모陳煒謨 선생 또한 여러 차례 침종사 청년들을 보살폈던 루쉰을 본받아 청년학생들을 격려하고 반동파와 끈질긴 전투를 진행했다.[19] 이처럼 루쉰에 의해 "중국에서 가장 걸출한 서정시인"이라고 불렸던 펑즈가 여러 해 뒤 루쉰 선생의 「깜박 졸다」를 위해 감사의 마음을 담아 쓴 14행시는 그저 '길가의 작은 풀'의 감사의 노래라고 간주해서는 안 되고, 한 세대 청년들의 가슴에서 우러나온 영원한 마음의 소리로 간주해야 할 것이다.

여러 해 전 어느 황혼
당신은 몇 몇 청년들을 위해 깜박 졸았지요.
당신은 얼마나 많은 환멸을 경험했는지 모릅니다.
그러나 그 깜박 졸음은 오히려 영원히 사라지지 않았지요.

나는 영원히 감사의 깊은 정을 품고 있습니다.
당신을 바라보며, 우리의 시대를 위해
그것은 어리석은 사람들에 의해 망가졌지요
그러나 그것을 수호한 사람은 오히려 평생 동안

이 세상 밖에 버려졌지요.

---

18   린루지, 「루쉰이 나에게 준 교육」, 『앙지집(仰止集)』.
19   천웨이모, 「내가 아는 루쉰 선생」, 『민신(民訊)』 창간호, 1948.10.10.

당신은 몇 번이나 한 줄기 빛을 보았던가요.
고개를 돌리면 또 검은 구름이 뒤덮고 있었지요.

당신은 당신의 험난한 길을 끝까지 걸었지요.
고난 속에는 길가의 작은 풀밖에 없었지요.
일찍이 당신에게 희망의 미소를 끌어냈던.

루쉰『들풀』의 생명철학과 상징예술

중국현대문학관 및 수도사범대학 인문학술논단에서의 강연

1.『들풀』의 탄생

한 권의 얇은 산문시집『들풀』은 루쉰 선생이 중국신문학에 보낸 묵직한 선물이다.『들풀』은 루쉰의 창작 가운데 가장 아름다운 작품이라고 즐곤 인식되었다. 거기에는『외침』,『방황』과 같은 서사작품에 없는 그윽함, 신비함 그리고 영원함이 있다. 그것은 전체적으로 보아 해독하기 어려우면서도 사람들을 깊은 생각에 잠기게 하는 예술미의 영원한 매력을 지니고 있다. 20세기 20년대에 최초로 태어났을 때의 단편적이고 얄팍한 감상에서부터 20세기 8, 90년대 각인각색의 이론적 해석에 이르기까지, 사람들은 무수히 담론을 펼쳤지만 그래도 늘 미진한 느낌이었다.『들풀』의 난해하고 떨떠름한 시편들과 이론이 분분한 서정적 이미지와 언어는 지금까지도 반박할 수 없는 해석을 내리기 어렵다. 이 작은 책을 대면하면, 여러 세대에 걸쳐 비평가와 학자들은 아름다운 스핑크스의 수수께끼와 마주한 것 같다. 사실에 근접한 해석과 과도한 해석은 분명하게 구분하기 힘들며, 구분할 필요도 없는 법이다. 그러나 한 가지 사실만은 모두가 공인한다. 즉, 지금까지 『들풀』에 대해 명확하게 말할 수 있다고 감히 자신하는 사람은 찾기 힘들다는 것이다. 『들풀』은 이미 루쉰의 전체 문학창작 가운데 후인들에게 남겨준 세기의 '문학 난제'가 되었다고 말할 수 있다.

『들풀』은 루쉰이 2년여 시간 동안 산발적으로 쓴 시적 성질이 풍부한 작품의 집합이고, 모든 작품이 그가 창간에 참여했던 『어사』 잡지에 발표되었다. 모두 24편의 산문시(그 가운데 옛 것을 본뜬 풍자시 「나의 실연」은 예외로 봐야 할 것이다)이다. 가장 일찍 발표된 「가을 밤」은 1924년 9월 15일에 쓰였고, 12월 1일에 발표되었다. 마지막 작품인 「깜박 졸다」는 1926년 4월 10일에 쓰였고, 4월 19일에 발표되었다. 앞뒤로 1년 7개월의 시간이 지났다. 장장 1년이 지난 뒤 마지막에 시집으로 묶어 출판할 때, 루쉰은 또 서문을 대신하는 「머리말」을 썼는데, 이때가 이미 1927년 4월 26일이었다. 전 23편은 모두 북양 군벌정부 아래 암흑세력이 뒤덮고 있던 베이징에서 썼고, 마지막 「머리말」을 썼을 때는 국민당이 이른바 '청당淸黨'을 실시하여 무시무시한 대도살을 진행했던 광저우에 있었다. 창작 시기와 처한 환경은 다소 달랐지만, 작가의 사상 감정과 예술 수법은 대체적으로 일치했다.

『들풀』은 1927년 7월 베이징의 북신서국北新書局에서 출판되었다. 5년 뒤 루쉰은 자신이 『들풀』을 쓸 당시 고독하고 적막하면서도 끊임없이 찾아 헤매던 심경을 이렇게 설명한 적이 있다. "나중에 『신청년』이라는 단체는 해산되었다. 어떤 이는 승진했고, 어떤 이는 은둔했고, 어떤 이는 전진했다. 나는 동일한 진영 속의 동지들도 이렇게 변할 수 있다는 것을 또 한 번 경험했다. 더구나 '작가'라는 명함을 한 장 얻어 들고 여전히 사막에서 이리저리 헤매고 있었다. 그러나 이미 여기 저기 간행물에 문자를 끄적이고 내키는 대로 이야기를 좀 하지 않을 수 없게 되었다. 자질구레한 감상이 생기면 짧은 글들을 썼는데, 좀 과장해서 말하자면 산문시라고 할 수 있을 것이다. 나중에 한 권으로 인쇄하면서『들풀』이라고 불렀다. 비교적 완전한 자료를 얻게 되면 단편소설을 썼다. 유격대원이 되어 진영을 형성하기 못했기 때문에, 기술은 예전보다 좀 나아지고, 생각도 비교적 구속이 없어진 것 같았지만, 전투의 의기는 적지 않게 냉담해졌다. 새로운 전우는 어디에 있는가? 나는 이건 아주 좋지 않다고 여겼다. 그래서 이 시기 11편의 작품을 모아 인쇄하면서 그것을『방황』이라고 불렀고, 앞으로 더 이상 그러지 말기를 바랐다. '길은 가없이 멀기만 한데, 나는 장차 오르내리며 찾으리라路漫漫其修遠兮, 吾將上下而求索.'"(『남강북조집·'자선집' 자서』)

이 자술은 자신의『들풀』,『방황』과 당시 "창을 둘러메고 홀로 방황하던荷戟獨彷徨" 심경 사이의 관계, 그것들이 만들어진 사상 정서의 근원을 포함하고 있다. 또 산문시집『들풀』속의 '자질구레한 감상'이 사막에서 이리저리 헤매며 고군분투하던 고통과 심사숙고를 어떻게 담고 있는지 설명해준다. 그것들은 서사적 글쓰기와 다른, 내재적 정감세계가 철학적 의미를 얻은 결정체이고, 심층적 정감과 의식에 대한 예술적 응집과 승화이다.『들풀』은 '5·4' 시기에 생겨난 철학적 미문美文을 역사상 유례없는 높이로 끌어올렸다. 그것은『외침』,『방황』보다 더욱 심오하고, 더욱 신비하고, 더욱 아름답다. 그것은 수용자가 반드시 상상력을 구사하는 문학 심리 공간을 내면에 갖추고 있어야 함을 보여주었다.

2.『들풀』의 생명철학

과거 나의 현대문학 선생님 찬다오川島 선생은 루쉰의 친구였고,『어사』 잡지의 창시자였다. 그는 나에게 이렇게 말한 적이 있다. 자신은 늘 루쉰의 집에 가서 그가 쓴『들풀』원고를 받아 왔다. 그는 운 좋게도『들풀』각 시편의 첫 번째 독자였다. 그러나『들풀』의 많은 시편은 읽기에는 아름다웠지만 대부분 이해할 수 없었다. 그렇다고 해서 한 편한 편 루쉰 선생에게 묻기도 미안해서 그저 몰라도 아는 척하는 수밖에 없었다. 루쉰 선생의 얼굴을 대하면 또 "좋습니다, 좋습니다"라고 말했다. 이런 작품 수용 상황은 하나의 예술적 정보를 전달해준다. 즉,『들풀』이 루쉰의 다른 창작과 구별되는 가장 큰 특징은 그것이 심오한 철학적 의미와 표현의 상징성을 숨기고 있다는 것이다. 루쉰은 당시 일반적 한담 또는 서정적 미문의 정감과 의미를 전달하는 방식에 불만을 느껴, 현실과 인생의 경험에서 깨달은 생명철학에 일종의 미적 형식을 부여하여 특이한 '독백獨語'식 서정산문을 창조했다. 이것은 루쉰 선생이『들풀』을 지을 때 아주 자각적으로 추구한 것이다. 먼저 철학적 의미에 대해 말해보자.

다음은 70여 년 전의 무척 재미있는 자료이다. 루쉰의『들풀』이『어사』에 막 11수가 발표되었을 때, 루쉰의 집에 자주 드나들었으며『어사』동인이기도 했던 장이핑章衣萍이 어떤 글에서 이렇게 기술했다.

루쉰 선생의 후원에는 닭 3마리를 기르고 있었다. 이 닭 3마리는 아침 저녁으로 같이 지내니, 자연히 서로 친하고 다정하게 지내야 할 것 같다. 하지만 늘 다투는 것을, 내 눈으로 직접 보았다.

"닭들이 싸우기 시작했어요." 나는 창으로 내다보며 루쉰 선생에게 말했다.

"그런 싸움은 나도 충분히 봤어. 내버려 두라지!(由他去罷!)" 루쉰 선생이 말했다.

"내버려 두라지!"는 일체의 따분한 행위에 대한 루쉰 선생의 분노의 태도였다. 하지만 나는 그렇게 할 수 없었다. 나는 닭들이 싸우는 것을 보고 있을 수 없었다. "난 그러고 싶지 않아!(我不願意!)"이기 때문에.

사실 "난 그러고 싶지 않아" 역시 따분한 행위에 대한 루쉰 선생의 일종의 반항적 태도였다. 『들풀』에서 분명하게 말하고 있지만, 사람들은 모두 "이해가 안 돼"라고 말한다.

루쉰 선생의 『들풀』에 대해, 나도 감히 진정으로 이해한다고 말할 수 없다. 그러나 루쉰 선생은 스스로 분명하게 그의 철학은 모두 그의 『들풀』 속에 있다고 나에게 일러준 적이 있다.[1]

생활과 매우 밀착된 이 서술은 진실되고 믿을 만하다고 할 것이다. 그것은 무심결에 우리에게 두 가지 중요한 정보를 드러냈다. 하나는 독자의 반응인데, 루쉰 선생의 『들풀』에 대해 사람들이 보편적으로 "이해가 안 돼"라고 말한다는 것이다. 다른 하나는 작가 루쉰의 고백

---

[1]   장이평(章衣萍), 「고묘잡담(5)」, 『경보부간』 제105호, 1925.3.31.

인데, 나의 철학은 모두 나의『들풀』속에 있다는 것이다. 이로 보아 루쉰 자신은 그가『들풀』의 생명철학에 대해 지탱했던 창작의 추구와 전달의 의도를 전혀 감추지 않았다는 것이다.

『들풀』은 대부분 상이한 이유 때문에 각기 독립적으로 쓰여진 '자 질구레한 감상'이지, 체계적 구조를 지니고 단번에 써내려간 완전한 서정작품이 아니며, 처음과 끝의 창작기간이 비교적 길기 때문에,『들 풀』이 전달하는 생명 '철학'은 전체를 아우르는 지배적 명제가 되는 하나의 통일된 의미가 있다고 말하기 어렵다. 그러나 그 가운데 영향 력이 비교적 큰 몇 가지 주된 측면은 객관적으로 존재하는 사실이라고 할 것이다. 이는 바로 끈질긴 전투의 철학, 절망에 대한 반항의 철학, 마비에 대한 복수의 철학, 애증과 관용의 철학 등이다. 이런 생명철학 은 모두 독자적인 개인정신의 발굴과 현현에 속하며, 그것은『들 풀』에서 고군분투하는 계몽사상가로서 루쉰의 풍부하고 심오한 정신 세계를 구성한다.

끈질긴 전투의 철학은 주로 낡은 사회제도 그리고 암흑세력의 인간 과 인성에 대한 유린과 압박에 대해 보여주는 생명의 선택과 심리적 자세이다. 중국사회의 개혁의 어려움에 대한 깊은 이해와, '5·4' 이 후 청년들이 암흑세력과 투쟁하면서 지나치게 낙관하고 조급해하던 모습에 대한 관찰에 기초해, 루쉰은 계몽가 특유의 냉철함으로 장기 적 전투라는 끈질김의 철학을 제기했다. 그는 텐진 건달의 '무뢰한 정 신無賴精神'에 탄복한다고 말했다. 그는 적과 전투할 때 '참호전'을 견지 하여 가능한 유혈과 희생을 줄여야 한다고 주장했다. 그는 사람들에 게 이렇게 경고했다. "일시적으로 세상을 놀라게 하는 희생은 필요 없으며, 깊고 끈질긴 전투만 못합니다."(「노라는 집을 나간 후 어떻게 되었나」) 『들풀』의 첫 수인 「가을 밤」이 암시하고 전달하는 것은 바로 이런 사상이다. 이 산문시는 가을밤의 경치와 분위기를 가지고 두 가지 세력의 대치와 투쟁을 암시한다. 무서리와 냉기로 가득한 가을밤의 "이상하고 높다란 하늘"은 강대한 암흑세력을 상징한다. 그것은 비할 바 없는 위엄으로 땅을 지배하고 있으며, 애처로운 들꽃과 작은 풀을 마음껏 박해하고 유린한다. 그런데 서정적 자아의 정신을 상징하는 두 그루의 대추나무는 잎을 모조리 떨구고, 열매를 모조리 털리고, 몸에는 대추 터는 대나무 장대에 맞아 생긴 상처를 지닌 채, 가장 긴 가지 몇 개는 이상하고 높다란 하늘을 묵묵히 쇠꼬챙이처럼 줄기차게 찌르고 있다. 설사 기괴하게 눈을 깜박이던 하늘이 두려운 나머지 불안해지고, 인간세상을 떠나려고 해도, 이 헐벗은 가지는 기어이 그의 목숨을 제압하고야 말겠다는 일념으로 여전히 이상하고 높다란 하늘을 찔러댄다. 그는 승리 속에서 웃음을 터뜨린다. 그는 작은 분홍 꽃이 오들오들 떨며 봄이 곧 올 것이라는 아름다운 꿈을 꾸고 있는 것을 본다. 그는 작고 푸른 벌레가 빛을 추구하기 위해 등불에 뛰어들어 타죽는 것을 보며, 자신이 내뿜은 담배연기 속에서 그 푸르스름하고 정교한 영웅들에게 묵묵히 경건한 마음으로 제향祭香을 올린다. 루쉰은 그런 아름다운 꿈을 꾸고 있거나 또는 가볍게 헌신하는 청년들에게 알려주고 싶은 것이다. "필요한 것은 불평을 가지고 있지만 비관하지 않고, 항상 싸우면서도 자신을 지켜야 한다는 사실입니다. 만일 가시덤불을 밟지 않을 수 없다면 물론 어쩔 수 없이 밟아야 하겠지만, 그러나 반드시 밟을 필요가 없다면, 아무렇게나 밟을 필요가 없습니다. 이것이 내가 '참호전'을 주장하는 이유입니다. 사실 이 또한 전사를 몇 사람 더 남겨두어서 더욱 많은 전과를 올리고자 하는 것입니다".(『양지서·4』)

「길손」에서 끈질긴 전투정신의 상징으로서의 대추나무는 더없이 고집스럽게 자신의 길을 가는 사람이라는 감동적 형상으로 바뀌었다. 소형 연극話劇형식으로 쓰인 「길손」은 줄곧 『들풀』의 압권으로 공인 되었다. 루쉰 자신의 설명에 따르면 '길손'의 형상은 그의 마음속에서 이미 10여 년 동안 길러진 것이다. 거기에는 루쉰이 신해혁명 이래 생명의 역정을 통해 비축한 가장 고통스럽고 가장 준엄한 인생철학의 사고가 함축되어 있다. 그는 거기서 사람들에게 다음과 같이 알려주고 싶은 것이다. 즉, 자신과 모든 냉철한 계몽가가 지니고 있던 영원히 지치지 않는 탐색정신은 바로 인생의 길에서 가장 소중한 끈질긴 전투정신의 정수이다. 「길손」의 주인공은 오랫동안 암흑과 가시덤불로 가득한 길을 가면서 "형편없이 지쳤지만 더없이 고집스러운" '길손'인데, 루쉰 자신과 많은 계몽가의 가장 빛나는 정신적 특징을 응집하고 있다. 그는 생명이 시작된 때부터 바로 낡은 세계와 결별했으며, 새로운 세계를 향해 영원한 모색을 진행하고 있다. 그는 많은 길을 걸었으므로 "발은 벌써 엉망이 되었고, 많은 상처를 입었고, 많은 피를 흘렸다". 그는 극도의 피로 속에서 인생의 길 가운데 쉴 수 있는 곳에 왔다. 그는 이곳에서 멈추고 더 이상 전진하지 않을 수 있다. 그러나 낡은 세계에 대한 결연한 태도와 이상에 대한 집요한 추구는 그로 하여금 늙은이의 "돌아가라"는 선의의 권고를 의연히 거절하게 만든다. 그리하여 영혼의 깊은 곳에서 벌어지는 대격전이 우리의 눈앞에 전개된다.

늙은이 : (…중략…) 내가 말이 많다고 나무라지 말기 바라오. 내가 보기

에 당신은 이미 그토록 지쳐있는데, 차라리 돌아가는 게 나아

보이오. 앞으로 가봐야 다 갈 수도 없을 것 같은데.

길손 :   다 갈 수도 없을 것 같다고? (…중략…) (생각에 잠기다 갑자기

놀라며) 그건 안 돼! 저는 갈 수밖에 없어요. 그곳으로 돌아가

면 명분이 없는 곳이 한 군데도 없어요. 지주가 없는 곳이 한 군

데도 없어요. 추방과 감금이 없는 곳이 한 군데도 없어요. 겉으

로만 웃는 얼굴이 없는 곳이 한 군데도 없어요. 눈자위 밖의 눈

물이 없는 곳이 한 군데도 없어요. 저는 그들을 증오합니다. 저

는 돌아가지 않겠어요!

늙은이 : 그야 꼭 그렇지만도 않겠지요. 당신도 속깊은 눈물이랑 당신을

위한 슬픔을 만날 수 있겠지요.

길손 :   아니, 저는 그들의 속깊은 눈물을 보고 싶지 않습니다. 그들의

나를 위한 슬픔을 바라지 않아요.

늙은이 : 그럼, 당신은 (고개를 가로 저으며) 당신은 가야만 하겠군요.

길손 :   그래요. 저는 가야만 합니다. 더구나 늘 앞쪽에서 저를 재촉하

고, 저를 부르는 소리가 있습니다. 저는 쉴 수가 없습니다.

그는 계집애가 선물한 상처를 싸매는 베 조각을 완곡하게 거절하고,
늙은이의 선의의 충고를 거절한다. 앞쪽에 있는 것이 들백합이랑 들
장미 같은 찬란한 꽃이 아니라 가시덤불과 무덤, 인간의 생명의 궁극
―사망이라는 사실을 뻔히 알면서도 "고개를 들고" 분연히 앞을 향

해 걸어간다. 산문시 「길손」의 가치는 그 최종 결과에 있지 않고, 그 인생의 길을 탐구하고 모색하는 과정에 있다. 전편에 걸쳐 시정이 넘치는 대화가 정교한 구상과 완전한 구조 속에 배열되어 있다. 극시 속의 늙은이는 앞쪽에서 부르는 목소리를 거절하고, 생명의 걸음을 멈춘 무기력한 인간의 상징이자 길손의 내심 깊은 곳에 있는 또 다른 목소리의 상징이기도 하다. 극시 속의 계집애는 루쉰이 『외침』 서문에서 말했던 오로지 "아름다운 꿈"만 꾸고 있는 선량하고 아름다우면서 천진난만한 젊은이와 유사한데, 청년 시절의 루쉰 자신과도 동일한 정신적 맥락을 지니고 있다. 그들 세 사람의 서로 연관되면서도 서로 대비되는 형상은 각성한 근대적 지식인의 상이한 생명 지향에 대한 완전한 정신적 연결고리를 구성한다. 만일 길손이 인생의 여정에서 쉬었다면 결과가 어떻게 되었을까? 그것은 바로 늙은이의 생존상태이다. 길손이 험난한 인생의 여정을 통한 냉철한 깨달음 없이, 꿈같은 찬란함에 도취되어 있었다면 또 어떻게 되었을까? 그것은 바로 계집애 형상의 의미이다. 「길손」을 쓰고 두 달이 지난 뒤 루쉰은 어떤 글에서 이렇게 말했다. "내 자신은 아무것도 두렵지 않습니다. 생명은 내 자신의 것입니다. 그러므로 나는 내 스스로 갈만하다고 여기는 길로 성큼성큼 걸어가도 무방합니다. 설사 앞쪽이 심연, 가시덤불, 협곡, 불구덩이라 할지라도 모두 내 스스로 책임을 집니다."(『화개집 · 베이징 통신』) 루쉰의 이런 내심의 고백은 쉽고 분명하고 이성적 언어로 「길손」의 심층적 형상의 의미를 밝힌 것이다.

「이런 전사」와 「흐릿한 핏자국 속에서」 중 전자는 "문인과 학자들이 군벌을 돕는 것에 유감을 느껴 지은 것"이고, 후자는 "단기서 정부가 맨손의 민중에게 충격을 가한 다음" 분개하여 지은 항쟁의 목소리이다. 이들은 모두 구체적 현실투쟁 사건에 대한 관심과 개입 속에서 시적인 상상과 승화를 진행한 것으로, 영원히 멈추지 않고, 영원히 투창을 집어 드는 생명철학을 표현하고 찬미했다. 「가을 밤」과 「길손」에 비해 형이상학적 차원의 광활함과 상징성은 떨어지지만, 생명 체험의 돌파력과 무게감은 오히려 늘어났다. 이런 서정 속에는 루쉰이 자신의 분노를 드러내는 유혈의 목소리가 더 들어있다. "반역의 용사가 인간 세상에 나타난다. 그는 우뚝 서서 이미 바뀌어졌거나 현존하는 모든 폐허와 황량한 무덤을 통찰한다. 광범하고 항구적인 모든 고통을 기억하고, 덧칠해지고 켜켜이 쌓인 모든 굳은 피를 직시한다. 이미 죽은 자, 막 태어난 자, 장차 태어날 자 그리고 아직 태어나지 않은 모든 인간을 깊이 이해한다. 그는 조물주의 수작을 간파했다. 그가 장차 일어나서 인류를 소생시킬 것인가, 아니면 인류를 남김없이 멸망시킬 것인가. 조물주의 착한 백성인 그들을. 조물주, 비겁하고 나약한 자, 그는 부끄러웠다. 그래서 숨었다. 천지가 용사의 눈 속에서 마침내 낯빛을 바꾸었다."(「흐릿한 핏자국 속에서―몇 명의 죽은 자, 산 자 그리고 아직 태어나지 않은 자를 기념하며」) 만일 이 단락의 시적 정취가 넘치는 언어를 「가을 밤」이 묘사한 대추나무가 밤하늘과 격투하는 정경과 비교한다면, 형상적 숨김에서 직접적 토로에 이르는 그의 생명철학의 일관된 정신적 흔적을 알아볼 수 있을 것 같다.

앞서의 끈질긴 전투의 철학과 연관된 것이 절망에 대한 반항의 생명철학이다. 절망에 대한 반항의 철학은 루쉰이 자신의 내면세계로 전환하여 격렬한 투쟁을 진행할 때 생겨난 정신적 산물이다. 이른 바

"절망에 대한 반항"은 결코 갇힌 세계의 고독자가 진행하는 정신적 자기시련과 음미가 아니고, 반역적 투쟁을 견지하는 과정에서 적막과 고독을 느낄 때의 영혼의 자기저항과 반성이다. 그 발생과 의미는 모두 현실생존의 처지와 깊은 관계가 있다. 「길손」이 발표된 1개월 뒤, 평소에 알지 못하던 청년 독자 하나가 편지를 보내 이 산문시의 의미를 물었다. 루쉰은 이에 대답하면서 자신의 '절망에 대한 반항'이라는 사상적 명제를 제기했다.

> 「길손」의 의미는 보내온 편지에서 말한 것처럼 앞길이 무덤이라는 것을 뻔히 알면서도 기어이 가고자 하는 것, 즉 절망에 대한 반항에 지나지 않습니다. 나는 절망하면서도 반항하는 것이 어려운 것은 희망 때문에 투쟁하는 것보다 더욱 용감하고, 더욱 비장하다고 생각하기 때문입니다. 그러나 이런 반항은 매번 '사랑' ─ 감격도 포함해서 ─ 속에서 고꾸라지기 쉽습니다. 그래서 그 길손은 계집애의 떨어진 베 한 조각의 보시를 얻고도 거의 앞으로 나갈 수 없었던 것입니다.[2]

"앞길이 무덤이라는 것을 뻔히 알면서도 기어이 가고자 하는" "절망에 대한 반항"의 생명의지, 비장하다는 것을 자각하고 있으면서도 더욱 추구하는 것, 이런 설명들은 「길손」이 생각하는 생명철학의 정신적 의미를 아주 분명하게 밝혀주었다. 이런 루쉰의 독자적인 생명철학은 그의 작품에 두터운 비극적 색채를 드리웠다.

---

2   루쉰, 『서신 · 자오치원(趙其文)에게(1925.4.11)』.

절망에 대한 반항은 구체적으로 말하면 『들풀』의 영혼을 고백하는 작품을 포함한다. 이들은 내면의 허무적인 사상과 정서를 해부하고, 희망과 절망의 모순과 성쇠에 대한 역정을 기록하고, 고독한 심리와의 격투를 고백한다. 「그림자의 작별」은 『들풀』에서 가장 떨떠름하고 가장 어두운 작품이다. 그림자가 형체에게 와서 자신이 작별하려는 원인을 하소연하는 것은, 수후이로프식의 세상의 모든 것에 도전하려는 허무적 관념을 띠고 있다. "내 마음에 들지 않는 어떤 것이 천당에 있다면 난 가고 싶지 않아. 내 마음에 들지 않는 어떤 것이 지옥에 있다면 난 가고 싶지 않아. 내 마음에 들지 않는 어떤 것이 당신들 미래의 황금세계에 있다면 난 가고 싶지 않아. 하지만 자네가 바로 내 마음에 들지 않는 것. 친구, 난 자네를 따르고 싶은 마음이 없네, 난 머물고 싶지 않아." 그것은 어둠에 의해 삼켜지는 것을 원하지 않고, 또 빛에 의해 소멸되는 것도 달갑게 여기지 않는다. 밝음과 어둠 사이의 경계에서 방황하기를 바라고, 암흑과 허무를 자신의 유일한 정신적 자산으로 삼는다. 그 가장 고통스럽고 가장 통쾌한 선택은 암흑 속에서 소리 없이 침몰하는 것이다. "난 그렇게 되기를 바라네. 친구……. 난 홀로 멀리 떠나가네. 자네는커녕 더 이상 다른 그림자조차 없는 어둠 속으로. 오직 나만이 어둠에 의해 잠겨버려, 모든 것이 내 자신에게 속하는 그런 세계로." 자신의 침몰로 허무와 암흑을 향해 최후의 비장한 항쟁을 하는 것이다. 「걸인」은 냉담하고 무정한 사회에서 노예식 구걸 행위에 대한 짜증, 의심 그리고 증오를 그렸다. "나는 장차 아무것도 하지 않기無所爲와 침묵으로 구걸하리라 (…중략…) 나는 장차 최소한 허무虛無는 얻을 것이다." 이런 자기 구걸의 상상 또한 일종의 절망에 대한 반항 철학의 소극적 표현이다. 「희망」은 "절망에 대한 반항"
의 생명철학이 가장 충실하고도 직접적으로 표현된 작품이다. 「'들풀'
영역본 서문」에서 루쉰은 이렇게 설명했다. "청년들이 의기소침한 데
놀라 「희망」을 지었다." 이 산문시는 루쉰의 내면 깊은 곳의 해소할
수 없는 이중의 적막감을 피력했다. 즉 청년들의 의기소침에 놀란 일
종의 기대의 적막, 그리고 희망의 파멸로 허무가 생겨난 것에 놀란 뒤
의 자아 적막이 그것이다. 이는 자신은 어두운 밤과의 격투 속에서
"애처롭고 흐릿한 청춘"이 이미 가버렸는데, 유일하게 희망을 기탁할
수 있는 '몸밖의 청춘'도 모두 가버리고, 세상의 청년이 다 늙어버렸
기 때문이다. 그는 어쩔 수 없으면서도 애절하고 감동적인 어조로 자
신의 영혼 깊은 곳에서 우러난 고통을 호소했다. "나는 내가 나서서
이 공허 속의 어두운 밤과 맞붙을 수밖에 없겠다. 설사 몸밖의 청춘은
찾지 못하더라도 어쨌든 내 몸속의 황혼만큼은 스스로 떨쳐버려야겠
다. 하지만 어두운 밤은 또 어디에 있는가? 지금은 별이 없고, 달빛 내
지는 아득한 웃음, 너울너울 춤추는 사랑이 없다. 청년들은 무척 편안
하다. 그런데 내 눈앞에는 마침내 또 더구나 참된 어두운 밤도 없다.
절망이 허망한 것은 희망이 그러한 것과 꼭 같다." 루쉰은 페퇴피의
시구를 빌어 자신의 절망에 항쟁하는 소리를 외쳤다. 그 소리는 그토
록 무거웠고, 그토록 유장했고, 그토록 내면의 지극한 고통으로 가득
했다. 우리는 심지어 이 산문시의 제목 「희망」은 사실 '절망에 대한 반
항'의 대명사라고 말할 수 있다. 그러나 여기에는 절망을 곱씹으며 탐
닉하는 비애가 없고, 울려 퍼지는 것은 절망에 대한 항쟁을 모색하는
광명의 소리이다. 루쉰 자신은 나중에 이렇게 말했다. "신해혁명을 보

왔고, 2차 혁명을 보았고, 위안스카이의 황제 등극과 장쉰張勳의 왕정 복고를 보았다. 이리저리 보다 보니 회의를 느끼기 시작했다. 그래서 실망했고, 무척 의기소침해졌다. (…중략…) 그러나 나는 또 자신의 실망에 회의를 느꼈다. 내가 보았던 사람과 사건은 무척 유한한 것이기 때문이다. 이 생각이 나에게 붓을 들어 올릴 힘을 주었다. '절망이 허망한 것은 희망이 그러한 것과 꼭 같다.'"(『남강북조집·'자선집' 자서』)

복수의 인생철학은 루쉰의 국민성 개조 사상에서 나온 것인 동시에 마비된 군중에 대한 격분에 찬 비판적 정서의 승화와 요약이다. 그는 『들풀』에서 「복수」, 「복수 2」라는 두 편의 산문시를 잇달아 지어 이런 인생의 사고를 유감없이 전달했다. 창작의 동기는 전자가 "사회에 방관자가 많은 것을 증오하기" 위해서였고, 후자는 선각자와 마비된 군중 사이의 슬픈 단절에 유감을 느꼈기 때문이었다. 그는 동일한 생명 철학의 전달에 상이한 예술적 구상을 사용했다. 「복수」는 초현실적인 환상적 이야기이다. "내가 『들풀』에서 일찍이 남자 하나와 여자 하나가 광야에서 칼을 쥐고 마주 섰는데, 따분한 사람들이 반드시 그들의 따분함을 달래줄 무슨 일이 생길 것이라고 여겨 몰려들지만, 두 사람은 그때부터 미동도 하지 않아 따분한 사람들은 늙어죽을 때까지 여전히 따분해 했다."(『서신·정전둬에게』, 1934년 5월16일) 「복수 2」는 『신약전서』에서 예수가 수난을 당하는데 군중은 냉담했던 이야기를 가지고 서술과 구상을 전개했다. '행인들'이 다른 사람의 살육 또는 포옹을 '감상' 거리로 삼는 '연극의 관객'에서, 자신들의 행복을 도모하는 선각자의 희생을 잔혹하게 '피에 목마른 욕망'의 쾌락으로 삼는 것까지, 여기에 표현된 고독한 선각자의 사회적으로 마비된 어리석은 군중에 대한 복수의 철학과 격분의 정서는 『악마파 시의 힘』, 『문화편향론』에서 말했던 노동인민에 대해 "그 불행함을 슬퍼하고, 그 투쟁하지 않음에 분노하는" 또는 "한 사람의 예수 그리스도를 수많은 유태인이 죽이는" 데 대한 격분의 사상을 구체적 차원을 넘어서 '복수'의 심층적 사고로 승화시킨 것이다. 루쉰은 이미 20여 년을 복수에 대해 생각해왔는데, 이 시기에 민족적 복수에서 선각자와 마비된 군중 사이의 관계라는 비극적 사고로 승화되었다. "그들의 미래를 상당히 영구적으로 불쌍히 여기고자 하였다. 하지만 그들의 현재는 증오했다." "폭군 치하의 신하는 대체로 폭군보다 포악하다."

여기서 우리가 주의할 점은 문학가의 생명철학의 호소는 결코 철학자나 정치가의 철학 이론의 해석과 같지 않다는 것이다. 그것은 이론 철학의 체계성과 엄밀성이 없다. 이 때문에 다음과 같은 사실을 인식해야 한다. 첫째, 산문시 『들풀』은 예술적 상상의 표현이지, 적나라한 철학적 교의의 전달이 아니다. 둘째, 이런 생명철학은 철학자의 이론 철학이 아니라 문학가의 생명 체득이다. 모든 의미의 발굴은 그의 현실 경력 및 인생 체험과 밀접하게 관련된 것이다. 셋째, 우리의 분석은 단지 강의의 필요상 진행한 이론적 귀납에서 나온 것일 뿐, 사실 앞에서 말한 각종 사상은 모두 함께 얽히고 융합되어 있기 때문에 이 작품은 무엇을 말하고 다른 작품은 또 무엇을 말하고 하는 식으로 각각 따로 구분하기 힘들다. 더구나 그것들 사이의 내재적 논리 관계를 깊이 따진다거나 어떤 개념, 이미지들의 확정적 의미를 분석할 필요는 없다.

3. 루쉰『들풀』의 상징예술

앞서 말했듯이『들풀』은 탄생 초기부터 20세기 70년대 말까지 줄곧 현대문학 가운데 아주 이해하기 힘든 작품으로 인식되어 왔다. 그 원인을 따져볼 때, 장이핑, 찬다오 등이 말한 '이해가 안 돼' 같은 것은 루쉰의 작품에 포함된 사상이 워낙 너르고 깊어서 정확하게 이해하고 파악하기 힘든 것을 제외하면, 주로 이 작품이『외침』,『방황』과 상이한 예술적 표현방식, 즉 상징주의적 표현방식을 운용했다는 데 있다. 창작자의 독자적 추구가 예술적 전달의 그윽함과 신비감을 조성했고, 동시에 작품과 독자의 수용 사이에 낯설게 하기의 거리도 조성했다.

한 편의 구체적 작품에 대한 느낌의 차이와 이해의 분기로부터 이야기를 해보자. 20세기 80년대 초에 극도의 신경쇠약으로 잠을 못 이루고 전신에 신경통이 있어 나는 샤오탕산小湯山 요양원에 입원했다. 치료하는 동안 의사는 책을 보지 못하게 했다. 나는 몰래 얇은『들풀』한 권을 베개 밑에 넣어두고 수시로 읽으며 그 의미를 궁리해보았다. 제목이「무너져 내린 선의 떨림」이라는 산문시가 나의 지대한 흥미를 끌었다. 그 속에는 '나'의 두 토막 꿈이 쓰여 있다. 첫 번째 꿈은 한 젊은 엄마가 어떻게든 수치와 고통을 참으면서 자신의 육체를 팔아 자신의 두어 살 난 딸아이를 양육한다. 엄마는 딸아이를 보면서 오늘은 사오빙을 사서 자신의 딸에게 먹일 돈이 있다고 안도한다. 그녀는 동시에 자신을 위해 대가를 지불하면서 때때로 "어찌할 수 없는 듯 낡아빠진 천장 위의 하늘을 쳐다보았다". '나'는 무거운 공중의 '파도'에 부딪쳐 만들어진 소용돌이에 잠겨 신음하면서 '깨어났다'. '나'는 어떤 꽉 닫힌 오두막 안에서 "꾸다 만 꿈을 계속 꾸고 있었다". 그러나 그것은 이미 여러 해가 지난 뒤였다. 방 안팎은 이미 그렇게 가지런했다. 안에는 젊은 부부와 어린 아이들이 있었다. 그들은 모두 원한에 사무쳐 경멸하듯 초로의 여인을 대하고 있었다. 남자가 씩씩거리며 말했다. "우리는 다른 사람을 볼 낯이 없어. 바로 당신 때문이야. (…중략…) 당신은 그래도 그녀를 키웠다고 여기겠지. 하지만 그녀를 고통스럽게 만들었을 뿐이야. 차라리 어릴 때 굶어죽는 게 나았어." 여자가 말했다. "날 한 평생 억울하게 만든 건 바로 엄마야." 또 아이들을 가리키며 말했다. "저 애들까지도 덩달아 당하게 만들었어." 가장 어린 철없는 아이 하나가 마침 마른 갈댓잎을 가지고 놀고 있었는데, 이때 문득 공중에다 휘두르며 소리쳤다. "죽어라!" 그 초로의 여인은 입가에 경련을 일으키다가 갑자기 멍해졌다. 이어서 냉정하게 깡마른 석상처럼 일어나더니 깊은 밤 속으로 걸어 나갔다. "일체의 차가운 욕설과 독한 웃음을 등 뒤에 버려 둔 채."

그녀는 깊은 밤 속을 끝까지 걸었다. 마침내 가없는 황야에 이르렀다. 사방은 온통 황야로 가득했다. 머리 위에는 오직 높은 하늘만 있을 뿐, 벌레나 새 한 마리 날지 않았다. 그녀는 벌거벗은 몸으로 석상처럼 황야의 가운데 서 있었다. 순식간에 지나간 모든 것을 환하게 보았다. '굶주림, 고통, 놀람, 수치감, 황홀감'. 그래서 몸을 떨었다. '고통스럽게 만들었다', '억울하게 만들었다', '덩달아 당하게 만들었다'. 그래서 경련을 일으켰다. '죽어라'. 그래서 평정을 되찾았다. (…중략…) 또 순식간에 모든 것이 합쳐졌다. 그리움과 결별, 애무와 복수, 양육과 섬멸, 축복과 저주……. 그녀는 그래서 두 손을 들어 한껏 하늘로 향했다. 입술 사이에서 사람과 짐승의, 인간 세상의 것이 아닌, 그래서 없는 말(无詞)의 언어가 새어 나왔다.

그녀가 없는 말의 언어를 내뱉을 때, 그 석상처럼 위대하지만 이미 황폐해지고 무너져 내린 그녀의 몸뚱이가 통째로 떨렸다. 이 떨림은 한 점 한 점 물고기 비늘 같았는데, 조각조각 뜨거운 불에 펄펄 끓고 있는 물처럼 오르내렸다. 하늘도 그 즉시 함께 덜덜 떨렸다. 마치 폭풍우를 만난 황량한 바다의 파도처럼.

과거 50년 동안의 비평 가운데 몇몇 대수롭지 않은 이해와 의견을 제외하면, 펑쉐펑馮雪峰 같은 이는 이 산문시를 "작가의 공허와 실망의 정서 그리고 사상의 심각한 모순을 특히 분명하게 반영한" 종류의 작품에 넣었다. 늙은 여인의 '떨림'—맹렬한 반항과 '복수'의 정서—은 "작가 자신이 일찍이 경험했던 정서가 아닐 수 없다".(펑쉐펑, 『'야초'론』) 또 리허린李何林 선생 같은 이는 그가 결코 찬동하지 않는 견해를 이렇게 제시했다. 첫째, 어떤 사람은 "이것이 어쩌면 당시 작가의 어떤 사상 정서의 우회적 표현이다". "내 피를 마셨던 사람"이 거꾸로 '나'를 조롱하고 공격하는 배은망덕한 행위에 대한 '보복'이라고 여긴다. 둘째, 또 어떤 사람은 이 작품이 작가가 과거에 저우쭤런을 키웠는데, 거꾸로 그에게 시달림을 당하자 이로 인해 생겨난 반항적 사상의 지극히 우회적인 반영이라고 말한다.(리허린, 『루쉰 '들풀' 주석』) 그러나 비교적 유행하는 관점은 뜻밖에도 리허린이 『루쉰 '들풀' 주석』에서 제시했던 것과 같은 부류이다. 즉, 이것은 한 편의 현실주의적 산문시이다. 『축복』의 샹린싸오(祥林嫂)와 마찬가지로 그것의 의도는 중국 하층 사회 여성의 슬픈 운명을 묘사하는 데 있다, "수천만 번 유린된 여성에서 제재를 선택해" "숭고한 모성애를 드러냈다"는 것이다. 나는 다시 읽는 과정에서 이것은 한 편의 전형적인 상징주의적 산문시라는 사실을 발견했다. 그것은 한 여성의 청춘에서 노년에 이르는 운명을 상징으로 삼고, 두 토막의 꿈을 가지고 자신의 상상 세계를 전개하여, 상징적인 허구적 이야기와 생활의 분위기를 완벽하게 구성함으로써, 이이야기와 분위기 속에서 하나의 다의적인 상징세계를 전개했다. 표층적 의미에서는 가난한 노동 여성의 비극적 운명과 배은망덕한 딸아이에 대한 '복수'를 그려냈다고 말할 수 있다. 그러나 이것은 결코 작품의 본래 의미가 아니다. 작품에는 또 하나의 더욱 중요한 심층적 의미가 있는데, 즉 배은망덕이라는 이런 인간의 추악한 비도덕적 행위에 대한 작가의 격분에 찬 비판과 복수인 것이다. 이것이 이 상징적 산문시의 가장 핵심적인 의미이다.

루쉰은 이 산문시의 창작을 전후해서 쉬광핑에게 보낸 몇 통의 편지에서 어떤 문학청년들에게 이용당한 뒤 공격과 욕설을 듣게 된 것이 그에게 가져왔던 극단적 고통과 결단코 복수하고 싶었던 심정을 아주 분명하게 설명했다. 『양지서』 95편에서는 이렇게 말했다.

나는 예전에 말할 것도 없이 스스로 원해서 생활의 길에서 피를 방울방울 떨어트려 다른 사람을 길렀습니다. 비록 자신이 점차 쇠약해지는 것을 느꼈지만 그래도 기쁘게 생각했습니다. 그런데 지금은 사람들이 나를 쇠약하다고 비웃습니다. 내 피를 마셨던 사람조차 나의 쇠약함을 조롱합니다. 나는 심지어 어떤 사람이 이렇게 말하는 것도 들었습니다. '그가 평생 이렇게 따분하게 살다니, 본래 일찍 죽을 수도 있었는데, 그래도 아직 살려고 하는 걸 보면 싹수가 없어.' 그래서 내가 곤란에 처해 있을 때 있는 힘을 다해 나에게 뜻밖의 일격을 가했습니다. 하지만 이는 그들이 사회를 위해 쓸모없는 폐물을 제거하는 것입니다. 이는 정말 나를 분노하게 하고, 원한에 빠지게 했습니다. 때로는 아예 복수하고 싶었습니다.

루쉰은 개인적인 인생의 느낌과 체험을 인간의 도덕적 차원의 생명철학 사고로 승화시켰고, 아울러 젊은 여자와 노부인에 관한 두 토막 꿈 이야기 속에서 하나의 상징주의적 예술세계를 구성했다. 이로부터 나는 『들풀』과 상징주의에 관한 연구를 진행했고, 아울러 이 '돌파구'로부터 루쉰과 현대문학사의 예술표현구조에 대한 연구에서 상징주의 사조를 부정하는 전통적 관념을 흔들고 개조하려고 노력했다.

『들풀』 24편의 작품이 결코 다 상징주의 작품이라고 말할 수 없다. 그러나 그 대다수에 대해 말한다면, 즉 전체적 예술추구를 가지고 말한다면 그것은 상징주의 방법을 운용하여 창조한 걸작이다. 이것은 틀림없는 사실일 것이다. 이런 상징주의 방법은 주로 다음과 같은 몇 가지 형식을 통해 구현되었다. 첫째, 상징적 자연경관의 이미지와 분위기를 통해 상징의 세계를 구성하고, 작가의 사상과 정서를 암시한다. 예를 들어 「가을 밤」, 「눈」, 「12월의 이파리」 등이다. 둘째, 환상 속에서 진실과 상상이 뒤얽힌 이야기를 지어냄으로써 상징의 세계를 구성하고, 자신의 사상 또는 철학을 전달한다. 예를 들어 「걸인」, 「복수」, 「복수 2」, 「아름다운 이야기」, 「길손」 등이다. 셋째, 현실에서는 일어나거나 존재할 수 없는 아주 터무니없는 '이야기'를 이용해 자신의 의도를 전달하거나 암시한다. 예를 들어 「그림자의 작별」, 「죽은 불」, 「개의 반박」, 「잃어버린 좋은 지옥」, 「묘비문」, 「죽은 뒤」 등이다. 마지막 종류의 작품은 『들풀』에 비교적 많이 나타나는데, 어떤 것은 지나치게 이상하고 떨떠름하게 표현되었기 때문에 종종 가장 이해하기 힘들다.

편폭이 무척 짧은 「묘비문」이 바로 그 예이다. 「그림자의 작별」에 비해 파악의 어려움과 이해의 분기 가능성이 더욱 클 것이다. 『들풀』에는 "나는 꿈에 자신이 …… 하는 것을 보았다"라고 시작되는 시들이 있는데, 이 작품도 그 가운데 하나이다. 그러나 그 꿈 자체는 어떤 묘비의 양쪽 면에 "벗겨진 데가 많아" "얼마 남지 않은" 글귀들이 드문드문 보이는 상태이므로 원래 어쩌된 영문인지 상당히 종잡기 어려운데, 거기다 마지막에 무덤에서 일어나 앉아 시신과 대화하는 것에 관한 묘사는 더욱 음산하고 무서운 느낌을 가중시킨다. 그런데 이 산문시의 심미 효과는 바로 이런 '추한' 이미지와 분위기에 대한 창조와 전환 속에서 실현된다. 이것은 루쉰의 자아 심경의 글쓰기이고 자아해부의 기록이다. 묘비 앞쪽의 글귀는 묘주墓主의 생전 행적과 사망원인을 적어놓았는데, 대체적 의미는 이럴 것이다. "우렁찬 노래랑 미친듯한 열기 속에서 오한을 느꼈고"는 자신이 외침의 절정에서 얼음처럼 차가운 깊은 계곡으로 떨어져 한기 때문에 병을 얻었다는 뜻이다. "천상天上에서 심연深淵을 보았다"는 자신이 가장 아름다운 희망 속에서 허무하고 실망스러운 심연을 보았다는 뜻이다. "모든 눈 속에서 아무 것도 없는 것을 보았고"는 물건 없는 진법 속에 있는 것 같은 자신의 허무감을 말한 것이다. "희망이 없는 곳에서 구원을 얻었다"는 자신이 사망 속에서 영혼의 해탈을 얻었다는 말이다. 루쉰은 자신의 몸에 '독기와 귀기'가 있는데, 늘 제거하려고 해도 그럴 수 없다고 말했다. 그는 『외침·자서』에서도 자신의 적막한 심경을 "커다란 독사가 나의 영혼을 칭칭 감고 있는 것 같다"고 비유했다. 산문시에서 이렇게 말했다. "한 떠도는 혼백이 큰 뱀으로 변했는데, 입에는 독니가 있었다. 다른 사람을 물지 않고 스스로 제 몸을 물더니 마침내 운명했다……" 이는 자신의 정신세계의 떠도는 혼백, 즉 허무사상의 '독기와 귀기' 그리고 자아해부의 혹독함을 말한 것이다. 그런 다음 그는 냉철하게 다른 사람에게 빨리 자신을 '떠나라'고 말한다. 바로 자신의 적막과 허무를 "나의 젊은 시절처럼 한창 아름다운 꿈을 꾸고 있는 청년들"에게 전염시키고 싶지 않은 것이다. 묘비의 뒤쪽은 하나의 풀 수 없는 수수께끼 같다. 어떻게 해야 해부자가 자신을 해부할 때의 고통스럽고 참혹한 맛을 이해할 수 있을까? 마지막 단락의 기발한 상상은 시신이 일어나 앉아 "내가 장차 먼지로 변했을 때, 너는 나의 미소를 보게 되리라!"고 말하는 것이다. 이것은 자신의 생명이 마지막에 사망하고 먼지로 변했을 때, 자신은 비로소 가장 즐거운 경지에 들어간다는 말이다. 여기서도 여전히 루쉰은 결연하고 혹독하게 자신을 해부하고, 적막과 허무의 시달림에서 벗어나기를 갈망하고, 생명의 새로운 탄생의 길로 들어가기를 갈망하는 심경이다. 이런 "추함으로 아름다움을 삼는" 심미 추구와 창조는 확실히 프랑스 상징주의 산문시의 창시자인 보들레르의 시사를 받은 것이다. 당시 『어사』 잡지에 소개된 「창」, 「누가 진짜인가?」, 「개와 작은 병」 등은 모두 루쉰이 잘 알고 있었을 것이다. 그러나 루쉰의 이런 섭취 속에는 자신의 창조와 소화도 있었다. 그가 탐색했던 상징주의 예술표현은 『들풀』의 일부 시편들에 지금까지도 다른 사람이 모방할 수 없는 그윽함과 신비함이라는 '새로운 전율'의 미감美感을 가져왔다. 이는 당시 늙은 위고가 젊은 보들레르의 예술이 프랑스 문학의 수용자를 위해 '새로운 전율'을 창조했다고 칭찬한 것과 마찬가지이다.

루쉰은 서양 상징주의 문학사조를 일찌감치 접촉했다. 20세기 20년대 중기 그가 베이징대학 등에서 강의할 때 일본 쿠리야가와 아쿠손의 『고민의 상징』에 대해 이야기하고 또 번역해서 출판하기도 했다. 그 책에서 소개하고 제창한 것이 바로 광의의 상징주의였다. 루쉰은 또 자각적으로 보들레르, 투르게네프의 상징주의 산문시를 접촉하고 수용했다. 20세기 80년대 초에 그가 1919년 『국민공보』에 발표한 연작 소형 산문시가 발견되었는데, 제목이 『혼잣말』이었다. 이는 그가 아주 일찍부터 철학적 의미를 지닌 독백식의 산문시 실험을 자각적으로 진행했다는 사실을 설명한다. '혼잣말'의 '독백'식 서정방식, 우화와 상징수법의 결합, 자연경관을 빌거나 초현실적 환상을 통해 상징세계를 창조하는 예술방법, 그리고 어떤 소형 산문시들 예를 들어 「불의 얼음」, 「나의 동생」 등은 모두 직접적으로 나중의 『들풀』의 원형이 되었다. 이들은 더욱 광활하고 풍부한 창조를 거쳐 『들풀』의 텍스트로 편입되었다. 이 모두는 5·4 신문학 발생기에 새로운 현대산문시를 창조하려는 루쉰의 장르의식이 아주 자각적이었다는 사실을 설명해준다. 루쉰은 서양 산문시의 예술방법을 자각적이고 흔적이 남지 않게 참조하고, 중국의 우화 또는 상징적 의미가 농후한 소형 산문 전통의 자양을 섭취함으로써『들풀』을 중국 현대산문시 혁신의 대표적 성과가 되게 했을 뿐만 아니라 지금까지도 현대 상징주의 산문시 가운데 뛰어넘을 수 없는 히말라야 산봉우리가 되게 했다.

루쉰 해석의 공간과 한도

『들풀』을 예로 삼아 루쉰연구방법의 과학화 문제를 말하다

루쉰의 『들풀』은 상징적 예술방법이 농후한 한 권의 산문시이다. 그 표현 방식의 독특함과 신기함, 정감 표현의 모호함과 복잡함, 글쓰기 내용의 심오함과 그윽함으로 인해 이미지를 창조하고 표현하는 방식과 그 배후의 숨은 의미에 대해 비교적 큰 해석과 추론의 공간이 존재한다. 이 때문에 『들풀』은 줄곧 루쉰의 창작 가운데 가장 까다롭고, 가장 난해하고, 가장 신비한 색채를 지닌 작품으로 간주되었다. 20세기 80년대 이래 연구자들은 혹은 사회비판, 사상의 자기해부, 인생철학이라는 현실적 차원에서, 혹은 절망에 대한 반항, 허무에 대한 저항이라는 철학적 차원에서, 혹은 내면의 고독과 어두움에 대한 해부라는 심리적 차원에서 다양한 담론의 해석과 분석을 진행했다. 이를 통해 독특하고 다양한 루쉰의 문학세계에 다층적으로 진입할 수 있었다. 예전에 한 연구에서는 『들풀』의 각 시편이 애정의 주제를 내포하고 있다는 각도에서 탐구했다. 20세기 말과 신세기 초에 접어들자 차

레로 또 다른 길을 개척하여 루쉰과 쉬광핑 사이의 애정이라는 각도
에서『들풀』의 대다수 또는 전체 산문시에 대해 이런 저런 해석을 한
사람도 있었다.[1] 이런 애정의 각도에 따른 해석의 성과는 우리가 어떻
게 습관적 사유의 한계를 타파하여, 루쉰 해석의 시야를 확대할 것인
가, 동시에 또 어떻게 문학 해석의 방법론과 과학성 사이의 균형을 유
지할 것인가라는 명제에 대해, 한 걸음 확장된 사유 공간과 학술 연구
방법의 반성을 진행할 가능성을 제공했다.

1. 루쉰연구의 해석 공간에 관한 문제

일찍이 「가을 밤」에서 「길손」까지 『들풀』 10여 편이 막 발표되었
을 때, 루쉰은 찾아온 청년 친구에게 그의 철학은 모두 그의『들풀』속
에 있다는 말을 했었다. 나중에 「'들풀' 영역본 서문」에서 루쉰은 스

---

1 시진(錫金)이 20세기 80년대에 「'죽은 불'과 루쉰과 쉬광핑의 애정」(『長春師院學報』
1986.3기)을 발표했는데, 비교적 일찍 루쉰과 쉬광핑의 애정이라는 각도에서 「죽은
불」을 해석하는 관점을 발표한 것이다. 1993년 여우앙(又央)이『루쉰연구월간』제5
기에 「들풀」-하나의 특수한 서열」을 발표해, 『들풀』속의 「아름다운 이야기」, 「죽은
불」, 「길손」, 「12월의 이파리」 등 4편의 작품에 대해 루신과 애정생활이라는 측면에서
분석했다. 캐나다의 중국인 학자 리톈밍(李天明)은 2000년에『대놓고 말하기 어려운
고충-루쉰 '들풀' 비밀 탐구』라는 책을 출판하여, 『들풀』의 산문시의 의미를 3가지
종류로 나누었다. 첫째, 사회와 정치 비판, 둘째, 자아, 인생 그리고 개인 의지에 대한
철학적 사고, 셋째, 애정과 도덕의 딜레마. 셋째 종류에는 「가을 밤」, 「그림자의 작별」,
「나의 실연」, 「복수」, 「복수 2」, 「희망」, 「아름다운 이야기」, 「12월의 이파리」 등 다수
의 산문시가 포함되는데, 루쉰이 자신과 쉬광핑 사이의 '애정과 도덕의 딜레마'의 정감
을 표현한 애정 산문시이다. 2001년 후인창(胡尹强)은『루쉰 : 애정을 위해 증명하다
-'들풀'의 세기의 수수께끼를 풀다』(동방출판사)를 출판하여, 『들풀』전체가 모두 루
쉰의 애정 산문시집이라는 견해를 제기했다.

스로『들풀』은 "대체로 그때그때의 자질구레한 감상에 지나지 않는다"고 명확하게 설명하고, 아울러 그 가운데 일부 작품의 창작 의도나 의미에 대해 예를 들어가며 간결하고 분명하게 설명했다. 친구에게 보낸 편지에서 루쉰은 「복수」 등 시편의 창작 의도와 특정한 정서에 대해서도 비교적 분명하게 말했다. 이들 모두 『들풀』 창작의 잠재적 의도와 상징적 의미가 그와 쉬광핑 사이의 애정과 그다지 직접적 관계가 없다는 사실을 설명해준다. 「12월의 이파리」가 루쉰 자신이 말했듯이 "나를 사랑하는 이가 나를 보존하고자 하는 것 때문에 지었다"는 것을 제외하면 말이다. 루쉰은 친구에게도 그 시는 쉬광핑이 자신의 건강을 우려하는 것에 대한 함축적이고 완곡한 대답이라고 말한 적이 있다. 이 외에는 『들풀』의 많은 작품들이 "그때는 대놓고 말하기 어려워" "표현이 때로는 무척 모호했었다". 그러나 작품에 대해 사고하고 깨닫게 되면 작가의 글쓰기가 내포하고 있는 분명하거나 숨겨진 생활의 의미, 정감의 함축, 철학적 심사숙고, 자아 참회 등의 각종 의도와 심경을 이해하고 설명할 수 있게 된다. 그 창작 동인과 이미지의 의미로 보아 이 기간 동안의 루쉰과 쉬광핑 사이의 연애 과정 및 애정의 감정과 직접적 관련을 짓기는 더욱 어렵다.

근년에 들어 『대놓고 말하기 어려운 고충─루쉰 '들풀' 비밀 탐구』가 앞서고, 『루쉰: 애정을 위해 증명하다─'들풀'의 세기의 수수께끼를 풀다』가 뒤따르며, 『들풀』의 일부 시편에 대해서나 의미에 대해, 루쉰과 쉬광핑의 열애 과정과 애정 관계의 각도에서 해석하고자 했다. 이런 토론할 만한 가치가 있는 해석에서 논자는 심지어 다음과 같은 절대화된 견해를 제시하기도 했다. 『들풀』은 "루쉰과 쉬광핑의 연애과정에서 생겨난 '그때그때의 자질구레한 감상'"일 뿐만 아니라, 루쉰이『들풀·머리말』에서 했던 "나는 이 한 묶음의 들풀을 밝음과 어두움, 삶과 죽음, 과거와 미래의 사이에서 친구와 원수, 사람과 짐 승, 사랑하는 사람과 사랑하지 않는 사람에게 바쳐 증명하고자 하노 라"에서 만일 "대놓고 말하기 어려운" 말을 채워 넣는다면 완전한 의 미는 마땅히 이렇게 되어야 할 것이다. "나는 이 한 묶음의 들풀을 …… 에서 …… 에게 바쳐 나와 그녀의 애정을 위해 증명하고자 하노라." "『들풀』은 루쉰의 애정 산문시집이다", 게다가 연구자는 또 이렇게 단 언한다. 오직 이런 루쉰과 쉬광핑의 애정이라는 각도에서의 해석만이 비로소 "『들풀』의 이미지 세계로 진입하는 유일하게 정확한 통로이 며, 이를 버리면 다른 길이 없다". "애정을 위해 증명하는 것이 바로 『들풀』의 진실이다. 애정을 떠나면 곧『들풀』의 진실도 떠나는 것이 다. 장님 코끼리 만지는 식의 견강부회가 아무리 그럴듯하게 이루어 진다 할지라도 모두『들풀』과 무관하고, 모두 루쉰과 관계가 없다."[2]

『들풀』에 대한 이런 더없이 주관적이고 독단적이며 견강부회적 분 석에 대해 여기서는 잠시 구체적 논평을 하지 않겠다. 우선 말하고 싶 은 것은 어떤 루쉰연구자가 루쉰 작품의 창작 의미나 자아 해석에 대

---

[2]   후인창(胡尹强),『루쉰 : 애정을 위해 증명하다—'들풀'의 세기의 수수께끼를 풀다』, 아래에서 이 책을 인용할 때 보통 다시 일일이 주석을 달지 않는 것을 용서해주기 바 란다. 주의할 가치가 있는 것은 연구자가 거기서 중요한 증거로 인용할 때, 왜 일부러 루쉰『들풀』서문의 "밝음과 어두움, 삶과 죽음, 과거와 미래의 사이에서 친구와 원 수, 사람과 짐승, 사랑하는 사람과 사랑하지 않는 사람에게 바쳐 증명하고자 하노라". 이런 구절에 있는 "밝음과 어두움, 과거와 미래" 그리고 "친구와 원수, 사람과 짐승" 같은 중요한 시구를 제거하고, 겨우 " …… 사랑하는 사람과 사랑하지 않는 사람에게 바쳐 증명하고자 하노라"라는 이런 말만 남겨두었는가 하는 점이다.

해, 나중에 연구자 자신이나 다른 사람의 연구성과에 대해, 혹은 과학적이고 냉철한 자아 심사와 인정을 진행하고, 혹은 다른 사람에 의해 예리하고 심오하며 진리성이 풍부한 해석이라고 평가를 받든, 어떻게 하면 더없이 냉철하고 단일한 것이 아니라 다원적인 탐구와 인식을 가지고 역사와 논리에 더욱 부합하는 신중한 평론 또는 냉정한 사고를 진행함으로써 자신과 다른 차세대 연구자들에게 더욱 많은 사고와 초월의 공간을 제공할 수 있을 것인가, 이렇게 해야 루쉰연구를 포함한 모든 학술연구가 생명력을 발전시킬 수 있을 것이다.

미국학자 린위성林毓生 교수는 왕위안화王元化 선생과 2008년 1월 병원에서 이야기를 나누면서 자신이 베이징대학에서 강연할 때 일찍이 독일의 막스 베버가 20세기 초에 제기했던 '이념형 분석Ideal-typical analysis' 방법을 소개했다고 언급했다. 그는 자신의 사상사 연구를 반성하면서 실제 연구에서는 결코 자각적으로 베버 후기의 '이념형 분석'이 내포하고 있는 방법을 운용하지 않았지만, 무의식중에 그런 방법을 반영했다고 말했다. 그는 이어서 이런 분석방법이 어떻게 그를 루쉰의 '전적인 반전통사상'에 관한 관념 연구에 존재하는 모순에 대해 사고하게 만들었는지 설명했다.

이런 사고의 구체적 상황에 대해 린위성 선생은 다음과 같이 한 걸음 더 해석했다. "예를 들어 내 저서에 루쉰을 대표로 삼는 '5·4'의 전체주의적 반전통주의에 대해 이런 분석이 포함되어 있다. '사상 문화에 의지해 문제를 해결하는 경로'를 통해 주도한 전적인 또는 전체주의적 반전통주의는 그 자체의 논리적 자기모순死結으로 말미암아 사상혁명을 계속해서 주장하지 못하고, 정치, 군사 혁명을 가지고 사상혁명을 대체하는 미래의 역사적 궤적을 지향하도록 운명 지어져 있다. 과거 역사가는 ***(마오쩌둥을 가리키는 것이리라—저자)이 지도한 군사, 정치 혁명의 역사적 원인에 대해 주로 정치, 경제, 사회 등의 요소에 착안했다. 사실 이런 역사적 현상 또한 지극히 강력한 내재적 원인이 있다." 그는 여기서 한 걸음 더 나아가 루쉰의 '국민성' 개조 사상이 내포하고 있는 '일원론적 사상결정론 경향의 패러다임論式'에 대해 구체적으로 논평했다. "내가 말하는 논리적 자기모순은 이것을 가리킨다. 즉, 루쉰을 대표로 삼는 '5·4'식의 사상혁명을 이용하여 국민성을 개조하려는 패러다임은 자기부정의 논리를 내포하고 있다. 사상과 정신이 중병에 걸린 민족이 어떻게 병증의 기본 원인이 사상과 정신이라는 사실을 똑똑히 인식할 수 있는가? 병증의 원인을 인식하는 것조차 쉽지 않다면 또 어떻게 질병의 원인을 제거한다는 사치한 말을 할 수 있겠는가? 몇 명의 지식인은 아마 이미 각성했을 것이다. 그러나 『광인일기』의 '광인'처럼 그들의 주장은 다른 사람에게 미친 소리로만 간주될 수 있을 뿐이다. 근본적으로 소통할 방법이 없는데, 사상혁명을 논의할 겨를이 어디에 있는가? 루쉰은 일원론적 사상결정론 경향의 패러다임을 지니고 있었으므로, 논리적 자기모순에 빠질 수밖에 없었다. 그 자신도 절망적으로 변했다. 이런 논리적 자기모순은 루쉰과 그 추종자들에게 사상혁명을 부정하지 않으면 안 되도록 — 따라서 따로 출로를 찾지 않으면 안 되도록 강제했다. 이런 자기부정의 논리는 베버의 '이념형 분석'의 관점에서 본다면 '사상혁명'의 논리 안에 이미 내포되어 있던 것이다. 베버 자신의 말을 가지고 표현한다면, 이런 '사상혁명'을 스스로 부정하는 논리는 자체 논리와 자체 목적에 근거해 발전되어 나오지 않으면 안 되는 것이다. 루쉰은 나중에 스스로 이렇게 말했다. '개혁이 가장 빠른 것은 역시 불과 칼이다.' 그리하여 그가 주장한 개성해방, 정신독립의 문학은 이제 혁명을 위해 이바지하는 '명령 준수 문학遵命文學'으로 바뀌어야 한다고 스스로 말하게 됨으로써 왕위안화 선생이 말한 '역사의 아이러니'가 되었다." 이에 근거하여 린위성 선생은 자연스럽게 영원한 진리성이 풍부한 보편적 방법론 명제, 즉 "일원론적 결정론은 어떤 것이든지 모두 자기부정을 내포한다"는 주장을 제기했다.[3]

   루쉰연구는 현대문학사의 갈래 가운데 하나의 '잘나가는 학문顯學' 영역으로 사회과학의 범주에 속한다. 루쉰에 대한 학술 연구는 어떤 측면에서 진행한 각양각색의 해석이든지 막론하고, '판자에 못을 박는 것처럼' 한 치의 빈틈도 없는 역사적 사실에 속하는 진실한 재현이나 진실하고 믿을 수 있는 역사적 행적에 대한 일화 수집과 고증, 오탈자 감별처럼 어떤 자연과학과 사회과학 가운데 고고학이나 언어학 같은 학과의 특성을 지니고 있어 '$H_2 + O = H_2O$' 같은 전복불가능성을 지닐 수 있는 것을 제외하고, 연구자의 주관적 사고나 창조적 견해가 들어간 이론적 저술과 문학작품의 정신과 예술에 대한 해석과 주장이기만 하면, 연구자의 시대적 역사적 처지, 연구자가 자신의 입장, 이론, 관점 그리고 주관적 감정의 지향, 연구방법의 실천에 기초함으로써 수반되는 정도의 차이가 있는 주관성을 갖기 마련이다. 다시 말해서 이는 린위성 선생이 베버 연구를 소개할 때 언급했던 '이념형 분석'

---

3   『왕위안화 린위성 대화록』, 『문회보(文匯報)』, 2008.3.30.

의 특징이다. 루쉰의 정신과 사상, 작품의 내용에 대한 해석과 연구에서 상대적으로 예술의 수용과 감상, 학술사에 대한 해석과 연구보다 이런 '이념형 분석'의 색채 또는 성분이 아마 좀 더 많을 것이다. 그것들의 진리성, 역사적 신뢰성의 공간과 생명은 상당히 유한할 것이다. 왕야오王瑤 선생이 일찍이 나에게 이렇게 말한 것이 기억난다. 학술연구를 하면서 도달하고자 하는 목표 또는 결과는 아마 세 가지 차원이 있을 것이다. 하나는 영원한 공리公理이고, 하나는 스스로 일가의 견해를 세우는 것이고, 하나는 사람들이 말하는 것을 자기도 말하는 것이다. 첫째 차원에 도달하는 것은 사회과학에서, 특히 문학과 역사의 연구영역에서는 거의 존재하지 않을 것이다. 셋째 차원은 전문적 학자나 연구영역에 진입하려는 학생을 막론하고 학술연구로서 해서는 안 되는 것이다. 만일 우리의 연구에서 자신의 노력을 통해 둘째 차원에 도달할 수 있다면 그것도 아주 쉬운 일은 아니다.

린위성 선생의 이야기에서 시사를 받아 왕야오 선생이 했던 이런 말들을 회상하면서 나는 이제 더욱 다음과 같은 사실을 인식한다. 끊임없이 루쉰연구의 학술공간을 확장하고, 루쉰연구가 더 많은 건실한 성과를 낼 수 있게 하기 위해, 우리는 힘써 관념과 방법에서 독서의 수용에 이르기까지 "일원론적 결정론은 어떤 것이든지 모두 자기부정을 내포한다"는 이런 이치를 마땅히 믿어야 한다. 개방적인 '이념형 분석'이 내포하는 방법을 운용하여 머릿속에 존재하는 그런 경직된 '일원화된' 사상을 부단히 청산하고, 루쉰연구 공간의 무한한 가능성을 인정하고, 루쉰연구의 다원성과 논쟁의 필연성을 인정하고, 어떤 연구성과들의 혁신과 돌파를 존중하고, 특히 자신이 결코 동일시하지 않는 '혁신'적

연구성과에 대해서도 더욱 관용적이고 개방적인 태도를 취해야 한다. 이렇게 해야 비로소 진정으로 학술연구의 자유와 경쟁을 이룰 수 있고, 루쉰연구와 탐색 공간의 무한성과 논의 담론의 다양성을 실현하여, 과학적 의미에서의 학술 발전과 번영에 이를 수 있다.

이런 의미에서 말해보자. 루쉰 자신의 설명을 무시하고, 『들풀』각 시편의 상이한 현실적 체득과 복잡하고 풍부한 상징적 의미를 무시한 채『들풀』의 모든 산문시 작품을 두루뭉술하게 싸잡아 루쉰과 쉬광핑 사이의 애정의 '증명'으로 여기고, 『들풀』 전체를 한 권의 '애정 산문시집'으로 간주하며, 아울러 애정을 떠나 『들풀』을 해석하는 어떤 연구도 단연코 모두 "장님 코끼리 만지는" '견강부회'라고 인식한다. 이런 유애정론唯愛情論을 가지고 다른 갖가지 해석을 부정하는 독단적 사유 자체는 내가 생각하기에 린위성 선생이 서술한, 다음과 같은 영원한 진리성이 풍부한 보편적 방법론 명제에 빠져든 것이다. 즉, "일원론적 결정론은 어떤 것이든지 모두 자기부정을 내포한다".

2. 루쉰연구와 해석의 한도 문제에 관하여

루쉰연구는 그의 문학 창작, 번역 작품, 학술 연구, 서신 일기, 예술 소장품, 생활 교류, 사회 활동 그리고 관련 사료를 포함하는 광범한 영역을 주된 연구대상으로 삼는다. 엄숙한 연구영역으로서 이 연구대상에 객관적으로 존재하는 풍부하고 방대한 역사적 자원은 연구자를 위해 학술연구의 광활한 해석공간을 제공함과 동시에 어느 정도의 학술연구의 해석 한도를 제약한다. 학술연구 대상 자체의 복잡성과 연구대상과의 시간적 근접성으로 말미암아 루쉰연구는 고대역사학, 고고학, 문자학, 고전문헌학, 고대문학사 연구 등의 학문과 다르게 되었다. 연구대상의 의미에 대한 연구자의 인식과 독해의 자유도 파악의 차이 등의 원인으로, 해석의 한도라는 측면에서 학술이 지녀야 할 제약 원칙을 뛰어넘는, 지나친 주관적 추측으로 빚어진 비과학적 현상이 나타날 수 있다.

나는 어떤 글에서 『들풀』 연구의 전문서적을 포함한 연구들에 존재하는 서양 비평가가 말한 '과도 해석'이라는 학술현상에 대해 논평한 적이 있다. 거기에는 앞서 말했던 연구 저서, 이른바 '혁신'적 연구도 포함되는데, 내포된 의미가 더없이 풍부하고, 사상이 심오하고, 심미적 의미가 다원적인 루쉰의 산문시 『들풀』이 전부 루쉰과 쉬광핑의 연애에 관한 것으로 해석되었다. 저자는 아울러 오직 이런 해석만이 이 산문시집에 담긴 심오한 세기의 '수수께끼'를 풀 수 있으며, 누구든지 이렇게 인식하지 않는다면, 그것은 곧 『들풀』을 진정으로 이해한 것이 아니라고 보았다. 저자는 심지어 작품 속의 작은 디테일들에 대해서도 하나하나 쉬광핑이 루신에게 표현한 애정의 의미에 대한 상징으로 해석했다. 예를 들어 「길손」의 늙은이와 길손, 이 두 인물은 "루쉰의 성격 가운데 늘 서로 모순되고 대립되는 두 측면의 구체화된 상징이다". "계집애는 독립된 형상인데, 쉬광핑을 암시한다. 계집애와 길손, 늙은이의 대화가 표현한 것은 루쉰과 쉬광핑의 연애이다. 길손과 늙은이의 계집애에 대한 애정의 상이한 태도는 루쉰의 영혼 속의 쉬광핑에 대한 애정의 모순과 충돌에 대한 구체화이다". "계집애의

'보랏빛 머리카락'은 일부러 꾸민 터무니없는 색채인데, 눈가림수의 의미가 없지 않은 데다 해학적 의미도 띠고 있는 것으로, 그들 두 사람의 연애 과정에서 있었던 특수한 문맥의 표현이다. (…중략…) 계집애는 '검은 눈동자, 흰 바탕에 검은 격자무늬 긴 상의를 입고 있다'고 했는데, 흰 바탕에 검은 격자무늬 긴 상의가 쉬광핑이 즐겨 입었던 것인지는 모르지만, 어쨌든 역시 검은색이 있고, 눈 속에도 검은 빛이 돈다는 것은 시인이 반한 사람이라는 것을 암시한다." 늙은이가 "당신도 속깊은 눈물을 만날 수 있겠지요"라고 말한 것은 "그를 깊이 사랑하고 게다가 진정으로 그를 위해 슬퍼하는 어머니와 그의 참된 친구들을 가리킨다. 하지만 길손은 이미 연애의 결심을 굳혔으므로 더 이상 이들을 고려할 수 없다. '저는 그들의 속깊은 눈물을 보고 싶지 않습니다. 그들의 나를 위한 슬픔을 바라지 않아요.' 이것은 어머니와 몇몇 친구들이 그와 그녀의 연애를 반대했다는 것을 암시한다". "'길손'이 '많은 상처를 입었고, 많은 피를 흘렸지요'라고 말한 것은 부모가 정한 혼인으로 인한 영혼의 상처도 암시하고, 시인이 전투에서 부상을 입고 피를 흘린 것 그리고 청년들을 양성하는 과정에서 쏟았던 대량의 심혈도 암시한다". "물은 시인에 대한 사람들의 공감과 이해를 암시한다. 여성이 길손에게 건네주는 물은 또 공감과 이해에서 나온 애정으로 이해할 수 있다. 계집애가 그에게 물을 한 잔 건네는 것은 바로 일종의 애정의 표시이다." "'피를 좀 마셔야' 할 필요가 있다는 것은 물보다 더욱 전적인 이해와 공감을 암시하며, 바로 몸을 허락하는 애정이다." 「길손」의 "콘돌은 시인 자신을 암시한다". '시신'은 "쉬광핑을 암시한다". "콘돌과 시신의 관계는 시인과 쉬광핑의 애정관계를 은유한다."

콘돌은 시신의 "주위를 배회하며" 떠나지 않는다. "왜냐하면 그녀는 그의 좋은 먹잇감이기 때문이다. 그는 그녀를 사랑한다. 그녀를 떠날 수 없다. 콘돌과 시신의 관계로 애정을 은유한 것이다." 이는 상식적 감정에 어긋나는 것처럼 보이지만, "오히려 이런 애정의 독특한 강력함을 드러낸 것이다".「길손」에는 '들백합 들장미'의 이미지가 세 번 출현한다. 앞의 두 번은 "시인과 그녀의 생활 범위—이 범위 안의 사람들은 모두 계몽운동의 세례를 받은 적이 있다—안에서는 세상을 깜짝 놀라게 하는 혼외 연애의 현상이 결코 드문 일이 아니었다는 것을 암시한다". 세 번째 출현은 "애정을 상징하는 베 조각을 들백합에게 걸어두는 것으로 혼외의 애정이지만 아마 하늘과 땅처럼 장구할 수 있을 것임을 암시한 것이다". 아울러『한어대사전』'들풀', '들풀 꽃' 조목의 해석에 "남자의 외도를 암시한다", "정식 배우자 외의 데리고 노는 여자"라는 의미가 있는 것을 논술의 근거로 삼아 이렇게 말했다. "「길손」이 베 조각을 들백합이랑 들장미에 걸어둔다는 것은 실로『들풀』의 문제풀이에 대한 가장 명백한 암시이다." 또『들풀』의 머리말 역시 "시인의 독특한 방식으로 은근하고 함축적으로『들풀』이 한 권의 애정 산문시집이며, 표현한 것은 혼외의 연정이다"라는 사실을 암시했다. "땅밑에서 움직이다 솟구치는' '땅속불'은 「가을 밤」의 "그는 그래서 불을 만났다. 나는 그 불이 진짜라고 여겼다"고 할 때의 '불', 「죽은 불」의 '죽은 불', 「죽은 뒤」의 "눈앞에 불꽃이 번쩍 하는가 싶더니" 할 때의 '불꽃'과 함께『들풀』의 일련의 '불'의 이미지 사슬을 구성하는데, "시인의 영혼과 육체에 피어나는 애정의 불을 암시한다". 한 권의『들풀』은 바로 그와 그녀의 심리와 육체에 피어나는 애정의 불이다. 이처럼 책 전체가 터무니없는 억측성 주장으로 가득차 있다.

　주관적 억측과 유사한 견강부회적 해석은 이 책『증명하다』가 거의 전편을 통해 '세기의 수수께끼'를 푸는 가장 주된 '혁신'적 방법이 되었다. 이런 극단적인 주관적 억측의 수수께끼 풀기 식의 연구 구상과 방법에 복종하기 위해, 심지어『들풀』작가 자신의 믿을만한 자술과 작품 창작의 역사적 객관성조차 완전히 무시했다. 루쉰은 쉬광핑을 알기 훨씬 전, 즉『들풀』을 창작하기 5년 전인 1919년, 베이징의『국민공보』에 연작 소형 산문시『혼잣말』을 잇달아 발표했다. 그 가운데 몇 편은 완전히 나중의『들풀』작품의 원형이다. 루쉰은 징여우린荊有麟에게 「길손」은 그의 머릿속에서 "거의 10년 동안 빚어졌다"고 분명하게 말했다.『들풀』몇 편의 창작 의도와 배경에 대해, 루쉰은 훗날「'들풀' 영역본 서문」에서 또 요령 있게 설명한 적이 있다. 작품의 형상세계가 함축하고 있는 풍부하고 심오한 의미를 무시하고, 작품 초기형태의 출현과 그 구상 과정이 그와 쉬광핑의 연애보다 5, 6년 앞선다는(『양지서』의 가장 이른 편지는 1925년 3월에 쓰여졌다) 사실을 무시하고, 또『들풀』의 창작의도에 대한 루쉰의 분명한 자술들을 무시하고, 더욱이『들풀』의 많은 시편이 명확하게 전달하고 있는 현실적 정감, 철학적 사고, 내면의 모순 그리고 역사적 상황 속의 격투 정신을 돌보지 않고, 이 모두를 루쉰과 쉬광핑의 '애정설'을 가지고 은밀한 것을 찾아내는 색은索隱식의 '추측'을 진행했다. 이런 세기의 '수수께끼'를 푸는 '학술연구'는 사실 학술을 '미로'로 끌고 들어가는 억지 주장이다.

　여기서 내가 중점적으로 말하고 싶은 문제는 '연구'의 과학성 여부에 있지 않고, 이런 '학술연구' 현상을 어떻게 대할 것인가 하는 데 있다. 어떤 연구자는 이런 '과도 해석' 현상의 비판이 실제에 부합하는 가 여부, 객관적으로 존재하는 '수수께끼 풀이'식 '학술연구'의 옳고 그름, 주관적 편의성이 크고 심지어 지극히 터무니없는 작품해석이 '학술연구'의 과학적 품위를 지니고 있는지 여부, 루쉰의 창작의도와 작품의 본래 의미에 부합하는지 여부, 이런 문제들이 학술적 토론을 전개할 가치가 있는지 여부에 대해서 전혀 언급하지 않는다. 오히려 이런 터무니없는 '해석'의 학술비평에 대해 반대하면. 그런 '혁신'적 해석에 대해 '관용'과 '포용'의 태도를 취해야 한다고 '권고성' 발언을 하기조차 한다. 황당한 주장에 대해 다소 반박과 이의를 제기하기만 하면 바로 학술상의 '불관용'과 '불용인' 태도의 표현이 되는 것 같다.

　루쉰의 작품과 사상에 대해 '한도'를 초월한 편의적 해석과 유사한 현상이 오늘날 루쉰연구에서, 학술 간행물과 신문에서 적지 않게 보인다. 예를 들어 루쉰과 쉬광핑의 혼인의 합법성 여부 문제 같은 경우, 반대자가 당시의 법률에 근거하여 유효성이 부족하다고 반박하면, 이런 견해를 제기한 사람이 또 '물러나서 차선책을 찾고' 온갖 궁리를 짜내어 루쉰과 쉬광핑의 결합은 '간통'이라는 견해를 제기하고, 마침내 국가급 학술적 영향력을 지닌 신문지상에 실린다. 또 다른 예로는 루쉰이 결코 전적으로 공자에 반대한 것은 아니라는 문제를 언급하면서, 루쉰에 대한 새로운 해석을 현재 대대적으로 일고 있는 공자 숭배 풍조에 맞추기 위해 루쉰 어머니의 성이 '노魯'씨인 것과 공자가 출생한 노나라의 관계를 들먹이고 루쉰이 '노'를 가지고 자신의 필명으로 삼은 것은 루쉰 또한 공자를 존중했다는 '학술'적 증거라는 등등의 주장을 들 수 있다.

루쉰의 평생 동안의 사상과 창작, 사람됨의 품위와 내면세계에 대해서라면 그것이 일종의 객관적 존재이자 역사적 현상이므로 누구나 자유롭게 논평할 수 있다. 학술 연구의 차원에서 긍정하거나 폄하할 수 있고, 칭찬하거나 비난할 수 있고, 찬미하거나 조소할 수 있다. 이것은 다른 작가들과 마찬가지로 역사적 존재로서의 루쉰과 그의 작품에 접근하는 사람에게 부여된 해석의 권리이다. 각종 상이한 해석의 목소리에 대해 어떤 학술연구자도 포용적이고 개방적인 마음을 지녀야 한다. 학술 앞에서 사람은 누구나 평등하다. 반대 의견의 목소리를 비판하고, '포용'하지 않는 것도 정상적인 현상이다. 아무리 그렇다고 해도 학술연구에서 과학성의 문제는 있어야 하지 않겠는가, 학술적 '혁신'의 정확성과 오류의 구분을 어떻게 인식할 것인가에 대한 최소한의 기준은 지켜야 하지 않겠는가.

　루쉰의 가치와 의미에 대한 평가에 있어서 주류 담론처럼 그렇게 '높지' 않은 목소리에 대해, 또는 대놓고 또는 우회적으로 루쉰의 사람됨과 문학에 대해 풍자하고 비난하는 목소리에 대해서도, 나는 여전히 일종의 평정과 수용의 태도를 지녀야 한다고 생각한다. 모두 잘 알고 있듯이 예를 들어 샤지안夏濟安의 『루쉰의 어두운 면』이라는 책은 20세기 80년대 초에 진정한 사람의 시각에서 어떻게 루쉰을 인식하고 연구할 것이며, '신격화된' 빛을 걷어내고 '인간화된' 인식이라는 참된 학술연구로 진입할 것인가 하는 문제에 있어서 거의 계몽적인 충격을 안겨주었다. 예를 들어 20세기 30년대 이래 량스추梁實秋 등의 루쉰에 대한 이론적 반박이나 풍자와 조소라든지, 20세기 40년대 이래 쑤쉐린蘇雪林의 루쉰에 대한 비판에서부터 직접적 비난과 공격에 이르기까지 모두 사실대로 인식해야 할 것이다. 여기서 나는 그다지 사람들에게 언급되지 않은 하나의 역사적 화제에 대해 말하고 싶다. 1935년 9월 상하이의 경위서국經緯書局에서 장이런張翼人이라는 사람이 쓴『루쉰에게』라는 책을 출판했다. 이 책에서는 루쉰에게 보내는 12통의 편지 형식으로 편지마다 각기「길손」,「희망」,「묘비문」,「흐릿한 핏자국 속에서」,「깜박 졸다」,「아Q정전」,「똑똑한 사람과 바보와 종」,「광인 일기」,「죽음을 슬퍼하며」,「이십사효도」,「위진 풍도와 문장 그리고 약과 술의 관계」,「고독자」,「고향」그리고 다른 잡감들을 읽고, 루쉰의 작품내용, 사상정감, 내면세계, 인격품행에 대해 갖가지 단장취의와 곡해부연을 통해 "일반적 비판의 범위를 넘어섰다고 할 수 있는" 공격성 비판을 퍼부었다. 저자는 자신이 "새로운 시대의 사명을 지녔기 때문에 루쉰의 회색의, 무력한, 상식에 반하는 태도에 대해", 루쉰의 "처신하는 입장에 대해 단도직입적으로 몰락이라고 배척한다"고 하는 등, 아주 기세등등하게 "놀라운 통찰력으로" "루쉰에 대한 철저한 인식과 평가"를 했다고 자부했다. 저자는 자신의 책에 대해 "루쉰 선생의 일생은 아마 모두 여기에 기록되어 있을 것이다"라고 자랑했다. "루쉰 선생의 작품을 통찰한 사람은 반드시 이 책에 대해 깊은 이해와 찬탄이 있을 것이다. 그렇지 않다면 이 책과 작품을 동시에 봄으로써 루쉰에 대해 특별하게 인식할 수 있을 것이다." "이 책에서 비판하는 입장은 더없이 주관적이다. 그러나 주관적이라 해도 그 분석 태도는 오히려 절대적으로 객관적 기준에 부합된다. 그러나 사상적인 측면에서 저자는 자신의 인생관에 비추어 가치평가를 했을 뿐이다."[4] 사실 이런 비판, 논설, 비방들은 대다수가 학술연구의 성질에 속하는 것이 아니므로, 학술연구의 태도와 방법으로 상대할 필요가 없다. 『루쉰에게』 같은 책과 달리 말한 『들풀』 '애정설' 같은 '과도 해석'에 속하는 연구현상들은 여전히 학술적 연구와 토론의 범주에 속한다. 따라서 학술연구의 범위 안에서 성실하고 엄숙한 논평이 있어야 할 것이다. 스스로 『들풀』의 '세기의 수수께끼'를 '발견'했다는 사람의 학술적 관념과 구체적 논술, 그가 구현한 연구방법, 이미 발간된 저서에 대해 실사구시의 과학적 태도로 비판, 논의 그리고 검토를 진행해야 할 것이다. 긍정하고 찬양하는 태도로 대학 강의실과 학술간행물에 진입하는 '토론'을 용인하는 것과 마찬가지로 그에 대해 비판하고 부정하는 목소리를 자유롭게 발표하는 것도 마땅히 허용해야 한다. 긍정과 비판을 막론하고 어떤 견해를 가지거나 발표하는데 아무런 장애가 되지 않는다. 긍정과 찬양의 목소리를 발표하는 것은 '포용'할 수 있는데, 비판과 질의의 목소리는 왜 가혹하게 질책당하고 '포용'할 수 없겠는가?

3. 루쉰 해석의 자유와 학술연구의 과학적 방법론

루쉰연구에 나타난 이런 현상은 학술연구에서 있어서 다음과 같은 문제를 분명히 하는 것이 필요하다는 사실을 좀 더 깊이 인식하도록

---

4   인용은 모두 장이런(張翼人)의 『루쉰에게』라는 책의 표지 머리말, 「범례」 그리고 책 속의 관련 장절을 참고하라. 상하이 경위서국에서 1935년 9월에 출판되었다. 전체 목차는 이렇다. 범례, ① 우리, ② 태어나서, ③ 대조, ④ 옥토끼, ⑤ 허위, ⑥ 아이들을 깨우다, ⑦ 멜대, ⑧ 지옥의 빛, ⑨ 길, ⑩ 모범, ⑪ 어제의 형전(型典), ⑫ 담장.

만들었다. 즉, 자유로운 해석은 과학성을 지니는가, 그 한계는 대체 어디까지인가? 여기에는 학술연구에서 과학적 방법론을 어떻게 인식하고 존중할 것인가 하는 문제가 있다.

이런 연구방법은 사실 결코 무슨 참신한 시도가 아니다. 청 왕조 말년에서 '5·4' 전후에 이르는 학술연구에서 일찌감치 부정된, 문학명저 『홍루몽』에 관한 '색은파索隱派'(은밀한 것을 찾아내는 것을 목표로 삼는 비과학적 연구경향–역자)의 연구방법, 여러 해 동안 반복해서 나타난 주관적 억측으로 과학적 비평을 대체한 황당한 주장, '문혁' 기간에 성행한 실용주의로 과학적 논증을 대체한 악랄한 문화풍조, 이런 것들이 오늘날 '루쉰연구'의 '혁신', '발견', 특이한 '견해'의 이름으로 쓰여지고 발표되며, '관용'이라는 명분으로 정당한 비판을 받지 않았기 때문에 마침내 학술연구의 미명을 빌어 유행할 수 있었던 것이다.

청 왕조 말년과 민국 초기에 『홍루몽』 연구에서 나타났지만, '5·4' 이후 부정되어 역사의 '화석'이 된 '색은파'에서 보이는 주관적 억측으로 과학적 비평을 대체하는 황당한 주장이 『들풀』애정설 연구방법의 계보학적 연원이다. 1916년 『소설월보』 제1기에서 제6기까지에 차이위안페이蔡元培의 『석두기 색은石頭記索隱』이 잇달아 발표되었다. 이 책은 곧 상무인서관에서 출판 발행되어 1917년 9월까지 이미 6쇄를 찍었다. 그것은 출현과 동시에 방법론 측면에서 정상적인 학술적 비판을 받았다. 후스胡適는 「'홍루몽' 고증(개정판)」이라는 글에서 청 왕조 말년과 민국 초기에 출현한 3종의 『홍루몽』 색은파의 '견강부회'적 홍학(홍루몽을 연구하는 학문–역자)을 언급하면서 그들이 "어떻게 길을 잘못 들었는가?"라는 질문을 제기했다. 대답은 이렇다. "그들은 결코『홍루몽』에 대한 고증을 하지 않았다. 사실『홍루몽』에 대한 견강부회만 했을 뿐이다." 그는 차이위안페이의『석두기 색은』을 "『홍루몽』을 청 왕조 강희康熙 시대의 정치소설이라고 말하는" 색은파의 하나로 귀납하고, 완전히 부정적으로 비판했다. 후스는 "나는 아무래도 그의 책이 결국 일종의 견강부회에 지나지 않는다고 느낀다"고 솔직하게 말했다. 그는 차이위안페이의 주된 견해를 이렇게 인용했다.

『석두기』(…중략…) 작가는 민족주의를 아주 진지하게 견지하고 있다. 책의 원래 이야기는 명 왕조의 멸망을 슬퍼하고 청 왕조의 실정을 고발하고 있는데, 특히 청 왕조에 벼슬한 한족 명사들에 대해 통한의 뜻을 기탁했다. 당시 언론 탄압에 저촉되지 않으면서 또 새로운 국면도 개척하기 위해 원래 이야기에다 여러 가지 장막을 드리워 독자가 "옆으로 보면 고개가 되고 세워서 보면 봉우리가 된다(橫看成嶺側成峰)"는 상황을 경험하도록 만들었다. (『석두기 색은』 제1쪽) 책에서 '홍(紅)' 자는 '주(朱)'를 암시한다. 주라는 것은 명 왕조이자, 한족이다. 보옥(寶玉)은 '붉은 것을 좋아하는' 고질이 있는데, 만주족이면서 한족의 문화를 좋아한다는 말이다. 사람의 입술에 있는 연지를 먹기를 좋아한다는 것은 한족의 문화유산을 줍는다는 뜻이다. (…중략…) 당시 청 왕조의 제왕은 몸소 문학을 공부하고 박학홍사과(博學鴻詞科)를 열기도 했지만, 사실 오로지 한족을 농락하기 위해서였다. 애초에 만주족이 한족의 풍속에 점차 물드는 것을 원하지 않았고, 그 뒤 옹정(雍正) 건륭(乾隆) 등의 여러 시대에 수시로 그것을 경계하도록 했다. 그러므로 제19회에서 습인(襲人)이 보옥에게 이렇게 권한다. "다시는 다른 사람의 입술에 칠해진 연지를 먹는 것이랑 붉은 것을 좋아하는 병을 허락하지 않습니다.” 또 대옥(黛玉)이 보옥의 볼에 있는 핏자국을 보고 캐물어 연지를 지우다 번진 것임을 알고 “만일 외삼촌 귀에 들어가기라도 하면 모두 꼼짝없이 경을 치게 될 것”이라고 말한 것도 모두 이런 의미이다. 보옥이 대관원(大觀園)에서 거처하는 곳을 이홍원(怡紅園)이라고 불렀는데, 즉 붉은 것을 사랑한다는 의미이다. 이른바 조설근(曹雪芹)이 도홍헌(悼紅軒)에서 이 책을 손질했다는 것은 명 왕조의 멸망을 슬퍼했다는 뜻이다. (3~4쪽)

책에서 여자는 주로 한족을 가리키고 남자는 주로 만주족을 가리킨다. “여자는 물로 골육을 만들었고, 남자는 흙으로 골육을 만들었다”는 ‘한(漢)’ 자, ‘만(滿)’ 자와 관계가 있다. 우리나라의 고대철학은 음양 두 글자를 가지고 모든 사물을 설명했다. 『주역·곤괘단전(坤卦象篆)』에 이렇게 말했다. “땅의 도리는 아내의 도리이고, 신하의 도리이다.” 이는 부부와 군신을 음양에 분배한 것이다. 『석두기』는 바로 그 의미를 사용했다. 제31회에 (…중략…) 취루(翠縷)가 이렇게 말했다. “알았어요. 아가씨(사상운(史湘雲))는 양이고, 저는 바로 음이지요. (…중략…) 사람들이 주인은 양이고 종은 음이라고 했어요. 제가 이런 이치도 모르겠어요!” (…중략…) 청 왕조의 제도에서 군주에 대해 만주족은 스스로 종(奴才)이라고 불렀고, 한족은 스스로 신(臣)이라고 불렀다. 신과 종은 결코 다른 의미가 없다. 민족에 대한 대우로 말하면 정복자는 주인이고 피정복자는 종이다. 이 책은 남녀를 가지고 만주족과 한족을 암시한 것이다. 이상. (9~10쪽)

『석두기 색은』에서 11곳의 억측과 망설의 실례를 열거한 다음, 후스는 이렇게 말했다. "차이 선생이 이 책에서 사용한 방법은 한 사람을 거론할 때마다 반드시 먼저 어떤 사실을 거론하고, 그런 다음 『홍루몽』 속의 이야기를 인용하여 짜 맞추는 것이다. (…중략…) 나는 늘 차이 선생의 정성이 모두 헛되이 낭비되었다고 느낀다. 왜냐하면 나는 아무래도 그의 저서가 결국 일종의 견강부회에 지나지 않는다고 느끼기 때문이다." 후스는 예전에 온갖 고심을 다해도 사람들이 맞출 수 없었던 등불 수수께끼를 거론하고 나서 이렇게 말했다. "만일 그가 정말 이렇게 생각했다면, 그야말로 대단한 멍청이가 아닌가? (…중략…) 이렇게 만들었다면 정말 멍청한 수수께끼가 아닌가?" "만일 『홍루몽』이 정말 이런 종류의 일련의 수수께끼에 불과하다면, 정말 맞출 가치가 없는 것이다."[5]

『루쉰 : 애정을 위해 증명하다-'들풀'의 세기의 수수께끼를 풀다』라는 책에서 우리는 처음부터 끝까지 이런 '수수께끼 맞추기'식 '애정설'의 해석방법을 읽어낼 수 있다. 예를 들어 「가을 밤」에 대해 저자는 이렇게 인식한다. "가을밤의 이미지에 담긴 것"은 시인 루쉰의 "중국 봉건사회의 전통적 혼인문화에 대한 비판과 공격"이다. 이상하고 높다란 하늘이 "암시하는 것은 부모의 명령과 중매인의 약속이라는 전통적이고 봉건적인 혼인문화이다". 별의 싸늘한 눈과 무슨 깊은 뜻이라도 있는 듯한 미소는 "봉건적 혼인제도를 철저히 준수하고 아울러 이런 제도를 위해 걱정하는 사람들"을 암시한다. 쇠꼬챙이처럼 줄기차게 이상하고 높다란 하늘을 찌르고 있는 대추나무는 "시인이 일찍이 사람의 행복에 대한

5   후스(胡適), 「'홍루몽' 고증(개정판)」, 『후스전집』 제1권, 허페이 : 안후이교육출판사, 2003, 545·548·550·548·551쪽.

봉건적 혼인의 유린을 폭로한 것"을 암시한다. 가을밤의 무서리가 작은 분홍 꽃에 내려 작은 분홍꽃을 얼려서 발그레하게 만드는 것, "이것은 쉬광핑 또한 봉건적인 부모가 정하는 혼인의 고통을 받았던 것을 암시한다". "까악 하는 울음과 함께 밤에 나다니는 불길한 새가 날아갔다"는 것 또한 루쉰의 "개인적 감정의 전환"으로 간주할 수 있다. 푸르스름하고 불쌍한 작고 푸른 벌레들이 등불을 향해 달려드는 것은 "시인의 여학생들이 용감하게 밝음, 진리 그리고 애정을 추구하는 것을 은유하는 것이다. 루쉰이 이 단락을 쓰고 있었을 때 그의 머릿속에는 틀림없이 교무처에서 여학생들이 그를 에워싸고, 보호하고, 만류하던 평생 잊기 힘든 한 장면이 떠올랐을 것이다". 게다가 인생철학에 대한 풍자적 의미가 더없이 분명한 「말하는 방법」에 대해 저자는 뜻밖에 이렇게 인식한다. 이런 꿈은 "루쉰과 쉬광핑의 애정이 일정 기간의 열애를 거쳐 이미 안정된 애정의 단계로 들어갔음을 나타낼 뿐만 아니라, 나아가 애정의 안정 속에서 그들 두 사람이 애정의 미래에 대해 상이한 견해를 가지게 되었음을 나타낸다". 여기서 드러나는 것은 "루쉰이 열애 속에서도 그들 두 사람의 애정의 미래에 대해 우려한 것은 그의 성격에 언제나 현실을 직시하는 냉철함이 있다는 사실이다". 또 맨 나중에 광저우 도살 시기에 쓰여진 현실적 정서가 더없이 선명한 『들풀』의 「머리말」도 "시인의 독특한 방식으로 은근하고 함축적으로 『들풀』이 한 권의 애정 산문시집이고, 혼외의 애정을 표현한 것임을 암시하고 있다"고 해석되었다. "땅밑에서 움직이다 솟구치는" '땅속불'은 「가을 밤」의 "그는 그래서 불을 만났다. 나는 그 불이 진짜라고 여겼다"고 할 때의 '불', 「죽은 불」의 '죽은 불', 「죽은 뒤」의 "눈앞에 불꽃이 번쩍 하는가 싶더니" 할 때의

'불꽃'과 함께 『들풀』의 일련의 '불'의 이미지 사슬을 구성하는데, "시인의 영혼과 육체에 피어나는 애정의 불을 암시한다". 한 권의 『들풀』은 바로 그와 그녀의 심리와 육체에 피어나는 애정의 불이다. 이처럼 터무니없는 억측성 주장은 이 책의 거의 매 편에서 보인다.

자못 풍자적 의미를 지닌 것은 『루쉰 : 애정을 위해 증명하다 – '들풀'의 세기의 수수께끼를 풀다』라는 책이 「연」을 언급할 때는 더 이상 "애정을 위해 증명하게" 할 방법이 없었던 모양이다. 저자는 『들풀』 전체가 루쉰과 쉬광핑의 애정 산문시집이라는 단언의 유일한 예외라고 인정하며 이렇게 말했다. "「연」은 아마 『들풀』에서 애정과 직접적 관계가 없는 극히 드문 산문시일 것이다." 아울러 저우쭤런이 이렇게 인식한 것을 비판했다. "『죽음을 슬퍼하며』는 보통의 연애소설이 아니라 남녀의 사망을 빌어 형제의 깊은 정이 끊어짐을 애도한 것이다." 이런 견해는 "그 황당함이 이미 옛날 홍학의 색은시대로 돌아간 것 같다!"[6] 다른 사람의 '황당함'을 비판하는 저자 자신이 실제로 이미 더욱 멀리, 더욱 황당하게 나아갔으며, 학술연구의 과학적 방법과 기본적 품위에서 더욱 이탈했다. 정말이지 21세기인 오늘날에 "그 황당함이 이미 옛날 홍학의 색은시대로 돌아간 것 같다!"

이런 비과학적인 '색은파'의 연구방법은 문학작품의 가장 기본적 특징을 이탈하고, 상징적 문학 이미지의 내포가 지닌 풍부성과 복잡성을 이탈하고, 문학 텍스트 탄생과 작가의 특정한 감정 및 사회생활 사이의 심층적 연관을 이탈한 것이다. 이 때문에 문학연구의 과학적

---

6   후인창, 『루쉰 : 애정을 위해 증명하다 – '들풀'의 세기의 수수께끼를 풀다』, 상하이 : 동방출판사, 2004, 131~134쪽.

방법론이라는 학술규범과도 근본적으로 배치된다. 그 '황당함'은 확실히 '이미 옛날 홍학의 색은시대로 돌아갔다'. 이는 황당한 주장과 억측으로 루쉰 작품에 대해 주관적 거세와 견강부회를 진행한 것이며, 문학 창작을 존중하는 것을 전제로 하는 과학적 해석이라고 말하기 어렵다.

문학작품의 내용과 수용의 다원성, 문학작품 해석의 공간과 해석의 한도, 학술연구의 과학적 방법론과 학술의 엄숙한 품위의 고수에 관해 루쉰 자신도 분명하게 논술한 경우가 많다. 예를 들어 문학작품의 수용 과정에서 어진 사람은 어진 것을 보고, 지혜로운 사람은 지혜로운 것을 보는 일종의 다양성과 차이성이 존재하는 현상은 자연스러운 일이다. 상징적 이미지를 많이 운용하고 표현과 의미가 비교적 깊은 문학작품은 더욱 그렇다. 루쉰은 일찍이 이렇게 말했다. "인생을 보는 것은 작가에 따라 다르고, 작품을 보는 것은 독자에 따라 다르다."[7] 『홍루몽』에 대해 "주제만 하더라도 독자의 안목에 따라 가지가지가 있다. 경학가는 『주역』을 보고, 도학자는 음란함을 보고, 재능 있는 남자는 연애의 복잡함을 보고, 혁명가는 만주족에 대한 배척을 보고, 유언비어를 좋아하는 사람은 궁중 비사를 본다⋯⋯".[8] 사실 여기에는 독자의 경력이나 생활체험의 차이와 수준에 의해 그렇게 된 것이 있고, 연구방법의 오류가 작품의 한도를 뛰어넘는 수수께끼 맞추기식의 억측을 초래한 것도 있다. 루쉰은 한 걸음 더 나아가 진정으로 엄숙하고 역사에 책임을 지는

---

7   루쉰, 『집외집·러시아어 번역본 '아Q정전' 서문 및 저자 자서 약전』, 『루쉰전집』 제7권, 베이징 : 인민문학출판사, 2005, 84쪽. 이하 『루쉰전집』으로 약칭함.
8   루쉰, 『집외집 습유 보편·'강동화주(絳洞花主)' 소인』, 『루쉰전집』 제8권, 179쪽.

비평은 해당 작품의 이미지 및 내용과 서로 부합될 필요가 있다고 설명했다. 만일 어떤 비평가가 스스로 견해가 탁월하고 독자적이라고 여긴다면, 뜻밖에 독자의 수용한도를 넘고 학술의 과학성도 넘을 가능성이 있다. 왜냐하면 "독자 대중의 공명과 열렬한 지지는 몇몇 논객의 이기적인 엉터리주장으로 은폐할 수 있는 것이 아니기 때문이다".[9] 이런 인식에서 한 걸음 더 나아가 루쉰은 문학비평과 학술연구가 동시에 준수해야 할 중요한 원칙을 제기했다. "나는 늘 논문이라면 가장 좋은 것은 작품 전체를 고려하는 것이라고 생각한다. 게다가 작가의 전인격 그리고 그가 살았던 사회의 상태를 고려해야 한다. 이렇게 해야 비교적 정확할 것이다. 그렇지 않다면 잠꼬대에 가까워지기 쉬울 것이다."[10] 우리가 루쉰의 『들풀』을 해석하는 것은 다른 상징성이 농후한 복잡한 작품을 해석하는 것과 마찬가지로 다음과 같은 것이 필요하다. 문학작품 자체의 풍부한 이미지의 내포와 작가의 다양한 창작배경을 존중하는 것, 엄숙하고 냉철한 과학적 방법론을 견지하는 것 등이다. 필요한 것은 과학적 방법론의 지도 아래 이루어지는 진정한 학술적 사고와 혁신이지, 한 세기 전 『홍루몽』 연구의 '색은파'라는 낡은 길로 돌아가 수수께끼 맞추기식 주관적 억측의 '색은'으로 뿌리 없는 한 무더기 '들풀'을 만들어내는, 어리석은 사람의 '잠꼬대'에 가까운 황당한 주장의 제기가 결코 아니다.

학술연구는 더없이 엄숙한 작업이다. 루쉰연구 역시 다른 학술연구와 마찬가지로 그 자체의 자유로운 공간과 수행 규칙이 있다. 진정으로

---

9   루쉰, 『남강북조집 · 중러 문자 교류를 축하하며』, 『루쉰전집』 제4권, 474쪽.
10 루쉰, 『차개정 잡문 2집 · '제목 미정'초(6~9)』, 『루쉰전집』 제6권, 444쪽.

양지와 책임감이 풍부하고 엄숙한 학술연구는 아무리 신기하고, 아무리 낯설고, 아무리 일시적으로 세상을 떠들썩하게 하거나 오랫동안 햇볕을 보지 못한다 할지라도, 조만간 시간의 검증을 거쳐 사람들의 승인과 긍정을 얻게 되거나 뒤에 오는 사람에게 계승되고 초월되기 마련이다. 그러나 마땅히 갖추어야 할 과학성과 엄숙성을 결여한 '잠꼬대'에 가까운 '거짓 학술'은 학술적 범위 안에서 사고를 전개할 수 없는 것에 그치지 않는다. 이런 비과학적 현상에 대해 마땅히 있어야 할 토론과 비판을 진행하는 것은 학술연구의 정상화와 과학적 발전을 추구하는 것이며, 이른바 '용인'하지 않는 것이나 '관용'을 베풀지 않는 것과는 아무런 내재적이나 필연적인 관계가 없다. 학술연구가 일종의 과학적 행위인 이상 마땅히 일종의 과학적 '한도'의 제약이 있어야 한다. 학술의 발전은 반드시 너그럽고 포용적인 기후와 환경을 갖추어야 하지만, 엄숙한 비판이 결코 학술의 '관용'과 '포용' 원칙에 대한 부정은 아니다. 이것은 이미 연구자들의 공통된 인식이 되었다.

백 년 동안에 걸쳐 진행된 하나의 독특하고 풍부하고 복잡한 문학적 역사적 현상으로서의 루쉰연구는 그 해석공간의 혁신성은 무한해야 하겠지만, 학술적 해석에 대한 과학적 규범의 '한도'는 유한해야 할 것이다. 루쉰이 탄생한지 이미 130주년이 되었다. 루쉰연구는 처음의 단초에서 왕성하게 발전하는 시기를 걸쳤으며, 지금은 90여 년이 지났다. 루쉰연구와 해석은 자유로운 혁신, 학술의 자유, 해석의 적절성을 어떻게 대해야 할 것인가, '관용' 및 '포용'과 해석의 한도 사이의 관계 등의 문제들을 어떻게 대해야 할 것인가, 중국과 외국 학술연구사의 훌륭한 전통에 직면하여, 학술연구자의 과학적이고 엄숙하고 풍성한 연구성과에 직면하여, 루쉰 작품 자체의 내재적 의미의 객관성과 수용의 다양성에 직면하여, 해석의 과학성과 오류성 사이의 거대한 낙차라는 객관적 사실을 어떻게 볼 것인가. 이런 시기, 이런 환경, 이런 문화적 차원의 학술연구 집단 속에서 우리는 가슴에 손을 얹고 이렇게 질문할 필요가 있지 않을까? 우리는 정말 시간과 정력을 들여 다시 새롭게 토론할 필요가 있는 것인가? 이런 문제를 다시 토론하는 것이야말로 오늘날 루쉰 연구 영역에서의 학술적 번영인가 아니면 학술적 비애인가?

새로 발견된 루쉰의 11편의 일문을 소개하다[*]

1.

   내년은 위대한 혁명문학가 루쉰의 탄생 100주년이다. 이런 중요한 기념일을 맞이하여 우리는 흥분된 심정으로 루쉰의 '5·4' 시기 중요한 일문들이 발견되었다는 사실을 여러분들에게 알려드린다.

   일문은 모두 11편이다. 각기 '황지黃棘'와 '선페이神飛'라는 필명으로 1919년 베이징에서 출판된 『국민공보國民公報』에 발표되었다.

   이 글들은 다음과 같다.

   「촌철寸鐵」 4편. 이것은 연작 소형 잡감雜感이다. 8월 12일 『국민공보』의 「촌철」 난에 실렸다. 각 편의 말미에 모두 '황지'라고 서명했다.

   산문시 「혼잣말自言自語」. 이 전체 제목 아래 「서序」를 포함해서 모두

---

* 이 글은 팡시더(方錫德)와 협력한 것이다.

7편이다. 모두 '선페이'라고 서명했다. 『국민공보』의 「신문예」난에 실렸다. 내용은 다음과 같다. ① 「서」(8월 19일), ② 「불의 얼음」(8월 19일), ③ 「고성古城」(8월 20일), ④ 「게螃蟹」(8월 21일), ⑤ 「파도波兒」(9월 7일), ⑥ 「나의 아버지我的父親」(9월 9일), ⑦ 「나의 동생我的兄弟」(9월 9일)

이 11편의 글이 모두 루쉰의 작품이라는 것은 의심의 여지가 없다.

「촌철」 4편에 붙은 서명 '황지'는 루쉰이 여러 번 사용한 적이 있는 필명이다. 1912년 1월 『월탁일보越鐸日報』에 발표된 「'월탁' 창간사出世辭」, 같은 해 8월 『민홍일보民興日報』에 실린 「범군을 슬퍼하며 3장哀范君三章」과 「'범군을 슬퍼하며 3장' 부기附記」가 모두 '황지'라고 서명되어 있다. 20세기 30년대에 이르러 루쉰은 여전히 이 필명을 사용하여 「장쯔핑 씨의 '소설학'張資平氏的'小說學'」 등 4편의 시문을 썼다.

가장 설득력 있는 자료는 루쉰이 첸쉬안퉁錢玄同에게 보낸 편지이다. 1919년 루쉰 일기에서 우리는 다음과 같은 기록을 찾았다. 8월 12일, "오후에 첸쉬안퉁의 편지를 받다". 8월 13일, "오전에 첸쉬안퉁의 편지를 받고, 즉시 회신하다". 비록 첸쉬안퉁이 루쉰에게 보낸 이 두 통의 편지는 우리가 볼 수 없었지만, 루쉰 일기와 8월 13일 루쉰이 첸쉬안퉁에게 보낸 편지에 근거하여 우리는 이렇게 판단할 수 있었다. '황지'라고 서명된 4편의 잡감이 8월 12일 『국민공보』 「촌철」난에 발표된 뒤, 첸쉬안퉁이 이를 보고 즉시 루쉰에게 편지를 보내 황지가 『국민공보』의 편집자 쑨푸위안孫伏園이 아닌지 물었다. 루쉰은 8월 13일 첸쉬안퉁에게 보낸 편지에서 명확하게 대답했다. "황지는 쑨푸공이 아닙니다. 그가 노진魯鎭에 살고 있다는 사실만 알고 다른 것은 모릅니다. 푸伏는 바로 푸위안福源입니다. 보낸 편지에서 말씀하신 것은 모두

옳습니다. 그에게 편지를 써 보낼 때, '혹A ㅎ口'(『국민공보』를 가리킨다
-저자)라고만 하면 됩니다. 그는 거기서 살고 있습니다."[1] 노진은 전
에 루쉰의 소설『공을기孔乙己』,『내일』에서 묘사된 바 있는 루쉰 고향
의 한 마을이다. 루쉰은 여기서 첸쉬안퉁에게 8월 12일『국민공보』의
「촌철」난의 필자 '황지'는 바로 자신의 서명이라고 암시하고 있는 것
이다.

　산문시「혼잣말」의 서명은 '선페이神飛'인데, 이 역시 루쉰의 필명이
다. 루쉰은 1926년 12월에 쓴 「'아Q정전'의 창작 동기阿Q正傳'的成因」라
는 글에서 이렇게 말했다. "내가 사용한 필명 역시 하나가 아니다. LS,
선페이, 탕쓰唐俟, 머우성저某生者, 쉐즈雪之, 펑성風聲이 있고, 더 이전 것
으로 또 쯔수自樹, 쒀스索士, 링페이令飛, 쉰싱迅行이 있다." 루쉰은 거기서
'선페이'가 자신이 사용했던 필명이라고 명확하게 말했다. 'LS'는 루
쉰이 1919년 8월 16일『국민공보』에「한 청년의 꿈一個靑年的夢」본문
을 실었을 때 사용한 필명이다. '탕쓰'는 루쉰이 1919년 전후에『신청
년』에서 자주 사용하던 필명이다. 루쉰이 '선페이'를 'LS'와 '탕쓰' 이
두 개의 필명과 나란히 언급한 것은 루쉰이 선페이라는 필명으로 쓴
작품 또한 틀림없이 5·4운동 전후의 것이라는 사실을 설명한다. 이
점은 우리가 산문시「혼잣말」이 루쉰이 쓴 것이라고 단정하는 증거이
기도 하다.

　1919년 8월 7일『루쉰 일기』에 저녁에 "쑨푸위안이 왔다"라고 기
록되어 있다.「혼잣말」의「서」말미에 "중화민국 8년 8월 8일 등불 아

　『루쉰 서신집·26 첸쉬안퉁에게』.

래에서 쓰다"라고 적혀있다. 여기서 쑨푸위안의 방문과 루쉰이 그의 청탁에 응하여 「혼잣말」을 쓰기 시작한 것 사이의 관계를 어렵지 않게 알 수 있다.

더욱 유력한 증거는 산문시 자체의 내용이다. 산문시 「혼잣말」을 루쉰의 당시 또는 이후의 작품과 비교하기만 하면 어렵지 않게 긍정적 결론을 얻을 수 있다. 「불의 얼음」은 나중에 『들풀』의 「죽은 불」로 수록되었다. 확실히 둘 다 불의 변화와 운명을 가지고 선각자의 형상을 상징하고 동일한 주제를 표현했다. 「고성」에서 소년이 암흑의 갑문을 어깨로 떠받치고 희생되는 감동적인 이야기가 구현하는 심오한 사상은 한 달쯤 뒤에 쓴 「우리는 지금 어떻게 아버지 노릇을 할 것인가?」에서 정치평론 성격의 논설을 빌어 분명하고 투철하게 표현되었다. "우선 각성한 사람부터 착수하여 각자 자신의 아이를 해방하는 수밖에 없다. 스스로 인습의 무거운 짐을 등에 지고, 암흑의 갑문을 어깨로 떠받쳐 그들을 너르고 밝은 곳으로 내보내는 것이다." 「나의 아버지」와 「나의 동생」 같은 경우는 더욱 분명하다. 그것들은 나중의 『들풀』에 수록된 「연」과 『아침 꽃을 저녁에 줍다朝花夕拾』에 나오는 「아버지의 병」의 초기 형태이다. 「연」은 확실히 「나의 동생」의 기초 위에서 발전한 것이다. 이야기의 줄거리는 완전히 동일하고, 단지 「연」은 그 내용이 더욱 포괄적이고 풍부하며, 필치가 더욱 우아하고 세련되었을 뿐이다. 「나의 아버지」와 「아버지의 병」의 마지막 단락은 줄거리가 완전히 동일할 뿐만 아니라 심지어 표현조차 같다. 「혼잣말」이 루쉰의 작품이라는 사실은 의심할 여지가 없다.

루쉰이 '선페이'라는 필명으로 발표한 글을 루쉰연구자들이 여러 해 동안 다방면으로 찾았지만 결국 발견하지 못했다. 이제 루쉰이 '선페이'라는 필명으로 쓴 글이 마침내 발견되었다. 더구나 이렇게 많은 연작 산문시라니, 이 얼마나 기뻐할 만한 일인가!

루쉰이 『국민공보』에 글을 쓰게 된 계기는 쑨푸위안의 원고 청탁으로 인한 것이었다. 『국민공보』는 연구계研究系가 베이징에서 출판한 신문으로, 1909년에 창간되었고 쉬포쑤徐佛蘇가 주필이었다. 중간에 여러 번 정간되었다. 신문화운동 조류의 영향으로 개혁을 실행하고 란궁우藍公武를 초빙하여 편집을 맡겼다. 란 씨는 사상이 비교적 급진적이었고, 신문화운동에 대해 적극적 태도를 취했다. 그의 혁신 아래 『국민공보』제5, 6판은 마르크스주의 학설을 발표하기 시작했고, 「과학 지식」, 「세계 명저」 등의 전문난 외에 「신문예」난을 개설하여 백화소설과 신시를 게재했다. 이 때문에 『국민공보』는 당시 신사조의 선전기지 가운데 하나가 되었다. 5·4운동 이후 베이징대학 학생이던 쑨푸위안이 편집에 참가했다. 제5, 6판에 「촌철」난을 개설하여 시정을 비판하는 잡감을 실었다. 쑨푸위안은 원래 루쉰이 저장浙江 사오싱紹興 양급사범학당兩級師範學堂에서 교장을 할 때 그 학교의 학생이었다. '5·4' 전후 베이징대학에서 공부할 때 루쉰과 왕래가 아주 밀접했다. 그가 『국민공보』의 편집을 맡은 후 자주 루쉰에게 원고를 청탁했다. 1919년 8월 2일 루쉰은 자신이 번역한 「한 청년의 꿈」을 위해 쓴 「역자 서譯者序」에서 이렇게 썼다. "어제 오후 쑨푸위안이 나에게 말했다. '뭔가 좀 써보시지요.' 내가 말했다. '글은 쓸 수가 없고, 「한 청년의 꿈」은 번역할 수 있겠지.' 루쉰이 쑨푸위안의 원고 청탁에 응했기 때문에 번역에 착수한 「한 청년의 꿈」은 8월 15일부터 "『국민공보』에

날마다 실렸다. 10월 25일 『국민공보』는 갑자기 출판이 금지되었다".[2] 「한 청년의 꿈」도 '요절'의 운명을 맞았다. 루쉰은 자신이 이 작품을 소개한 것은 "허다한 중국의 낡은 사상의 고질을 치료하고", 다른 사람의 물건을 빌어 중국의 "잠자고 있는 사람"에게 "경종을 울리기" 위해서였다고 말했다. 바로 이런 열렬하고 절박한 사상과 심경 때문에 루쉰은 「한 청년의 꿈」을 번역하는 동시에 쑨푸위안의 고집스런 청탁과 재촉에 못 이겨 「촌철」4편과 「혼잣말」을 썼던 것이다. 이때 『신청년』은 천두슈陳獨秀가 체포되고 수감됨으로써 정간되었고, 『매주평론』도 폐간당했다. 쑨푸위안이 책임을 맡았던 『국민공보』의 「촌철」난과 「신문예」난이 바로 루쉰의 전투기지가 되었다. 이런 글들이 발견됨으로써 우리는 루쉰과 『국민공보』의 관계를 더욱 깊이 이해할 수 있게 되고, '5·4' 시기 루쉰의 진지를 찾아 자발적으로 출격하는, 영원히 쉬지 않는 전투정신을 보게 된다.

   2.

　루쉰의 일문 11편은 5·4운동 이후 풍운이 몰아치던 투쟁의 세월 속에서 쓰였다. 5·4운동이 6·3운동으로 발전하여, 학생 투쟁이 노동자 투쟁과 결합되자 북양군벌의 어두운 정치적 지배에 충격을 주었다. 『신청년』을 우두머리로 삼고 베이징대학을 기지로 삼았던 신문화

2　「'한 청년의 꿈' 역자 서문 2」, 『루쉰 역문집』 제2권.

진영은 군벌에 의해 진압당했다. 린친난林琴南이 5·4운동 전 소설 「형생荊生」에서 그렸던 '위장부偉丈夫'가 무력으로 개혁파 인사를 진압하는 일이 봉건 복고파의 희망이 아니라, 안복계安福系 군벌의 실제 행동이 되었다. 6월 중순 신문화운동의 지도적 인물인 천두슈陳獨秀가 체포되어 수감되었다. 『신청년』은 강제로 정간되었고, 『매주 평론』은 8월 30일에 폐간되었다. 동시에 군벌정부는 5·4운동의 기지인 베이징대학도 유린했다. 그들은 군대와 경찰을 동원하여 베이징대학을 포위하고 진보적 학생을 대규모로 잡아갔으며, 신문화운동을 지지하던 베이징대학 총장 차이위안페이蔡元培를 허물을 빌미로 사직하게 했다. 7월 중순 안복계 군벌은 후런위안胡仁源을 베이징대학 총장으로 밀어 넣기 위해 진력했다. 이를 위해 그들은 베이징대학 졸업생 몇 명을 돈으로 매수하고 그들을 이용하여 학생들 속에서 '후를 맞이하고 차이를 거부하는迎胡拒蔡' 투쟁을 선동했다. 루쉰은 나중에 이렇게 말했다. "5·4 사건이 일어나자 이 운동의 총본부이던 베이징대학은 드높은 명성을 누렸지만, 동시에 위험도 뒤따랐다."[3] 이는 당시 상황에 대한 진실한 묘사이다. 군벌이 무력으로 진압하는 동시에 보수적 문화세력 또한 분분이 글을 발표하여 신문화운동을 반대했다. 루쉰은 가슴 가득 투쟁의 전도에 대한 필승의 신념을 안고 봉건진영에 대한 반격을 가하면서, 이 4편의 예리한 잡감과 7편의 우아한 산문시를 써냈다. 신문화운동을 수호하는 전투에서 루쉰은 혁명문학가 특유의 전투적 본성을 드러낸 것이다.

---

3   루쉰, 『차개정 잡문 2집·'중국 신문학 대계' 소설 2집 서문』.

「춘철」난에 실린 4편의 잡감 가운데 앞의 2편은 필명이 쓰멍思孟이라는 사람을 겨냥해서 던진 예리한 비수이다. '쓰멍思孟'이라는 것은 맹자孟子의 전승자라는 뜻이다. 그는 '어떤 신문의 기자'이고, '언론계의 말종'이라고 한다.[4] 그는 대스승 맹자가 말한 "나 역시 사람의 마음을 바로잡고 사악한 주장을 없애고자 한다"라는 말을 본받아 헛소문으로 사람을 헐뜯는 글을 지어 『신청년』을 대표로 삼는 신문화 진영을 공격했다. 8월 6일부터 베이징의 『공언보公言報』는 쓰멍의 장편 문장 「사악함을 없애다息邪」(일명 「베이징대학 주정록北京大學鑄鼎錄」)를 연재했다. 그는 전기를 지어 차이위안페이, 천두슈, 후스胡適, 선인모沈尹默 등 신문화운동과 그 지도자들에 대해 비방과 공격을 퍼부었다. 그는 중국에서 발생한 신사조는 신문화운동 지도자가 "동유럽의 여러 학설을 도둑질하고 사악한 주장을 그럴듯하게 포장하여 무리를 짓고 주장을 내세우는 것이니 반드시 나라에 재앙을 끼치는 파시罷市와 파업이라는 죄악의 싹이 될 것이다"라고 말했다. 또 『신청년』은 '과격파의 학설을 끌어들이고 공산주의를 제창하여' 사람들의 마음을 현혹시켰으며, 문학혁명은 "공맹孔孟을 비난하고 윤리를 멸시했다", "사람들이 미혹되어 칼자루를 다른 사람에게 주게 되면, 불길이 번진 다음에 어찌 종지의 물로 이를 끌 수 있으랴. 우리가 러시아의 변란 다음 차례가 될 것이다"라고 말했다. 그는 또 봉건 복고파의 대표인물 린친난이 '린차이 투쟁'에서 패배한 것을 억울하다고 외치며, "『신청년』 등의 잡지가 전력을 다해 배격함으로써 동성파桐城派의 고문으로 비방을 당

---

4   『국민공보』, 1919.8.8.

했다"고 말했다. 그는 차이위안페이, 천두슈 등이 5·4운동의 '괴수'라고 말했다.[5]

신문화 진영은 『국민공보』를 진지로 삼아 8월 8일부터 「촌철」난에 잇달아 잡감을 발표하며 쓰밍에 대해 '언어적 토벌口誅筆伐'에 들어갔다. 첸쉬안퉁, 쑨푸위안 등은 잡감을 발표하고 전투에 참가했다. 쓰밍을 토벌하는 모든 잡감 가운데 루쉰이 쓴 것이 가장 예리하고 깊이가 있었다. 루쉰은 우선 쓰밍 같은 이들이 사용하는 무기가 정말 "가련할 정도로 졸렬하다" 또 머리도 "무서울 정도로 멍청하다"고 지적했다. 루쉰은 "그대의 창으로 그대의 방패를 공격하는" 전법을 운용하여 쓰밍 같은 종류의 인간이 아주 그럴듯한 추잡한 글을 써냈지만, '재주가 모자라' 아직 '사악함'을 이르기에 부족하고, 설사 그가 망나니의 기량을 운용해 '못된 짓을 일삼고 있다'고 하지만 기껏해야 '작은 사악함'일 뿐이고 '큰 사악함이라고 할 수 없다'고 지적했다. 이것이 바로 '사악함邪'이라는 모자를 거꾸로 쓰밍이라는 반동 문인에게 씌운 것이다. 루쉰은 장기간에 걸친 투쟁에서 얻은 소중한 인식을 결산하여 "헛소문을 날조하고, 거짓말을 일삼고, 모함하고, 중상하는 것이 비록 중국의 대단한 국수國粹이고" 예전부터 많이 있었지만, 역사의 발전에 따라 이런 "못된 저술들은 오히려 다 소멸되었다"고 지적했다. 쓰밍 같은 이런 종류의 '불초한 자손'은 우매하고 완고하여 여전히 "끊임없이 그런 짓을 하고 있다". 그러나 이런 '무가치'한 기량은 시간과 함께 사라질 뿐이다. 이것은 역사발전의 각도에서 선견지명을 가지고 쓰밍

5   이상의 인용문은 모두 1919년 8월 6~10일, 베이징 『공언보』를 보라.

같은 봉건적 도학파는 역사에 의해 도태될 운명을 벗어날 수 없다는 사실을 지적한 것이다.

잡감 제3편은 봉건적 젊은 후예 류사오사오劉少少를 겨냥해서 쓴 것이다. 류사오사오는 베이징의 어느 대학 강사였다. 일찍이 한 때 이름을 날렸던 여자 배우 류시쿠이劉喜奎를 추켜세운 그를, 루쉰은 그를 '류시쿠이의 신하'라고 풍자했다. 5·4운동 전 류사오사오는 "베이징의 어떤 대학에서 음양건곤陰陽乾坤의 아리송한 말로 『태극도설』을 지었다". 또 유명한 신문지상에 글을 발표하여 "도체道體, 순환循環, 기수氣數" 같은 것을 떠들어댔다.[6] 이런 '국수'는 신문화운동이 선전하는 과학과 반미신反迷信에 저촉되었다. 신문화 진영이 진압과 포위공격을 당할 때 그는 백화문학을 '마태복음체'라고 말했다. 루쉰은 한 마디로 정곡을 찌르듯 "마태복음은 좋은 책이다. 마땅히 보아야 한다"라고 말했다. 대학 강사인 류사오사오가 중국과 외국의 문화사에 대해 무지하기 짝이 없어 『복음서』가 혁신체인 것조차 '이해하지 못하면서' 거꾸로 그로써 신문화운동을 매도했으니, 천박하고 무지한 표현이 아닐 수 없다.

5·4운동 이후 진행된 쓰밍과 류사오사오에 대한 반격 투쟁은 1919년 2, 3월 사이에 일어난 신문화운동과 복고파 사이의 대격전 — '린차이 투쟁'의 지속이자 심화였다. 루쉰은 이 투쟁의 실질을 꿰뚫어보았을 뿐만 아니라, 이 투쟁의 미래도 간파했다. 그는 네 번째 잡감에서 전투적 진화론을 사상적 무기로 삼아 깊고 투철하게 중국과 외국의 역사를 분석하고, '선각한 사람'은 줄곧 '추방과 살육을 당했으며' '중국은 또 유달

---

6   푸쓰녠(傅斯年)의 「오늘날 중국에서 철학을 말하는 이들에 대한 감회(對於中國今日談哲學者之感念)」, 『신사조(新潮)』 제1권 제5호.

리 흉악했다'고 지적했다. 그러나 사회는 결국 발전하고 역사는 영원히 앞으로 나가기 마련이기 때문에, 설사 일시적 암흑이 있더라도 "광명은 반드시 도래하고 말 것이다. 날이 밝으면 빛을 가릴 수 없으며, 가리고 싶어도 헛되이 힘만 쓸 뿐이다". 루쉰은 여기서 사실 소박한 변증법적 유물론의 역사발전 법칙을 천명한 것이다. 빛은 반드시 어둠을 이긴다는 이런 확신은 루쉰이 10월 혁명의 영향으로 지니게 된 귀중한 혁명적 낙관주의 정신의 구현이며, 그것은 신문화 진영의 투지를 고무했을 뿐만 아니라 후인들이 굳건하게 전진하도록 길을 열어주었다.

3.

「혼잣말」은 전투적인 연작 서정산문시이다. 그것은 루쉰의 철저한 반봉건 정신으로 충만해 있고, 현실투쟁에서 체득한 심오한 철학적 의미를 내포하고 있고, 자아해부와 자기질책에 엄격한 혁명가의 마음을 드러내고 있다. 그 함축된 의미의 깊이와 필치의 우아함은 지금 읽어도 여전히 흥미진진하다.

「서序」에서 루쉰은 강남 지역 어촌 마을 여름밤의 매혹적인 풍속화 한 폭을 보여주었다. 이를 배경으로 작가는 '눈이 어둡고 귀가 먹은' 그렇지만 '이런저런 이야기를 늘어놓기' 좋아하는 타오陶영감을 그렸다. 그는 "종종 눈을 감은 채 혼자 무어라고 중얼거린다". 이 연작 산문시는 루쉰이 타오영감의 '혼잣말' 가운데 '다소 의미를 갖춘 몇 단락'에 가탁한 기록이다. 루쉰은 굳이 이런 '단락'들이 '아무런 의미가 없다'고 말하고 있지만 사실은 의미심장하고 음미할 가치가 충분한 것이다.

「불의 얼음」과 「고성」 두 수는 선각한 혁명가에 대한 형상적이고 함축적인 송가이다. 「불의 얼음」은 상상이 기발하고 이미지가 우아한데, 연작 산문시 가운데서도 비교적 특이한 시편이다. '녹은 산호'처럼 새빨간 '흘러내리는 불'은 바로 루쉰 마음속 선각한 혁명가의 상징이다. 이 흘러내리는 불은 '말할 수 없는 냉기를 만나' '얼음으로 변했지만' 여전히 산호처럼 아름다운 본래 면모를 지니고 있다. 사람들이 불과 불의 얼음에 대해 '어쩔 도리가 없었다'라는 표현을 통해, 루쉰은 선각한 혁명가의 영원히 정복할 수 없는 품격을 칭송했다. 작가가 풍경에 감정을 기탁하고, 불과 불의 얼음을 그린 것은 '불의 얼음의 사람'에 대한 존경과 찬미의 감정을 표현하기 위해서였다.

「불의 얼음」에 비해 「고성」은 이야기의 맛이 더욱 풍부하다. 그것은 장차 천지를 뒤덮는 황사에 파묻히게 될 고성에서 한 '소년'이 아이를 구하기 위해 '늙은이'와 전개하는 투쟁을 통해, 다음 세대의 행복을 위해 기꺼이 생명까지도 희생하는 각성한 자에 대한 송가를 부른 것이다. 이런 상징적 이야기 속에서 우리는 선명한 시대적 특징을 지닌 두 개의 대립적 형상을 보게 된다. 「우리는 지금 어떻게 아버지 노릇을 할 것인가?」라는 글에서 루쉰은 이렇게 말했다.

중국의 각성한 사람이 어른에게 순종하고 어린이를 해방하기 위해서는 반드시 한편으로 낡은 빚을 청산하고 한편으로 새로운 길을 개척해야 한다. 바로 서두에서 말했듯이 "스스로 인습의 무거운 짐을 등에 지고, 암흑의 갑문을 어깨로 떠받쳐 그들을 너르고 밝은 곳으로 내보내 앞으로 행복하게 생활하고 합리적으로 처신하게 해야 한다". 이것은 지극히 위대하고 중요한 일이고, 지극히 고통스럽고 어려운 일이기도 하다.

그러나 세상에는 또 한 종류의 어른이 있다. 자녀를 해방하고자 하지 않을 뿐만 아니라, 자녀가 그들의 자녀를 해방하는 것도 허락하지 않는다. 바로 손자랑 증손자까지도 다 무의미한 희생이 되라고 요구하는 것이다.

루쉰이 여기서 말한 다음 세대를 위해 용감하게 '새로운 길을 개척하는' '중국의 각성한 사람'이 바로 그가 칭송한 소년의 형상이다. '자녀를 해방하고자 하지 않는' 그러면서 그들에게 '다 무의미한 희생이 되라고' 요구하는 '어른'이 바로 「고성」에서 꾸짖은 '늙은이'가 아닌가? 산문시의 결말은 함축적이고도 교묘하게 사람들에게 암시한다. 구세계를 상징하는 '고성'은 파묻히고, 각성한 사람은 희생으로 다음 세대를 위해 미래를 가져오고, 낡은 것을 지키는 사람은 낡은 세계와 함께 멸망할 뿐이다.

「불의 얼음」과 「고성」은 상이한 상징적 묘사를 통해 사람들에게 동일한 진리를 계시했다. 루쉰은 사람들에게 '고성' 같은 낡은 세계의 멸망은 역사의 필연이지만, 그렇다고 그것이 스스로 무너지지는 않는다는 사실을 알려주었다. 낡은 세계를 분쇄하는 투쟁, "이것은 이론이 아니라 이미 사실이 되었다." 새로운 세계의 탄생과 다음 세대의 미래를 위해 선각자는 '불의 얼음의 사람'처럼 굳세고 두려움 없는 품위를 지녀야 하고, 소년처럼 생명을 바치는 자아 희생정신을 지녀야 한다.

「게」와 「파도」는 색조가 밝고 활달하며, 우화나 동화 같은 맛을 지닌 두 편의 산문시이다. 앞의 두 편이 선각자의 형상을 칭송한 것과 달리, 루쉰이 현실투쟁에서의 소중한 경험을 결산하여 신문화운동 전우들에게 속 깊은 충고를 보낸 것이다. 「게」의 심오한 주제는 생활에 대한 루쉰의 예민하고 독특하며 세밀한 관찰에 기초하여 우화 형식으로 표현되었다. 한 늙은 게가 허물을 벗고 새로 태어나려고 할 때 교활한 '동류'와 나눈 해학적인 대화를 묘사했다. 이 산전수전 다 겪고 경험이 풍부한 늙은 게는 많은 게들이 허물을 벗고 새로 태어나려고 할 때 몸이 부드러워져 동류에게 먹히는 것을 보았다. 그래서 그는 방법을 강구하여 안전한 은신처를 찾아 자신의 새로운 탄생을 이루고자 한다. 생활의 경력은 그로 하여금 '도와주겠다'고 말하는 동류의 위선적 면모를 단번에 간파하게 했다. 그는 한 마디로 정곡을 찌르듯 대답한다. "바로 네가 날 잡아먹을까봐 두려워." 이런 우화를 통해 루쉰은 신구 사물의 투쟁에서 드러나는 법칙을 제시했다. 그것은 사람들에게 입으로는 달콤한 말을 하지만 마음에 엉큼한 속셈이 있는 동류에 대해 고도의 경계를 해야 한다는 사실을 알려준다.

「파도」는 하나의 단순한 이야기이다. 천진하고 유치한 아이 파도가 신나게 장미를 심고 나서 어서 장미가 자라고 꽃을 피우기를 조급하게 바란다. 그러나 현실은 그의 뜻대로 되지 않는다. 그는 화가 나서 강가로, 바닷가로 달려가 두 아이의 말을 듣지만 여전히 깨닫지 못한다. 작가는 파도의 유치함과 천진함을 따뜻한 어조로 비판하고, 아름다운 사물을 새롭게 창조하는 과정에 담긴 이치를 천명한다. 강물은 한 방울의 눈물이 떨어져 짠맛으로 변하지 않고, 바닷물은 한 방울의 피가

떨어져 붉은색으로 변하지 않는다. "세상에 어디 반나절 만에 싹을 틔우는 장미가 있겠는가!" 루쉰은 결말에서 의미심장하게 말했다. "설사 끝내 나타나지 않더라도 세상에 장미꽃이 없으란 법 또한 없는 것이다." 이 이야기는 아름다운 새로운 사물의 출현은 단번에 이루어지는 것이 아니고, 고달프고 장기적인 노동의 대가를 치러야 할 뿐만 아니라, 한 사람이 분투한 결과도 아니고, 집단적 창조가 필요한 것이이라는 사실을 깊이있게 알려 주었다. 설사 한 개인의 역량이 보잘 것 없다 할지라도 아름다운 사물과 새로운 생활은 그래도 세상에 나타나기 마련이다. '5 · 4' 시기에 한창 발전하고 있던 루쉰의 낙관주의적 태도와 집단주의 사상은 여기서 감동적인 빛을 반짝이고 있다.

「나의 아버지」와 「나의 동생」은 자매편이다. 비록 이 두 편에도 봉건적인 낡은 관습과 '장유유서長幼有序'의 구예교舊禮敎에 대한 비판이 들어 있지만, 더욱 중요한 것은 우리가 이를 통해 작가의 자아해부의 엄격한 정신과 거리낌 없고 아름다운 마음을 볼 수 있다는 사실이다. 이 두 편의 산문시는 사람의 영혼의 아름다움에 대한 송가라고 할 수 있다. 루쉰의 이런 사상과 마음은『들풀』과『아침 꽃을 저녁에 줍다』에서 더욱 심오하고 완곡하게 표현되었다.

루쉰은 위대한 혁명가이자 사상가이고, 시인의 기질이 지극히 풍부한 위대한 문학가이다. 이 연작 산문시의 창작은 우리에게 루쉰의 시인으로서의 기질과 정서를 보여주었다. 그 가운데 어떤 시편은 사상이 심오하고, 구상이 교묘하고, 표현이 함축적이어서 '5 · 4' 시기 루쉰 특유의 전투적 풍격과 예술적 조예를 드러낸다.

4.

산문시 「혼잣말」과 잡감 4편의 발견은 '5·4' 시기 루쉰의 사상과 창작을 이해하고 연구하는데 중요한 의미를 지닌다.

1925년 11월 루쉰은 '5·4' 시기의 잡감집 『열풍』을 편집한 후 한 편의 「머리말」을 썼는데, 거기서 이렇게 말했다. "5·4운동 후 나는 글을 쓰지 않았다. 지금은 이미 쓰지 않았는지 아니면 잃어버렸는지 똑똑히 말할 수 없게 되었다." 여기서 하나의 문제가 제기된다. 5·4운동 후 루쉰에게 '잃어버린' 작품들은 없는가? 이 문제는 줄곧 루신 연구자들의 머릿속에 맴돌고 있었다. 이제 이 11편의 일문의 발견으로 5·4운동 후 루쉰은 결코 '글을 쓰지 않은 것'이 아니라 '잃어버린' 것이 확실해졌다. 하지만 세월에 쌓인 먼지도 생명이 영원히 존재하는 글을 가릴 수는 없었다. 오늘날 그 빛은 또 우리 앞에 반짝이고 있다.

앞서 서술했듯이 5·4운동 이후 한동안 신문화운동은 어두운 강압정치의 박해 아래 어려운 시기에 처해 있었다. 신문화 진영이 전투를 벌이던 진지들은 거의 남김없이 유린되었다. 『신청년』 동인들 가운데 어떤 이는 동요했고, 어떤 이는 침묵했다. 루쉰 또한 붓을 놓고 침묵했던가? 과거에 사람들이 알고 있었듯이 1919년 5월에 출판된 『신청년』 제6권 제5호에 소설 「약」과 「왔다」, 「신성한 무력」 등 4편의 '수감록'이 발표되고, 1919년 11월에 출판된 『신청년』 제6권 제6호에 논문 「우리는 지금 어떻게 아버지 노릇을 할 것인가?」와 「불만」, 「한스러워 하면서 죽다恨恨而死」 등 6편의 「수감록」이 발표될 때까지 거의 반년 동안 루쉰은 번역으로 「한 청년의 꿈」을 발표한 것을 제외하면 창작으로는 소설 「내일」과 「한 가지 작은 일」만 썼을 뿐이다. 이 두 편의 소설 또한 또 10월 이후에야 발표된 것이다. 이는 '5·4' 이전과 비교하면 창작 수량이 급격하게 감소한 것처럼 보인다. 정치적 강압 아래에서 루쉰은 정말 외침을 중단하고 침묵으로 빠져들었는가? 새로 발견된 전투정신이 충만한 이런 잡감과 서정산문시들은 반박할 수 없는 사실로 루쉰은 침묵하지 않았다고 대답한다. "그는 암흑과 폭력의 습격 속에서 우뚝 서서 지탱하던 큰 나무였으며, 양쪽으로 쓰러지는 작은 풀이 아니었다."[7] 군벌정부의 감금과 총검이라는 혹독한 탄압과 복고파 문인의 유언비어와 중상모략이라는 갖가지 공격에 직면하여, 루쉰은 사심 없고 두려움 없는 정신적 기개로 그가 찾을 수 있었던 『국민공보』라는 새로 개척한 진지에서 지속적으로 외치고 있었고 싸우고 있었다. 먹으로 쓴 사실은 역사의 가장 건실한 이정표이다. 이 11편의 글은 규모가 방대한 루쉰 저술의 숲으로 다시 돌아와 그 전투적 사상과 예술적 광채로 이 시기 루쉰 저술의 공백을 크게 메웠다.

　11편의 일문의 발견은 예술의 측면에서 우리가 루쉰의 창작을 연구하는데 시야를 넓혀주었다. 『신청년』은 봉건문화와 투쟁하면서 '수감록'이라는 새로운 문학형식을 창조했다. 루쉰은 대량의 창작 실천을 통해 이 투쟁의 무기를 더욱 풍부하고 다채롭게 만들었다. 루쉰에게는 『신청년』에 발표한 1,000자 남짓한 투창이 있을 뿐만 아니라, 『매주평론』에 발표한 1, 2백 자에 불과한 비수도 있다. 그러나 후자는 '5·4' 시기 루쉰의 잡감 가운데 아주 적은 편이다. 4편의 「촌철」의 발견을 통

7　마오쩌둥, 「루쉰 정신을 논하다-산베이공학(陝北共學)에서의 연설」.

해 우리는 루쉰의 짧은 잡감 체재의 운용을 더 많이 보게 되었다. 당시 『국민공보』의 「촌철」난에 이런 잡감이 실렸다. "촌철은 본래 사람을 죽이는 것이다. 지금 세상이 비록 크다지만 죽일 수 있는 사람은 없다. 그저 개나 두들길 수 있을 뿐이다. 이것은 정말 쇠붙이의 불운이다."[8] 해당 난의 편집자는 글이 너무 긴 작가에게는 좀 짧게 써달라고, 그렇지 않으면 "우리의 촌철寸鐵난이 척철尺鐵난으로 변할 것"이라고 주의를 환기시켰다. 루쉰의 4편의 「촌철」은 매 편이 겨우 100자에 불과하다. 목표는 집중적이고, 한 가지 일에 한 가지 논평만 달고, 두세 마디에 불과한 언어는 가뿐하고 날카롭다. 루쉰은 투쟁의 수요에 근거하여 이런 문학형식을 얼마든지 자유자재로 천변만화하면서 사용했다.

사람들은 루쉰이 '5·4' 시기에 단편소설, 신시, 수감록 그리고 논문 등의 문학형식을 탐구하고 창조했으며, 신문학을 위해 황무지를 개간하는 작업을 했다는 사실을 알고 있다. 그런데 산문시라는 문학형식의 시험에 대해서는 줄곧 『들풀』에서 시작되었다고 인식했다. 이제 이런 견해는 옳지 않은 것이 되었다. 우리가 이해하는 바에 따르면 중국 신문학운동사에서 비교적 일찍 산문시 창작에 종사한 사람은 류반눙劉半農, 궈머뤄郭沫若 등이 있지만, 그것은 1920년 여름 내지 연말에야 시작된 것이다. 『소설월보』, 『문학순간』 등의 잡지에서 산문시 창작을 강력하게 제창한 것은 더욱 늦은 시기의 일이다. 루쉰이 1924년에서 1926까지 쓴 『들풀』은 줄곧 중국 현대산문시 창작의 이정표라고 인식되었다. 「혼잣말」의 발견으로 1919년 8월에 벌써 루쉰이 산

---

8   『국민공보』, 1919.8.8.

문시라는 문학형식의 창작실천을 시작했다는 사실을 우리는 처음으로 알게 되었다. 이는 중국 현대문학사에서 산문시라는 문학형식의 출현과 루쉰이 이 형식을 시험한 시기를 앞당겼다. 산문시「혼잣말」의 창작 상황을 살펴보면, 거기에는 서문이 있고, 각 편마다 번호를 매겨놓았고, 연작 형식으로 발표했으며, 마지막 시편인「나의 동생」말미에 '미완'이라는 글자까지 붙어 있다. 이를 통해 루쉰이 중국 현대문학사에서 계획적이고 대규모로 산문시를 창작한 첫 번째 인물임을 알 수 있다. 루쉰이 산문시를 쓴 것은 반봉건 전투의 수요를 위한 것이었을 뿐만 아니라, 새로운 문예형식에 대해 용감하게 탐색하는 한 위대한 작가의 예술적 담력과 창조적 정신을 표현한 것이기도 하다. 최초로 출현한 이런 산문시들은 그 심오한 사상과 우아한 예술로 신문학 창작의 실적을 드러냈고, 구문학舊文學에 대해 시위하는 작용을 했다.

「혼잣말」이라는 연작 산문시는 이 시기 동일한 체재의 다른 작품과 비교하면 예술적으로 다소 뛰어나다고 할 수 있다. 그러나 5, 6년 뒤 루쉰 자신의『들풀』과『아침 꽃을 저녁에 줍다』와 비교하면 여전히 개척시의 미숙함이 드러난다. 「나의 아버지」,「나의 동생」을 나중의「아버지의 병」,「연」과 비교하면 곧 후자가 예술적으로 더욱 풍성하고 우아하다는 사실을 어렵지 않게 알 수 있다. 「혼잣말」이라는 연작 산문시의 발견을 통해 우리는 다음과 같은 이치를 더욱 절실하게 깨달을 수 있다. 즉, 루쉰처럼 위대한 문학가도 결코 자신의 기존의 성과에 만족하지 않았고, 언제나 부지런한 탐색과 창조를 통해 영원히 궁극적 경지가 없는 예술의 봉우리에 올랐다. 루쉰이 잘 말했듯이 "세상에 어디 반나절 만에 싹을 틔우는 장미꽃이 있겠는가!"

국민성 개조와 계몽의 반성

루쉰과 『신청년』

1918년 5월 루쉰은 『신청년』에 「광인 일기」를 발표했다. 이로부터 그는 『신청년』 진영의 전투대오에 가입하고, 신문화 전선에서 철저하고 비타협적인 반제반봉건 혁명의 거대한 물결에 투신했다. 대적할 상대가 없는 전투에서 중국 문화혁명의 가장 위대한 기수이자 총사령관이 되었다.

『신청년』 잡지는 루쉰이 '5 · 4' 시기에 적을 향해 돌격하기 위한 첫 번째 사상 진지였다. 루쉰과 『신청년』의 관계는 중국 현대문학사에서 빛나는 한 페이지이다.

1.

『신청년』이 개시한 신문화운동은 중국 현대문학사의 위대한 출발이다. 루쉰은 이렇게 말했다. "무릇 현대 중국문학에 관심을 가진 사람은 누구나 다『신청년』이 '문학개량'을 제창하고 나중에 한 걸음 더 나아가 '문학혁명'을 호소한 반란자라는 사실을 알고 있다."[1]

『신청년』은 1915년 9월 15일 상하이에서 창간되었다. 원래 명칭은 『청년잡지』였다. 아동서국亞東書局 왕멍저우汪孟鄒의 소개를 거쳐,[2] 천두슈陳獨秀가 주필을 맡았다. 매달 1호를 내었고, 반년을 1권으로 삼았다. 1916년 2월 15일 1권 6호를 출판한 뒤 반년 동안 휴간했다. 같은 해 9월 1일 복간한 2권 1호부터『신청년』으로 개명하고 동시에『신청년』 잡지사를 설립했다. 표지에 처음으로 '천두슈 주필'이라고 적었다.

1916년 12월 선인모의 추천을 거쳐 베이징대학 총장 차이위안페이蔡元培가 천두슈를 교수로 초빙하고, 아울러『신청년』을 '학교에 가지고 와서 발행'해도 좋다고 허락했다.[3] "1917년 1월 교육부는 천두슈를 문과대학 학장에 임명했다."[4]『신청년』편집부도 덩달아 베이징으로 옮겨왔다. 잡지사 주소는 동안문내東安門內 북지자北池子 전간호동箭杆胡同 9호였다. 1919년 6월 천두슈가 체포된 뒤 한 번 남지자南池子 단고후호동緞庫後胡同으로 옮긴 적이 있다. 1917년 8월 1일 3권 6호를 출판한 뒤 판로가 시원치 않고 서점이 어려움을 호소해 4개월 동안 휴간한 적이 있다.

---

1   루쉰,『차개정 잡문 2집 · '중국현대문학대계' 소설 2집 서문』.
2   선인모(沈尹默)의 회상에 근거했다. 선펑녠(沈鵬年), 「루쉰과 '신청년' 관계의 두 가지 역사적 사실」, 『문회보(文匯報)』, 1962.4.22.
3   선인모(沈尹默)의 회상에 근거했다. 선펑녠(沈鵬年), 「루쉰과 '신청년' 관계의 두 가지 역사적 사실」, 『문회보(文匯報)』, 1962.4.22.
4   『베이징대학 대사기(大事記)』를 보라.

1918년 1월 15일 다시 출판된 4권 1호의『신청년』은 가 크게 바뀌었다. 조직에 있어서 편집부를 개조하고 확대하여, 천두슈 1인 편집에서『신청년』사 동인들로 구성된 편집위원회가 책임지는 형태로 바뀌었다. 오래지 않아 교대로 편집하는 방법을 시행했다.[5] 1919년 1월 15일 6권 1호부터 이런 교대 편집 방법이 잡지에 공개되었는데,[6] 리다자오李大釗, 루쉰 등이 편집에 참가하여『신청년』의 전투 진영을 강화했다. 사상적 측면에서 반제반봉건 색채가 더욱 농후해졌다.『청년잡지』초기에 천두슈는 이렇게 공개적으로 선언했다. "청년의 사상을 개조하고, 청년의 수양을 인도하는 것이 본 잡지의 사명이다. 시정時政을 비판하는 것은 그 취지가 아니다."[7] 그러나 1918년 이후『신청년』은「수감록隨感錄」난을 개설하여 직접 시정을 비판하는 글을 발표했다. 리다자오의「서민의 승리」,「볼셰비키의 승리」, 루쉰의「광인일기」,「나의 절개我之節烈觀」과「수감록」, 차이위안페이의「노동은 신성하다勞工神聖」등의 글이 잇달아 발표되었다. 1919년 1월 15일 6권 1호의『신청년』에 천두슈의「본지의 죄안에 대한 답변서本誌罪案之答辯書」가 실렸는데, 정식으로 '더선생德先生'과 '싸이선생賽先生'의 깃발을 들어올렸다. 과학과 민주의 정신으로 봉건세력과 복고적 역류에 대해 도전한 것이다.『신청년』은 점차 봉건적 예교를 비판하고 마르크스주의를 선전하는 사상적 진지로 되었다. 문학적으로는 후스의 '한 점 한

---

5   루쉰이 1918년 7월 5일 첸쉬안퉁에게 보낸 편지를 보라.『루쉰 서신집』상, 16쪽.
6   『신청년』제6권 제1호에「본지 제6권 분기 편집표」를 실었는데, 해당 권수 제1호에서 제6호까지 천두슈, 첸쉬안퉁, 가오이한(高一涵), 후스, 리다자오, 선인모가 교대로 편집한다고 설명했다.
7   『청년잡지』제2권 제1호에 실린 천두슈가 왕융궁(王庸工)에게 보내는 답신.

방울의 개량'에서 더 나아가 '문학혁명'을 제창했다. 『신청년』은 "상하이에서 출판하기 시작했을 때는 전부 문언文言이었다. 쑤만수蘇曼殊의 창작소설, 천자陳瑕와 류반눙의 번역소설이 모두 문언이었다". 그 다음 해의 "작품 역시 백화로 된 것은 후스의 시문과 소설뿐이었다. 나중에 백화 작가가 점차 많아지기 시작했다".[8] 1918년 제4권 제1호부터 전부 백화로 바뀌었다. 루쉰의 소설과 잡문은 문학혁명의 실적을 드러냈다. '문학혁명군의 돌격대장衝鋒健將'[9]으로 불리던 첸쉬엔퉁錢玄同과 "발랄하고 용감한" "『신청년』의 전사" 류반눙劉半農도 "여러 차례 전투를 치렀다".[10]

5·4운동 이후 『신청년』은 참신한 면모로 신민주주의 문화혁명의 전투에 참가했다. 1919년 출판된 제6권 제5호의 『신청년』은 리다자오가 편집을 맡았는데, 마르크스주의를 선전하는 글을 발표하여 마르크스주의 연구 특집호가 되었다. 제8권 제1호부터 '러시아연구'난을 특별히 개설하여 소련의 10월 혁명 이후 상황을 대량으로 소개하는 글을 대량으로 발표했다. '5·4' 전야에 『신청년』 동인들은 또 『매주평론』을 창간했다. 5·4운동의 혁명적 고조기에 두 간행물은 아주 널리 팔렸고 영향력이 무척 컸다. "항저우杭州제일사범학교는 학생이 4백 명 남짓했는데, 어떤 때는 교내에만도 『신청년』과 『매주평론』판매량이 4백 몇십 권이었다."[11] 『매주평론』은 5·4운동 소식을 대량의 편폭으로 보도했고, 아울러 5·4운동을 신속하게 반영한 소설을 발표했

---

8   루쉰, 『차개정 잡문 2집 · '중국현대문학대계' 소설 2집 서문』.
9   『신청년』 제5권 3호에 실린 류반눙의 답신을 보라.
10   루쉰, 『차개정 잡문 · 류반눙군을 추억하며』.
11   『5·4운동 회고록』의 스푸량(施復亮)이 지은 「항저우에서의 5·4」를 보라.

다. 『신청년』과 『매주평론』의 영향으로 신문화를 제창하는 백화신문이 대량으로 출현했는데, 1919년 한해에만 전국적으로 4백여 종에 이르렀다. 마오쩌둥毛澤東이 창간한 『샹장평론湘江評論』, 저우언라이周恩來가 주관한 『각오覺悟』는 가장 영향력 있는 정기간행물이었다. 『신청년』이 후난湖南 창사長沙의 '풍운처럼 몰아치는' 신사조를 소개할 때, 당시 "각 학교의 주간 간행물이 모두 10여 개가 있었고 다 백화로 만들었다. 가장 유력한 것은 바로 『샹장평론』이었다"[12]고 말했다. 『신청년』은 또 전문적으로 광고를 게재하여 톈진天津 각오사가 편집, 발행한 『각오』 창간호의 내용과 연락처를 상세하게 소개했다.[13]

1919년 5 · 4운동 전후 봉건 군벌세력과 복고파復古派 문인들은 미친 듯이 『신청년』을 포위 토벌하고 유린했다. 6월 천두슈가 체포되었다. 『신청년』은 강제로 5개월 동안 정간되었다가 11월에 복간되었다.

5 · 4운동 뒤 통일전선이 점차 분화되기 시작했다. 후스와 『신청년』 동인들의 의견은 완전히 엇갈렸고, 교대로 편집하는 방법은 더 이상 유지될 수 없었다. 1919년 12월 1일에 출판된 제7권 제1호부터 다시 천두슈 혼자서 주관했다. 10월 5일 저우쭤런周作人의 일기에 이렇게 적혀 있다. "오후 2시 스즈適之 집에 가서 『신청년』에 관한 일을 의논했다. 7권부터 중푸仲甫 혼자서 편집하기로 했다."[14] 1920년 9월 1일 출판된 제8권 제1호부터 5 · 4운동의 "총본부 베이징대학은 커다란 명성을 누렸지만 동시에 위험도 뒤따랐다. 마침내 『신청년』의 편집 중

12 「창사 사회 이모저모(長沙社會面面觀)」, 『신청년』 제7권 제1호.
13 『신청년』 제7권 제3호.
14 필사본(手稿)에 의거하다. 원본은 루쉰 박물관에 소장되어 있다.

추가 다시 상하이로 복귀하지 않을 수 없었다".[15] 잡지사 주소는 프랑스 조계인 환룽루環龍路 위양리漁陽里 2호였다. 군익서사郡益書社를 떠나 신청년사가 자체적으로 인쇄 출판했다. 이때 중국공산당이 상하이에서 처음으로 소조를 조직했다. 『신청년』은 사실 이 소조의 기관지가 되었다. 1921년 1월 제8권 제6호가 조판에 들어갔을 때, 원고가 쉰푸광巡捕房 밀정에게 압수되어 4월 1일에야 출판되었다. 이 일에 관해 제9권 제1호의 「편집실 잡기」에서 이렇게 적었다. "본지 8권 6호의 조판이 끝나갈 무렵 모든 원고를 악랄하게 빼앗겼고, 상하이에서 인쇄하는 것도 허락되지 않았다. 본사는 원고를 찾아 다시 편집해야 했고, 인쇄 장소를 광둥廣東으로 옮겨야 했다. 그래서 기한에 맞추어 출판할 수 없었다. 애독자 제군께서 누차 편지를 보내 까닭을 묻는 수고를 하게 만들었다. 본사는 죄송한 마음을 금할 수 없다. — 이것은 아마 중국이 우리 대신 사과해야 마땅할 것이다." 관련 자료에 근거하면 인쇄 장소는 광저우 후이아이중웨惠愛中約 창싱마루昌興馬路 26호였고, 편집부는 사실 여전히 상하이에 있었다.[16] 1921년 10월 1일 제9권 제6호를

---

15 루쉰, 『차개정 잡문 2집·'중국 현대문학 대계' 소설 2집 서문』.
16 『신청년』 제8권 제6호의 「본사 특별 광고」. "본사는 특별한 원인으로 이미 광저우 시내 후이아이중웨(惠愛中約) 창싱마루(昌興馬路) 제26호 3층으로 이사했다. 모든 서신은 이곳으로 부쳐주기 바란다." 표지에 '광저우 신청년사 인쇄 발행'이라고 적혀 있다. 그러나 천두슈의 1920년 12월 16일 편지에는 이렇게 적혀 있다. "저는 오늘 저녁 바로 배를 타고 광둥으로 갑니다. 근래의 일들은 이미 모두 처리했습니다. 『신청년』 편집부의 일은 천왕다오(陳望道) 군이 책임을 지기로 했습니다." 같은 날 천왕다오는 저우쭤런에게 보내는 편지에서 이렇게 말했다. "두슈 선생이 내일 광저우로 출발합니다. 이곳의 원고 수집 일은 잠시 제가 틈틈이 같이 맡기로 했습니다." 1921년 2월 11일에 이르러서도 천왕다오는 저우쭤런에게 보낸 편지에서 여전히 이렇게 말했다. "신청년사가 음력 세모에 프랑스 쉰푸광에 의해 많은 서적을 몰수당하고 또 양 50위안의 벌금을 물었으며, 더구나 철거 명령까지 받았습니다. 이 일이 결국 어떻게 될지 아직

출간한 뒤 『신청년』 월간은 정간했다. 『신청년』 잡지사도 동시에 해산했다.

1923년 6월 복간된 『신청년』 계간은 이미 순수한 정치 간행물이었고 중국공산당의 기관지였다. 1924년 4월에 정간했다. 1925년 4월 『신청년』은 여전히 중국공산당 중앙의 기관지였고, 부정기적으로 나오다 1926년 7월 제5기 후에 종간되었다.

2.

기록에 의하면 루쉰이 『신청년』과 최초로 접촉한 것은 1917년 초이다. 이해 1월 19일 루쉰의 일기에 이렇게 적혀 있다. "오전에 둘째 동생에게 『교육공보』 2권, 『청년잡지』 10권을 소포로 부쳤다." 5일 뒤 저우쩌런의 1월 24일 일기에 이렇게 적혀 있다. "오전에 베이징에서 책 한 꾸러미를 받았다. 안에 『교육공보』 2권, 『청년잡지』 10권이 있었다. (…중략…) 저녁에 『청년잡지』를 보았는데 읽을 만한 것이 많았다. 쯔구子谷의 『단잠기斷簪記』가 좋았다." 쯔구는 바로 쑤만수蘇曼殊이다. 그의 문언소설 『쇄잠기碎簪記』는 『신청년』 제2권 제3호, 제4호에 연재되었다. 이로부터 루쉰이 우송한 『신청년』 10권은 창간호에서 제2권 제4호까지라고 추정할 수 있다. 이는 아무리 늦어도 1917년 초에는 루쉰이 『신청년』 잡지를 접촉하고 읽었다는 사실을 설명해준다.

분명하지 않습니다."

1917년 1월 7일 루쉰은 사오싱紹興에 돌아와 부모님을 뵙고 베이징으로 돌아갔다. 3일 뒤 베이징대학으로 차이위안페이를 만나러 갔다.[17] 18일 "밤에 차이선생의 편지를 받고 바로 그 집으로 갔다".[18] 다음날 바로 『신청년』 10권을 부쳤다는 기록이 있다. 차이위안페이는 원래 교육부 장관이었고, 루쉰과 관계가 비교적 깊었다. 이때 『신청년』은 이미 천두슈를 따라 베이징대학으로 옮겨서 편집하고 있었다. 차이위안페이는 『신청년』의 열렬한 지지자였다. 또한 그는 문예를 가지고 사회를 개조하려던 루쉰의 숙원을 잘 알고 있었기에, 대면했을 때 『신청년』이야기가 나오고, 간행물을 선물로 주었을 가능성도 다분히 있는 것이다.

루쉰은 처음에 『신청년』에 대해 무척 냉담했다. 루신 스스로 이렇게 말한 적이 있다. "나는 그때 '문학혁명'에 대해 사실 이렇다 할 열정이 없었다."[19] 다른 사람도 회고하면서 이렇게 말했다. 루쉰은 처음에 "『신청년』에 대해 언제나 태도가 무척 냉담했다. 설사 쉬서우상許壽裳이 말한 것처럼 그것이 잘못되었다고 느끼지는 않았다 하더라도 말이다". 그러나 역시 "결코 그것을 대단하게 여기지 않았다".[20] 1918년에 이르러 루쉰은 냉담한 태도를 바꾸어 적극적으로 전투에 뛰어들었다. 이는 무엇 때문인가?

우선 10월 혁명의 영향이다. 신해혁명이 실패한 뒤 위안스카이袁世凱

17   1917년 1월 10일, 18일의 『루쉰 일기』를 보라.
18   1917년 1월 10일, 18일의 『루쉰 일기』를 보라.
19   루쉰, 『남강북조집 · '자선집' 자서』.
20   저우샤서우(周遐壽), 『루쉰의 옛집』, 상하이 : 대통(大通)서국출판사, 1962, 408 · 418쪽.

는 군주제를 회복할 음모를 꾸미고 암흑의 전제지배를 시행했다. 특무特務 계통은 "참으로 무서웠다. 거기에 잡혀가 실종된 사람은 지금까지 헤아릴 수 없다. 베이징의 문관들은 지위를 막론하고 모두 주의를 받았다". 그리하여 "사람들은 방법을 강구하여 이목을 피했다".[21] 루쉰은 이에 대해 더없이 분개하고 고민했다. 그는 자신이 『신청년』의 전투에 참가하기 이전의 심경을 언급하면서 이렇게 말했다. "신해혁명을 보았고, 2차 혁명을 보았고, 위안스카이의 제위 등극과 장쉰張勳의 왕정복고를 보았다. 이리저리 보다가 회의가 들기 시작했다. 그래서 실망했고 무척 의기소침해졌다."[22] 그는 또 "몇 가지 더욱 적막하고 더욱 슬픈 일을 몸소 겪기도 하고 옆에서 보기도 했다". 그래서 갖가지 방법으로 "자신의 영혼을 마취시켰다".[23] 한편으로 공무의 여가에 옛 비석을 베끼면서 언론탄압에 걸리는 것을 면하고 항의의 표시로 삼았다. 다른 한편으로 적막의 고통 속에서 새로운 혁명의 역량과 길을 탐색했다. 그러나 나중에 큰 변화가 일어났다. 1917년 여름 『신청년』의 편집자 첸쉬안퉁과 어느 날 저녁 대화를 나누면서, 그는 그런 '적막 속에서 내달리는 용사'들의 전투에서 고무를 얻고 '그 쇠로 만든 방을 깨부술 희망'이 생겼다.[24] 이어서 1917년 말 위대한 10월 혁명이 일어났다. 루쉰은 소련의 10월 혁명의 '주의主義를 가진 민중'의 '칼날과 불빛'에서 '새로운 세기의 서광'을 보았고,[25] '장차 휴머니즘의 최종적

---

21   위의 책, 418·408쪽.
22   루쉰, 『남강북조집·'자선집' 자서』.
23   루쉰, 『외침·자서』.
24   위의 책.
25   루쉰, 『열풍·수감록』 59-신성한 무력(聖武)

승리'[26]라는 저항할 수 없는 역사의 격류를 보았다. 1918년 한 통의 편지에서 루쉰은 자신이 『신청년』에 「광인 일기」와 백화시를 발표했다는 것을 언급한 다음 이렇게 분명하게 말했다. 비록 "국내 사정을 돌아보면 좋은 조짐이 하나도 없지만, 저는 생각이 많이 바뀌어 전혀 비관적이지 않습니다".[27] '비관'에서 '낙관'으로 바뀌고, 나아가 전투적 자세로 철저한 반제반봉건 대오에 투신하는 루쉰의 이런 사상적 '변천'의 근본적 원인은 바로 10월 혁명의 영향이다. 그는 봉건적 '쇠로 만든 방'을 '깨부술' 희망을 부정할 수 없다는 것에서 봉건적 '쇠로 만든 방'을 '깨부술' 실현가능성을 진정으로 보게 된 것으로 바뀌었다.

다음으로 사상혁명을 고취할 동지를 찾았던 것이다. 1917년 여름 『신청년』 잡지는 사상혁명을 제창하여, 공자를 존중하고 옛것을 회복하는 존공복고尊孔復古의 풍조를 힘써 배척하는 색채가 날로 짙어졌다. 이 해 8월에 출판된 『신청년』 제3권 제6호는 천두슈의 「복벽復辟과 존공尊孔」이라는 글을 발표하여 '공씨 가게孔家店'를 향해 더욱 맹렬하게 공격을 퍼부었다. 리다자오는 「'오늘'」을 발표하여 사상혁명을 제창하고, 혁명으로 어둡고 더러운 사회를 개혁하자고 사람들을 선동했다. "마땅히 노력해서 미래를 창조해야지, 노력해서 '과거'를 회복해서는 안 된다."[28] "루쉰은 문학혁명이 고문을 백화문으로 고쳐 쓰는 문제일 때는 그다지 흥미를 느끼지 않았다. 그러나 사상혁명에 대해서는 지

---

26 루쉰, 「쉬서우상에게 보낸 편지」, 『루쉰 서신집』 상, 베이징 : 인민문학출판사, 1976, 18쪽.
27 위의 글.
28 『신청년』 제4권 제4호.

극히 중시했다. 그것은 그가 『신생新生』을 창간하던 때부터 갖고 있는 소망이었다. 이제 첸쥔을 통해 옛날 일을 다시 끄집어내게 되니 마치 묻혀 있던 도화선에 불이 붙은 것처럼 즉시 폭발했다. 이 깃발은 사람을 먹는 예교를 타도하자는 것이었다."[29] 루쉰이 장기간의 침묵을 거친 다음 일변하여 『신청년』 편집자의 청탁을 기쁘게 승낙하고 그들을 위해 '글을 쓰게 되고', 아울러 "한 번 시작하니 그만둘 수 없어 매번 소설 비슷한 글들을 쓰게 되었다"는 것은 결코 우연이 아니다. 그것은 첸쉬안퉁과의 여름날 저녁 대화가 만들어낸 신기한 효과도 아니다. 그것은 루쉰이 『신청년』 동지들이 제창한 사상혁명 속에서 어두운 사회를 철저하게 개조할 희망을 보았기 때문이다. 그가 나중에 스스로 설명한 것처럼 '열정적인 사람들에 대한 공감' 때문에 '몇 마디 소리를 질러 응원도 하고',[30] 자신의 전투적 '외침'으로 '그 적막 속에서 내달리는 용사들을 얼마간 위로하고'[31] 싶었던 것이다.

　루쉰이 『신청년』 편집위원회에 참가했는지 여부에 관한 문제는 줄곧 저마다 주장이 달랐다. 나는 루쉰이 『신청년』의 중요한 필자였을 뿐만 아니라 잡지의 편집위원회에도 참가했고, 『신청년』 잡지사의 중진인물의 하나였다고 인식한다. 이는 우선 루쉰과 『신청년』 동인들의 회고가 그 증거이다. 루쉰은 이렇게 말했다. "내가 처음으로 서우창守常선생을 만난 것은 두슈선생의 초청으로 참석한 『신청년』을 어떻게 꾸릴 것인지 상의하는 모임에서였다."[32] 또 이렇게 말했다. "『신청

---

29 저우쭤런, 『루쉰의 옛집』, 418쪽.
30 루쉰, 『남강북조집·'자선집' 자서』.
31 루쉰, 『외침·자서』.
32 루쉰, 『남강북조집·'서우창전집(守常全集)' 머리말』.

년』은 한 기를 낼 때마다 한 번의 편집회의를 열어 다음 기의 원고를 상의했다. 그때 가장 나의 주의를 끌었던 사람은 천두슈와 후스즈胡適之였다."[33] 당시 『신청년』 동인이었던 선인모沈尹默도 이렇게 회고했다. "『신청년』 잡지는 천두슈가 베이징으로 가져온 뒤 한동안 루쉰 형제, 쉬안퉁玄同, 후스 그리고 내가 기별로 편집을 맡았다."[34] 다음으로 『신청년』 간행물의 기록이 그 증거이다. 「광인 일기」가 발표되기 2기 전 제4권 제3호의 『신청년』에 「본지 편집부 광고」가 실렸다. "본지는 제4권 제1호부터 투고 규정을 이미 취소했다. 모든 저술과 번역은 편집부 동인들이 공동으로 담당한다." 루쉰은 많은 저술을 했을 뿐만 아니라 『신청년』이 개설한 「무슨 소리什麼話」난에 5가지 잘못된 주장을 수집하여 기록했다.[35] 이 난을 위해 수집하여 기록한 대다수는 편집부 동인들이었다. 첸쉬안퉁의 한 편지에서도 명확하게 말했다. "『신청년』의 비교적 훌륭한 몇 편의 백화 논문, 신체시 그리고 루쉰선생의 소설, 이 모두는 동인들이 백화문학을 창작한 성과물이라고 할 수 있다."[36] 류반눙도 한 편의 글에서 이렇게 말했다. 당시 '『신청년』을 만들었던' '여러 선생들'에는 천두슈, 후스즈, 타오멍허陶孟和, 저우치밍周啟明, 탕위안치唐元期, 첸쉬안퉁 그리고 그 자신이었다.[37] 여기서 '탕위안치'는 바로 루쉰이다. 최근에 발견된 루쉰이 1919년 몸소 초안을 잡

---

33   루쉰, 『차개정 잡문·류반눙군을 추억하며』.
34   선인모, 「루쉰 생활의 한 단락(魯迅生活中的一節)」, 『문예월보』, 1956년 10기.
35   「무슨 소리 (3)」, 『신청년』 제6권 제2호.
36   『신청년』 제6권 제6호.
37   「작읍주의(作揖主義)」, 『신청년』 제5권 제5호. 탕위안치는 『신청년』 제5권 제5호에 실린 「도하와 길 안내(渡河與引路)」에서 첸쉬안퉁이 답신할 때 루쉰에 대해 썼던 호칭이었다.

았던 「'신청년' 편집부와 상하이 발행부의 재협정 조건」 필사본은 루쉰이 『신청년』 편집부 주요 구성원의 하나였다는 더욱 유력한 증거이다. 루쉰이 『신청년』의 편집위원이었으며 일부 편집 작업에 참여했다는 것은 전혀 의심의 여지가 없다.

『신청년』은 1917년 8월 휴간했다. 편집위원회를 정돈하고 개조한 뒤 1918년 1월 4권 1호를 출판했다. 루쉰은 1918년 1월 4일 쉬서우상許壽裳에게 이런 편지를 보냈다. "『신청년』이 널리 퍼지지 못하니 서점이 그만 접고자 합니다. 두슈 등이 교섭하여 이미 계속 발간하기로 승낙이 났습니다. 이달 15일에 출판하기로 결정했다고 합니다."[38] 루쉰 일기에는 1917년 8월부터 첸쉬안퉁과 왕래하고 통신한 내용이 아주 많다. 루쉰은 1918년 1월 이전에 벌써 초청을 받고 『신청년』의 편집과 논의에 참가했다는 것이 실제 상황에 부합된다.

그러나 『신청년』사는 결코 조직이 엄밀한 단체가 아니었고, 『신청년』 편집위원회도 엄격한 조직 기구가 없었다는 사실을 고려해야 한다. '보통 『신청년』의 편집'은 '무슨 편집회의를 열지 않았고' "우리는 그저 객원으로서 평소에는 원고를 좀 쓰다가 존폐의 중요한 고비를 만나면 초청을 받아 출석했을 뿐이다."[39] 루쉰은 당시 교육부 첨사僉事를 맡고 있었는데, 비록 『신청년』의 편집위원이기는 했지만 편집과 관련해서 많은 책임을 지고 있지는 않았다. 주로 이 간행물을 위해 원고를 집필했고, 아울러 간행물의 편집방침이나 존폐여부 같은 중대 사안을 결정하는 회의에 참석하거나 서신으로 토론했을 뿐이다. 이렇게 보아

---

38   『루쉰 서신집』상, 14쪽.
39   『즈탕회상록(知堂回想錄)』, 357·470쪽.

야 더욱 실제의 역사적 상황에 부합될 것이다.

3.

마오₮ 주석은 이렇게 말했다. "5·4운동이 진행한 문화혁명은 바로 철저하게 봉건문화를 반대하는 운동이었다. 중국역사가 시작된 이래 이렇게 위대하고 철저한 문화혁명은 없었다. 당시 구도덕에 반대하고 신도덕을 제창하고, 구문학에 반대하고 신문학을 제창하는 것은 문화 혁명의 양대 깃발이었으며 위대한 공적을 세웠다."[40] 루쉰이 『신청년』에 발표한 많은 문예작품은 이 위대한 문화혁명의 휘황찬란한 실적을 드러냈다.

1918년 5월 15일 출판된 제4권 제5기부터 1921년 출판된 제9권 제4호까지 3년 동안 루쉰은 『신청년』에 소설 5편, 신시 6수, 수감록 27편,[41] 사상비판 논문 2편, 통신 3통, 문학작품 번역 4편, 부기附記, 정

---

40   『신민주주의론』.
41   『열풍』에 근거하면 루쉰이 『신청년』에 발표한 「수감록」은 27편이다. 그러나 저우쭤 런은 1936년에 이렇게 말했다. 루쉰이 『신청년』에 "발표한 수감록은 대개 '탕쓰(唐 俟)'라고 서명했다. 나도 이 서명을 사용한 것이 몇 편 있는데, 모두 『신청년』에 실렸 다. 나중에 이런 수감록들이 『열풍』에 수록될 때 내 것도 몇 편 그 안에 수록되었다. 특히 37, 38, 42, 43이 그런 것이다".(『루쉰의 청년시대』 부록2 「루쉰에 관해」를 보 라. 중국청년출판사, 1957, 124쪽) 쉬광핑(許廣平)이 일찍이 반박한 적이 있지만, 저우쭤런은 1962년에 쓴 『즈탕회상록』에서도 상술한 내용을 다시 반복했다. "내 '잡 감' 두서너 편도 그래서 『열풍』에 휩쓸려 수록되었다."(이 책 제275쪽을 보라) 저우 쭤런은 1919년 1월 14일 일기에 이렇게 적었다. "수감록 2편을 지었다." 이 두 편의 수감록은 같은 해 1월에 출판된 『신청년』 제6권 제1호의 「수감록 42」, 「수감록 43」 이어야 할 것이다. 나는 저우쭤런의 기억이 믿을 만하다고 인식한다.

오正誤 등 기타 문장 7편, 모두 57편을 잇달아 발표했다. 이 밖에 「무슨 말」 5편을 수집하고 기록했다. 또 다른 사람의 시나 작품 번역도 루쉰의 수정과 기록을 거친 것이 있다.[42] 어떤 글은 그의 단편적인 의견을 인용하기도 했다.

루쉰이 『신청년』에 발표한 소설은 「광인 일기」, 「쿵이지孔乙己」, 「약」, 「풍파」 그리고 「고향」이 있다. 이런 소설들은 사람을 먹는 봉건적 종법제도와 봉건예교의 본질을 폭로하고, 인민대중을 이탈함으로써 빚어진 신해혁명 실패의 교훈을 결산했다. '많은 자식, 기근, 가혹한 세금, 군대, 도적, 관리, 신사' 등의 중압에 시달리는 농민들의 극단적으로 빈곤한 생활과 정신적 마비를 묘사하고, 봉건세력의 왕정복고의 위험을 제시했다. 한 폭 한 폭의 계급적 압박과 계급적 대립의 그림은 깊고 너른 사회적 내용을 요약했다. 루쉰은 문학혁명에서 『신청년』이 맡았던 역할을 서술하고 결산하면서 이렇게 말했다. "거기에 창작 단편소설을 발표한 사람은 루쉰이었다. 1918년 5월부터 「광인 일기」, 「쿵이지」, 「약」 등이 잇달아 나타났는데, '문학혁명'의 실적을 드러냈다고 할 수 있다. 또 당시 '표현의 깊이와 격식의 특별함'으로 인해 일부 청년 독자들의 마음을 자못 격동하게 만들었다."[43]

이런 작품들은 강렬한 반향을 일으켰다. 「광인 일기」를 읽은 뒤, '공씨 가게 타도打倒孔家店'를 강력하게 제창하던 우위吳虞는 「식인과 예

---

42   예를 들어 『신청년』 제4권 제2호에 실린 「고시금역(古詩今譯)」은 "번역시와 머리말 모두 루쉰의 수정을 거쳤다". 또 제9권 제5호에 발표된 저우줘런의 「병중의 시」는 그 전기(前記)에 이렇게 적었다. "우연히 형이 나를 보러 온 김에 써두었던 몇 편을 그에게 기념으로 기록해달라고 부탁했는데, 그 결과가 바로 나의 병중의 시이다."
43   루쉰, 『차개정 잡문2집 · '중국현대문학대계' 소설2집 서문』.

교」라는 글을 써서 이렇게 말했다.

나는『신청년』에서 루쉰선생의 「광인 일기」를 읽고 자신도 모르게 많은 느낌이 들었다. (…중략…) 나는 그의 일기가 식인의 내용과 인의도덕의 형식을 똑똑하게 보았다고 생각한다. 예교의 가면을 쓰고 사람을 먹는 교활한 재주들은 그에 의해 내막이 다 폭로되었다.[44]

당시의『신사조新潮』도 글을 실어 「광인 일기」를 칭찬했다. "사실적 수법으로 기탁한 주제를 전달했으며, 진실로 중국 근래의 첫 번째 좋은 소설이다."[45]『신청년』동인들도 루쉰의 소설에 대해 지극히 높은 평가를 내렸다. 첸쉬안퉁은 '루쉰선생의 소설'은『신청년』'동인이 지은 백화문학의 성과물'이라 할 수 있다고 칭찬했다.[46] 루쉰에 의해 '나에게 소설을 지으라고 가장 애를 쓰며 재촉했다'고 알려진 천두슈는 루쉰의 소설 「풍파」필사본을 읽은 뒤 즉시 크게 칭찬하는 글을 실었다. "루쉰선생이 지은 소설은 내가 정말 오체투지할 정도로 탄복할 만하다."[47] 1923년 이 소설들이 수록된『외침吶喊』이 출판되자 사람들은 서로 앞다투어 사서 읽었다. 루쉰은 즉시 리다자오에게 한 권을 증정했다. 리다자오는 이 붉은색 표지의『외침』을 더없이 좋아했다. 그는 책을 들고 집에 들어서자마자 아이들에게 말했다. "이것은 중국에서 가장 훌륭한 소설이다. 너희들 꼭 잘 읽어보아야 한다."

---

44 『신청년』제6권 제6호.
45 「정기간행물 소개 · 신청년」,『신사조』제1권 제2호.
46 『신청년』제6권 제6호.
47 1920년 8월 22일 저우쩌런에게 보낸 편지.

"『신청년』에는 이 밖에 무슨 소설 작가가 없었다."[48] 루쉰의 이 몇 편의 소설을 중국 현대문학사의 창시작으로 간주할 수 있다. "확실히 당시의 '혁명문학'으로 볼 수 있다."[49] 그것은 5·4문학혁명의 일련의 기념비이다.

『신청년』은 1918년 4월 제4권 제4호부터 「수감록」난을 개설하여 사회와 시사에 대한 단평을 발표했다. 여기에 모두 133편이 발표되었다. 그 가운데 20여 편은 루쉰이 지은 것이다. 이런 「수감록」들은 예리한 비수나 투창처럼 맹렬한 반제반봉건의 불꽃을 내뿜었다. 루쉰은 나중에 이렇게 말했다. "나는 『신청년』의 「수감록」에 단평을 얼마간 지었다. (…중략…) 일반적인 것을 토론하기도 했지만, 어떤 것은 점술占術, 정좌靜坐, 권법을 비판한 것이다. 어떤 것은 이른바 '국수國粹 보존'을 비판한 것이다. 어떤 것은 당시 옛날 관리들이 경험을 가지고 우쭐거리는 것을 비판한 것이다. 어떤 것은 상하이 『시보時報』의 풍자화를 비판한 것이다. 당시 『신청년』은 사방에서 적의 공격을 받고 있었다고 기억하는데, 내가 상대한 것은 작은 부분에 지나지 않았다."[50]

루쉰의 「수감록」은 적과 백병전을 벌이는 전투적 무기였고, 5·4문학혁명과 사상혁명 과정에서 창조된 새로운 문예형식이었다. 당시 『신보부간晨報副刊』에 실린 글에서 이렇게 적었다.

잡감은 비록 문예작품처럼 세밀한 묘사와 정치한 구조는 없지만, 나

---

48   루쉰, 『차개정 잡문2집·'중국현대문학대계' 소설2집 서문』.
49   루쉰, 『남강북조집·'자선집' 자서』.
50   루쉰, 『열풍·머리말(題記)』.

름의 간결하고 진실한 문예가치가 있다. — 잡감 또한 일종의 문예이다.
(…중략…) 잡감식 글쓰기의 시조는 물론 『신청년』의 수감록이다.[51]

『신청년』이 개척한 「수감록」이라는 전투적 전통은 나중에 많은 간행물들에 의해 계승되었다. 루쉰의 강력한 제창과 실천을 통해 이 새로운 문예형식은 막강한 전투력과 다채로운 예술풍격으로 중국현대문학사에 독자적으로 편입되었다.

『신청년』은 신시혁명의 선구자이다. 『신청년』에서 신시 창작을 강력히 제창하자 각종 신문화 간행물이 분분이 일어나 호응했고, 이리하여 왕성하게 발전하는 신시운동이 형성되었다. 당시 신문 잡지는 글을 실어 칭찬했다. "근래 『신청년』 잡지에서 자유로운 백화시를 제창했는데, 실로 중국 시가의 일대 혁명이다."[52] 신시가 백화소설보다 일찍 나타났고 또 봉건적 시교詩敎의 전통을 타파했기 때문에 『신청년』이 제창한 신문학에 반대한 갖가지 비난 가운데 "유독 신체시가 사람들의 가장 강력한 반대에 부딪쳤다."[53] 독실하게 국수를 수호하던 베이징대학의 황칸黃侃은 신시를 '당나귀 울음이나 개 짓는 소리'[54]라고 입에 거품을 물고 욕설을 퍼부었다. 신시혁명을 수호하고 봉건적 역류를 통렬하게 타격하기 위해 리다자오를 비롯한 『신청년』 동인들은 모두 신시창작에 참가했다. 이 때문에 루쉰이 1918년 3월에서 1919

---

51 기자, 「잡감 제1집」, 『신보부간』 제81호, 1923.4.5.
52 즈페이(知非), 「근대문학에서 연극의 위치」, 『국민공보』기록, 『신청년』 제6권 제1호, 1919.1.15.
53 위핑보(俞平伯), 「백화시의 3대 조건」, 『신청년』 제6권 제3호, 1919.3.15.
54 류반눙, 『초기 백화시고』 서문, 1933년 성운당(星雲堂) 영인본.

224　거친 들을 지나는 길손―루쉰의 정신세계 탐색

년 4월까지『신청년』에 발표한 6수의 신시는 특별한 전투적 의의를 지닌다. 루쉰이 말했듯이 그가 신시를 몇 수 쓴 것은 "단지 당시 시단이 적막했기 때문에 변죽을 좀 울려서 와자지껄하게 만들고자 한 것에 지나지 않았다. 그래서 시인으로 불리는 사람들이 나타나자 바로 손을 씻고 짓지 않았다".[55] 이런 시들은 사상이 심오하고 격조가 참신하고 예술형식도 독창적이었다. 주쯔칭朱自淸은 당시의 신시를 평가하면서 이렇게 말했다. "많은 작가들이 급한 나머지 옛날 시사詩詞의 격조를 버릴 수 없었다." 하지만 "루쉰 씨 형제만은 옛날의 족쇄에서 완전히 벗어났다".[56] 이것은 루쉰이 '사방에서 적의 공격을 받고 있던'『신청년』진지에서 신시의 탄생과 성장을 위해 울렸던 흥을 돋우는 '변죽'이었다.

루쉰은 신시의 건강한 발전에 지극히 관심이 있었다. 그는 시는 '서정'을 중시하고 '단조로움'을 힘써 피해야 한다고 강조하고, '작풍'이 다양한 작품을 제창했다.[57] 그는 또『신청년』에 특별히「수감록」을 한 편 써서 봉건적 도학자가 청년들이 쓴 애정시를 말살하려는 행위를 통렬하게 공격했다. 그리고 각성한 청년은 "꾀꼬리면 꾀꼬리처럼 울고, 올빼미면 올빼미처럼 울 것이며", 줄기차게 "낡은 빚을 청산할 때까지 울어야 한다"고 선동했다.[58] 그는 실천을 통해『신청년』이 제창한 신시혁명을 열렬하게 지지했지만, 동인들의 건강하지 못한 작품에 대해

---

55 루쉰,『집외집 · 서언』.
56 주쯔칭,『중국신문학대계 · 시집 도언(導言)』.
57 루쉰,『루쉰 서신집』상, 베이징 : 인민문학출판사, 1976, 22쪽.
58 루쉰,『열풍 · 수감록』40,『루쉰전집』제1권, 베이징 : 인민문학출판사, 2005, 338~339쪽.

서는 또 거리낌 없이 대놓고 비판했다. 한번은 류반눙이 고상한 체하는 문인의 엉터리 시를 지어 루쉰에게 보내 가르침을 청했다. 「한식시寒食詩」라고 제목을 붙인 이 시의 내용은 다음과 같다. "파란 하늘은 높이가 일만 장, 푸른 측백은 수명이 일천 년, 내 몸은 높이가 얼마며, 내 수명은 길이가 몇인가. 이로써 석양에게 물으니, 석양은 어둑어둑 말이 없네." 다음날 류반눙은 즉시 이 시에 대한 루쉰의 첨예한 비평을 받았다. "형식은 낡았고, 사상도 평범합니다. 제가 보기에 좀 감정적이고 감상적인 측면으로 기울어 별로 좋지 않습니다."[59] 그가 형식상으로 여전히 낡은 곡조를 답습하고, 내용상으로도 '5·4'의 시대정신과 배치되어, 인생과 세상사를 한탄하는 봉건문인의 낡은 정서가 넘친다고 비판했다. 루쉰은 반봉건 정신의 지평에서 이 시를 평가한 것이다. 루쉰의 비판에 대해 류반눙은 수긍했다. 그는 나중에 어떤 사람에게 답신을 보내면서 동일한 기준으로 그 사람의 시가 '감상적인 측면에 기울었다'고 비판했는데, 꼭 루쉰이 '나의 「한식시」를 비판한 것과 마찬가지'였다.[60] 류반눙의 시에 대한 정성스럽고도 첨예한 비판은 신시의 발전에 대한 루쉰의 열렬한 관심과 지대한 애호의 심경을 반영한 것이다.

1918년 3월 류반눙은 『신청년』에 「제야의 시除夕詩」를 발표하면서, 그가 2월 10일 루쉰의 거처였던 사오싱회관紹興會館에 가서 함께 제야에 대해 이야기를 나누던 정경을 서술했다. "주인인 저우 씨 형제는 나와 한담을 나누었다. ― 뮤씨繆撒를 불러 「푸볜蒲鞭」을 만들고 싶다.

---

59   류반눙, 「여백을 메우다(補白)」, 『신청년』 제4권 제5호.
60   류반눙, 「Y.Z군에게 답하다」, 『신청년』 제5권 제6호.

올해는 이미 다 갔으니, 이런 일은 내년을 기다리자." 류반눙은 시의 말미에 이렇게 주석을 달았다. "뮤싸(지금은 뮤쓰繆斯로 번역하리라) (…중략…) 는 그리스의 '아홉 예술의 여신' 가운데 하나인데, 문학과 미술을 주관한다." "「푸볜蒲鞭」이라는 난은 일본의 잡지에 있다. 대개 '신간소개' 정도에 해당하는데, 소극적 방법으로 저술과 번역계의 진보를 촉진하는 것이다. 나와 저우 씨 형제(위차이豫才, 치밍啓明)는 모두 『신청년』에 이 난을 증설할 뜻을 가지고 있었다. 잠시 장애가 있어 실행이 쉽지 않을까 우려할 뿐이었다."[61] 이 단락은 『신청년』 편집 작업에 참가한 지 오래지 않아 루쉰은 간행물에서 문학예술을 강력하게 제창하고, 방법을 강구하여 문예 방면의 저술과 번역 사업의 발전을 촉진하고자 노력했다는 사실을 설명해준다. 문학혁명에 대한 『신청년』의 두드러진 공헌에는 루쉰의 부지런한 노동이라는 심혈이 스며들어 있었던 것이다.

4.

봉건적 복고파라는 역류에 맞선 투쟁은 루쉰이 『신청년』 진지에서 세운 전투적 업적의 중요한 측면 가운데 하나이다.

신문화운동의 도도한 물줄기는 봉건적 군벌세력과 복고파 문인의 두려움과 적대감을 불러일으켰다. 군벌의 총대에 의지한 무력진압에

---

61   『신청년』 제4권 제3호.

조응하여 봉건문인은 붓대에 의지해 문화적 토벌을 진행했다. 신구 문화사상은 격렬한 투쟁을 전개했다. 5·4 '문화혁명의 양대 깃발'을 수호할 것인가 아니면 박살낼 것인가, 이것이 투쟁의 본질이었다.

1918년 여름에서 1919년 5·4운동 전후까지 루쉰은 『신청년』 등의 진지에서 봉건적 복고파와 두 차례 큰 전투를 치렀다.

먼저 류스페이劉師培 무리가 고취한 '국수 보존國粹保存'론과의 투쟁이다. 류스페이는 베이징대학 교수였는데, 예전에 동맹회同盟會의 혁명당원을 팔아먹은 반역자이고, 나중에 위안스카이의 황제 등극을 준비한 '6군자' 가운데 하나이다. 1918년 여름 그는 베이징대학의 봉건적 군주제를 꿈꾸는 늙은이 구훙밍辜鴻銘, 황칸黃侃 무리와 결탁하여 『국수학보』와 『국수총편』을 복간하려고 했다. 루쉰은 이 사실을 알고 7월 5일 첸쉬안퉁에게 편지를 써서 날카롭게 지적했다. "저 망나니들이 방귀 같은 잡지를 창간하는 것은 오로지 『신청년』을 겨냥해서이다." 루쉰은 '사람의 고기를 팔아먹은 적이 있는' '늙고 젊은 명청이들'이 잡지를 창간하고 총간을 편집하는 것은 '아직도 사람을 먹고 싶어 하는 것에 지나지 않는다'고 폭로했다. 그는 더없이 경멸스럽게 말했다. "앞으로 창간을 한다니 그들이 창간하는 꼴을 들어보고, 창간하는 꼴을 두고봅시다. 그들이 어떻게 국國을 하고, 어떻게 수粹를 하고, 어떻게 헛소리를 하고, 어떻게 방귀를 뀌고, 어떻게 잠꼬대를 하는지 두고봅시다."[62] 이는 개인 사이의 보통 서신이 아니라, '국수 보존'론을 성토하는 전투적 격문이다. 편지에 드러난 적들의 왕정복고 본질에 대

62   루쉰, 『루쉰 서신집』 상, 베이징 : 인민문학출판사, 1976, 17쪽.

한 심오한 인식, 복고세력의 진공에 대한 두려움 없는 기개를 통해 『신청년』을 수호하려는 루쉰의 선명한 입장이 표현되었고, 문화혁명 총사령관 특유의 사상적 빛이 반짝이고 있다.

류스페이 무리는 『국수학보』 복간 등의 계획이 무산되자 또 잡지사를 설립하고, 1919년 3월 20일 『국고國故』 월간을 출판하여, '무너진 기강'을 다시 바로잡고, '국수'를 선전하자고 고취하는 동시에 신문화 운동에 욕설을 퍼붓고 공격했다. 이즈음 루쉰은 『신청년』에 많은 「수감록」을 발표하여 그들을 신랄하게 풍자했다. 그런 '국수'가의 눈에는 "오직 예전부터 그러하기만 하면 바로 보배이다. 설령 이름 없는 종기라 할지라도 중국인의 몸에 생겨난 것이기만 하면 바로 '종기가 생긴 곳은 복사꽃처럼 예쁘고, 종기가 터질 때는 치즈처럼 아름답네'라는 식이다. 국수가 있는 곳은 말로 표현할 수 없을 정도로 오묘하다".[63] 루쉰은 국수를 독실하게 수호하는 심각한 위험을 깊이 있게 폭로하여, '국수가 너무 많으면' 우리 국가와 민족은 '세계인' 속에서 떨어져나갈지 모르는 '대공포大恐怖[64]를 갖게 된다고 말했다. 이 때문에 "우리에게 국수를 보존하라고 요구하려면, 반드시 국수도 우리를 보존할 수 있어야 한다".[65] 루쉰과 다른 『신청년』 동인들의 통렬한 반격으로 봉건문화를 수호하려는 류스페이 등의 반동적 낯짝이 여지없이 폭로되었다.

또 다른 큰 전투는 린친난林琴南, 장허우짜이張厚載 등 봉건적 늙은이, 젊은이와 공맹孔孟의 도학과 문언문 수호를 둘러싸고 벌인 투쟁이다.

---

63   루쉰, 『열풍 · 수감록』 39.
64   루쉰, 『열풍 · 수감록』 36.
65   루쉰, 『열풍 · 수감록』 35.

린친난은 스스로 '청淸왕조의 거인擧人', '나이 70을 바라본다'고 말했다. "이제 나는 무너지고 떨어진 것을 수호하여 죽어도 그 지조가 변하지 않을 것이다."[66] 장허우짜이는 베이징대학 법학과 학생인데, 중등학교 때 린친난의 학생이었다. 옛날 연극을 수호했기 때문에 일찍이 『신청년』의 비판을 받았다. 봉건문화를 수호하는 공통된 입장으로 인해 그들은 신문화운동을 반대하는 '신성동맹'을 맺었다. 1919년 2, 3월 『신청년』 진영을 향해 미친듯한 반격을 퍼부었다.

2월 린수는 문언소설文言小說 「형생荊生」을 지어 '하늘의 이치를 해친다傷天害理'느니 '짐승의 말禽獸之言'이라느니 하며 『신청년』을 악랄하게 매도하고, '위대한 장부偉丈夫'의 폭력으로 신문화운동을 진압하는 환상을 표현했다.[67] 3월 3일 장허우짜이는 '반구半谷'라는 가명으로 상하이의 『신주일보神州日報』에 편지를 보내 『신청년』 편집자가 '스스로 사직하고' 텐진으로 도망갔다는 거짓말을 날조했다.[68] 3월 4일 그는 또 상하이의 『신보申報』에 전보를 보내 『신청년』 편집위원회가 '학교에서 쫓겨났다'는 헛소문을 퍼뜨렸다. 3월 18일 린친난은 「차이허칭蔡鶴卿 태사에게 드리는 편지」[69]를 공개해 신문화를 '짐승의 혼잣말'이라고 매도하고, 봉건적 예교와 윤리를 수호하고자 했다. 이른바 '린차이 투쟁'이 날로 뜨거워졌다. 이어서 린친난은 또 소설 「요사한 꿈妖夢」을 발표하여 차이

---

66 린수(林紓), 「차이허칭(蔡鶴卿) 태사에게 드리는 편지」, 『공언보』, 1919.3.18.
67 『신신보(新申報)』, 1919.2.17~18.
68 1919년 3월 3일 『신주일보』 '학해요문(學海要聞)'란. "문과대학 학장 천두슈는 이미 스스로 사직하기로 결정하고 아울러 텐진으로 갔다고 하는데, 태도 역시 자못 소극적이었다."
69 린수, 「차이허칭 태사에게 드리는 편지」, 『공언보』, 1919.3.18.

위안페이와『신청년』동인들을 넌지시 공격했는데, 수단의 비열함은 "코흘리개 철딱서니 없는 아이들이 남의 집 대문에 거북이 그림을 그리는 꼴이었다".[70] 필묵으로 토벌하는 것도 모자라 린친난은 동향의 참의원들이 교육부 장관과 베이징대학 총장 차이위안페이를 탄핵하고『신청년』동인들을 쫓아내도록 압박하는 운동을 벌였다. 바야흐로 싹트는 신문학 사조를 여지없이 짓밟아 놓아야 후련한 모양이었다.

린수 무리의 미친듯한 진공에 대해『신청년』과 그 동인들이 창간한 『매주평론』을 주된 진지로 삼았던 신문화진영은 맹렬한 반격에 나섰다. 리다자오는「신구사상의 격전」을 쓰고, 천두슈는「베이징대학의 헛소문에 관해」등의 글을 지어 린친난 무리의 '권세에 빌붙고', '몰래 헛소문을 날조하는' 두 가지 무기를 이용하여 주제넘게 신문화운동을 말살하려는 음모를 폭로했다. 신문화운동의 전도와 운명이 걸린 투쟁에서 루쉰은 문화혁명의 총사령관의 자태로 크게 소리치며 맹렬하게 진격하고 영웅적으로 투쟁했다. 최근에 발견된『매주평론』에 실린 두 편의「수감록」은 바로 그 당시 투쟁에서 루쉰이 린수, 장허우짜이 무리에게 집어던진 예리한 비수였다.

「수감록·봉건적 늙은이에게 경고하다」는 린수가 스스로 '청 왕조의 거인'이라는 봉건적 늙은이로 자처한 말을 빌미로 삼아 싸늘한 조롱과 뜨거운 풍자를 퍼부었는데 해학적이고 신랄했다. 그대의 창으로 그대의 방패를 공격하는 전술로 린수의 '나의 여생이 다할 때까지 극력 도학을 수호하리라'는 봉건적 늙은이의 낯짝을 절묘하고도 날카롭

70   『신신보』, 1919.3.19~20.

게 그려냈다. 「수감록·옛날 연극의 위력」은 전적으로 장허우짜이의 헛소문을 지어내는 비열한 수단을 겨냥하여 지은 것이다. 루쉰은 위대한 사상가의 심오함으로 사람들에게 알려주었다. "옛날 문화를 옹호하고 헛소문으로 대중을 현혹하는 것은 '연장자들의 소행'일 뿐만 아니라 국수에 대해 고질적인 애호를 느끼는 봉적적 젊은이들의 소행이기도 하다. 국수를 옹호하는 구세력은 무서운 것이다, 그러나 봉건문화 자체의 '위력'은 더욱 '무서운 것'이다. 이런 착취계급의 구문화가 존재하는 한 필사적으로 그것을 옹호하는 봉건적 늙은이와 봉건적 젊은이가 생겨나는 것은 필연적인 현상이다. 이런 '고구㙦ㅈ선생의 낡은 장부'를 짓밟아버리지 않으면 신문화운동은 더 이상 발전해나갈 수 없다. 이것은 현실적 계급투쟁의 법칙에 대한 깊이 있는 요약이다.

이런 「수감록」들을 발표하기 한 달 전 『신청년』 제6권 제2호에 루쉰이 수집하고 기록한 「무슨 말 3」이 발표되었다. 루쉰은 여기서 린수의 번역소설 『효우경孝友鏡』의 「역자 소기譯餘小識」를 대중에게 공개하며 서양소설을 빌어 효도와 우애의 윤리를 옹호하는 그의 고질적 병폐를 들추어냈다.[71] 두 편의 「수감록」이 발표되기 4일 전, 즉 1919년 2월 26일 루쉰은 『신청년』에 발표된 「쿵이지」를 위해 「편말 부기篇末附記」를 쓰고 이렇게 말했다. 이 소설이 "활자로 인쇄되어 발표되려고 하는데 뜻밖에 그런 때가 되었다. ─ 갑자기 어떤 사람이 소설을 이용하여 인신공격하는 것이 성행하던 때였다. 대개 작가가 어두운 길로 걸어가면서 그때마다 독자의 사상을 함께 타락시킬 수 있었다. 즉, 소설은

---

71 『집외집습유·무슨 말』 3.

일종의 구정물을 퍼붓는 도구이고, 그 속에서 누구를 짓밟았다고 여기게 하는 것이다. 이것은 정말 탄식하고 슬퍼할 만한 일이다. 그래서 나는 추측이 일어나고 독자의 인격을 해치는 일이 없도록 여기서 공개적으로 선언한다".[72] 이 「편말 부기」는 과거에 사람들의 주의를 끌지 못했다. 그것은 새로 발견된 「수감록」 두 편과 창작 시기가 동일하고, 역시 린차이 투쟁사건 때문에 지어진 것인데 그 비수의 빛을 환하게 볼 수 있다. 루쉰이 여기서 말한 '갑자기 어떤 사람이 소설을 이용하여 인신공격하는 것이 성행하던 때'라는 것은 린수가 『형생』, 『요사한 꿈』을 지어 신문화운동을 매도하던 비열한 행위를 풍자한 것이다. 루쉰은 한 마디로 정곡을 찌르듯 린수 무리는 이미 '어두운 길로 걸어가' 버린 '작가'이고, 그의 소설은 '일종의 구정물을 퍼붓는 도구'에 불과하다고 지적했다. 그들의 타락은 복고파의 전투 무기의 '가련함'을 나타내는 것이다. 이 「부기」는 독립된 전투적 가치를 지니고 있다. 그 자체가 바로 한 편의 전투적 잡문이다. 「수감록」 두 편과 마찬가지로 그 명성과 위세가 드높았던 신구 사상투쟁에서, 『신청년』을 수호하는 루쉰의 선명한 사상적 입장과 예리한 비판의 칼날을 드러냈다.

루쉰은 자신이 '근래 들어 일대 사건이라 할 수 있다'고 말한 이번 투쟁을 지극히 주목했다. 「수감록」 3편을 발표한 20일 뒤 그는 한 편지에서 이렇게 말했다. "대학에 다른 일은 없고, 신구 충돌 사건은 이미 로이터통신에 소개되어 '세계적' 의미를 지니게 되었다네."[73] 편지

---

[72] 1919년 4월 15일 제6권 제4호의 『신청년』과 『외침·쿵이지』 주석을 보라.
[73] 1919년 4월 19일 저우쩌런에게 보낸 편지. 『루쉰 서신집』 상, 베이징 : 인민문학출판사, 1976, 24쪽.

루쉰과 『신청년』 233

에서 린친난林琴南을 '친난禽男'(금수 같은 남자-역자)이라고 불러 이 봉건적 늙은이에 대해 지대한 경멸을 드러냈다. 5·4운동 이후 루쉰은『신청년』에「수감록 57 현재의 도살자」와「우리는 지금 어떻게 아버지 노릇을 할 것인가?」등의 글을 잇달아 발표했다. 백화문은 '비루하고 천박하여 비웃을 가치도 없다'고 공격한 린친난의 터무니없는 주장,『신청년』을 '윤리를 유린하고' '짐승 같은 짓'을 한다고 매도한 더러운 말,『효우경·역자 소기』의 '반역 자제'라고 공격하고, '윤리예교名教綱常'를 옹호하는 도학자의 어리석은 소리에 대해 루쉰은 하나하나 폭로와 공격을 가했다. 린친난이라는 이 '현재의 도살자'인 '성인의 무리'의 반동적 면목이 똑똑히 벗겨졌다. 그가 백화문을 반대하고『신청년』을 유린하려고 한 것은 바로 반제반봉건 혁명을 말살하고, 지주계급과 군벌관료가 지배하는 봉건제도를 옹호하려는 것이다. 루쉰이 참가한 백화와 문언을 둘러싼 이번 투쟁은 사실『신청년』으로 대표되는 신문화운동의 운명을 수호하는 생사의 투쟁이었다.

이번 대 전투는 생동감이 넘쳤다. 그것은 복고파인 봉건적 늙은이와 젊은이의 실패로 끝났다. 린친난 무리는 신사조에 포위되어 '학술계의 대적大敵이자 사상계의 국적蟊賊'[74]으로 낙인찍혔고, 극단적으로 고립되었다. "린친난은 각 신문사에 편지를 보내 다른 사람을 매도한 잘못을 인정했다."[75] 장허우짜이도 차이위안페이와『신청년』편집자에게 각기 편지를 보내 '죄에 대한 용서를 구하고', 상하이의 신문사

---

74 『매주평론』제17호에 실린『신보(晨報)』위안취안(淵泉)의「수구당에 경고하다」를 보라.
75 『매주평론』제17호 즈옌(隻眼)의「수감록·린친난은 탄복할 만하다」를 보라.

에 '너절한 통신'과 '황당하기 짝이 없는 뉴스'를 실은 것은 '정말 나의 잘못'이라고 인정했다.[76] 결국 학교에서 제적되는 것으로 부끄러운 말로를 맞았다.[77] 그런데 신문화운동이라는 "도도하게 출렁이는 신사조는 한 번 터지자 막을 수 없었다. 당시 청년을 유린하고 사상을 억압하던 위대한 장부偉丈夫는 어디로 갔는지 알 수 없었다!"[78]

이번 투쟁의 승리는 신문화운동의 명성과 위세를 드높였고, 5·4운동의 도래를 맞이하기 위해 사상과 여론을 준비했다.

5.

5·4운동은 원래 통일전선의 혁명운동이었다. 『신청년』 잡지사는 바로 이 통일전선의 문화단체였다. 개량주의를 강력하게 제창했던 후스는 부르주아계급 '우익'의 대표였다. 루쉰과 후스의 원칙투쟁은 5·4문화혁명의 정확한 방향을 수호했고, 또 프롤레타리아계급 문화사상의 영향을 받은 한 위대한 혁명가와 사상가 특유의 깊이와 '털끝만큼도 비굴한 기색이 없는' 고귀한 품격을 반영했다.

---

[76] 장허우짜이가 차이위안페이에게 보낸 편지를 참조하라. 1919년 3월 21일 『베이징대학일간』에 실렸다. 장허우짜이가 후스에게 보낸 편지는 1919년 3월 10일 『베이징대학일간』에 실렸다.

[77] 1919년 3월 31일 『베이징대학일간』에 이런 「학교 공고(布告)」가 실렸다. "학생 장허우짜이는 여러 차례 베이징과 상하이의 신문사에 편지를 보내 근거 없는 헛소리를 퍼뜨리고 본교의 명예를 훼손하였으므로 대학규정 제6장 제46조 제1항에 근거하여 퇴학을 명령한다. 이에 공고한다."

[78] 리다자오, 「신구사상의 격전」, 『매주평론』 제12호.

신해혁명 때 벌써 후스는 이렇게 표방했다. "나는 급진은 찬성하지만, 혁명은 찬성하지 않는다." 그가 『신청년』 초기에 제기한 문학개량 주장은 봉건적 구문학과의 투쟁에서 진보적 의의를 지녔고, 비교적 큰 영향을 끼쳤다. 그러나 봉건적 문화사상과 타협하려는 색채도 띠고 있었다. 루쉰은 나중에 이렇게 말했다. 그때 "후스즈선생이 제창한 '문학혁명'은 '아주 평화로운' 일종의 '문학혁신'이었다. 하지만 단순한 문학혁신은 불충분한 것이다. 왜냐하면 부패한 사상은 고문으로 지을 수 있고, 백화로도 지을 수 있기 때문이다. 그래서 나중에 사상혁신을 제창하는 사람이 있었다. 사상혁신의 결과는 사회혁신 운동의 발생이었다".[79] 루쉰이 초기 『신청년』에 대해 지녔던 냉담한 태도는 실제로 후스의 개량주의 사상에 대한 회의와 비판을 포함하고 있었다. 투쟁이 심화됨에 따라 루쉰은 이런 신문화운동의 건강한 발전을 저해하는 잘못된 주장에 대해 거리낌 없이 폭로했다. 후스가 득의만만하게 '국어의 문학, 문학의 국어'가 나의 '신문학 건설론'의 유일한 목적이라고 표방하고,[80] 그의 '완만하고, 점진적인' '문학진화관념'[81]을 크게 선전하고 있을 때, 루쉰은 첸쉬안퉁에게 보낸 편지에서 이렇게 지적했다. "백화문학도 역시 그렇습니다. ― 만약 사상이 그대로이면 이는 바로 간판은 바꾸고 물건은 바꾸지 않은 것입니다. (…중략…) 그래서 내 의견은 정당한 학술과 문예를 주입하고 사상을 개량하는 것이 첫 번째 일이라고 생각합니다."[82] 이 편지는 후스가 「건설적 문학혁명론」을 발표한지 겨우

---

79 루쉰, 『삼한집 · 소리 없는 중국』.
80 「건설적 문학혁명론」, 『신청년』 제4권 제4호.
81 「문학진화관념과 연극개량」, 『신청년』 제5권 제4호.
82 루쉰, 『집외집 · 도하와 길 안내』.

반년이 지나고, 「문학진화관념과 연극개량」을 발표한지 겨우 한 달이 지난 시점에 쓰여진 것이다. 편지의 이 단락은 에스페란토 토론을 제창하자는 첸쉬안퉁의 주장에 대한 비판이라기보다 차라리 후스의 개량주의 사상에 대한 비판이라고 해야 할 것이다. '간판은 바꾸고 물건은 바꾸지 않은 것', 이는 후스 개량주의 사상의 부르주아계급적 본질에 대한 루쉰의 깊이 있는 요약이다.

　1918년 10월에 출판된 제5권 제4호의 『신청년』은 후스가 편집할 차례였다. 그는 '연극개량 특집호'를 편집하고, '문학진화관념'이라는 비공인 상품을 팔았다. 두 달 뒤 루쉰은 「수감록」을 한 편 발표했는데, 글머리에 대뜸 이렇게 말했다. "『신청년』 5권 4호는 연극개량 특집호인 듯하다. 나는 문외한이라서 입을 열 수 없다."[83] 이것은 득의만만한 후스에 대한 일종의 찬물 세례이다. 루쉰은 그 글에서 이상은 필요 없다고 하면서 '경험'과 '사실'만 주워섬기는 그런 잘못된 주장은 '개에는 개의 도리고 있고, 귀신에는 귀신이 도리가 있다'는 헛소리에 불과하다고 비판했다. 이것은 봉건관료에 대한 꾸지람일 뿐만 아니라 후스 무리가 듀이의 '실용주의'를 팔기 시작한 데 대한 깊이 있는 비판이기도 하다. 루쉰은 당시 이렇게 말했다. "내가 보기에 『신청년』의 내용은 대개 두 종류를 벗어나지 않는다." 하나는 '공기가 꽉 막혀 더럽다'고 눈살을 찌푸리며 탄식하고, 이에 공감하는 사람은 모두 한 가닥 살길을 개척하는데 주의하기를 바라는 것이다. 하나는 '여태 걸어온 길은 너무 위험하고 더구나 장차 끝난다고 여겨', 이와 철저하게 결렬

83　루쉰, 『열풍·수감록』 39.

하고 다른 한 가닥의 '평탄하고 희망이 있는 길'을 '절실하게 찾고', 아울러 자신의 전투적 함성으로 사람들을 '위험에서 벗어나' 새로운 길에 오르도록 인도하는 것이다.[84] 이 두 종류의 '내용'은 『신청년』 진영 내부의 두 가지 사상과 두 가닥 노선의 투쟁을 요약했다. 후스가 고취한 개량주의는 바로 앞의 종류의 대표이다. 후스의 개량주의 사상에 대한 루쉰의 비판은 이런 통일전선 내부투쟁의 중요한 측면이다.

후스는 문학혁명의 '의로운 깃발을 제일 먼저 들어 올린 급선봉'이라고 추켜세워졌다. 그러나 그는 신문화운동에서 적진 깊숙이 돌격하여 적을 함락시킨 류반눙, 첸쉬안퉁에 대해 경시하는 태도를 갖고 있었다. 가장 근본적 원인은 공씨 가게를 타도하고 신문화를 제창한 그들의 반봉건 정신이 후스의 문학개량 '모델'을 위배했기 때문이다. 첸쉬안퉁, 류반눙이 짜고 친 「왕징쉬안王敬軒에게 답하는 편지」라는 글은 복고파의 잘못된 주장을 통쾌하기 그지없게 비판했다. 많은 동인들이 잘했다고 외쳤지만, 후스는 연신 머리를 가로저으며 경박하게 처신했다고 여기고 누차 불만을 표시했다. 이때 첸과 류 두 사람에게 강력한 지지를 보낸 것은 루쉰이었다. 루쉰은 이렇게 말했다. "굽은 것을 교정할 때는 지나친 것도 꺼리지 않는다. 적을 타도할 수만 있다면 웃기고, 조롱하고, 화내고, 욕하더라도 모두 글이 된다."[85] 16년이 지난 뒤에도 루쉰은 「왕징쉬안에게 답하는 편지」는 류반눙이 『신청년』에서 치른 '몇 차례 큰 전투'의 하나라고 칭찬했다. 1918년 겨울 류반눙은

---

84   루쉰, 『집외집·도하와 길 안내』.
85   선펑녠(沈鵬年), 「류가 다시 익살을 떨다 미움을 받자, 루쉰이 의리를 지켜 친구를 보호하다(劉復幽默遭忌, 魯迅仗義護友)」, 『문회보』, 1962.9.25.

'모샤오莫笑'라는 필명으로 그가 편집을 맡았던 5권 6호의 『신청년』에 「여백을 메우다補白」를 실었는데, 제목이 「백화와 문언의 대조 서한言對文照的尺牘」이었다. 일부러 백화를 가지고 한 통의 문언 편지를 직역했는데, 예를 들어 '인형동연대인족하仁兄同硯大人足下'는 '어질고 착한 형님, 함께 벼룻돌을 같이 쓰던 큰 사람의 발밑에서'라고 번역했다. '유폐우, 욕가고문관지일부有弊友, 欲假古文觀止一部'는 '한 망가진 친구가 있어, 옛날부터 있어온 글을 다 보고를 한 부 빌리고자 한다'로 번역했다. '복기낭조伏祈朗照'는 '땅바닥에 기며 찬란하게 비추기를 간구한다'로 번역했다. 이런 유머와 해학은 린친난 무리가 백화문을 반대하고 문언문을 옹호하는 것에 대한 신랄한 풍자이다. 이 유머와 해학의 전투는 뜻밖에 후스의 노여움을 샀다. 그는 크게 화를 내며 항의를 제기하고, 이런 우아하지 못한 물건은 체면을 손상시키는 것이니 발표해서는 안 된다고 인식했다. 아울러 분노하며 이렇게 말했다. "류반눙은 『신청년』 편집자로 어울리지 않는다." 또 "이 잡지는 나 혼자 책임을 진다. 반눙과 위원予聞은 필요 없다"고 큰소리쳤다. 첸쉬안퉁은 즉시 이렇게 말했다. "당신이 반눙의 편집을 반대한다면, 나는 당신의 편집을 반대한다." 서로 물러나지 않을 때 루쉰은 후스에게 차갑게 말했다. "이 잡지를 당신이 혼자서 독차지 하겠다면, 그럼 우리가 걱정할 필요가 없겠지. 우리가 물러나면 되겠군." 루쉰 등의 노력으로 후스가 『신청년』을 독차지하고 잡지의 반봉건 색채를 묽게 하려던 음모가 파산되었다.[86] 후스는 류반눙에게 '천박하다'고 조소했으며, 그가 "『신청년』에 투고하

---

86   선펑녠, 「류가 다시 익살을 떨다 미움을 받자, 루쉰이 의리를 지켜 친구를 보호하다」, 『문회보』, 1962.9.25.

는 것조차 배척했다". 루쉰은 반박하며 말했다. "그가 전사로서 설령 '천박하다'고 치더라도 오히려 중국에는 더욱 유익하다."[87] 이런 동인 들 사이의 알력은 일반적 의미에서 의리를 지켜 친구를 보호하는 것이 아니라, 루쉰과 후스 사이의 원칙투쟁이었다. 봉건적 구도덕과 구문 화에 대해 철저한 혁명을 견지할 것인가 아니면 타협적 개량을 추진할 것인가, 이것이 바로 이 투쟁의 실질이자 주요 내용이었다.

『신청년』진지에서 마르크스주의를 옹호할 것인가 아니면 반대할 것인가, 이는 루쉰과 후스가 투쟁한 또 하나의 주요 내용이었다. 5·4 운동 이후『신청년』은 점차 마르크스주의를 선전하는 사상적 진지로 바뀌었다. 1919년 하반기부터 1921년 상반기까지만 하더라도『신청 년』에 마르크스주의, 10월 혁명 그리고 중국 노동운동을 선전하는 논 문과 통신이 130여 편 실렸다. 제8권 제1호부터 개설된「러시아연구」 특별 란은 뉴욕에서 출판된 진보잡지『소비에트 러시아蘇俄』에서 관련 글 32편을 잇달아 번역하여 게재했다.『신청년』과『매주평론』은「공 산당 선언」등의 마르크스주의 원저를 인용하고 서술하거나 번역하고 소개했다. 레닌의 저작들도 잡지에 실렸다.[88] 마르크스주의의 전파가 점차 확대되자 후스는 이를 적대시했다. 5·4운동 전야에 그가 책임 지고 편집한『신청년』제5권 제4호는 존 듀이의 실용주의로 마르크스 주의에 대항하려는 장문의「실용주의」를 선보였다. 이어서 천두슈가

87　루쉰,『차개정 잡문·류반농군을 추억하며』.
88　예를 들어『신청년』제8권 제3호는 레닌이 러시아공산당 제8차 대표대회에서 한「당 강령에 관한 보고」의 일부를「민족자결」이라는 제목으로 실었다. 제8권 제4호는 또 레닌의「프롤레타리아계급 독재시대의 경제와 정치」를「과도시대의 경제」라는 제목 으로 게재했다.

체포되고 리다자오가 고향으로 돌아간 틈을 타, 한편으로 그가 책임지고 편집한 『매주평론』에 듀이의 강연록을 대서특필하여 반동적인 '실험주의'를 내다팔았고, 한편으로 「문제를 좀 많이 연구하고 '주의'를 좀 적게 말하자」를 공개하여 마르크스주의 선전에 반대하는 깃발을 공개적으로 내걸었다. 마르크스주의를 수호할 것인가 아니면 반대할 것인가 하는 투쟁이 격렬하게 전개되었다. 루쉰은 '실험주의'를 고취하는 후스의 『신청년』이 출판된 뒤 즉시 「수감록 · '신성한 무력'」, 「수감록 · '왔다'」 등의 잡문을 지어 후스를 포함한 부르주아계급 문인과 봉건군벌이 마르크스주의를 '과격주의'라고 매도하고, '어떤 주의도 모두 중국과 관계없다'는 허튼소리에 대해 반박하고, 지대한 열정으로 10월혁명의 '주의를 지닌 사람들'을 칭송하고, 가슴 가득 신념을 품고 '새로운 세기의 서광'을 맞이했다.

리다자오를 대표로 삼는 초보적 공산주의 사상을 갖춘 지식인과 후스 사이에 전개된 '문제와 주의' 논쟁은 중국 신문화운동사에서 프롤레타리아계급과 부르주아계급의 첫 번째 중대한 사상논쟁이었다. 그 이전 신문화운동의 혁명적 칼날은 주로 사람을 먹는 봉건제도와 제국주의 침략을 겨냥했었다. 이제 프롤레타리아계급과 부르주아계급의 마르크스주의를 수호할 것인가 아니면 반대할 것인가 하는 상이한 태도가 신문화진영 내부의 노선투쟁의 중요한 측면이 되었다. 투쟁의 발전은 필연적으로 조직상의 분열로 반영되기 마련이다. 1920년 12월 후스는 『신청년』 동인들에게 편지를 보내 상하이로 옮겨간 『신청년』이 마르크스주의를 선전하는 색채가 너무 진하다고 공격했다. 또 "베이징 동인들의 담백하게 칠하는 실력은 결코 상하이 동인들의 진하게 물들이는 신속한 수단을 따라갈 수 없다"느니, "오늘날의『신청년』은 거의 *Soviet Russia*(소비에트 러시아)의 중국어번역본이 되었다"느니 하는 말을 했다. '정치를 말하지 않는다고 공개적으로 선언하자', '잠시 정간하자', 따로 '철학문학' 잡지를 만들자 등의 방법을 제시하며, 터무니없게『신청년』의 방향을 바꾸려고 시도하고 마르크스주의를 선전하는 색채를 '담백하게 칠하려고' 했다. 루쉰은 1921년 1월 3일 답신에서 후스가『신청년』의 성격을 마음대로 개조하려는 음모에 굳건하게 반격했다. 그는 명확하게 표현했다. "새로운 선언을 발표하여 정치를 말하지 않는다고 하는 것에 대해 나는 그럴 필요가 없다고 생각합니다."[89] 후스에게 제대로 한 방 먹인 것이다.『신청년』의 존폐 문제에 관한 이번 토론은 실제로 '문제와 주의' 논쟁의 지속이었다. 루쉰은 이 전투에서 '혁명적 선구자' 리다자오 등과 '일치된 보조를 취하여'『신청년』의 올바른 방향을 옹호하고 마르크스주의의 중국 전파를 수호하기 위해 지울 수 없는 공헌을 했다.

1921년 10월『신청년』단체는 해산했다. 이것은 통일전선이 분화된 필연적 결과였다. 루쉰은 이렇게 말했다. "베이징이 비록 5·4운동의 발원지이지만,『신청년』과『신사조』를 지지하던 사람들이 바람과 구름처럼 흩어진 이후 1920년에서 22년까지 3년 동안은 오히려 적막하고 황량한 옛 전장의 정경만 보일 뿐이었다."[90] 하지만 루쉰은 결코 '적막하고 황량한' 것에 안주하지 않았다. 그는 또 계속해서 새로운 진지를 찾아 더욱 광대한 전투를 진행했다.

---

89   『루쉰 서신집』상, 베이징 : 인민문학출판사, 1976, 30쪽.
90   루쉰,『차개정 잡문 2집 · '중국현대문학대계' 소설2집 서문』.

반전통과 선구자의 문화적 선택 의식

루쉰 및 다른 문화 계몽가의 계시 1

5·4신문화운동은 문학혁명을 포함해서 중국현대사에서 진정한 의미에서의 첫 번째 반전통운동이었다. 무수한 혁명의 선구자들은 이 운동에서 '굳세게 지키고, 필사적으로 싸우는' 비타협적 비판정신을 보여주었다. 그들의 '용감함과 굳건함'은 "바로 한 시대의 '전야'를 상징했다".[1]

한 민족의 문화적 전통은 특정한 역사적 환경을 떠나 추상적으로 존재하는 모델이 아니다. 내부의 복합적 구조와 장기간의 모순운동은 전통문화를 하나의 안정적이면서도 복잡한 종합체로 만들었다. 전통문화는 하나의 딱딱하게 굳어 있는 판이 아니다. 외래사조의 충격으로 생겨난 반전통 투쟁은 필연적으로 전통문화에 대한 반성적 비판을 포함하기 마련이다.

---

1   정전둬(鄭振鐸), 『중국신문학대계·문학논쟁집』 도언(導言).

70년 전에 발발한 반전통 투쟁은 일찌감치 지나갔다. 그러나 봉건적 전통문화가 지닌 거대한 타성의 힘은 여전히 유령처럼 중국의 대지를 배회하며 사람들의 영혼을 물어뜯고 있다.

　이미 가버린 역사와 아직 지나가지 않은 현실에 직면하여 '5·4' 선구자들의 반전통 투쟁정신과 심리적 특징을 탐구하고, 그들의 문화적 선택 의식을 토론하는 것은 과학적이고도 현실적인 수요이다.

1.

　5·4신문화운동의 혁명적 폭풍이 도래하기 10년 전, 젊은 루쉰은 서양 신사조의 맹렬한 충격으로 중국의 문화적 전통을 새롭게 평가하고 비판하려는 자각적 의식을 갖게 되었다. 그는 세계 문화발전의 역사적 추세를 통찰하고, 자기 민족의 문화적 전통의 고질을 반성한 다음, 중국의 민족문화를 재건하려는 심오한 구상을 제기했다. "밖으로 세계의 사조에 뒤지지 않으면서도, 안으로 여전히 고유의 혈맥을 잃지 않는다. 오늘날의 것을 취하고 옛것을 회복하여 따로 새로운 계통을 세우고, 인생의 의의가 심오함에 이르게 한다. 이렇게 하면 국민의 자각이 이루어지고 개성이 펼쳐질 것이다. 모래더미 같은 나라가 이로 말미암아 사람의 나라로 바뀔 것이다."[2] 이는 동서문화의 충돌 속에서 루쉰이 고도로 자각적인 쌍방향 문화선택 의식을 표현했다는 데

2　　루쉰, 『무덤·문화편향론(文化偏至論)』.

그 깊은 의미가 있다. 이는 반청反淸운동 시기의 선각자들이 5·4신문화운동이 고조되면서 현실의 수요에 근거하여 중국의 전통문화에 대한 맹렬한 비판으로 전환했던 사실을 대표하는 사례라고 볼 수 있다.

　5·4문화혁명의 선구자들은 모든 것을 새롭게 평가하는 반전통의 정신으로 중국의 봉건적 문화전통을 독실하게 지키려는 각양각색의 '국수파'에 대해 전면적이고 깊이 있는 청산을 진행했다. 전통문화 가운데 불합리한 부분은 진리의 비판정신 앞에서 새로운 평가를 받아야 했다. 공자의 가르침을 대표로 삼는 봉건적 윤리도덕과 봉건의식을 반영하는 구문학이 주된 토벌대상이 되었다. 그들은 중국사회와 중국문화가 세계의 선진적 조류에 신속하게 가입하는 것을 저해하는 '국수'를 비롯해서 낡아빠진 것을 붙들고 늘어지는 '현재의 도살자'들에게 결연하고 군건한 비판정신을 표현했다. 그들은 반전통의 정신과 의지를 현실의 강권强權세력에 반대하는 투쟁과 함께 융합했는데, 반동여론과 강권세력의 압박이 날로 가중됨에 따라 더욱 군세고 용맹스러워졌다. '5·4' 전야에 천두슈가 『신청년』 동인을 대표하여 지은 「본지의 죄안에 대한 답변서本誌罪案之答辯書」는 바로 이런 정신의 가장 집중적 표현이다. 『신청년』 동인들은 수구파와 강권자가 그들에게 붙여준 공자의 가르침과 예법을 파괴하고, 옛날의 윤리도덕을 파괴하고, 옛날의 문학예술을 파괴하고, 옛날의 정치(특권과 인치)를 파괴한다는 이런 죄상들에 대해 거리낌 없이 인정했는데, 이런 '죄안'들은 모두 그들이 옹호하는 '더德 선생'과 '싸이賽 선생', 즉 민주와 과학의 양대 깃발에서 비롯된 것이었기 때문이다. 이 양대 깃발을 옹호하기 위해 그들은 사회적 공격과 매도를 두려워하지 않았는데, "목이 잘리고 피

를 흘리는 것도 사양하지 않았다."³ 이런 결연한 태도와 굳건한 정신은 실로 예전에 없었던 것이다.

물론 반전통의 굳건함이 중국 전통문화의 총체성에 대한 과학적 분석을 대체할 수는 없다. 과거에 5·4신문화운동 선구자들에게 좋으면 모든 것을 좋다 하고, 나쁘면 모든 것을 나쁘다고 하는 이런 사상적 일면성이 있었다는 주장이 유행했었다. 마치 그들이 중국의 전통문화에 대해 전반적 부정의 태도를 지니고 있었다고 보는 것 같은데, 이는 루쉰이 일찍이 "밖으로 세계의 사조에 뒤지지 않으면서도, 안으로 여전히 고유의 혈맥을 잃지 않는다. 오늘날의 것을 취하고 옛것을 회복하여 따로 새로운 계통을 세운다"는 정신적 구상과 완전히 배치되는 것이다. 이에 대한 비판이나 긍정을 막론하고 그것들은 객관적 역사의 실제에 완전하게 부합하기보다는, 단지 부분적 합리성만 지니고 있을 뿐이다.

이 부분적 합리성은 당시 첨예한 신구투쟁에 있어 전통적 역량의 강대한 속박과 저항에 직면하여 선구자들이 어쩔 수 없이 전통문화의 고질에 대한 폭로와 비판을 중시하고, 전통문화에 존재하는 적극적 요소와 민주적 정수에 대해서는 무시함으로써, '병의 뿌리'를 폭로하여 사람들에게 정신적 각성과 '치료에 대한 주의'를 환기시킬 수밖에 없었다는 데 있다. 이것은 어떤 시대를 막론하고 문화적인 대전환과 대반성의 국면에서는 불가피한 현상이다. 따라서 이런 현상에 대한 지나친 질책과 지나친 찬양은 모두 실사구시적 태도라고 할 수 없을

---

3   『신청년』제6권 제1호, 1919.1.15.

것이다.

상술한 비판의 불합리성은 5·4문화혁명 선구자들이 전통문화 비판투쟁에서 자체적으로 지니고 있던 문화적 선택 의식의 독특한 형태와 성격을 충분히 인식하지 못했다는 것, 즉 특수한 투쟁형세가 요구하는 문화적 선택 의식이 만든 역사적 변형을 충분히 인식하지 못했다는 데 있다. 부정적 비판 역시 문화적 선택 의식의 역사적 반성을 내포하고 있는 것이다.

5·4문화혁명의 선구자들은 대다수가 공자의 가르침을 포함한 중국의 문화적 전통에 대해 냉철한 인식을 지니고 있었다. 공자에 대해 천두슈陳獨秀는 "유가와 공자의 도는 장점이 없는 것이 아니다"라고 인식했다. 그가 반대한 것은 공자의 가르침을 "독존적 지위로 만들어 사상과 문화의 자유로운 발전을 저해하는 것"[4]이다. 그는 '공자의 가르침에 전혀 취할 점이 없다고 말한 것이 아니라', 단지 공자의 가르침으로 대표되는 '근본적 윤리도덕'이 중국에서 시행하려는 '근본적 혁신'을 저해하는 정신적 지주가 되었기 때문에 부득이 전력을 다해 그것을 파괴할 뿐이라고 공개적으로 선언했다.[5] 그는 '공자의 가르침을 폐기하고 장차 무엇으로 그것을 대체할 것인가?'라는 힐난을 받았을 때 이렇게 말했다. "중국과 외국의 학설은 아주 많다. 어떤 것이 우리에게 도움이 되지 않겠는가? 공자의 가르침도 결코 취할 점이 없는 것은 아니다. 오직 그 윤리학설만 가지고 중국인의 마음을 통일할 수 없다는 것뿐이다."[6] 유가사상의 합리적 요소에 대해서는 당시 가장 격렬한 개

---

4   「천두슈가 우위(吳虞)에게 답하다」, 『신청년』 제2권 제5호, 1917.1.1.
5   「천두슈가 칼 찬 청년에게 답하다」, 『신청년』 제3권 제1호, 1917.3.1.

혁가까지도 나름의 공평한 논리가 있었던 것이다.[7] 모든 도덕과 우상에 반대하는 주장으로 중국의 대지를 진동시켰던 궈머뤄郭沫若는 1920년의 통신에서 공자의 사상과 인격에 대해 지극히 높은 평가를 했고, 심지어 공자를 괴테와 비교하여 모두 '사람 가운데 최고의 사람'[8]이라고 간주했다. 공자의 문학적 공헌은 더더욱 논쟁의 여지가 없는 사실이다. 후스胡適는 이렇게 말했다. "공자는 문학적 안목을 가진 사람이다. 그러므로 그가 선별한 『시경』은 인류를 위해 3백 편의 지극히 오래된 절묘한 문학을 보존했던 것이다. 이 책은 지고의 문학적 가치를 지닌다."[9] 그 밖에 많은 사실들은 이렇게 설명하고 있다. 중국의 문화적 전통에서 장기간 존재했던 유가와 공자의 가르침에 대해 '5·4' 선구자들이 현대적 의식과 발전된 안목으로 진행한 엄격한 심사와 격렬한 비판 그리고 마침내 '공씨 가게를 타도하자'는 우렁찬 구호의 제기는 그 나름대로 자각적인 문화적 선택 의식과 철저한 비판정신의 결합을 구현하고 있는 것이다. 거기에는 민족의 문화와 조국의 위기를 구원하려는 그들의 간절한 마음이 숨어있는 것이다. "유가와 공자의 도가 크게 파괴되지 않으면 중국의 정치, 도덕, 윤리, 사회, 풍속, 학술, 사상, 모든 것이 다 구제할 방법이 없게 된다."[10]

---

6 「천두슈가 위쑹화(兪頌華)에게 답하다」, 『신청년』 제3권 제1호, 1917.3.1.
7 리다자오와 우위는 모두 공자와 그 사상을 긍정하는 발언을 했다. 예를 들어 리다자오는 이렇게 말했다. "내가 공자를 배격하는 것은 공자 자체를 배격하는 것이 아니라, 바로 역대 군주에 의해 만들어진 공자라는 우상의 권위를 배격하는 것이다. 공자를 배격하는 것이 아니라 바로 전제정치의 영혼을 배격하는 것이다." 「자연의 윤리관과 공자」, 『갑인(甲寅)』 월간 '논설'란, 1917년 2월 4일, 서우상(守常)이라고 서명했다.
8 「궈모뤄가 쭝바이화(宗白華)에게」, 『삼엽집(三葉集)』, 상하이아둥(亞東)도서관, 1920, 15쪽.
9 후스, 『중국철학사대강』(잔고(殘稿)).

공자의 가르침을 제외한 중국의 전통적 문화사상에 대해 선구자들은 더욱 구분해서 살펴보는 안목을 지니고 있었다. 그들은 도가의 '사람의 마음을 어지럽히지 않는다'는 사상에 대해 시종 비판적 태도를 지니고 있었는데, 루쉰의 잡문에 충분한 분석이 있다. 그러나 천두슈는 한 답신에서 이렇게 말했다. "묵자의 겸애兼愛, 장자의 재유在宥, 허행許行의 병경並耕, 이 세 가지는 진정 인류의 최고 이상이고 우리나라의 국수이다."[11] 그는 공자를 존중하는 사람들이 한漢, 송宋 왕조의 유학자들을 헐뜯는데 반대하며 이렇게 인식했다. "한, 송 왕조의 사람들이 유가만 존중하고 묵가, 법가, 명가, 농가 등 제가를 폐기함으로써 마침내 중국을 망쳤다고 하는 것은 가능하다. 하지만 한, 송 왕조의 위선적인 유학자가 공자의 가르침을 망쳤다고 한다면 이는 불가하다."[12] 루쉰선생은 유가와 도가는 비판하면서도 대우大禹의 정신이나 묵자의 사상과 인격에 대해서는 긍정적인 평가를 했으며, 심지어 '중국의 등뼈'라고 간주했다. 문학영역에서는 『시경』, 굴원屈原, 한漢, 위魏 왕조의 악부樂府, 육조六朝의 진보문학에서 당송唐末 왕조의 찬란한 시기를 거쳐 『수호전』, 『홍루몽』 등에 이르기까지 대표적 문화유산과 진보적 문화전통에 대해 선구자들은 이론의 여지없이 긍정적으로 평가했으며, 중국문화의 귀중한 정신적 자산으로 간주하여 중시하고 연구했다는 것은 두말할 나위없는 사실이다.

'5·4' 선구자들의 반전통적인 문화적 선택 의식은 일종의 전통문

---

10 「천두슈가 쿵자오밍(孔昭銘)에게 답하다」, 『신청년』 제2권 제5호, 1917.1.1.
11 「천두슈가 리제(李杰)에게 답하다」, 『신청년』 제3권 제3호, 1917.5.1.
12 「천두슈가 창나이더(常乃德)에게 답하다」, 『신청년』 제2권 제4호, 1916.12.1.

화 비판에 대한 분별의식이다. 문화혁명은 우선 문화비판의 근본적 요구에 복종했다. 그들의 비판적 반성은 그 나름의 선택적 안목을 포함하고 있었다. 무릇 중국사회의 발전에 부합하는 것은 긍정하고, 중국사회의 발전을 저해하는 것은 부정했다. 이런 선택 의식은 잠재적인 형태로 선구자들의 문화비판 속에 존재했다. 중국사회를 개혁하려는 그들의 '뜨거운 불길처럼 이글거리는 열정'[13]은 비판 속에 선택을 기탁하는 정신을 구현한 것이다. 반전통의 형태로 출현한 사조라고 해도 결코 전통문화에 대한 전반적 무시와 부정이 아니었다. 어떤 사람은 그들이 동양과 서양의 문화에 대해 '낮추고 높이는 것이 타당함을 잃었다'고 비난했다. 이에 대해 그들은 이렇게 대답했다. "동서문화는 그 거리가 아직 멀다. 속도를 두 배로 하여 따라가도 오히려 발끝에도 미치지 못할 것이다. 낮추고 높이는 것이 타당함을 잃었다는 말에 개의하지 말기 바란다."[14] 그들은 일종의 아름다운 갈망과 사상을 위해 구사회와 구전통에 대해 조금도 타협하지 않는 태도를 취했던 것이다. "특정한 사회에 대해 좋지 않은 전고典故를 사용한다면 즉 '누군가를 사랑하면 그가 살기를 바라고, 누군가를 미워하면 그가 죽기를 바란다'는 것이 되고, 좋은 전고를 사용한다면 곧 '착한 것을 보면 놀란 듯 행동하고, 악한 것을 보면 원수를 만난 듯 행동하다'가 될 것이다."[15] 그들의 문화적 선택 의식은 착한 것을 선택하여 따라하고, 악한 것을 남김없이 폐기하는 이런 애증의 관념을 포함하고 있었다. 반전

---

13 정전둬(鄭振鐸), 『중국신문학대계・문학논쟁집』 도언(導言).
14 「천두슈가 장용옌(張永言)에게 답하다」, 『청년잡지』 제1권 제6호, 1916.2.15.
15 푸쓰녠(傅斯年), 「'신사조'의 회고와 전망」, 『신사조』 제2권 제1호, 1919.10.30.

통의 고조 속에서 진정한 혁명가들의 양지良知는 문화적 선택 의식을 문화비판의 열정 속에 담아 불합리한 전통문화에 대한 맹렬한 부정 속에 전통문화의 적극적 측면에 대한 긍정과 공감을 구현했다는 데 있다. 선택하지 않음 속에 선택을 내포하고, 비판 속에 "안으로 여전히 고유의 혈맥을 잃지 않는다"는 신념을 포함했다. '5·4' 반전통의 정신은 10년 전 루쉰이 구상했던 정신적 구도와 완전히 일치하는 것이었다. '고유한 혈맥'은 결코 반전통의 급진성과 맹렬함으로 인해 사라지는 것이 아니다. 거꾸로 "혁명사업은 이런 철두철미한 비타협적 태도 속에서 성공을 거두는 것이다".[16]

2.

'5·4' 선구자들의 반전통적인 문화적 선택 의식은 그 중요한 가치 기준이 세계적 안목과 민족적 안목을 갖추는 것이었다. 세계적 안목이란 바로 20세기의 선진적 정치, 문화 그리고 과학 발전의 조류에 뒤처지지 않으면서, "도량을 발휘하여 대담하게 두려움 없이 새로운 문화를 마음껏 흡수하는"[17] 것이다. 민족적 안목이란 바로 국수를 독실하게 지키는 것에 반대하고 민족문화를 재건하는 동시에 자기민족의 문화적 전통에 입각하는 것을 잊지 않는 것이다. 관문을 닫고 자신을 지키는 것과 '국고國故'를 멸시하는 것은 꼭 같이 문화적 선택 의식이

16   정전둬(鄭振鐸), 『중국신문학대계·문학논쟁집』 도언(導言).
17   루쉰, 『무덤·거울 유감(看鏡有感)』.

결여된 표현이다. 전통은 전진을 가로막는 걸림돌이 될 수 있다. 지나치게 전통적 특성에 탐닉하는 것은 더더욱 민족문화의 자살에 다름아니다. 전통은 동시에 민족문화 발전의 원천이 될 수 있다. 우수한 '국고'를 말살한다면 민족정신의 영혼을 상실할 수 있다. 문화도 그러하고, 문학도 그러하다. "무릇 국고를 절대적으로 멸시하는 사람은 바로 방우方隅적 안목이 없는 것이다. 우리가 학술의 가치를 논평하려면 세계적 안목을 갖추어야 함과 동시에 방우적 안목도 갖추어야 한다."[18] 여기서 '방우'가 가리키는 것은 지역 또는 민족의 의미이다. 오직 세계적 안목과 민족적 안목의 통일이라는 이런 가치 기준을 가지고 있을 때라야 중국의 문학혁명 내지 문화혁명은 비로소 진정한 성공을 보장받을 수 있게 된다.

이런 가치기준에 근거하여 문학혁명의 선구자들은 우선 과감하게 세계적 안목을 가지고 중국 고유의 문화를 가늠하고, 아울러 서양의 과학과 민주의 정신이 풍부한 선진적 문화를 가지고 중국사회와 민족정신의 발전을 저해하는 봉건적 윤리도덕, 봉건적 구문화와 비교했다. 서양의 선진문화가 중국의 전통문화를 비판하는 정신적 무기와 가치의 척도가 되었다. 진화론 사상, 개성해방 사상, 인도주의 사상, 우상숭배에 반대하는 사상이 5·4혁명에 일으킨 거대한 작용을 돌이켜 보기만 하면, 선구자들이 이런 가치기준을 채택한 의미를 어렵지 않게 이해할 수 있다. 그들의 문화적 선택 의식은 충분히 시대적 선진성을 갖추고 있었다. "20세기의 세계에 태어나 20세기의 학술, 사상, 문화

---

18 마오쯔수이(毛子水), 「'신사조'의 '국고와 과학의 정신'편의 오류 정정에 반박하며」, 『신사조』 제2권 제1호, 1919.10.30.

를 섭취한 우리가, 수천 년 전 공자의 가르침에 대해 비교하고 비판함으로써 진리의 발견, 학술의 확장을 도모하는 것은 오늘날 시급하게 힘써야 할 일이라고 아니할 수 없다."[19] 선구자들이 비교의 안목으로 서양의 선진적 문화사상을 척도로 삼아 유교적 전통을 비판한 것은, 그 목적이 진리를 발견하고 학술을 발전시킴으로써 중국사회와 문화의 혁신을 추진하는 데 있었다. 진리의 갈구를 반대하는 '학술의 이치가 전혀 없고 상식이 전혀 없는 망언'에 대해서는 학술의 자유에 관한 토론을 하지 않을 뿐만 아니라, 나아가 그것들을 '진리의 적'과 '학술의 위선자學愿'들로 간주했다.[20] 그들은 이런 '학술의 위선자'들을 '현재의 공기를 마시고 있으면서' 기어이 썩어빠진 명교名敎를 옹호하고, '죽어버린 언어로 현재를 모멸하는 것'으로 간주했다.[21] 서양의 선진 문화와 사회사상에 대해서는 '도량을 발휘하여' 대담하게 흡수하는 태도를 취했다. 문학의 측면에서 말한다면 천두슈가 유럽의 현실주의와 자연주의 유파의 작가를 소개하고, 후스가 입센을 소개하고, 궈모뤄가 낭만주의 시인을 소개하고, 루쉰이 북유럽의 문학, 러시아문학 나아가 니체와 쿠리야가와 하쿠손을 소개한 것은 모두 광활한 도량과 선택적 안목을 표현한 것이다. 민족문화 전통의 우수한 유산에 대한 주목과 연구에도 세계적이고 현대적인 안목을 부여했다. 문화적 선택 의식은 가치기준의 현대성으로 말미암아 새로운 자각적 지평에 도달

---

19   「천두슈가 칼 찬 청년에게 답하다」, 『신청년』 제3권 제1호, 1917.3.1.
20   「천두슈가 왕징쉬안(王敬軒)을 숭배하는 자에게 답하다」, 『신청년』 제4권 제6호, 1918.6.15.
21   루쉰, 『열풍·수감록』 57-현재의 도살자, 『루쉰전집』 제1권, 베이징 : 인민문학출판사, 2005, 366쪽.

했다. 민족의 문화심리와 민족정신 재건에 관한 루쉰의 구상은 그의 다른 사상들과 마찬가지로 만주족 배척이라는 배만排滿의 논의에 묻혀버리고 어떤 반향도 일으키지 못했다. 하지만 5·4신문화운동의 고조기에 이르자 많은 동조가 있었을 뿐만 아니라 나아가 세차게 출렁이는 거대한 조류가 되어 외래의 선진문화에 대한 섭취와 전통문화에 대한 비판적 반성이라는 이런 쌍방향운동의 반전통적 사유모델이 형성되었다. 외래문화를 흡수하여 현재의 민족문화를 발전시키는 것은 선구자들의 공통된 가치지향이 되었다. 이 가치지향은 봉건적 전통문화를 비판하고 민족의 신문화를 재건하는 '천경지의天經地義'의 척도가 되었다. 많은 선구자들이 지닌 반전통적인 문화적 선택 의식의 선진성과 군건함은 모두 여기에서 근원한다. 그들은 이렇게 굳건히 믿었다. "우리는 우리의 '천경지의'가 있고, 그들은 그들의 '천경지의'가 있다. 여론가의 수단은 오로지 분명한 표현, 충분한 이유, 간절한 정신을 가지고 우리를 반대하는 그런 사람들에게 그들의 '천경지의'를 취소하고 우리의 '천경지의'를 믿게 하는 데 있다."²² 문화적 선택 의식의 선진성은 혁신자에게 반전통의 굳건함을 부여했다. 그들의 반전통에는 굳건하고 비타협적인 시대적 특징이 보편적으로 갖추어져 있었는데, 그것은 그들의 문화적 선택 의식이 역사의 요구에 부합하고, 과학발전의 추세에 부합되었기 때문이다.

공통의 가치기준 역시 문화혁명 제창과정에서 드러난 선구자들의 태도를 관찰하는 척도를 제공한다. 신문화운동에 대한 구도덕과 구문

---

22   후스, 『장휘실차기(藏暉室箚記)』.

학의 질의나 비난에 직면하여 신문화운동 선구자들이 드러낸 태도에 대해서는 과학적 안목을 가지고 논평하는 것이 혁명과 개량의 척도로 논평하는 것보다 더욱 타당할 것이라고 나는 생각한다. 당시의 이른 바 '우익'에 대해서만 말하자면, 그들은 구문학과 구도덕을 반대하는 차원에서는 여전히 혁명의 용맹한 장수라고 할 수 있었다. 당시 신문화 선구자들의 전투는 세 가지 차원으로 나눌 수 있다. 구문학과 구도덕이 첫째 차원이고, 중국사회가 어느 길로 발전할 것인가에 대한 견해가 둘째 차원이고, 마르크스주의의 중국전파에 대한 태도가 셋째 차원이다. 뒤의 두 가지 차원에 대한 태도의 차이는 첫째 차원에 대한 태도의 차이를 추론하는 근거가 될 수 없다. 예를 들어 사람들은 후스의 「문학개량을 초보적으로 논의함文學改良芻議」은 문학형식의 개량일 뿐이고, 천두슈의 「문학혁명론」이야말로 비로소 문학내용의 혁명이라고 비판한다. 후스의 주장을 비판하는 데 사용되는 글은 이렇다. "우리가 이미 혁명의 깃발을 들어 올린 이상 물러나는 것은 용납할 수 없지만, 그렇다 하더라도 우리의 주장을 반드시 옳다고 여겨 다른 사람의 정정을 용납하지 않아서는 결코 안 됩니다."[23] 이를 근거로 후스라는 '우익분자'가 문학혁명의 제창 과정에서 개량주의적 연약함과 불철저함을 드러냈다고 인식한다. 천두슈는 후스의 말에 대해 이렇게 말했다. "저는 상이한 주장을 용납하고 자유롭게 토론하는 것은 진실로 학술 발전의 원칙이라고 생각합니다. 단지 중국문학을 개량하면서 백화를 문학의 정통으로 삼아야 한다는 주장은 그 옳고 그름이 너무나

---

23   「후스가 천두슈에게」, 『신청년』 제3권 제3호, 1917.5.1.

분명합니다. 반드시 반대자에게 토론의 여지를 용납하지 말아야 하고, 반드시 우리가 주장하는 바를 절대적으로 옳은 것으로 여겨 다른 사람의 정정을 용납하지 말아야 합니다."[24] 일반적으로 이 말은 문학혁명 제창 과정에서 혁명파의 굳건함을 표현했다고 간주된다. 두 글의 차이가 개량파와 혁명파가 나뉘는 표지가 된다. 문화혁명의 전체적 차원이나 문학혁명의 전체적 과정에 비추어 본다면 이런 판단은 확실히 이후의 정치적 입장으로 객관적 역사평가를 대체한 것이다. 후스의 주장은 문화혁명 과정에서 상당히 과학적이고 실사구시적인 정신을 표현했다고 말해야 할 것이다. 후스는 줄곧 자유토론은 학술발전의 정도이고, '옳고 그름이 너무나 분명한' 진리에 대해서도 반대자의 자유로운 반박을 용납해야 한다고 인식했다. 이 때문에 그는 『신청년』의 '정책'은 "비록 주장은 극단으로 달리더라도, 논의는 반드시 평정심을 갖고 차분하게 해야 한다"고 인식했다.[25] 사실 전통을 반대하는 과정에서 선구자들의 선택의식이 악을 원수처럼 미워하는 감정에 의해 대체됨으로써 '독단의 병폐'가 생겨나지 않을 수 없었고, 그리하여 "독단적이어서 평정심을 갖고 차분하게 할 수 없었다".[26] 문학혁명이라는 차원에서 본다면 반란과 격렬한 투쟁의 결정적 시기에 후스는 개량파가 아니라 혁명적 맹장이었다. 그는 처음으로 문학혁명의 큰 깃발을 들어올렸다. 그는 천두슈의 「문학혁명론」에 대해 '더없이 기쁘고 위안이 된다'며 칭찬하고 성원을 보냈으며, 일부 절충파의 이론

---

24   「천두슈가 후스즈에게 답하다」, 『신청년』 제3권 제3호, 1917.5.1.
25   후스, 『장휘실차기(藏暉室箚記)』.
26   푸쓰녠(傅斯年), 「'신사조'의 회고와 전망」, 『신사조』 제2권 제1호, 1919.10.30.

에 대해서도 확고한 태도로 대응했다. 그의 몇 편의 논문은 백화문학의 이론적 건설에 대해, 현대소설, 신시 그리고 화극의 혁신에 대해 모두 강령적 의미를 지니고 있었다. 마르크스주의 사조에 대한 태도나 '좋은 정부 주의'의 주장은 약간 뒤의 일이다. 나중의 태도를 가지고 그가 문학혁명 문제에 대해 토론을 용납하자고 한 것을 개량주의적 연약함의 표현이라고 판정해서는 안 된다. 마찬가지로 정치적 견해의 차이를 가지고 과학적 정신의 판단을 대체해서도 안 된다. 후스 자신도 분명하게 말했다. "오늘날의 문학이나 장래의 문학이 도대체 어떤 것이 되어야 하는가, 이것은 오로지 우리의 안목, 지식 그리고 필력에 달려있는 것이지, 결코 한두 사람이 예측할 수 있는 것이 아니다." '오늘날의 문학은 백화문학을 정통으로 삼아야 한다', 이것은 단지 하나의 가설적 전제일 뿐이다. 비록 문학사에 이미 많은 증거가 있지만, "장래의 문학이 과연 이렇게 될 것인지 여부는 앞으로 문학가의 실제 증명을 기다려야 한다."[27] 이 말의 의미는 아주 명백하다. 후스는 서양의 과학적 정신의 영향을 받아 실증적으로 구한 진실한 결과를 존중했다. 신문학에 대한 제창도 그러했고, 중국 고대문화의 유산에 대한 연구도 그러했다. 우리는 열심히 과학성을 추구하는 실증적 정신을 혁명적 연약성의 표현으로 귀결시켜서는 안 된다. 오히려 세계적 안목과 민족적 안목을 통일시킨 기준을 가지고 구도덕과 구문학에 반대하고, 신도덕과 신문학을 제창했다는 점에 있어서 선구자들의 가치기준이 일치했다고 말해야 할 것이다. 당시 『신청년』에 편지를 보내 구문

---

27   후스, 「역사적 문학관념론」, 『신청년』 제3권 제3호, 1917.5.1.

학을 모두 '죽은 문학'으로 간주하는 것에 반대하고, '극단적이고 편벽된 측면을 제거하면서 점진적으로 추진하자는' 절충적이고 완만한 개혁관을 주장한 사람이 있었다. 천두슈와 후스 두 사람은 연명으로 편지를 써서 대답했다. 그들은 이렇게 선명하게 인식했다. "구문학, 구정치, 구윤리는 본래 하나의 가족입니다. 이것은 제거하고 저것은 남겨두고 해서는 안 됩니다. 개혁을 도모하면서 저항을 두려워하고 타협하는 것, 이는 동양인의 사상이며, 수십 년 동안 개혁을 하고서도 전혀 진보가 없는 최대의 원인입니다."[28] 확실히 그들은 모두 세계적 안목과 기준을 가지고 중국문화의 고질적 병폐를 관찰했고, 절충적이고 수구적인 태도에 대해 거부와 반대를 표현했다. 그들의 차이는 개혁의 결과에 따른 방법과 태도를 모색하는데 있어서의 차이에 지나지 않았으므로, 그런 굳셈과 부드러움의 차이를 혁명과 개량의 범주에 귀속시켜서는 안 될 것이다.

3.

반전통은 필연적으로 구전통에 대한 파괴로부터 점차 새로운 전통에 대한 건설로 나아가기 마련이다. 선구자들은 사회와 관습의 심리를 깊이 알고 있었고, 문화와 도덕의 '파괴자'라는 정신적 중압을 견디고 있었다. 그들은 한편으로 '오직 파괴만 하고 건설은 하지 않는다'

---

28 「천두슈와 후스가 이쭝쿠이(易宗夔)에게 답하다」, 『신청년』 제5권 제4호, 1918.10.15.

는 비난에 극력 반박하고, 중국문화의 미래를 위해 계획을 세울 때 '기존의 주의를 파괴하는 것'은 필연적 추세라는 이치를 천명했다. 또 한편으로 새로운 문화적 전통의 건설에 착안하여 그것을 반전통의 파괴작업과 분리 불가능한 임무로 간주했다. 그들은 '오랫동안 파괴만 하고 건설이 보이지 않는 사업'은 '점차 신용을 상실하기 마련'이라는 사실을 이해하고 있었다.[29] 그들은 '건설은 반드시 파괴를 가지고' 그 전제로 삼는다는 이치를 설명했을 뿐만 아니라 파괴자의 책임 또한 냉철하게 인식했다. "파괴가 어느 정도 효과가 드러나기만 하면 시급히 건설에 종사하고 모범을 제시하여 사회심리의 공포작용을 무마하지 않으면 안 된다."[30]

문제는 선구자들의 반전통적인 문화적 선택 의식이 어떤 건설관을 지니고 있었는가 하는 것이다. 역사적 사실이 우리에게 알려주는 바는 이렇다. 그것은 중국의 전통문화에 대한 전반적 부정도 아니고, 서양문화에 대한 전반적 긍정도 아니었다. 자각적인 문화적 선택 의식은 전통문화에 대한 그들의 맹렬한 비판 속에도 긍정하는 바가 있었고, 서양문화에 대한 대담한 흡수 속에도 선택하는 바가 있었으며, 양자의 우수성을 추구하면서 중국민족 신문화의 재건을 진행하도록 결정했다. 우리는 이 노선을 '동서문화 융합론'이라고 부를 수 있다. 이런 동서문화 융합론은 반전통적인 문화적 선택 의식에서 하나의 핵심적인 체계공학이었다. 많은 선구자들이 이를 위해 끊임없이 모색했다. 루쉰의 밖으로 세계의 선진적 사조를 수용하고 안으로 고유한 민족의

---

29 멍전(孟眞), 「파괴」, 『신사조』 제1권 제2호, 1919.2.1.
30 「천두슈가 창나이더(常乃德)에게 답하다」, 『신청년』 제3권 제1호, 1917.3.1.

혈맥을 계승하려는 구상, 원이둬^{聞一多}의 동서문화의 결혼으로 '이런 아이^{寧馨兒}'를 만들려는 청사진에서 저우쩌런의 중국과 외국의 시가예술 '융합론'의 길에 이르기까지, 이 모두는 반전통적인 문화적 선택 의식이 추구한 필연적 지향을 구현한 것이다. '5·4' 선구자들의 반전통적인 문화적 선택 의식은 실천과정에서 두 가지 문화심리의 저항에 직면했다. 하나는 절충주의 심리였고, 하나는 서구화 공포심리였다. 이 두 문화심리와 사상심리에 대한 해부를 통해 '5·4' 선구자들의 굳건하고 과학적인 전투의 품격이 더욱 깊이 드러났다.

　루쉰과 다른 신문학 제창자들의 절충주의 사상과 심리에 대한 해부는 반전통적인 문화적 선택 의식이 지닌 고도의 자각성을 드러냈다. 절충파 학자들은 '고금중외파'라고도 불리었다. 그들은 '학문은 중국과 서양을 관통하고, 국가의 정수를 제창한다'는 깃발을 내걸고 중국과 서양의 문화를 조화시킴으로써 중국의 구도덕과 구문화를 보존하려는 갖가지 이론을 고취하고, '성인 지상^{聖人至上}' 의식과 '집단적 애국과 자만'의 심리를 드러냈다. 절충파에 대한 투쟁은 적나라한 복고주의에 대한 전투보다 더욱 힘들었지만 그래도 더욱 깊은 현실적 의의가 있었다. '5·4' 신문화의 선구자들은 사상적 방법과 이론적 의미의 측면에서 절충주의의 잘못된 주장을 반박했을 뿐만 아니라, 더욱 중요한 것은 문화심리적으로 '성인'을 따르는 '고금중외파'의 극단적 오류와 허위를 벗겨냈다는 사실이다.

　중국은 줄곧 인치의 나라였다. 그래서 늘 사람에 대해 일종의 미신을 지니고 있었다. 사람 가운데 모르는 것이 없는 성현—기독교의 하나님과 같다 — 이 있고, 그의 도리는 '백 세대 동안 전해져도 틀림이 없고, 세계 어디에 내놓아도 다 정확하다'고 생각한다. 그래서 다른 사람과 논쟁하다가 이길 수 없을 때 성현을 모셔오기만 하면 곧 상대방을 놀라자빠지게 할 수 있었고, 글을 짓다가 앞으로 나가지 못할 때 성현을 내세우기만 하면 곧 사람들을 믿게 할 수 있었다.[31]

절충적 관념은 실제로 중용과 조화의 면모를 가지고 '인치'를 핵심으로 삼는 '성인 지상'의 사상을 은폐한다. 절충적 면모로 나타나는 이런 성인의 무리를 상대하려면 목적을 분명하게 정하고 '적극적이고 진취적으로' '공부하고 심사숙고'할 수 있도록 '몇 명의 강적을 세우는'[32] 것을 겁내지 말고, 비타협적 전투를 진행하여 그들의 반동성과 기만성을 폭로해야 한다. 『신청년』은 절충적인 것처럼 보이는 봉건적 늙은이와 젊은이 그리고 자칭 '학문이 중국과 서양을 관통했다'는 '고금중외파'의 신사들에 대해 바로 그렇게 했다. 그들은 투쟁에서 승리를 거두는 동시에 자신들의 문화적 선택이 추구한 '융합론'과 절충주의파가 고취한 '중서관통'론 사이의 경계를 분명하게 그었다. 선택과 비판을 전제로 하는 동서문화의 '융합론'은 민족의 신문화와 신문학을 창조하고 발전시키기 위한 것이다. '중서관통'론은 '성인의 관념'을 본위로 삼는 구도덕과 구문학을 회복하려는 것이다. 문화적 선택 의식이 풍부한 반전통은 진정으로 과학적 의미를 지닌 것이다. 그들은 신문학 창조

---

31 즈시(志希), 「고금중외파의 학설」, 『신사조』 제2권 제1호, 1919.10.30.
32 푸쓰녠, 「구청우(顧誠吾)가 멍전에 보낸 편지 부기(附識)」, 『신사조』 제1권 제3호, 1919.3.1.

의 희망이다. 그들은 자신과 계승자들의 실적으로 신문학의 발전을 위해 창조의 서광이 비치는 시기를 맞이했다. 어떤 사람이 '당신들은 신문학을 창조하기에 어울리지 않아!'라고 비난했을 때, 선구자들은 이렇게 대답했다. "신문학은 진실로 마음대로 만들어낼 수 없는 것이다. 하지만 신문학에 종사하는 선구자들, 그 맹아들, 그 초기형태들, 이들이 보이지 않는다면 물론 불가능할 것이다. 해와 달의 빛은 진실로 어울리지 않는다. 해와 달이 나타나기 이전의 횃불의 빛이 보이지 않는다면 물론 어울리지 않을 것이다. 중국인의 오랜 기질은 '많은 사람들이 몸소 나서지 않고, 그저 성인만 바라보고 있는 것'이다."[33] 절충적 면모로 나타나는 갖가지 성인의 무리의 주장에 대해서는 '성스럽다'고 떠받드는 신성한 가면을 찢어버리는 수밖에 없다.

반전통은 비록 자각적인 선택의식을 지니고 있었지만, 그래도 자주 '전반적 서구화'라고 오해되거나 왜곡되었다. 일종의 서구화 공포의 심리적 기제가 사람들의 안목을 저해했던 것이다. 설사 일부 신문화 운동의 옹호자들도 어떤 현상들에 대해서는 '서구화의 광적인 탐닉'으로 간주하고 깊은 우려를 표시하지 않을 수 없었다 하더라도 말이다. 선구자들의 반전통에 대한 우려와 비난에는 확실히 두 가지 전혀 다른 배경이 있었다.

하나는 민족의 문화 엘리트에 대한 열애와 민족화된 신문화를 창조하려는 강렬한 소망에서 나온 것으로, 신문화의 일부 서구화 현상에 대해 불만을 표시했다. 그들은 동서문화의 충돌로 생겨난 문화적 변

---

33 푸쓰녠, 「수감록 1」, 『신사조』 제1권 제5호, 1919.5.1.

이에 직면해 일종의 모순된 심리를 지니고 있었다. 그들은 문화적 선택의식은 있었지만, 광활한 도량과 현대적 안목은 결여되어 있었다. 전통에 대한 지나친 탐닉으로 말미암아 그들은 반전통적 선구자들의 심리적 특징을 완전하게 이해할 수 없었다. 다른 하나는 구전통을 옹호하는 여론의 역량에서 나온 것이다.

서양의 문화와 문학에 대한 긍정이 민족의 문학과 문화적 전통에 대한 긍정보다 많았다. '5·4' 선구자들이 이렇게 한 심리적 동인은 무엇인가? 『신사조』 편집자가 쓴 아래의 글은 음미할만한 가치가 있다.

어떤 이가 말했다. "당신이 하는 말은 서양문학을 숭배하는 것만 알고 (…중략…) 당신은 서양문학의 결점에 대해서는 왜 욕을 좀 하지 않습니까?" 나는 내가 서양에 대해서도 호감이 없고 중국에 대해서도 반감이 없다고 생각한다. 내가 말하는 것은 내가 비교하는 과정에서 체득한 것이다. —내가 공부를 통해 얻은 것이고, 내 양심의 주장인 것이다. 나는 학문과 예술이 인류 공통의 것이고, 진리는 단지 하나일 뿐이라는 사실만 알고 있다. 나는 국가의 구별을 알지 못한다. 나는 또 사람이 스스로 자신의 단점을 안다면 언젠가 고칠 날이 있기 마련이라고 생각한다. 만약 자신의 장점만 안다면 정말 어떻게 될지 알 수 없을 것이다. 하물며 우리가 다른 사람에게 배우고자 하는데, 장점을 배워야 단점을 배울 필요가 있겠는가. 우리 자신의 것으로 다른 사람과 비교하면 이미 많이 부끄러운데, 다른 사람을 욕하기에 어울리겠는가?[34]

---

34 뤄자룬(羅家倫), 「무엇이 문학인가?—문학 정의(界說) 1」, 『신사조』 제1권 제2호, 1919.2.1.

자신에게서는 단점을 많이 보고 다른 사람에게서는 장점을 많이 보는 것, 이것이 '5·4' 선구자들의 보편적 심리였다. 이런 문화심리에 힘입어 그들은 서양의 문화사상과 문학사조를 흡수할 때 '가져오기주의拿來主義'의 광활한 기개도 있었고 '나를 위해 쓴다'는 선택적 안목도 있었다. 그들은 아주 강렬한 민족적 주체의식을 지니고 있었으므로 근본적으로 서구화의 공포가 존재하지 않았고, 문학적으로 '전반적 서구화'의 사실도 존재하지 않았다. 비록 명확하게 '서구화된 국어의 문학'이라는 표현을 제창했지만, 실질적으로 주장한 것은 중국문학에 있어서 백화문의 언어표현 방법이 지나치게 단조롭다는 것이다. 따라서 '원래의 단순함을 덜어내고 차원의 발전을 도모하기' 위해 '말하는 것에 유의하고' 이로써 백화문학을 만드는 이기로 삼는다. 동시에 문학창작 과정에서 '서양어의 스타일, 문법, 어휘, 구법, 말투(Figrure of Speech)'를 직접 사용하여 현재의 국어를 뛰어넘는 서구화된 국어를 만들어내고, 그리하여 일종의 서구화된 국어의 문학을 이루어내려는 것이었다. 이런 주장은 중국 전통문학의 언어표현이 서양문학의 다양한 수사법에 미치지 못하고, '정신적 각성을 가장 잘 자극할 수 있는' '정밀함'과 '정취'가 결여된 것을 보았기 때문에, 서양문학의 '문법과 어휘'를 더욱 많이 빌려 '확실한 사상의 힘과 상상력'을 훈련하고, '서양어의 어조를 융화하여 우리의 용도로 삼고' 싶어 했던 것이다. 그들의 최종 목적은 '다른 사람의 정감을 끌어낼' 수 있으면서 '다른 사람의 이성을 깨울' 수도 있는, 봉건적 '거짓 문학'과 대립되는 일종의 '인간화된 문학'을 창조하는 것이었다. 그들이 보기에 '인간화된 문학'과 '서구화된 문학'은 일치하는 것이었다.[35] '서구화'라는 것은 일종의 언어표현 방식의 개조와 풍부화이고, '인간화된 문학'이야말로 그들이 추구하는 최후의 목적이었다. 이런 견해는 당시의 원이뒤와 나중의 주쯔칭朱自淸의 글에서 정도의 차이는 있지만 공통적으로 표현되었다.[36]

'전반적 서구화' 제창이라고 비난받는 이런 주장은 중국신문학 건설과정에서 일종의 가설적 견해라고 나는 생각한다. 이른바 '서구화 문학 주의'란 서양문학의 '표현법'을 흡수하여 자기 민족의 '인간화된 문학'을 창조하는 것이다. 따라서 '전반적 서구화'라고 부르기보다 민족문화 현대화의 경로로 간주하는 것이 나을 것이다. 이런 이론과 주장은 여전히 다른 사람의 것을 '융화'하여 '자신의 용도로 삼는다'는 자각적인 문화적 선택 의식을 구현한 것이다.

'5·4' 선구자들이 이처럼 열렬하고 대담하게 서양문화를 흡수하고, 자신의 문화적 전통의 유구함을 영광으로 삼지 않은 것은 그들의 문화적 선택 의식이 신문화의 '창조적 역량'과 '계승적 역량'에 의해 추동되었기 때문만이 아니라,[37] 오히려 그들에게 민족문화의 발전에 대한 굳건한 신념이 충만했기 때문이다. 그들은 이렇게 인식했다. "무릇 외래의 사물을 가져다 쓸 때는 그것을 포로로 삼는 것처럼 자유롭게 부려야지 절대 달리 생각해서는 안 된다. 쇠퇴하고 허물어지는 때

---

35   푸쓰녠, 「어떻게 백화문을 쓸 것인가?」, 『신사조』 제1권 제2호, 1919.2.1.
36   원이뒤는 Arthur Waley의 말을 인용하여 이렇게 말했다. "중국어의 형용사는 서양어처럼 정밀하게 사용되지 않는다." 주쯔칭은 시의 언어를 설명하면서 이렇게 말했다. "이것은 서구화이다. 그러나 현대화라고 말하는 것만 못하다.""다른 사람을 '정면으로 따라잡으려면' 이 길로 가지 않으면 안 된다."
37   즈시(志希), 「고금중외파의 학설」, 『신사조』 제2권 제1호, 1919.10.30.

가 되면 신경이 쇠약하고 지나치게 민감해져 외국의 물건을 만나기만 하면 마치 그것이 나를 포로로 잡으러 온 것처럼 생각되어 밀쳐내고, 두려워하고, 위축되고, 도망가고, 벌벌 떨고, 또 하나의 이치를 생각해 내어 사태의 진상을 가린다. 그리하여 국수가 마침내 허약한 왕과 허약한 노비의 보배가 된다."[38] 그들은 '이렇게 하면 조상을 위배하고, 저렇게 하면 또 오랑캐 같아 평생 동안 얇은 얼음을 밟는 것처럼 조심조심하는' '서구화 공포증' 환자의 심리와 정신상태에 반대했다. 당시 어떤 사람이 자신은 신구 양파를 벗어났다고 하면서 신문학 제창자들이 '극단적으로 외국을 숭배한다'고 비난하며 이렇게 말했다. 그들은 "구미의 물건은 모두 좋다고 느낀다. 그들은 우리나라에 가져다 쓰면 적합할 것인지 여부는 생각하지 않는다. 그저 무비판적으로 받아들일 뿐이다". 『신사조』 기자의 대답은 굳건한 신념과 분석의 안목을 드러냈다. "귀하는 '새로운 것은 극단적으로 외국을 숭배하는 것이다. 구미의 물건은 모두 좋다고 느낀다'고 말했습니다. 이 말은 구분해서 살펴볼 수 있습니다. 구미의 물건이 모두 좋다고 느끼는 것은 진실로 지극히 터무니없는 것입니다. 그러나 극단적으로 외국을 숭배하는 것은 안 될 것도 없습니다. 인류문명의 진화는 한 걸음 한 걸음의 계단이 있습니다. 서양문화는 중국문화와 비교하면 실로 몇 걸음 앞서 있습니다. 우리는 단지 우리보다 선진적인 문화를 숭배할 뿐입니다. 우리의 문화도 인류의 진보에 있어서 일종의 계단입니다. 그들의 문화도 인류의 진보에 있어서 일종의 계단입니다. 그러나 그들은 우리보다 더욱 앞서 나

---

38 루쉰, 『무덤·거울 유감(看鏡有感)』, 『루쉰전집』 제1권, 베이징 : 인민문학출판사, 2005, 208쪽.

갔으므로 우리는 그들을 따라잡아야 합니다. 어떤 사람은 우리를 '외국주의'라고 합니다. 그것은 크게 틀린 것입니다. 더구나 좋거나 나쁜 것 역시 일종의 비교 화법입니다. 저것이 이것보다 낫다는 비교가 있을 뿐이지 절대적 시비는 없습니다. 중국문화가 한 걸음 뒤쳐졌기 때문에 백 가지 일이 있으면 그 중 아흔아홉 가지가 다른 사람보다 못합니다. 그래서 중국과 서양의 문제는 늘 옳고 그름의 문제로 바뀝니다. 귀하의 이른바 '무비판적으로 받아들인다'는 말은 실로 경계할 만한 것입니다. 우리는 서양의 각종 주의에 대해 물론 세심하게 감별해야 합니다. 하나는 서양인에 대한 그것의 영향을 살피는 것이고, 하나는 중국인에 대한 그것의 형편을 살피는 것입니다. 언제나 '효과'를 가지고 판단하므로 장둥쑨張東蓀 선생이 우리더러 외국의 우상을 숭배한다고 매도한 것과 결코 같지 않습니다."[39] 이 말에는 용기와 정기가 충만해 있다. 비록 과격한 언사와 사상이 없는 것은 아니지만 그 속에 구현되어 있는 반전통적인 문화적 선택 의식은 더없이 분명한 것이다. 그 것은 '쇠약한 왕과 쇠약한 노비'들이 얇은 얼음을 밟는 것처럼 '벌벌 떠는 것'보다 훨씬 자신 있게 개혁자의 마음을 진동시킨다.

역사는 무겁고 완만한 걸음으로 구불구불 앞으로 나아간다.

70년 전 논쟁의 목소리가 여전히 중국의 대지에 맴돌고 있는 것만 같다. 역사의 반복이 현실의 혁신자에게 가져오는 것은 일종의 심리적 비극감이다. 중국의 대지에 봉건주의의 유령이 사라지지 않는 한, 선구자들의 식견과 정신은 그 빛을 잃지 않을 것이다. 아무리 혁신적

---

39 「푸스녠이 위페이산(余裴山)에게 답한 편지」, 『신사조』 제1권 제3호, 1919.3.1.

인 선구자일지라도 질책할 만한 약점은 있는 법이다. 이 글에서 하고자 했던 것은 완전무결한 스케치가 아니라, 거친 필치로나마 사상해방의 역사적 사조 속에서 선구자들의 반전통적인 문화적 선택 의식이 지닌 역사적 의미와 정신적 영광에 대해 살펴보고 음미할 가치가 있는지 설명하고 싶었을 뿐이다. 말살과 곡해는 모두 역사에 대한 모독이다. 그것은 선구자들의 이런 정신 자체가 이미 중시할 가치가 있고 또 객관적으로 존재하는 문화적 전통을 구성했기 때문이다.

반전통과 문화심리적 타성

루쉰 및 다른 문화 계몽가의 계시 2

5·4신문화운동은 중국의 최근 100년 동안의 역사에서 발생한 최대 규모의 사상계몽운동이다. 전면적인 반전통은 이 사상계몽운동의 주된 정신적 특징이다. 하지만 비극적인 사실은 이렇다. 신문화의 선구자들이 전통을 반대하는 과정에서 많은 것들을 비판했지만, 당시에 제대로 청산하지 못했을 뿐만 아니라 4분의 3세기가 지난 오늘날에도 그 찌꺼기가 다시 떠올라 갈수록 심해지고 있으며, 마침내 중국의 대지에 드리운 그림자가 되어 사회의 현대화를 가로막고 있는 것이다.

물론 그 원인은 많고 또 복잡하며, 많은 것들은 문학의 힘으로 해결할 수 있는 것이 아니다. 내가 주목하는 것은 계몽가 자체의 문화심리적 자질과 사유방식에 존재하는 모순과 약점, 다시 말해서 전통에 반대하는 자 자체에 존재하는 전통적 문화심리의 타성 문제이다. 만일 이 문제를 해결하지 못한다면, 즉 계몽적 선각자 자체에 대해 반성하지 않는다면, 새로운 계몽사상운동의 실천은 이전에 빠진 적이 있거나 앞으로 빠지게 될 악순환을 벗어날 방법이 없을 것이고, 민족정신을 철저하게 개조하여 중국민족을 세계의 선진민족 대열에 우뚝 세우는 역사적 사명을 완성할 방법도 없을 것이다.

1.

우상숭배에 반대하는 것, 이는 신문화운동에 게양된 과학과 민주라는 양대 깃발에 커다란 글자로 새겨진 문화적 사명일 것이다. 이 때문에 용감하게 '신은 죽었다'고 선언한 우상파괴자 니체는 신문화운동의 총아가 되었다. 많은 계몽사상가들이 세계의 신사조와 니체의 사상에서 우상숭배에 반대하는 정신적 역량을 얻었으며, 전통적으로 신성불가침이라 여겼던 모든 것에 대해 그 가치를 재평가했다. 중국 전통의 전제적 정치체제, 인치의 관념, 특권과 법률, 공자와 유교, 문화와 풍속······ 이 모두가 맹렬한 비판과 충격을 받았다. 전통문화의 최고의 정신적 대표로 존경받았던 황제의 권한과 공자의 가르침이 아무 짝에도 쓸모없는 것으로 간주되고, 사람을 먹는 최대의 소굴로 간주되어 신사조의 소탕 대상이 되었다. '공씨 가게를 타도하자'는 구호는 당시에 터져 나온 우상숭배에 반대하는 가장 격렬한 함성이었다. 당시 각성한 사람의 눈에 '공자의 가르침'은 바로 '영험을 잃은 우상이자 과거의 화석'[1]이었다. 사람들의 머릿속에 도사리고 있던 전통문화

---

1   천두슈, 「헌법과 공자의 가르침」, 『신청년』 제2권 제3호, 1916.11.1.

의 여타 크고 작은 우상과 미신들은 더 말할 것도 없었다. "우리가 현재 시급하게 힘써야 할 일은 첫째, 생존이고, 둘째 따뜻하게 입고 배불리 먹는 것이고, 셋째 발전이다. 이런 앞길을 저해하는 것이라면 옛것이든 오늘날의 것이든, 사람이든 귀신이든, 『삼분三墳』과 『오전五典』, 백송百末과 천원千元, 천구天球와 하도河圖, 금으로 만든 사람과 옥으로 만든 부처, 조상 전래의 알약과 가루약, 비급으로 제조한 고약과 단약, 그 무엇이든지 모두 짓밟아버려야 한다."[2]

신문화운동의 선구자들은 우상숭배에 반대하고 민주정치를 수립하려는 이상을 제기했을 뿐만 아니라 중국 민중에게 우상숭배가 생겨나는 사상적 근원에 대해서도 깊이 있게 해석했다. 장싱옌章行嚴은 일찍이 말했다.

중국인의 사상은 걸핏하면 성현이 되고, 주인이 되고, 하늘같은 관리가 되고, 임금이 되고, 스승이 되고 싶어 하기만 하고, 스스로 그 몸을 낮추어 사회의 한 구성원이 되어 자신의 의무를 다하고, 다른 구성원과 마음과 힘을 합하여 함께 그 집안을 다스리고, 함께 그 나라를 통치하며, 함께 천하를 태평하게 만들고 싶어 하지 않는다.

천두슈는 이 말을 인용한 다음 이렇게 인식했다. 이런 '불구적인 전제專制', '다른 사람과 자신이 평등하다'는 사상이 없는 것이 구도덕이 조성한 진부한 관념이다.[3] 천두슈는 또 옛날 사람들이 '성군聖君과 현

---

2   루쉰, 「갑자기 생각나다 6」, 『경보부간(京報副刊)』 제126호, 1925.4.22.
3   천두슈, 「조화론과 구도덕」, 『신청년』 제7권 제1호, 1919.12.1.

상賢相이 어진 정치를 베풀어주기를 바란 것'과 오늘날 사람들이 '위인과 원로가 공화와 헌정을 건설해주기를 바라는 것'을 모두 정치적 각성이 결여된 일종의 '비굴하고 비열한' 사상의 표현으로 간주했다.[4] 루쉰도 한 잡문에서 유방劉邦과 항우項羽가 진시황의 '호화로움'을 보고 각기 '아아, 대장부라면 마땅히 저래야지!', '저걸 내가 차지해야지!' 라고 말했다고 언급했다. 그런 다음 루쉰은 이렇게 지적했다. "대체되는 것은 '저것'이고 대체하는 것은 '장부'이다. 모든 '저것'과 '장부'의 마음이 바로 '신성한 무력聖武'의 생산자이고 수용자이다."[5] 이 '신성한 무력'이 바로 황권의 대명사이다. 중국 민중은 봉건제도와 봉건도덕의 속박 아래 너무 오랫동안 생활하여 신권과 황권에 대한 우상숭배가 이미 골수에 깊숙이 박혔다. 역사는 우상숭배를 만들었을 뿐만 아니라 우상숭배의 심리도 만들었다. 이런 마음속에 있는 정신적 부담을 청산하는 것은 우상 자체를 타도하는 것보다 훨씬 어렵다. 5·4신문화운동의 계몽가들은 이 어려운 계몽의 임무를 완성하는 데는 한참 미치지 못했다.

슬픈 일은 일부 계몽가들 자체도 이런 심리적 그림자를 드리우고 있었다는 것이다. 어떤 사람은 신구 두 관념의 모순 속에서 수시로 진부한 도덕관념의 기색을 드러냈다. 그들은 민주와 과학의 정신으로 일체의 우상숭배에 반대했고, 사람들의 사상과 관념을 이렇게 교육하자고 주장했다. "만일 정말 서양을 본받으려면 신을 버리고 사람을 중

---

4 천두슈, 「우리 최후의 각성」, 『신청년』 제1권 제6호, 1916.2.15.
5 루쉰, 『무덤·수감록』 59-신성한 무력, 『루쉰전집』 제1권, 베이징 : 인민문학출판사, 2005, 372쪽.

272   거친 들을 지나는 길손-루쉰의 정신세계 탐색

시하며, 신성한 경전과 환상을 버리고 자연과학과 지식을 존중해야 한다."[6] 그러나 그들은 사람들의 마음에 새로운 우상을 세우기를 바랐다. 그들은 새로운 지도자와 모범적 인물이 국민의 도덕과 사회의 풍기를 개조하는 과정에서 담당하는 역할을 과장하고, 사람들의 의식 속에 '현인, 호걸, 원로, 대가'가 우매함을 해방시킨다는 환영을 만들었다. 그들은 이렇게 인식했다. "근대의 현인과 호걸, 당시의 원로와 대가는 사회를 감화시키는 역량이 지극히 강대했다. 우리 국민의 도덕이 피폐하고 정치가 오염된 가장 큰 원인은 눈과 귀와 머릿속에 모범으로 삼을만한 고상하고 순결한 인물이 없으므로 사회가 그 중추를 잃고 만사가 점차 퇴화되었기 때문이다." 이런 사상은 소수의 '현인, 호걸, 원로, 대가'를 사회의 중추와 모범으로 삼아 '종교계 위인'의 역할을 대체함으로써 '인심과 풍속의 박약함'을 구제하고, 민중의 '도덕이 피폐하고 정치가 오염된 것'을 치료하려는 것이다. 민중이 처한 형편없는 정치경제적 지위가 개선되지 않은 상황에서 늙거나 젊은 소수의 걸출한 역사적 인물의 사상적 교화와 '모범'적 행위로 인심을 변화시키고 사회의 정신적 '중추'를 건립하기를 갈망한다.[7] 이는 실천적인 측면에서 이론가의 순진한 환상일 뿐만 아니라, 사상적 근원에서 보자면 여전히 우상숭배라는 비과학적 심리의 표현이다. 천두슈의 이런 견해는 프랑스의 사회학자 콩트의 '영웅과 석학'이 인류의 '모방의 중추'라는 이론에 근거한 것이며, 그 자체가 바로 일종의 심리적 추구라

---

6   천두슈, 「근대 서양의 교육」, 『신청년』 제3권 제5호, 1917.7.1.
7   천두슈, 「캉여우웨이(康有爲)가 총통과 총리에게 보낸 편지를 반박한다」, 『신청년』 제2권 제2호, 1916.10.1.

는 비과학성의 표현이다.

계몽가가 계몽과정에서 우매한 사상의 잔재를 자각적으로 드러냈다. 이는 주목할만한 현상이다. 그들은 하나의 우상숭배에 반대했지만, 사람들에게 또 다른 우상숭배를 추천했다. 어떤 이는 사람들에게 분명하게 선언했다. "20세기의 세계는 근본적으로 군주라는 우상이 존재할 수 없다." 그러나 대신에 평민의 우상숭배로 귀족의 우상숭배를 대체하자고 주장했다. "우리는 피터 대제를 숭배하기보다 차라리 워싱턴을 숭배하는 것이 낫다. 비스마르크를 숭배하기보다 차라리 프랭클린을 숭배하는 것이 낫다. 리슐리외Richelieu의 돈 버는 재주를 숭배하기보다 차라리 마르크스의 경제를 숭배하는 것이 낫다. 크뢰버의 제조술을 숭배하기보다 차라리 에디슨의 발명을 숭배하는 것이 낫다."[8] 저우쭤런은 심지어 '인간의 문학'을 '토템'의 지위로 끌어올렸다. "이 새로운 시대의 문학가는 '우상의 파괴자'이다. 그러나 그에게는 자신의 새로운 종교가 있다― 인도주의의 이상이 그의 신앙이고, 인류의 의지가 바로 그의 신이다."[9] 얼핏 보기에 이런 말들은 결코 잘못된 곳이 없는 것 같다. 귀족의 우상숭배에 반대하여 평민의 우상숭배로 대체하고, 신의 토템에 반대하여 인간의 토템으로 대체한다. 이후 중국 민중은 '귀족의 색채'를 전혀 띠지 않고, 문학은 인류의 의지를 '신성함'으로 삼는다는 이런 사상의 의도 자체는 올바른 것이다. 그러나 이런 적극적 사상의 배후에 숨겨진 전통적 우상숭배 심리 자체는 20세기 세계의 신사조가 선양하는 과학과 민주라는 사상과 배치되는 것이다.

8　뤄자룬, 「오늘날 세계의 신사조」, 『신사조』 제1권 제1호, 1919.1.1.
9　저우쭤런, 「신문학의 요구」, 『신보부간』, 1920.1.8.

바로 이런 심리가 계몽사상가들을 허위적인 종교적 우상숭배에 반대하게 하는 동시에 참된 종교적 우상숭배를 찾도록 만들었다. 1919년에서 1920년 전후까지 천두슈는 기독교 교회에 대해 많은 논문을 발표했다. 그는 기독교를 포함하여 모든 종교가 존중하는 신, 부처, 신선, 귀신은 모두 '사람을 기만하는 쓸모없는 우상'[10]이고, 기독교 역시 신을 숭배하는 일종의 '미신'이라고 말했으며, 옛날부터 지금까지 기독교 교회가 '저지른 죄악이 산처럼 쌓여 있어 말을 하자면 분통이 터지고 전율이 일어난다'[11]고 말했다. 동일한 천두슈가 1920년에 쓴 다른 글에서는 뜻밖에 이렇게 말했다. "기독교는 사랑의 종교이다." 그것의 '근본적 교의'는 '믿음과 사랑'이다. 중국문화의 원천에는 "미적이고 종교적인 순수함이 결여되어 있다". '예수의 숭고하고 위대한 인격과 열렬하고 깊은 감정을 우리 핏속에 주입하여 우리를 냉혹하고 어둡고 혼탁한 타락의 구렁텅이에서 구원하고' 중국인에게 '종교적 감정'을 양성하게 하며, 예수의 '숭고하고 위대한 인격'과 '열렬하고 깊은 감정'을 중국민족의 '새로운 신앙'으로 삼아야 한다고 주장했다.[12] 기존의 우상숭배를 파괴한 다음 사람들에게 새로운 우상숭배를 찾도록 인도하고, 하나의 종교적 교의를 민족의 타락을 구제하는 정신적 지주로 삼고, 정신과 혈액 속에 깊이 들어간 위대하고 숭고한 '신앙'으로 삼는다. 이것은 일단 기독교에 대한 계몽가의 평가가 어떠한지, 계몽가의 마음이 얼마다 정성스러운지는 논외로 하더라도, 이런 주장

10   천두슈, 「우상파괴론」, 『신청년』 제5권 제2호, 1918.8.15.
11   천두슈, 「수감록 20」, 『신청년』 제5권 제2호, 1918.8.15.
12   천두슈, 「기독교와 중국인」, 『선구(先驅)』 제7권 제3호, 1920.2.1.

이나 제창 자체가 계몽가의 심리에 존재하는 우상숭배라는 죄악의 뿌리가 아직 근절되지 않았다는 사실을 반영한다. 우상파괴론자가 모두 우상숭배 심리의 파괴자는 아니다. "종교에 반대하는 투쟁은 간접적으로 종교를 정신적 위안으로 삼는 그런 세계에 대한 투쟁이기도 하다."[13] 계몽사상가가 '신격화'되거나 '신성화'된 어떤 것을 가지고 사람들에게 '정신적 위안'을 주는 '새로운 신앙'을 재건하려고 한다면, 이는 이미 자신이 제창했던 과학적 사상과 정신의 반대쪽으로 걸어간 것이다. 일종의 종교적 정신과 교의가 새로운 우상이 되고, 민중을 불구덩이에서 구제하는 '은혜'의 이론이 되었다. 이런 이론적 모순에 문화심리의 병적 뿌리가 투영되어 있는 것이다.

우수하고 현명한 정치적 인물에 대한 존경이나 숭배, 그리고 그들을 모범으로 삼거나 심지어 그들에 대해 일종의 진정한 추앙의 감정을 갖는 것은 반과학적인 우상숭배론과 결코 같은 것이 아니다. 우상숭배는 일종의 반역사주의적인 봉건적 종법관념과 우매한 '토템'관념의 잔재이고, 과학적 정신과 배치되는 것이다. 모범적이고, 현명하고, 호걸스러운 인물을 존경하는 것은 여전히 그들을 인간으로 대하는 것이고, 그들을 '신'으로 삼아 머리를 조아리고 경배하는 것은 아니다. 현대의 과학적 정신의 세례를 받은 정상적 신념에는 사람을 '신격화'하는 심리적 요소가 없다. 5·4신문화운동의 계몽가들은 자신을 포함하여 피계몽자의 이런 심리적 요소에 대한 주의와 청산이 없었다. 우상숭배와 개인의 신격화 사상은 이후 반세기가 넘게 지난 뒤 갈수록 횡

---

13   마르크스, 『'헤겔 법철학 비판' 서문(導言)』.

행했다. 잘못된 개인적 미신에 반대한 뒤 또 '올바른' 개인적 미신을 만들었다. 장기간에 걸친 신격화 운동은 마침내 우상숭배를 새로운 극단으로 발전시킴으로써 민족의 역사에 일찍이 없었던 재난을 초래 했다. 반과학적인 봉건적이고 우매한 관념의 분위기가 없었다면, 그 토양이 되는 우상숭배라는 심리적 요소가 없었다면, 이런 역사적 비 극의 발생과 발전에 대해 해석할 방법이 없는 것이다.

2.

시선을 계몽가의 내면으로 돌리면 외래문화에 대한 일종의 공포심 리를 발견할 수 있다. 5·4신문화운동 선구자들의 반전통적 자각의식 은 그들이 서양의 선진문화의 수입과 민족의 문화심리적 타성의 관계 에 대해 다소 냉철한 이해를 가지고 있는 것으로 표현되었다. 천두슈 는 동서문화의 충돌이라는 각도에서 중국민족의 정신적 타성의 문제 를 관찰하고 이렇게 적었다. "유럽에서 수입된 문화와 중국 고유의 문 화는 그 근본적 성질이 극단적으로 상반된다. 수백 년 동안 우리나라 가 요동치고 불안했던 현상은 이 두 가지 문화가 서로 접촉하고 서로 충돌한 데서 비롯된 것이 열 가운데 여덟아홉이다. 무릇 한 번 충돌하 면 국민은 바로 한 차례의 각성을 얻었다. 오직 우리의 타성이 지나치 게 강해서 금방 각성했다가도 다시 미혹되고 심지어 각성하면 할수록 더욱 미혹되어 그 어리석고 멍청한 것이 오늘에 이르렀다."[14] 이런 침 통한 외침에 대해 조금만 생각해보면 하나의 이치를 깨달을 수 있다.

즉, 전통문화가 지니고 있는 거대한 타성은 결코 무섭지 않다. 가장 무서운 것은 전통문화의 타성적 역량과 전통에 반대하는 사람 자신의 문화심리적 타성이라는 양자의 응축된 합력이 진정으로 선진문화를 수입하고, 사상혁신을 실현하는 데 있어서 막대한 장애를 구성한다는 사실이다. 19세기 말에서 20세기 초까지 그런 '금방 각성했다가도 다시 미혹되고 심지어 각성하면 할수록 더욱 미혹되어 그 어리석고 멍청한' 수습할 수 없는 국면은 바로 이런 두 가지 문화적 타성의 강대한 합력작용의 결과이다.

오늘날 우리가 반성할 가치가 있는 것은 '5·4' 시기의 일부 사상계몽가들 또는 선진문화의 훈도를 받은 지식계층의 내면에 이런 문화심리적 타성이 상이한 형태로 존재하고 있었지만, 계몽가 자신의 충분한 자각을 끌어내지 못함으로써 나중에 이를 올바른 것으로 간주하여 긍정하고 칭송했다는 사실이다. 이것은 우리의 현대적 문화사상의 발전과정에서 끊임없이 이어졌던 비극이다.

동서문화의 격렬한 충돌 속에서 전통에 반대하는 혁신자들의 문화심리적 타성이 가장 두드러지게 표현된 것은 일종의 서구화 공포 심리이다. 루쉰선생의 사상은 심오하다. 그는 냉철한 계몽사상가의 예민함으로 이족문화의 노예가 되지 않을 자신감이 결여된 사람들이 외래문화에 대해 신경이 '쇠약하거나 지나치게 민감하여' 밀쳐내고, 두려워하고, 위축되어 도망가고, 놀라서 '벌벌 떨고' 하는 심리, "이렇게 하면 조상을 위배하고 저렇게 하면 또 오랑캐 같아 평생 동안 얇은 얼

---

14   천두슈, 「우리 최후의 각성」, 『신청년』 제1권 제6호, 1916.2.15.

음을 밟는 것처럼 조심조심하는"[15] 모습을 폭로했다. 하지만 여기서 말한 것은 모두 수구적인 국수파이다. 그는 계몽가 자체에 대해서는 그다지 주의를 기울이지 않았다. 루쉰은 '5·4' 이후에 『술집에서』, 『고독자』, 『죽음을 슬퍼하며』 등의 소설을 썼다. '5·4' 전후에 각성한 지식인들이 낡은 전통사상의 울타리를 부수고 나왔다가 다시 맥없이 돌아가는 추세를 통해 전통과 타성의 막강한 합력 작용의 문제를 깊이 있게 폭로했다. 그러나 이런 소설들은 서구화 공포증이라는 반문화적인 심리적 타성의 문제를 다루지 않았다. 그의 시선이 주로 살핀 것은 국수파 또는 사회현실이 각성한 사람들에게 가져온 심리적 그늘이었다. 신문화 제창자 자신의 서구화 공포증이라는 심리적 중압은 아직 그의 주의를 끌지 않았다.

신문화와 신문화운동에 반대하는 자들이 신문학의 창조를 '서구화의 껍데기를 수입하여' '거짓 서구화'를 가지고 '학력이 천박하고 혈기가 안정되지 않은 소년'[16]을 선동하는 것이라고 비난했을 때, 신문학의 적극적 제창자인 동시에 현대적 안목을 갖춘 지식인조차 신문학운동의 서구화 현상에 대해 깊고도 쓸데없는 우려를 나타냈다. 그들은 엄숙한 태도로 중국의 일반적 신시 창작에 '서구화에 대한 일종의 광적인 탐닉'이 보인다고 비판했다. 그들은 이런 작가들이 '오직 유행만 쫓아' '여기' 즉 '민족'이라는 두 글자는 '그림자도 보이지 않게' 잊어버린 것 같다고 인식했다. 문학과 시에서 서양의 이야기와 명사는 차고 넘치는데 중국의 고대문화와 4천 년의 중국민족은 찾을 수 없다.

---

15 루쉰, 『무덤·거울 유감(看鏡有感)』.
16 메이광디(梅光迪), 「신문화 제창자를 평하다」, 『학형(學衡)』 제1기, 1922.1.

이렇게 우리나라 문화와 '배치되는' 서양문화에 지나치게 '도취되면' 필연적으로 민족문화의 멸망을 초래할 것 같다. "우리나라 미래의 위험은 정치 경제가 다른 사람에게 정복될 뿐만 아니라 문화도 다른 사람에게 정복될 우려가 있다는 데 있다."[17] 중국문학의 서구화에 대한 이런 공포감은 복고파로부터 나온 것이 아니라 신문학의 가장 적극적인 제창자로부터 나왔다. 이런 사상이 생겨나게 된 그들의 복잡한 심리에 대해 깊이 생각할 가치가 있는 것이다.

그들의 모순된 심리는 중국문화의 나아갈 길에 대해 사고할 때 탁월한 안목과 선견지명을 지닌 명제를 제기하는 것으로 표현되었다. 예를 들어 신시는 중국의 전통시 뿐만 아니라 서양의 전통시에 비해서도 새로워야 하며, 민족적 색채의 보존과 외래의 장점에 대한 흡수를 결합하여 '중국과 서양의 예술이 결혼하여 탄생한 이런 아이'를 창조해야 한다는 것이다. 또 중국 전통시가의 '흥興'과 서양 시가의 '상징'적 수법을 '융합하여' 중국시가의 길을 재건해야 한다는 것이다. 이런 주장들은 동서문화의 융합에 대한 주목 속에서 중국 신문화 발전의 길을 찾는 탐구정신을 표현했다. 이는 이른바 '고금중외파'의 '국수를 제창하고 새로운 지식을 융합하여' 문명의 '재건'을 꿈꾸었던 신문화 반대파의 주장과 완전히 다른 것이었다. 이런 '융합론'의 주장자 자신이 서양문화를 참조체계로 삼아 중국문화의 결함을 느끼고 있었다. 예를 들어 중국문학에 환상력이 빈약한 것은 첩자疊字를 남용함으로써 시가에서 '환상 자체의 결손'을 조성했기 때문이다. 또 중국문자의 형

---

17   원이둬(聞一多), 「여신의 지방색채」, 「스치우에게(致實秋)」.

용사는 '서양어처럼 정밀하게 사용되지 않는다'. 또 신문화는 '구문학의 오랜 축적'에 의지해서 자신의 창조를 완성할 수 없고, 유럽문화의 장점을 흡수하여 '개량의 책임'을 완성해야 한다. 그러나 혁신적 사상이 풍부한 계몽가들이 왜 신문화 최초의 실적에 직면하여 '서구화에 대한 광적인 탐닉'에 반대하는 외침을 쏟았으며, 심지어 민족문화의 멸망에 대한 우려감까지 가지게 되었는가? 주목할 것은 겉보기에 나무랄 바 없는 그들의 명제가 아니라, 이런 사상이 생겨난 심리적 근원이다. 당시 혁신자 가운데 이런 주장이 다수는 아니었지만 그것이 일정한 흐름을 형성했고, 또 정확한 관점과 함께 섞여 있었으므로 더욱 성실하게 분석할 필요가 있다.

'서구화에 대한 광적인 탐닉'이란 당시 신문화의 발전상황을 가지고 볼 때 마음이 만들어낸 환영에 지나지 않았다. 가장 심하게 비판을 받았던 궈모뤄의『여신』의 경우에도 역시 민족적 신시의 빛나는 실천이었다. 일부 사람들이 이런 공포증을 느낀 이유는 자신의 민족문화에 대한 지나친 도취와 숭배 심리 때문이었다. 그들은 신문화의 반전통이 전체 민족문화에 대한 부정을 초래할 것이라고 두려워했다. 이 때문에 한편으로 '구문학에 대한 신념'을 '회복하자'고 주장하고, 다른 한편으로 분석이 결여된 채 동양문화에 대한 숭배를 부추겼다. 그들은 '동양문화가 절대적으로 아름답고 운치가 있다고' 인식했다. 동양의 문화는 '인류가 지닌 가장 철저한 문화'이고, 중국문화의 혁신자로서 이런 '절대적 아름다움'과 '철저한 아름다움'을 고수해야 하고, 절대 '광야에서 떠들어대던 서양인들에게 놀라자빠져서는 안 돼!'는 것이었다. 그들은 심지어 동양문화를 '동양의 혼'으로 간주하고, 시의 형식으로 동양문화의 혼을 상실한 애처로운 정을 표현했다. 아래는 량스추梁實秋의 시 가운데 일부이다.

> 동양의 혼이여!
> 의젓하고 온후한 동양의 혼이여!
> 단향로(檀香爐)에 하늘거리는 푸른 연기에 있지 않으리.
> 경건하게 기도하는 사람들 아직도 무엇을 경배하는가?

> 동양의 혼이여!
> 영험하고 순결한 동양의 혼이여!
> 그윽한 대나무 숲 성긴 그림자에 있지 않으리.
> 경건하게 기도하는 사람들 아직도 무엇을 공양하는가?

민족의 전통문화가 서양 문화조류의 충격을 받아 분열, 탈바꿈 그리고 재생을 기도하고 있을 때 전통문화의 가치를 완전히 부정하고 전반적 서양화의 이론을 가지고 전통문화에 대한 과학적 개조를 대체한다면 이는 확실히 극단적 주장이다. 그러나 현대적 정신과 현대적 문화는 불가분의 관계를 지니고 있는 것이다. 전통문화의 강대한 타성은 우선 외래문화를 거부하고 현대적 과학정신을 배척하는 것을 통해 표현되었다. 전통문화 속의 우수한 점들을 존중하는 것은 민족문화 재건의 필수적 전제이지만, 이런 전통문화의 '지극한 아름다움'과 '철저함'을 지나치게 과장하는 것은 외래의 선진문화를 흡수하는 과정에서 자신의 전통문화의 고유한 특색을 잃어버릴까만 염려하는 것이며,

이로 말미암아 일종의 서구화 공포심리를 야기한다. 서구화 공포심리와 문화개조 과정에서의 심리적 타성이 한데 결합하여 종종 한 민족의 문화와 문학이 더욱 큰 도량으로 외래문화를 흡수하는 것을 방해하는 저항력이 된다. '5·4' 이후 동양문화파와 국가주의파로 대표되는 문화사조는 애국주의 깃발아래 전통문화를 고수한 일종의 퇴행적 역사 조류가 되었다. 공포와 우려 속에서 외래 문화사조의 충격에 대응한다면 결국 전통을 고수하는 낡은 길로 들어설 수밖에 없다. 일부 신문화 제창자들은 자신의 '융합론'을 거리낌 없이 장즈둥張之洞의 '중국의 학설을 본체로 삼고, 서구의 학설을 작용으로 삼는다中學爲體, 西學爲用'는 주장에 가까운 것으로 자인했는데, 이런 문화심리의 고백 자체는 우리가 깊이 생각해볼 가치가 있는 것이다.

사실 5·4신문화운동에서 체계적인 '전반적 서구화'의 조류는 근본적으로 존재하지 않았다. 문학을 예로 들면 전반적 서구화를 주장했다고 줄곧 인식된 '서구화된 문학'에 관한 주장은 중국 현대의 신문학을 건설하려는 구상의 한 경로에 지나지 않았다. 그 주된 생각은 유럽 문학의 언어표현 방법의 풍부성과 복잡성을 많이 참조하자는 것이었지, 사상내용에서 기교에 이르기까지 중국신문학을 서양의 문학으로 개조하자고 주장한 것은 결코 아니었다. 설령 중국인이 서양어로 쓴 소설이라 할지라도 번역하면 여전히 중국민족 스타일의 작품인 것이다. 린위탕林語堂이 외국에서 쓴 작품들이 바로 유력한 증거이다. 이는 외래문화를 흡수하는 주체는 사람인데, 이 사람이라는 것은 선택과 동화의 힘을 지니고 있는 존재이지 결코 피동적인 수용자가 아니기 때문이다. 사람의 심리기제는 외래문화를 민족문화로 흡수하고 전환하는 변압기 또는 여과기이다. 외래문화의 영향을 수용하지만 그것에 동화되지 않는 것은 여기에 작용하고 있는 하나의 민족문화의 재생과 창조의 역량, 다시 말해서 민족심리라는 문화적 소화력의 기제가 있다는 뜻이다. 창조력이 강대한 심리를 갖춘 민족의 문화는 영원히 먹히지 않는다. 수천 년 중국문화의 역사적 동향을 20년 가까이 관찰한 뒤 일찍이 서구화 공포심리를 지녔던 사람들 자체의 심리에도 변화가 일어났다. 그리하여 민족문화가 외래문화를 흡수하면서도 소멸되지 않는 역사적 필연성을 보았다. 이런 말들이 좋은 예이다. "본토 형식의 꽃이 활짝 핀 다음에는 반드시 시들고 떨어지기 마련이다. 그것은 모든 생명의 법칙이다. 두 문화의 물결이 확대되고 접촉하고 뒤섞이다가 마침내 새로운 이국 형식이 필연적으로 뛰어들기 마련인데, 이는 벌써 역사적 운명으로 정해져 있는 것이다. 이국 형식은 아마 벌써 와 있었을 것이다. 최소한 한漢대에 불교가 처음 수입되었을 때 사람들은 수백 년 동안 그것에 주의하지 않았다. 주의한 다음에도 미루고 주저하면서 또 수백 년이 지나 마침내 하는 수 없이 체념하고 수용했다. 그러나 그것은 빠르거나 늦는 문제에 지나지 않는다. 어쨌든 자신의 꽃은 다시 피울 방법이 없다, 당신은 그런 운명을 인정하지 않을 수 없다. 새로운 종자가 바깥에서 들어와 당신에게 재생의 기회를 준다면 그것은 당신의 복이다. 당신이 그것을 수용할 용기가 있다면 당신이 총명한 것이다. 세심하게 그것을 기르고자 한다면 싹수가 있는 것이다. 그 결과 뜻밖에 밉지 않은 꽃을 피울 수 있다면 당신은 자랑스럽게 생각해도 좋을 것이다."[18] 이 글은 외래문화를 흡수하고 극복하는 과정에서 민족의 심리적 타성의 문제를 언급했다. 이런 심리적 타성을 타파해야 비로소 새로운 종자가 자신의 땅에서 꽃을 피우고 열매를 맺게 할 수 있다. 역사가 증명하듯 특히 20세기 중국문화의 개방 이래 동양과 서양 두 개의 문화적 '물결'의 접촉과 교직의 역사가 증명하듯, 우리 민족의 문화심리적 창조력과 자신감은 아주 강력하다. 수용에 대한 용기와 신념이 있을 뿐만 아니라 소화하고 재건하는 능력도 있다. 귀모뤄가 '5·4' 시기에 노래한 「봉황 열반」의 노래는 아주 음미할 가치가 있다. 민족문화의 각도에서 이 상징적 극시의 의미를 살펴보아도 무방하다. 봉황이 뜨거운 불 속에서 재생할 때 봉황은 스스로 나무를 물어다 불을 붙인다. 봉황은 불에 삼켜져 영원히 살아날 수 없을지 모른다는 공포가 없다. 봉황은 스스로 갱생하는 것이다. 불속에서 새롭게 태어나는 봉황의 형상은 상당 정도 우리 민족이 자신의 문화를 재건할 수 있다는 신념과 자부를 상징한다.

공포심리가 있다면 자신의 민족문화의 특색을 완고하게 고수하고자 할 것이다. 아마 민족문화의 현대적 위기를 초래하는 것은 '서구화'의 추세가 아니라 이런 '서구화' 추세에 대한 공포심리 자체일 것이다. 이런 심리를 개조하려면 반드시 낙후에 대한 위기감으로 소멸에 대한 공포감을 대체해야 한다. 소심함을 청산하고 커다란 공포에서 벗어나야 중국민족의 문화와 민족정신은 세계의 선진민족의 대열 속에 완전히 자립할 수 있는 희망이 있을 것이다.

---

18   원이둬, 「문학의 역사적 동향」, 『당대평론』 제4권 제1기, 1943.12.1.

3.

우상숭배와 서구화 공포는 5·4신문화운동이 제창한 과학과 민주의 정신과 어긋나는 문화심리이다. 그것들은 봉건적 의식의 양대 잔재이고, 민족 현대화 지향의 양대 장애이다.

한층 더 탐구할 가치가 있는 것은 이런 문화심리가 왜 신문화운동 제창자 자신에게 생겨났는가, 더구나 잠재적 형식으로 수십 년 동안의 문화적 변혁에서 반복적으로 작용했는가, 나아가 민족문화 현대화의 역사적 과정에서 일종의 강대한 타성적 역량을 형성했는가 하는 것이다. '5·4' 시기 일부 선진적 계몽사상가들은 왜 오래지 않아 사상적 역전을 일으켰는가? 5·4신문화운동 선구자들이 일찌감치 반대했던 구사상의 폐해가 왜 지금까지도 이어지고 있는가?

이는 우선 외래사조의 영향을 수용하는 과정에서 민족의 문화변형 문제와 관련이 있다.

서양의 문화사상을 도입하고 흡수할 때 '5·4'의 계몽사상가는 비교와 비판의 사유방법을 운용했다. "조국의 강대함을 떨치려면 우선 자신을 살피고 다른 사람도 알아야 한다. 비교가 충실하게 이루어지면 이에 자각이 생겨난다."[19] "근세의 학문은 비교의 연구방법을 다투어 숭상한다. 많은 자료에서 정수를 골라내기를 바란다." "장점을 취하고 단점을 보완한다."[20] 그들은 서양 20세기의 학설, 사상, 문화를 취하여 수천 년의 전통문화에 대해 비교와 비판을 진행함으로써 '진리의 발

---

19   루쉰, 「악마파 시의 힘」.
20   천두슈, 「칼 찬 청년에게 답하다」, 『신청년』 제2권 제5호, 1917.3.1.

견, 학술의 확장'을 도모했다. 바로 이런 사유방식에 대한 관찰을 통해 그들은 중국민족의 문화변형 과정에서 타성적 역량을 발견했다. 루쉰은 중국을 하나의 '커다란 염색 항아리大染缸'라고 불렀다. 아무리 선진적인 신사상이 전래되더라도 모두 왜곡되고 변형된다. 그는 이 때문에 침통하게 말했다. "우리 중국은 본래 새로운 주의가 생겨나는 곳이 아니고, 새로운 주의를 수용할 장소도 없다. 설령 우연히 외래사상이 들어온다 할지라도 즉시 색깔이 바뀌어버리고, 더구나 많은 논자들은 거꾸로 이것을 자랑스럽게 여긴다."[21] 당시 이렇게 인식한 식견이 있는 사람도 있었다. 민족전통의 관습적 세력의 강대함으로 인하여 "무릇 새로운 것이 중국에 들어오면 거기에 중국 구식의 색채를 한층 덧칠하여 '사불상四不像'을 만들어 놓고서야 그만둔다".[22] 중국인은 오랜 관습과 선입견에 지나치게 속박되어 어떤 새로운 학설과 새로운 사물을 막론하고, "언제나 옛날의 견해를 가지고 천착하고 억지로 끼워 맞추어 그것을 왜곡한다." "이런 사상계의 공기 속에서 '개조'의 사업을 말한다면 백 년이 더 지나도 좋은 결과를 얻지 못할 것이다."[23]

하나의 민족문화가 외래의 문화사상을 수용하는 과정에서는 필연적으로 문화변형 현상이 발생한다. 민족의 심리적 자질과 세계에 대한 지식의 고저가 지향이 서로 다른 두 가지 문화변형의 출현을 결정한다. 한 가지는 기존의 것을 옹호하여 새로운 생기를 소모하고 압살하는데, 이것은 높은 데서 낮은 데로 향하는 소극적 문화변형이다. 한

---

21   루쉰,『무덤·수감록』 59 – 신성한 무력.
22   뤄자룬,「근대 중국문학 사상의 변천」,『신사조』 제2권 제5호, 1920.9.1.
23   우캉(吳康),「사상개조에서 사회개조까지」,『신사조』 제3권 제1호, 1920.10.1.

가지는 기존의 것을 파괴하여 새로운 살길을 모색하고 창조하는데, 이것은 낮은 데서 높은 데로 향하는 적극적 문화변형이다. 전통문화의 심리적 타성이라는 '커다란 염색 항아리'는 모든 새로운 것을 변색시키고, 모든 새로운 것을 '사불상'으로 만드는데, 바로 일종의 소극적 문화변형의 표현이다.

'5·4' 신문화 계몽가는 이런 문화발전 현상을 인식했고, 아울러 이런 현상을 조성하는 사상과 심리의 근원을 파헤치는데 주의했다. 계몽가들은 중국민족의 정신과 심리의 폐단을 '이중사상'이라고 불렀다. 루쉰은 이렇게 말했다. "중국사회의 상태는 아예 수십 세기를 한 시기에 압축해놓은 것이다. 기름솔가지에서 전등까지, 외바퀴수레에서 비행기까지, 표창에서 기관총까지, '함부로 법리를 토론하는 것'을 금지하는 것부터 중화민국 임시약법 수호까지, '고기를 먹고 가죽을 깔고 잔다'는 식인사상에서 인도주의까지, 죽은 조상 대신 산 사람을 세워놓고 제사를 올리고迎屍 뱀에게 절하는 것拜蛇부터 미술교육으로 종교를 대체하는 것까지 이 모든 것이 서로 어깨를 스치고 등을 떠밀 듯이 존재한다." 루쉰은 황푸黃郛의 『유럽 전쟁의 교훈과 중국의 미래』라는 책에서 폭로한 개혁과정에서 잘못 사용된 개념을 빌어서, 이런 기이한 현상은 모두 사람들의 머릿속에서 농간을 부리는 '이중사상' 때문이라고 간주했다. 그 요점은 새 것과 낡은 것 사이에서 방황하는 것이다. 즉 '혁신'도 하고 싶고, '복고'도 하고 싶은 것이다. 중국이 "진보하고자 하고, 태평하고자 한다면 반드시 '이중사상'을 뿌리째 뽑아버려야 한다. 왜냐하면 세계가 비록 작지 않지만, 방황하는 인종은 결국 자리를 찾을 수 없기 때문이다".[24]

이런 '이중사상'은 민족문화의 전통적 타성과 낡은 관습을 고수하는 개인의 문화심리적 타성의 합력으로 만들어진 산물이다. 계몽가는 '이중사상'의 위해성을 인식했지만 이 '이중사상'의 뿌리를 '뽑아버릴' 방법이 없었다. 다른 사람의 '이중사상'을 '뽑아버릴' 수 없었을 뿐만 아니라 자신에게도 이런 '이중사상'이 존재하고 있었다. 일부 계몽사상가들 자신이 앞에서 서술한 우상숭배와 서구화 공포증의 심리를 여전히 지니고 있었던 까닭은 최종적 근원이 바로 여기에 있었던 것이다. 다시 말해서 그들의 심리에 심층적으로 존재하는 낡은 문화적 전통에 대한 애착과 보수성, 이것은 낡은 문화적 전통이 그들에게 물들여 놓은 '독기와 귀기'인 것이다.

　　어떤 계몽사상가들은 표층적이거나 일반적인 수구사상은 비교적 쉽게 알아차렸지만 더욱 깊은 차원의 신구의 차이에 대해서는 똑똑히 구분하기 힘들었다. 예를 들어 누구나 다 아는 '입은 공화 머리는 전제'라는 이런 현상에 대해 많은 글에서 비판했다. 천두슈는 이렇게 말했다. "우리 중국의 많은 국민들은 입으로는 비록 공화를 반대하지 않지만, 머릿속에는 실로 군주제 시대의 낡은 사상으로 가득 차있다. 구미 사회와 국가의 문명제도는 그림자조차 없다. 그래서 입을 한 번 벌리고 손을 한 번 펼치면 곧 군주 전제의 악취가 풍긴다." 많은 사람들은 말할 것도 없고, 설령 '공화를 창조하고 공화를 재건하자는 인물'이라 할지라도 "머릿속이 군주제 시대의 낡은 사상으로 가득 차 있지 않은 사람이 몇이나 되겠는가?"[25] 그러나 천두슈 자신은 또 일부 구사

24　루쉰, 『무덤·수감록』54.
25　천두슈, 「구사상과 국체(國體)문제」, 『신청년』 제3권 제3호, 1917.5.1.

상에 대해 어떠했던가? 그는 유가와 공자의 가르침으로 대표되는 봉건적 윤리도덕에 반대했지만, 청년들에게 사회개혁에 투신하라고 격려할 때는 자신이 부정했던 유가사상에서 영험을 구했다. "나는 청년들이 공자와 묵자가 되기를 바라고, 소부巢父와 허유許由가 되기를 바라지 않는다."[26] 그의 머릿속에서 공자는 현대 청년들의 사회참여의 모범이 되었다. 그는 유가에서 제창한 충효절의忠孝節義 같은 일련의 봉건적 윤리도덕이 중국 민중의 정신에 가한 심각한 유린을 통렬하게 질책했지만, 한편으로 유가학설은 "충성을 가르치고, 효도를 가르치고, 순종을 가르친다. 만약 그것이 주체의 자발적 행위라면 요즘 세상에 비록 선한 제도는 아니라 할지라도 악한 행위도 아니다"[27]라고 인식했다. 중국 여성의 절개와 효도를 알리는 패방牌坊은 죄악의 업적으로서 마땅히 파괴해야 하지만, 이 절개와 효도가 만일 '주체의 주관적이고 자발적 행위라면' 오히려 '가치 있는' 행위이니 반대해서는 안 된다.[28] 천두슈는 심지어 '자연적 정감의 충동'에서 나오고, '이성적 충동'에서 나온 것이 아닌 '충성, 효도, 절개'는 '내면 성찰적이고, 자연스럽고, 천진한' 행위이므로 마땅히 긍정해야 한다고 인식했다. 기독교 교의에서 전하는 "악인이 되지 말라. 어떤 사람이 너의 오른뺨을 때리면 너의 왼뺨까지 그에게 내밀라. 어떤 사람이 너의 상의를 가지려고 관가에 고소하거든 너의 외투까지 그에게 주라"는 것도 '위대한 용서의 정신'으로 간주하여 칭찬했고, '우리의 핏속에도 길러야 한다'.[29] 허영

---

26 천두슈, 「청년에게 알리노라(敬告靑年)」, 『청년잡지』 제1권 제1호, 1915.9.15.
27 천두슈, 「수감록 14」, 『신청년』 제5권 제1호, 1918.7.15.
28 천두슈, 「우상파괴론」, 『신청년』 제5권 제2호, 1918.8.15.
29 천두슈, 「기독교와 중국인」, 『신청년』 제7권 제3호, 1920.2.1.

심과 거짓도덕에서 나온 충성, 효도, 절개는 파괴하고, 참되고 자발적인 충성, 효도, 절개는 보존한다. '허위적인 우상숭배'는 파괴하고, '진실하고 합리적인' 우상숭배는 수립해야 한다. 인도주의 사상을 제창하면서 노예식의 '용서'도 위대한 인격으로 간주한다. 이런 것들은 모두 더없이 황당한 것이다. 조화론에 반대하는 사람 자신이 조화론의 모순된 지경으로 빠져든 것이다. 이런 현상이 생겨난 원인은 일부 계몽가들의 경우 부분적인 낡은 도덕관념이 그들의 머릿속에서 아직 강한 흡인력을 가지고 있었다는 데 있다. 그들의 정감 깊은 곳에서 아직도 자각적 또는 비자각적으로 진부한 전통에 애착을 느끼고 있어, 어떤 추악한 것들을 일종의 고상한 미덕으로 간주하여 수호하고 칭송하는 것이다. 새것과 옛것의 두 가지 윤리도덕 관념이 이중적 또는 다중적 형식으로 그들의 문화심리에 존재하고 있었다. 그들의 모순으로 충만한 이론은 문화적 '이중사상'과 심리의 외화에 지나지 않는다.

문화적 '이중사상' 때문에 5·4신문화 계몽운동의 혁신파 인물들은 서양문화의 흡수에 대해 일종의 복잡한 심리를 표현했다. 한편으로 '노동은 신성하다'는 사조의 영향을 받아 노동자와 농민을 숭배하고 신앙하는 사상을 가지고 각성한 지식인의 시대적 회귀속에서의 비극적 약점을 파헤치는데 노력했다. 한편으로 또 니체가 고취한 천재적 '특이獨異'자에 대한 숭배를 표현하며 모든 새로운 사상과 개혁은 한두 사람의 '초인'으로부터 '발단'된다고 인식했다. 한편으로 신문학 작품이 참신한 시대정신을 풍부하게 지니고 있다고 고도로 찬양하면서, 또 다른 한편으로 그 속에 중국의 사물과 현상을 적게 쓰고 외래의 명사를 많이 사용한 것에 대해 작가가 중국의 민족문화를 사랑하지 않는 표현이라고 인식했다. 한편으로 인성의 해방, 혼인의 자주를 제창하고 여성에게 봉건적 예교의 희생물이 되지 말라고 했다가, 다른 한편으로 자신은 어른에게 효도를 고수하여 그들이 '자신에게 보낸 선물'—부모가 정한 혼인을 수용하고, 그래서 애정이 없는 혼인으로 다른 사람의 일생을 희생시키고, 자신도 생활의 쓴맛을 음미하다가 새로운 애정을 찾아 나섰다. 한편으로 관문을 닫고 나라를 봉쇄하는 것에 반대하고, 서양의 선진적 사상문화 조류를 흡수할 것을 주장하면서, 한편으로 또 문화적 국가주의에 미련을 가지고, 서양문화의 영향과 침투 앞에서 멸망의 공포감을 표현했다. 한편으로 인도주의 이론을 힘껏 제창하고, 사회가 '사람의 가치'를 존중하도록 극력 선동하면서, 한편으로 어떤 사람은 부녀자를 장난감으로 간주하고, 다른 사람의 고통을 가지고 자신의 향락으로 바꾸었다. …… 이런 모순된 상황은 결코 보수적인 도학선생들에게 일어난 것이 아니라 "'오늘의 중국'이라고 불리는 사상이 지극히 새롭거나 신문화운동의 조류 속에서 세례를 받았던 선생들"에게 일어났다는 것이 우리가 역사를 반성할 때 엄숙함과 비극성을 증가시킨다. 당시에 이렇게 한탄한 사람이 있었던 것도 무리가 아니다. "중국의 오늘날 사상계에 대해서 말하자면 정말 한 마디로 이루다 말하기 어렵다. 낡은 우상은 아직 떠나지 않았는데 새로운 우상이 또 왔다." 진정으로 사회개조를 실현하려면 반드시 구문화를 비판하고 신문화를 수입하는 계몽가 자신이 '지식적 성실', '이성적 회의', '합리적 신념', 즉 '과학적 연구태도'로 개조된 '참된 정신'을 주입해야 한다.[30]

　　루쉰은 자신의 사상에 존재하는 구문화의 여독을 해부하면서 자신이 처한 위치에서 개혁자의 성찰 문제를 제기했다. 그는 이렇게 인식했다. "모든 사물은 변화 속에 있으므로 언제나 다소 중간물을 지니고 있기 마련이다. 동물과 식물 사이에, 무척추동물과 척추동물 사이에 모두 중간물이 있다. 또는 아예 이렇게 말할 수 있다. 진화의 사슬에서 모든 것은 다 중간물이다."[31] 루쉰은 진화론 사상에서 출발하여 '5·4' 전후 자신의 사상적 특징을 반성하며 이런 말을 했던 것이다. 그는 어떤 변혁적 선각자일지라도 일종의 과도적 존재임을 인정했다. 루쉰의 이런 관념은 우리에게 계몽가들의 본질적 '이중사상'의 더욱 깊은 차원의 근원을 제시해준다. 사실 역사발전의 전체 사슬에서는 선각한 계몽자를 포함하여 모든 인물이 역사의 중간물에 지나지 않는다. 세상에 타고난 신선이나 성인은 없다. 신문화운동의 물결 속에서 선각한 계몽가들이 만들어졌지만, 동시에 반전통 속에서 그들 자신의 문화심리적 타성이 폭로되었다. 변혁의 추진자 자신에게 변혁에 대한 저항력이 존재하고 있었다. 선각한 계몽가가 처한 지위로 말미암아 이런 심리적 타성이 개혁과정에서 저항의 소극적 작용을 자연히 확대시켰다. 그러나 그들이 처한 지위로 말미암아 이런 심리적 요인은 스스로 선진적이라고 자부하는 또 다른 사상에 가리워져 스스로 알아차리기 어려웠다. 사람의 심리에는 아직 자신을 신격화하거나 다른 사람을 신격화하는 타성적 역량이 남아있다. 이런 타성적 역량이 작용하고 거기다 외재적인 갖가지 요인이 더해져 일부 신문화운동의 계몽가들은 다른 사람을 관찰하는 데는 밝았지만 자신을 살피는 데는 어두

---

30 우캉(吳康), 「사상개조에서 사회개조까지」, 『신사조』 제3권 제1호, 1921.10.1.
31 루쉰, 『무덤·'무덤' 뒤에 쓰다』.

웠다. 마침내 어떤 이는 승진하고, 어떤 이는 은거하고, 어떤 이는 탈바꿈하고, 어떤 이는 전향하는 길에 올랐다. 물론 많은 사람들은 전진했다. '중간물'은 어떤 사람도 완전한 사람이거나 구세주가 아니라는 사실을 설명한다. 루쉰은 자신을 하나의 '중간물'로 간주했는데, 장기간에 걸친 반성을 통해 자신의 사상 깊은 곳에서 구전통의 잔재를 찾으려고 노력했다. 그는 신문화운동 후 10년이 지난 1926년에 더욱 분명하게 하나의 사실을 인식했다. "나는 옛날사람이 책에 써둔 가증스러운 사상이 내 마음에 항상 있다고 느낀다." "나는 이런 나의 사상을 늘 저주하고 다시는 후대의 청년에게 보이지 않기를 바란다."

반전통 자체는 마땅히 전통에 반대하는 사람 자신의 문화심리적 타성에 대한 청산을 포함해야 한다. 과거의 자신에 대한 계몽가의 대답은 이렇다. 자그마한 언덕을 하나 손질하여 그 '일찍이 살았던 육체'를 묻어버리는 것이다. 신중하게 자신을 살피고 다른 사람을 알아가는 자체 반성의 길은 모든 혁신적 계몽가의 영혼의 길이 되어야 할 것이다.

루쉰의 국민성 개조 사상의 문제에 대한 고찰

＊＊＊

국민성 개조는 루쉰의 전기 사상과 창작에서 비교적 복잡한 문제이다. 일부 연구논저들이 그것을 언급하긴 했지만 성실한 분석과 연구가 결핍되어 있었다. 본문은 이런 사상의 탄생과 그것이 루쉰의 사상과 창작에 끼친 영향에 대해 거칠게나마 분석과 고찰을 진행하고자 한다.

1.

이른바 '국민성'이란 바로 '민족성'인데, 원래 서양 부르주아계급 사회학에서 쓰는 개념이다. 처음에 민족문제 연구에 운용되었다가 나중에 각 민족 문학예술의 감상과 비평 영역으로 확장되었다. 19세기에 이르러서야 문학과 국민성의 관계는 부르주아계급 문예사조 가운데 중요한 문제가 되었다.[1]

'국민성'은 부르주아계급의 사상 개념이다. 그것은 각 민족마다 자신의 공통된 사상과 정신을 지니고 있다는 것을 가리킨다. 어떤 연구자들은 국민성이란 '바로 한 국민의 사상'[2]이고, '인종을 기본으로 삼고 갖가지 외적 영향 아래 형성된 국민의 영혼'[3]이라고 인식한다. 그것은 일국의 민족에 의해 공유되고, '인습적, 보수적, 고정적 성질'[4]을 지닌다. 국민성 개조는 바로 사회의 '선지자와 선각자'에게 "개인의 노력으로 점차 인성의 어두운 측면을 감소시키고 인성의 밝은 측면을 발전시키게 하는 것이다".[5] 그러므로 국민성 사상은 실제로 부르주아계급 인성론을 기초로 삼는 것이다.

마르크스주의 민족이론은 각 민족에게는 '공통된 문화에서 비롯된 공통된 심리와 자질'[6]이 존재한다고 인식한다. 이런 공통된 심리와 자질은 한 민족이 오랜 역사적 시기에 걸쳐 형성한 사회경제, 역사발전 그리고 지리환경의 특징이 해당 민족문화에 반영된 것이다. 그것은 민족의 언어, 예술, 종교, 풍속, 관습 등의 측면에서 표현된다. 그것은 사회가 대립적 계급으로 나누어진 것을 전제로 한다. 그것은 '민족문

---

1   예를 들어 19세기 프랑스의 비평가 텐느(H.A.Taine, 1828~1893)의 『예술철학』이라는 책에서 '종족, 환경, 시대'가 각 민족의 문학예술을 구성하는 3요소라고 체계적으로 논술했다. 그 뒤 문학과 민족성의 관계는 많은 문예비평가가 연구하는 중요한 문제 가운데 하나가 되었다.
2   광성(光升), 「중국 국민성 및 그 약점」, 『신청년』 제2권 제6호, 1917.2.1.
3   혼마 히사오(本間久雄), 『신문학개론』, 장시천(章錫琛) 역, 베이징 : 상무인서관, 1925, 54쪽.
4   쩌우징팡(鄒敬芳), 「동서 국민성 및 그 사회사상」, 『동방잡지』 제23권 제11호, 1926. 6.10.
5   천두슈, 「우리는 어떻게 해야 하는가?」, 『신청년』 제6권 제4호, 1919.4.15.
6   스탈린, 「마르크스주의와 민족문제」, 『스탈린전집』 제2권, 베이징 : 인민출판사, 1953~ 1956, 294쪽.

화의 특징에 표현된 정신적 형태의 차이'[7]에 지나지 않아서, 각 민족에게 계급을 초월하는 공통된 사상과 정신이 있다는 것을 인정하지 않는다. 부르주아계급은 '국민성', '민족성'의 개념을 가지고 민족내부의 계급적 대립의 실질을 은폐하고, 사상의식과 정신면모에 있어서 노동인민과 지배계급의 본질적 구분을 말살한다. 초계급적 인성이란 존재하지 않는 것이며, 초계급적 국민성 또한 존재하지 않는 것이다. 마오주석은 부르주아계급 '국체國體'의 기만성을 폭로할 때 이렇게 지적했다. "부르주아계급은 언제나 계급적 지위를 은폐하고, '국민'이라는 명사를 가지고 한 계급의 독재라는 실제에 이른다. 이런 기만은 혁명적 인민에게 전혀 이익이 될 게 없으며, 그들을 위해 똑똑히 지적해야 한다."[8] 부르주아계급의 국민성에 대해서도 그렇게 보아야 한다. 어떤 이는 민족의 심리와 자질에 관한 마르크스주의의 이론을 가지고 초계급적 국민성의 존재를 논증하려고 시도했는데, 이는 더없이 잘못된 것이다.[9]

중국의 국민성에 대한 연구는 외국인이 먼저 시작했다. 일부 서양 자본주의 국가의 식민주의자들, 예를 들면 여행가나 선교사들은 그들 국가의 경제적, 문화적 침략을 따라 중국에 왔다. 그들은 다원주의의 '우승열패優勝劣敗'의 이론에 근거하여 중국민족성의 '저열함陋劣'을 날조하고 중국의 봉건문명을 칭송함으로써 중국 침략에 이바지했다. 루

---

7 스탈린, 「마르크스주의와 민족문제」, 『스탈린전집』 제2권, 베이징 : 인민출판사, 1953~ 1956, 294쪽.
8 『신민주주의론』.
9 펑신(平心), 『인민의 문호 루쉰』, 상하이 : 신문예출판사, 1957, 58쪽.

쉰이 여러 번 언급했던 미국의 선교사 스미스^{A. H. Smith}는 중국에 50년
동안 체류했는데, 『중국인의 기질』이라는 책을 써서 중국의 '국민성'
을 극도로 비방함으로써 지극히 나쁜 영향을 끼쳤다.[10] 20세기 초에
이르러서야 국민성 개조의 사조가 중국에 출현했다. 루쉰은 가장 먼
저 국민성 개조에 대해 연구하기 시작한 사람 가운데 하나이다.

19세기 말 청일전쟁 후 중국을 분할하려는 제국주의의 광적인 조류
가 민족의 위기를 격화시켰고, 중국을 날로 반식민지 반봉건 상태로
내몰았다. 이는 마오주석이 깊이 있게 지적한 것과 꼭 마찬가지였다.
"제국주의와 중국민족의 모순, 봉건주의와 인민대중의 모순, 이것이
바로 근대 중국사회의 주요모순이다. (…중략…) 그런데 제국주의와
중국민족의 모순이 바로 각종 모순 가운데 가장 주된 모순이다. 이런
모순들의 투쟁과 그 첨예화는 날로 발전하는 혁명운동을 조성하지 않
을 수 없었다."[11] 중국 근대의 이런 반제반봉건 혁명운동은 1900년 이
후 새로운 고조기를 맞이했다. "무술변법이 실패한데다 2년 뒤 경자^庚
^子년에 의화단의 난이 일어났다. 그제서야 사람들이 정부에 대해 함께
정치를 도모하기에 부족하다는 것을 알고 즉시 배격하려는 뜻을 가졌
다."[12] 이때 "뜻있는 선비들이 구국의 생각을 가지게 되었고, 혁명의
풍조가 이로부터 싹이 텄다".[13] 내우외환과 국권을 상실하고 치욕을
당하는데 자극받아 애국적인 '뜻있는 선비'들은 중국이 누차 실패한

10　루쉰, 『화개집 속편·마상일기(馬上日記)』. 『차개정 잡문 말편·'입차존조(立此存
照)』 등의 글을 보라.
11　『중국혁명과 중국공산당』.
12　루쉰, 『중국소설사략』.
13　쑨중산(孫中山), 『건국방략』, 『쑨중산선집』 상, 베이징 : 인민출판사, 1956, 175쪽.

원인을 탐색하고, 나라를 구원하고 강성함을 도모할 길을 부지런히 찾기 시작했다. 국민성 문제의 연구는 바로 나라를 사랑하고 강성함을 도모하자는 이런 요구에 부응하기 위해 나타난 일종의 부르주아계급 사회사조이다.

당시 사회적으로 광범하게 전파된 진화론 사상은 국민성 연구의 사상적 기초가 되었다. 1898년에 출판된 옌푸嚴復가 번역한 헉슬리의 『진화론天演論』은 중국에서 가장 먼저 다윈주의 진화론 학설을 완전하게 소개했다. 아직도 반제반봉건의 역사적 임무가 존재하던 조건에서 진화론 학설은 일정한 의미에서 중국혁명의 수요에 부합했고, "중국의 봉건사상과 투쟁하는 혁명적 작용을 지니고 있었으므로"[14] 신흥 부르주아계급이 사회개혁을 진행하는 사상적 무기가 되었다. 유신파 인물인 옌푸는 이렇게 표명했다. '약육강식'의 세계에서 중국민족이 만일 분발해서 강성함을 도모하지 않는다면 앞으로 반드시 '스스로 생존하지 못하고, 종족을 보존하지 못한 채' 영원히 외국 침략자의 노예로 전락할 것이다. 그는 이로부터 출발하여 한편으로 청淸 정부에 '변법유신'의 요구를 제기하고, 다른 한편으로 민중에게 '종족 보존과 진화'의 주장을 고취했다. 이런 '우승열패, 적자생존'의 공식은 20세기 초에 이르자 이미 일부 선진적 지식인이 국가와 민족의 운명을 사고하고, 민족해방의 길을 모색하는 사상적 도구가 되었다. 자신이 처한 계급적 지위와 역사적 조건으로 말미암아 그들은 제국주의의 침략과 봉건계급의 압박이 중국의 발전을 가로막는 주된 근원이며, 혁명적 폭

---

14   『신민주주의론』.

력이 중국의 낙후한 상태를 개조하는 유일한 방법이라는 사실을 인식할 수 없었다. 그들은 단지 생물진화의 '우승열패' 이론에 근거하여 중국의 실패 원인을 민족성의 '나약함弱弱'으로 돌리고, 중국이 만일 부강하고자 한다면 우선 국민성을 개조해야 한다고 인식할 수밖에 없었다. 이 때문에 이른바 국민성 개조 문제의 연구는 당시 광범하게 유행한 진화론사상이 국가와 민족의 운명을 사고하는 데 사용되면서 생겨난 진보적 사조였다.

부르주아계급 혁명파와 개량파 모두가 국민성 개조 문제를 제기했지만, 그들 사이에 또 중요한 차이가 있었다. 부르주아계급 개량파는 백성을 새롭게 하자는 '신민新民' 사상을 극력 고취했다. 옌푸의 '민력을 고무하자鼓民力', '민지를 개발하자開民智', '민덕을 새롭게 하자新民德'[15]는 자강의 주장, 량치차오梁啓超의 '본래 없었던 것을 캐내고 보충하여 새롭게 하자'는 '신민' 학설은 모두 국민성 개조 사상의 맹아를 품고 있었다. 그러나 그들은 민족독립 투쟁을 적극적으로 쟁취하려 하지 않고 봉건세력에 의지하여 위에서부터 아래로 향하는 개혁을 실시하려는 환상을 가지고 있었다. 이런 '신민' 학설은 제국주의의 침략을 벗어나는 것과 봉건제도를 타파하는 것을 연계시키지 못했을 뿐만 아니라, 인민대중의 각성을 일깨우는 사상도 포함하고 있지 않았다. 그것은 유신운동의 실패와 더불어 결국 황제의 권한을 보호하자는 보황주의保皇主義의 구렁텅이로 빠졌다.

20세기 초 부르주아계급 민주혁명 운동의 발전에 따라 국민성 개조

---

15 옌푸, 「원강(原強)」, 선윈룽(沈雲龍)주편, 『중국근대사자료총간』, 『무술변법』 제3권, 타이완 : 문해(文海)출판사, 1966, 53쪽.

문제는 점차 많은 사람에게 주목을 받았다. 당시 국민성을 연구한 글이나 저서의 내용은 주로 두 가지 측면을 지니고 있었다. 하나는 국민성의 병폐의 근원病根를 드러내는 것이고, 다른 하나는 국민성을 개조하는 방법을 제시하는 것이었다. 병폐의 근원을 드러내는 것은 대부분 중국이 낙후한 원인에 대한 탐구를 둘러싸고 진행되었다. 예를 들어 어떤 이는 이렇게 말했다. "우리나라가 나약하고 분발하지 못하는 까닭은 인민에게 의지하는 성질이 있기 때문이다."[16] 어떤 사람은 이렇게 인식했다. 중국이 외환外患을 막아내지 못한 것은 "하나는 자존自尊 때문이고 (···중략···) 하나는 자약自弱 때문이다".[17] 어떤 이는 주된 문제는 우매함이라고 인식했다. "우리 사회의 현상이 이런 지경에 이른 것은 비록 원인은 복잡하지만 그 병폐의 근원은 바로 어리석음에 있다. 어리석기 때문에 타락하고, 타락하기 때문에 비겁해진다. 그리하여 갖가지 부패와 비굴, 나약과 부진, 산만하고 기강이 없는 패덕과 악행이 상호인과가 되어 일어나는 것이다."[18] 연구자가 지닌 사회관의 차이로 말미암아 그들은 병폐의 근원을 지적하는 노력에 있어서는 대체로 일치했다면, 국민성 개조의 방법을 제시하는 데 있어서는 상이한 정치적 경향을 드러냈다. 혁명의 길이라는 각도에서 보자면 대체로 다음의 몇 가지 주장이 있었다. 첫째, 개량주의적 방법을 제창한다. 예를 들어 어떤 이는 '자존'과 '자약'의 병폐를 제거하고 반드시 '교육을 보급하고', '헌법을 제정하자'[19]고 주장했다. 어떤 이는 이렇게 말

---

16   「중국인민의 의지하는 성질의 기원」, 『동방잡지』 제1권 제5호, 1904.7.8.
17   화성(華生), 「외환의 연유를 논함(論外患之由起)」, 『동방잡지』 제1권 제7호, 1904.9.4.
18   페이칭(培卿), 「중국사회의 현상과 그 진흥의 요지를 논함」, 『동방잡지』 제1권 제12호.
19   화성(華生), 「외환의 연유를 논함(論外患之由起)」, 『동방잡지』 제1권 제7호, 1904.9.4.

했다. "지금 인민의 의지하는 성질을 개혁하려면 오직 서양인의 사회 학설을 제창하여 진화의 공리를 가지고 미신에 물든 마음을 바로잡고, 다음에는 우리나라 육왕陸王의 학설을 차용하여 양지良知의 주장을 가지고 의지하는 울타리를 부수어야 한다. 국민의 노예근성을 제거할 수 있다면 사상 또한 어렵지 않게 진보할 것이다."[20] 둘째, 복고와 종교적 방법을 제창한다. 예를 들어 어떤 이는 국민성에 고유한 장점을 한층 발전시키려면 '좋은 땅의 성질에 의지하고, 좋은 기후에 맞추어, 좋은 비료를 뿌리면' 새로운 국민성의 '좋은 꽃이 피고 아름다운 과일이 열리는' 것을 볼 수 있을 것이라고 주장했다.[21] 당시 혁명의 맹장이던 장타이옌章太炎도 이렇게 제기했다. "종교를 가지고 신념을 북돋우고, 국민의 도덕을 증진시킨다. 국수를 가지고 종족의 근성을 격동시키고, 애국의 열정을 증진시킨다."[22] 셋째, 혁명적 방법을 제창한다. 당시 이런 의견은 소수였다. 비교적 급진적인 민주주의자의 글이나 『민보』 같은 간행물에서만 이른바 국민성 개조 문제를 혁명과 연계시켜 중국을 치유하는 길을 제기하는 것을 볼 수 있었다. "분할되는 재앙을 벗어나려면 혁명을 제외하고는 다른 길이 없다."[23]

이상의 간략한 서술로 국민성 문제의 연구는 20세기 초 민족의 독립과 부강을 모색하는 요구에 따라 생겨난 진보적 사회사조라는 사실을 알 수 있다. 진화론은 국민성 문제를 연구하는 이론적 기초였다. 이

20[20] 「중국인민의 의지하는 성질의 기원」, 『동방잡지』 제1권 제5호, 1904.7.8.
21 「중국의 국민성을 논함」, 『동방잡지』 제5권 제6호, 1908.7.23.
22 「연설록」, 『민보』 제6기, 1906.1.25.
23 지성(志生), 「지나의 입헌은 반드시 혁명을 우선으로 해야 함을 논하다」, 『민보』 제2기, 1906.1.22.

302   거친 들을 지나는 길손—루쉰의 정신세계 탐색

처럼 우리는 루쉰이 '나는 내 피를 조국軒轅에 바치리라'던 애국주의 청년이자, 사상적으로 진화론의 영향을 받은 반제반봉건 민주주의 전사로서, 그가 아직 마르크스주의의 진리를 찾지 못했을 때 광범하게 유행하던 국민성 문제에 관한 연구 사조 속에서 이 문제에 대한 사색과 탐구에 주목한 것은 더없이 자연스러운 일이라고 이해할 수 있다. 루쉰의 이런 실천 활동은 중국공산당이 출현하기 전에 '선진적 중국인'들이 '서양을 향해 진리를 찾던'[24] 고달픈 노력과 전투의 발자취를 반영한 것이다.

2.

루쉰은 1902년을 전후하여 국민성 문제를 사색하기 시작했다. 그는 홍문학원弘文學院에서 공부할 때 늘 친구와 이런 문제를 토론했다. 어떤 것이 이상적 인성인가? 중국의 민족성에서 가장 결핍된 것은 무엇인가? 그 병폐의 뿌리는 어디에 있는가?[25] 국민성 개조의 소망을 실현하기 위해 루쉰은 처음에 서양의 진보적 자연과학을 부지런히 소개하여 "사상을 개량하고 문명을 보조했다".[26] 동시에 "인성을 전면적으로 기르고, 치우치지 않게 하기 위해"[27] 문예의 작용을 더없이 중시했

24   마오쩌둥, 『인민민주독재를 논함』.
25   쉬서우상(許壽裳), 「루쉰을 추억하며」, 『내가 아는 루쉰』, 베이징 : 인민문학출판사, 1952, 18쪽.
26   「과학소설 '달나라 여행(月界旅行)' 머리말(弁言)」, 『루쉰역문집』 제1권, 베이징 : 인민문학출판사, 1958, 5쪽.

다. 1903년 그는 『스파르타의 혼』을 번역했는데, 이는 문예를 이용하여 민중의 애국과 반항의 정신을 고취하고자 했던 것이다. 사회를 개량하려는 소망을 실현하기 위해 그는 처음에 의학을 배웠고, 이것으로 '유신에 대한 국민의 신념'을 촉진하고자 했다. 나중에 그가 정신적으로 '어리석고 나약한 국민'은 결코 의학이 치유할 수 있는 것이 아니라는 사실을 발견했을 때 즉시 의학을 버리고 문학을 배웠으며, 문예를 가지고 국민정신을 개조하는 소망을 실현하기로 결심했다.

국민성 연구로부터 시작하여 중국이 가난하고 허약하게 된 원인을 찾아내고, 국민성 개조를 구국의 방법으로 삼고, 문예를 국민정신 개조의 주된 무기로 간주한다. 루쉰의 이런 사고는 당시 국민성을 연구하던 사람들의 사상적 한계를 결코 뛰어넘지 못했다. 그들은 역사적 유물론에 입각해서 일부 인민대중에게 존재하는 정신적 '병고'를 착취계급의 장기적 영향의 결과로 간주하고, 이런 상태를 개조하려면 반드시 혁명투쟁을 통해 죄악의 사회제도를 파괴해야 한다고 생각하지 않았다. 거꾸로 이런 '병고'가 각 계급이 공유하고 있는 '국민성'이며, 대대로 전해져서 개조하기 어렵다고 간주했다. 이것은 역사적 관념론의 사회관이다. 그러나 루쉰은 혁명적 민주주의의 입장에서 출발하여 진화론의 발전적 투쟁과 혁명적 변혁의 관점을 수용했는데, 그 사고방식이 국민성의 개조 경로에 관한 개량주의 복고파의 논조와 확연히 달랐고, 당시 가장 진보적이었던 혁명파의 사상과 완전히 일치하는 '유일한 구제방법은 혁명이다'[28]라는 결론을 제기했다. 이처럼

---

27   루쉰, 『무덤・과학사교편』.
28   쉬서우상, 「루쉰을 추억하며」, 『내가 아는 루쉰』, 베이징 : 인민문학출판사, 1952, 19쪽.

루쉰의 국민성 개조 사상은 개량파의 주장과 한계를 분명하게 그었을 뿐만 아니라, 당시의 부르주아계급 혁명파와 비교해도 사상적으로나 실천적으로 더욱 깊이 있는 특징을 지니고 있었다.

루쉰은 이론적 연구를 결코 중시하지 않았고, 국민성을 개조하는 경로를 찾는데 치중했다. 루쉰은 문예가 국민정신을 개조하는 가장 유력한 무기라는 사실을 발견했을 때, 이 문제에 대한 추상적 사색을 버리고 문예운동의 실천에 적극적으로 종사했다. 그가 발간을 준비했던 첫 번째 문예잡지는 『신생』이라고 이름을 지었다. 동지들이 뿔뿔이 흩어지고 경비가 모자라서 세상에 나오기 전에 요절하고 말았다. 2년 뒤 잡지 『허난河南』에 발표된 「문화편향론文化偏至論」, 「악마파 시의 힘摩羅詩力說」 등의 글은 루쉰이 국민성 개조 문제를 탐색한 한층 진전된 실천으로 간주할 수 있다.

이런 글들을 가지고 볼 때 국민정신을 개조하는 문예의 작용을 강조하는 것이 루쉰의 초기 국민성 개조 사상의 주된 내용이다. 그는 확실히 국민정신 개조에 있어서 문예의 작용을 더없이 강조했다. 그가 의학을 버리고 문학을 공부했던 것은 민중의 정신을 개조하려면 '당연히 문예를 추진해야한다'[29]고 인식했기 때문이다. 이어서 잡지를 편집하고, 글을 쓰고, 『역외소설집』을 번역한 것도 마찬가지로 문예가 '생각을 바꾸고 사회를 개조'[30]할 수 있다고 인식했기 때문이다. 이렇게 문예의 사회적 작용을 지나치게 강조하는 것은 부르주아계급 계몽적 문예사상의 특징인데, 당시에 커다란 영향력을 지니고 있었다. 예

---

29   루쉰, 『외침·자서』.
30   루쉰, 『역외소설집·서』.

를 들어 『민보』에서 어떤 이는 '생각을 바꾸는 데는 글보다 뛰어난 것이 없다'[31]라고 주장했다. 량치차오梁啓超는 심지어 이렇게 말했다. "한나라의 백성을 새롭게 하려면 먼저 한 나라의 소설을 새롭게 하지 않으면 안 된다."[32] 우리는 문예를 가지고 국민정신을 개조하는 것을 사회변혁과 민족해방의 길이라고 간주하는 사상은 역사적 관념론의 표현이라는 사실을 반드시 알아야 한다. 마르크스주의는 이렇게 인식한다. "만일 전면적 개혁을 실시할 물질적 요소가 아직 갖추어지지 않았다면 (…중략…) 비록 이런 변혁의 사상이 수천 수백 번 표현되었다 할지라도 실제의 발전에 대해 아무런 의미가 없다." "의식의 모든 형식과 산물은 정신적 비판으로 소멸시킬 수 없다. (…중략…) 역사의 동력 그리고 종교, 철학 및 어떤 다른 이론의 동력도 혁명이지 비판이 아니다."[33] 이 때문에 낡은 사회제도가 혁명적 수단으로 변혁되기 전에 문예를 통해 민중의 정신을 철저하게 개조하고 그리하여 민족해방의 목적에 도달한다는 것은 근본적으로 실현될 수 없는 것이다. 문예를 통해 국민성을 개조하려는 루쉰의 사상도 불가피하게 이런 근본적 한계를 지니기 마련이다.

　그러나 어떤 사상의 의의를 판단할 때 그 철학적 실질만 고려해서는 충분하지 않고, 반드시 그것의 실천이 시대의 혁명적 조류에서 담당하는 작용까지 고려해야 한다. 만일 우리가 문예실천을 가지고 혁

31　위안스(淵實), 「허무당 소사」 역자 주, 『민보』 제11기, 1907.1.25.
32　량치차오, 「소설과 정치의 관계」, 『신소설』 제1호, 1902.11.14.
33　마르크스, 『독일 이데올로기』, 『마르크스엥겔스전집』 제3권, 베이징 : 인민문학출판
　　사, 1956~1974, 43~44쪽.

명투쟁을 위해 이바지한 각도에서 루쉰을 이해한다면 문예를 가지고 국민정신을 개조하려는 그의 사상은 실천과정에서 혁명적 의의가 있었다는 사실을 발견할 것이다. 마르크스는 이렇게 말했다. "비판의 무기는 물론 무기의 비판을 대체할 수 없다. 물질적 역량은 오직 물질적 역량으로만 분쇄할 수 있다. 그러나 대중을 장악하기만 하면 이론도 물질적 역량으로 바뀔 수 있다."[34] 혁명적 변증법으로 충만한 이 빛나는 논술은 루쉰의 국민성 개조 사상의 실천이 갖는 역사적 작용을 인식하는데 올바른 방향을 제시한다. 당시 이른바 일부 '혁신자'들은 "가깝게는 중국의 사정을 모르고, 멀리는 구미의 실제를 살피지 못했다". 서양의 '견고한 군함과 예리한 무기', '제조업과 상업', '국회와 입헌'등 '지극히 편향된' 쓰레기 같은 물건을 보배로 여겨 중국에 소개했다. 그리하여 '물질'을 가지고 정신을 말살하고, '다수'를 가지고 개성을 소멸시키고, 허위적인 '민주'의 간판을 내건 부르주아계급 독재로 민중에 대한 봉건제도의 지배를 대체하려고 했다. 그 결과 '압제는 폭군보다 더욱 심하여' '백성이 운명을 감당할 수 없게' 만들었는데 하물며 어떻게 '나라 일으키기興國'를 말하겠는가?[35] 서양의 물질문명과 의회제도를 맹목적으로 숭배하는 그런 떠들썩한 소리 속에서 루쉰은 조류에 반대하는 혁명적 정신을 가지고, 반항하고 도전하는 '위대하고 아름다운 소리'로 인민대중의 각성을 환기함으로써 '국민의 신생을 끌어내고 국가의 세계적 지위를 확대하자'[36]고 선명하게 제기

---

34   마르크스, 『헤겔 법철학 비판 서문』, 『마르크스엥겔스전집』 제1권, 베이징 : 인민문
     학출판사, 1956~1974, 460쪽.
35   루쉰, 『무덤 · 문화편향론』.

하고 부지런히 실천했다. 이것은 실제로 부르주아계급 민주주의 혁명에서 사상혁명의 중요한 임무를 자각적으로 수행한 것이다.

부지런히 인민대중의 각성을 일깨우는 것은 루쉰의 초기 국민성 개조 사상의 중요한 내용이다. 역사적 관념론의 영향으로 루쉰은 당시 아직 혁명적 선각자와 대중의 관계를 올바르게 인식할 수 없었고, 민주주의 혁명에 대한 각성이 결여된 대중에 대해 일종의 격분의 감정을 지니고 있었다. 그는 일부 부르주아계급 속물과 각성하지 못한 대중이 '차라리 타락에 안주하고 진취를 싫어하여' 일종의 '추구가 없고, 희망이 없고, 노력이 없는' 보수적이고 안일한 정신상태를 형성한 것을 비판했다. 또한 그가 비판한 '옛날 사람의 소박함은 없으면서 말세의 각박함만 있고', '얻지 못하면 수고하고 얻게 되면 바로 잠드는'[37] '거스르지 않는不攖' 백성은 주로 민중의 머리에 타고 앉아 인민대중의 반항을 두려워하는 '속물庸衆'을 가리키는 것이지만, 동시에 인민대중의 각성하지 못함에 대한 루쉰의 격분도 들어 있는 것이다. 이런 격분의 말들 속에는 부르주아계급 개성주의의 영향이 들어 있고, 그의 깊은 애국적 감정도 드러나 있다. 러시아의 위대한 혁명적 민주주의자인 체르니셰프스키는 러시아 민중의 고달픈 운명을 가슴 아프게 탄식하면서 이렇게 말했다. "가련한 민족, 노예의 민족, 위아래 할 것 없이 모두가 노예이다." 레닌은 체르니셰프스키를 나무라는 대신, 그의 격분의 외침 속에서 한 혁명가의 '대러시아 인민대중에게 혁명성이 결여된 것을 한탄했기에 터져 나온 조국을 열렬히 사랑하는 말'[38]을 보

36   루쉰, 『무덤·악마파 시의 힘』.
37   위의 책.

왔다. 레닌의 이런 평가는 대중에 대한 루쉰의 격분의 말이 생겨난 참된 원인을 올바르게 인식하도록 일깨워준다.

그러나 단지 대중의 낙후에 대해 격분할 뿐이라면 혁명적 민주주의자라기에는 훨씬 부족한 것이다. 중요한 것은 '대중이 낙후되어 있는데 어떻게 할 것인가?'라는 물음에 대답하는 것이다. 이 문제에 대해 당시의 사상계에는 가지각색의 대답이 있었다. 부르주아계급 개량파는 '먼저 입헌군주를 경유한 다음 입헌민주가 가능하다'는 보황론保皇論을 고취하고 대중의 혁명운동을 제지했다. 이 점에 대해 당시의 『민보』는 이렇게 지적했다. "『민보』는 정부가 열악하므로 국민이 혁명하기를 바란다. 『신민총보』는 국민이 열악하므로 정부가 독재를 하기 바란다."[39] 그러나 이 문제에 대한 부르주아계급 혁명파의 대답은 그다지 고명해 보이지 않는다. 그들은 대중의 낙후는 천성적인 것이므로 일어나 혁명을 하라고 요구할 필요가 없고, 혁명이 성공한 이후에도 민중에게 권리를 주어서는 안 되고 여러 해 동안 잘 '가르치고' 그런 다음 '훈정訓政'을 거쳐 '헌정憲政'을 실시할 수 있다고 여겼다. 당시 루쉰은 민중을 적대시하는 개량파의 태도와도 달랐고, 민중을 멸시하는 부르주아계급 혁명파의 태도와도 달랐으며, 이 문제에 대해 전혀 다른 대답을 내놓았다.

루쉰은 선명하게 '입인立人'이라는 빛나는 사상을 제기했다. 그는 이렇게 말했다. 한 국가의 강약은 그 "뿌리가 사람 세우기에 있다". "이

---

38   레닌, 「대러시아인의 민족적 자부심을 논함」, 『레닌선집』 제2권, 인민문학출판사, 1972, 610쪽.

39   「'민보'와 '신민총보'가 반박한 강령」, 『민보』 제3호 호외, 1906.

런 까닭에 천지 사이에서 생존하고 열강과 각축하는데 힘쓰려면 그 으뜸은 사람을 세우는 것이다. 사람이 서고 나면 모든 일이 일어난다. 그 방법을 말하자면 반드시 개성을 존중하고 정신을 확장하는 것이다."[40] 확실히 루쉰이 여기서 말한 '개성을 존중하고 정신을 확장하는 것'은 결코 그가 추구한 목적이 아니라 '사람 세우기立人'를 실현하고 최종적으로 '나라 일으키기興國'에 도달하기 위한 일종의 수단이다. 루쉰 스스로 '사람 세우기' 사상의 혁명적 내용을 명확하게 해석했다. "사람이 발전하고 분발하게 되면, 나라 역시 일어나게 될 것이다." "국민의 자각이 이르고 개성이 확장되어, 모래더미의 나라가 이로 말미암아 사람의 나라로 바뀔 것이다."[41] 루쉰은 자신이 추구한 '개성을 존중하고 정신을 확장하는' '사람 세우기' 사상과 광대한 인민대중의 민주주의 혁명에 대한 각성을 일깨우는 것 사이의 깊은 연관을 분명하게 설명했다. 이 점이 바로 루쉰과 일반적 부르주아계급 혁명파가 '대중이 낙후되어 있는데 어떻게 할 것인가?'라는 문제에 대한 대답에서 구분되는 중요한 표지이다. 루쉰이 보기에 대중이 낙후되어 있기 때문에 개성을 해방하고 정신을 확장하여 우선 대규모의 '정신계의 전사'를 양성하고, 그들에게 인민대중의 각성을 일깨우고 혁명적 반항의 정신을 환기하게 해야 한다는 것이다. 일반적 부르주아계급 혁명가가 보기에는 대중이 낙후되어 있기 때문에 반드시 자신들이 '혁명을 도맡아 해야包辦革命' 하고 민중에 대해서는 가르치는 정치인 '훈정'을 실시하고, 잘 '가르친' 다음에야 비로소 그들에게 권리와 자유를 줄 수 있

---

40   루쉰, 『무덤·문화편향론』.
41   위의 책.

다는, 즉 '국민에게 정치를 돌려준다'는 것이다. 루쉰의 대답은 비록 개인의 정신적 해방의 의의를 지나치게 강조하고, '선각의 소리'의 작용을 지나치게 강조했지만, 그것은 니체가 고취한 '초인'이라는 반동적 학설의 사상적 내용 및 사회적 작용과 본질적 구분을 지니고 있다. 루쉰은 서양 자본주의 사회가 19세기 말에 이르러 드러낸 누적된 폐단을 깊이 있게 관찰했다. 물질과 금전이 사람과 사람의 관계에 미치는 자본주의의 심각한 영향으로 말미암아 현실에서 "무릇 모든 사물이 물질화되지 않은 것이 없었다. 영명함이 날로 잠식되고, 취향이 속류화로 흘러가자 사람들은 오직 객관적 물질세계만을 추구했다". 그리하여 "수많은 중생은 물욕에 어두워졌고 사회는 초췌해졌으며 진보는 멈추게 되었다".[42] 이와 동시에 루쉰은 서양 자본주의 의회제도의 민주가 지닌 허위성도 보았다. 그들은 '다수'의 간판을 내걸고 반항하는 사람을 잔혹하게 진압한다. "같이 옳다고 하는 사람은 옳다고 하고, 혼자 옳다고 하는 사람은 그르다고 한다. 다수를 가지고 천하에 군림하며 독특한 사람을 학대한다."[43] 루쉰의 '물질 배척排物質'의 실질은 자본주의사회의 부패한 물질과 금전의 관계에 대한 부정이다. '다수 배척排衆數'의 실질은 '다수'에 의지하는 부르주아계급 의회제도의 허위적 민주에 대한 반대이다. 이것은 자본주의 제도의 독재적 지배를 옹호하는 니체의 '초인설'의 반동적 정치목적과 근본적으로 다르며, 정신계 전사의 개성해방을 통하여 나아가 대중의 각성을 환기하기를 갈망했던 루쉰의 혁명적 요구를 표현한 것이다. 루쉰이 주장한 '선각의

42 위의 책.
43 위의 책.

소리'는 '우리를 착하고 아름답고 강건한 곳으로 이끄는' '지극히 정성스러운 소리'이고, '우리를 황량하고 차가운 곳에서 끌어내는' '따스하고 다정한 소리'[44]이지, 니체가 고취한 "나는 사람들 속에 있는 것이 짐승들 속에 있는 것보다 위험하다고 생각한다"[45]며 대중을 향해 공개적으로 '선전포고'를 했던 극단적 개인주의의 '초인'의 소리가 아니다. 바로 이런 차이로 인해 '대중이 낙후되어 있는데 어떻게 할 것인가?'라는 문제에 대한 루쉰의 대답은 비록 계몽주의적 입장을 완전히 벗어나지는 못했지만, 부르주아계급 혁명파의 '은혜를 베풀어 혁명을 선사하는' '우민정책'과 비교할 때 더욱 철저한 혁명적 민주주의의 사상적 특징을 지니고 있다.

더욱 중요한 점은 바이런 등 반항정신이 풍부한 낭만주의 시인에 대한 소개에서 우리는 인민대중의 각성과 반항에 대한 루쉰의 뜨거운 갈망을 보게 된다는 사실이다. 루쉰은 자각적으로 압박받는 대중의 편에 섰기 때문에 '스스로 강력하게 되고자 하여 강자를 칭송한' 니체를 멀리 떠나 '스스로 강력하게 되고자 하여 강자에게 힘껏 저항한' 바이런에게 기울었다. 그는 바이런의 작품과 성격에서 '적을 만나면 용서가 없고' '그 적을 이기지 못하면 전투를 멈추지 않는' 반항정신을 보았을 뿐만 아니라, '여러 번 죄수가 되는 고통 속에서도 동정심을 지니고 있어' 단신으로 그리스의 독립을 원조했던 민중에 대한 동정의 태도도 보았다. 루쉰은 바이런을 소개하면서 이렇게 말했다. "독립을

---

44 위의 책.
45 니체, 『차라투스트라어록(蘇魯支語錄)·전언(前言)』, 쉬판청(徐梵澄) 역, 『세계문고』 제8집, 베이징 : 상무인서관, 1992, 3503쪽.

중시하고 자유를 사랑했다. 노예가 그 앞에 있으면 반드시 슬퍼하면서도 혐오했다. 슬퍼한 것은 그의 불행함이 슬펐기 때문이고, 혐오한 것은 그의 투쟁하지 않음이 노여웠기 때문이다."[46] 바이런을 요약한 이런 말들은 인민대중에 대한 루쉰 자신의 태도를 설명하는 데도 사용될 수 있다. 그것은 민중의 불행한 운명에 동정하는 것과 그들에게 반항정신이 결여된 것에 격분하는 두 측면의 내용을 포함하면서 '그의 투쟁하지 않음을 노여워하는 것'을 핵심으로 삼는다. '그의 투쟁하지 않음을 노여워하는 것'은 인민대중에게 각성과 반항이 결여된 것에 대한 루쉰의 이해라는 일면을 지니고 있지만, 그래도 주된 것은 인민대중의 각성과 반항에 대한 루쉰의 뜨거운 갈망의 심정을 표현한 것이다. 루쉰은 '공리를 독실하게 고수하고 시가를 배척하며', '이역의 썩고 부패한 군함과 무기를 끌어안고 자신의 입고 먹는 것과 가족을 지키기를 바라는' 사람들을 통렬하게 질책했다. '황금과 쇳덩어리로는 결코 국가를 일으키기에 부족하다'[47]고 지적하고, 투쟁적 시가가 민중의 각성을 일깨우고 민중의 애국의 정신을 고무하는 측면에서 갖는 거대한 작용을 강조했다. 그가 지대한 열정으로 동유럽 피압박 민족의 문학작품을 번역하고 소개한 것은 바로 '학대받는 사람들의 고통스러운 외침을 전파하고 압제자에 대한 국민의 증오와 분노를 자극하기'[48] 위해서였다. 문예를 가지고 인민대중의 분노의 감정과 반항의 정신을 일깨운다는 것, 이것이 바로 루쉰의 초기 국민성 개조 사상의 정수이

46　루쉰, 『무덤·악마파 시의 힘』.
47　위의 책.
48　루쉰, 『무덤·잡다한 추억(雜憶)』.

다. 이 점에 있어서 루쉰은 당시 일반적 부르주아계급 혁명파와 국민성 문제에 대한 연구자들을 훨씬 뛰어넘었다.

3.

신해혁명은 '비교적 완전한 의미에서의' 부르주아계급 민주혁명이다. 그러나 아주 빨리 실패로 끝났다. "신해혁명은 한 명의 황제를 쫓아냈을 뿐이다. 중국은 여전히 제국주의와 봉건주의의 압박 아래에 있었고, 반제반봉건의 혁명적 임무는 결코 완성되지 않았다."[49] 일부 진보적이고 애국적인 지식인들은 계속해서 민족해방과 조국부강의 길을 찾았다. 국민성 개조는 그들이 여전히 주의 깊게 연구한 문제의 하나였다. 마르크스주의자가 되기 전의 리다자오와 급진적인 혁명적 민주주의자였던 천두슈도 이 문제에 대해 일찍이 관심을 가지고 논술한 적이 있었다.[50]

신해혁명의 실패로 루쉰은 한 차례 깊이 있는 혁명의 교훈을 얻었다. 혁명을 지도한 부르주아계급이 봉건세력과 타협함으로써 봉건세

49　마오쩌둥, 『청년운동의 방향』.
50　신해혁명 후 이런 종류의 글이 신문과 잡지에 많이 실렸다. 『동방잡지』를 예로 들면 첸즈슈(錢智修)의 「타성의 국민」(제13권 제11호), 장시천(章錫琛)의 「중국민족성론」(제14권 제1호) 등이다. 『신청년』에도 때때로 이런 글이 있었는데, 예를 들면 리이민(李亦民)의 「안전론」(제1권 제4호), 광성(光升)의 「중국 국민성 및 그 약점」(제2권 제6호) 등이다. 이 밖에 천두슈의 「저항력」, 「러시아혁명과 우리 국민의 각성」, 「애국심과 자각심」, 「나의 애국주의」, 리다자오의 「민법(民彝)과 정치」 등의 글은 모두 국민성 문제에 대한 의견을 표명했는데, 역시 부르주아계급 국민성 사상의 범주를 벗어나지 못했다.

력은 혁명의 과실을 탈취했고, 그가 희망한 '아름다운 꿈'을 깨부수었다. 나중에 '더욱 적막하고 더욱 슬픈 일들을 몸소 겪거나 옆에서 보았던' 것으로 인해 그는 더욱 고통스러웠다. 그래서 갖가지 마취 방법을 가지고 자신을 침묵 속에 빠트렸고, "다시는 청년 시절의 분개하고 격앙하는 뜻이 없게 되었다." 고통은 민중의 해방과 조국의 운명에 대한 루쉰의 깊고 절실한 관심을 포함하고 있는 것이다. 침묵은 혁명의 길과 역량에 대한 깊은 사색이다. 국민성 개조에 대한 루쉰의 사상은 이 시기에 이르러 새로운 특징을 지니게 되었다. 신해혁명 실패의 교훈을 결산하고 국민정신의 개조와 혁명투쟁의 관계를 연구하는 것이 루쉰이 사색하는 중심 문제가 되었다.

그의 사색은 주로 두 가지 측면으로 진행되었다. 하나는 신해혁명의 실패와 부르주아계급 본성의 관계에 대한 연구이고, 다른 하나는 민족해방을 실현할 새로운 혁명역량의 탐구이다.

신해혁명의 폭풍이 요동치고 기복하는 가운데 루쉰은 절실한 체험과 관찰을 통해 혁명을 지도한 부르주아계급의 연약함, 타협 그리고 최종적 배신의 본질을 냉철하게 이해했다. 사오싱紹興 광복의 상황을 보고 루쉰은 이번 혁명의 성공을 회의하기 시작했다. "비록 겉모습은 그럴 듯 했지만 알맹이는 예전 그대로였다."[51] 이것은 '탕은 바꾸었지만 약은 바꾸지 않은' 이번 혁명의 본질에 대한 루쉰의 요약이었고, 동시에 혁명을 지도한 부르주아계급 본성에 대한 통찰이었다. 병사를 데리고 당당하게 사오싱에 입성한 왕진파王金髮는 입성 초기에는 '그래

---

51 루쉰, 『아침 꽃을 저녁에 줍다·판아이눙(範愛農)』.

도 대국을 고려하고 여론을 듣는 셈이었다'. 얼마 지나지 않아 신사, 한량 그리고 신진 '혁명당'에게 포위되어 "오늘은 옷감을 보내고, 내일은 상어지느러미가 나오는 연회에 초대하고, 그 자신도 어찌된 영문인지 모를 정도로 사람들이 그를 받들어 모셨다. 결국 예전의 관료와 마찬가지로 변하더니 백성의 고혈을 짜기 시작했다". 그의 수하들도 '옛날 모습이 다시 살아나' 들어올 때는 베옷을 입었는데 열흘도 지나지 않아 모두 가죽 두루마기로 갈아입었다. "날씨가 아직 그다지 춥지도 않았다."[52] 바로 이런 갖가지 상황을 보고 나서 신해혁명 다음 해에 루쉰은 '여우가 막 굴을 떠나자 복숭아나무 우상이 벌써 등장했네'라는 의미심장한 시구로 혁명 후에도 고스란히 남아있던 계급관계와 부르주아계급의 타협과 투항의 본질을 형상적으로 묘사했다. 나중에 루쉰은 자신이 혁명 후에 기만당한 심경을 이렇게 적었다. "나는 혁명 이전에 내가 노예였다고 생각한다. 혁명 이후 얼마 안 지나 바로 노예에게 기만을 당해 그들의 노예로 변했다. 나는 많은 민국의 국민이 민국의 적이라고 생각한다."[53] 이 심오한 논의는 루쉰이 당시에 이미 이른바 '국민'은 결코 한 번 이루어지면 변하지 않는 고정된 개념이 아니라는 것, 일부 민국의 '국민'은 혁명 후 바로 봉건세력과 결탁하여 인민을 노예로 부리는 '민국의 적'이 되었다는 사실을 냉철하게 인식했다는 것을 설명해준다. 현실투쟁에서 얻어낸 이런 소박한 계급적 대립의 개념은 루쉰의 국민성 개조 사상에 이미 깊이 있는 변화가 발생했다는 사실을 설명해준다.

---

52 루쉰, 『아침 꽃을 저녁에 줍다 · 판아이눙』.
53 루쉰, 『화개집 · 갑자기 생각나다』 3.

루쉰은 나중에 국민성 개조 사상에서 출발하여 부르주아계급의 구민주주의 혁명의 실패를 부르주아계급의 '나쁜 근성' 때문에 빚어진 것으로 귀결시켰다. 그는 이렇게 말했다. "최초의 혁명은 만주족 배척이라는 배만排滿이어서 쉽게 할 수 있었다. 그 다음 개혁은 국민이 자신의 나쁜 근성을 고치는 것이었다. 그래서 하지 않으려고 했다."[54] 이런 인식은 물론 부정확한 것이고, 루쉰의 국민성 개조 사상이 그에게 가져온 역사적 한계를 반영한다. 신해혁명의 실패는 깊은 계급적 역사적 원인을 가지고 있다. 중국에서 새로 생긴 프롤레타리아계급은 아직 자각적 정치역량으로 정치무대에 등장하지 않았다. 중국의 부르주아계급은 자체의 연약함 및 봉건세력과 실타래처럼 얽힌 복잡한 관계로 말미암아 여전히 봉건세력의 중압에 시달리는 광대한 농민대중을 동원하여 제국주의와 봉건세력의 압박을 타파할 수 있는 강력한 혁명운동을 형성할 수 없었다. 혁명의 실패는 필연적인 것이었다. 마오주석은 이렇게 말했다. "국민혁명은 하나의 커다란 농촌변동을 필요로 한다. 신해혁명에는 이런 변동이 없었다. 그래서 실패했다."[55] 이것은 중국의 연약한 부르주아계급의 역사적 운명이지, 그들이 '나쁜 근성'을 고쳐버리기만 하면 만회할 수 있는 것이 아니었다. 루쉰은 당시 이 문제를 아직 인식할 수 없었다. 하지만 현실의 교훈을 통해 그는 부르주아계급이 혁명의 성공을 지도할 수 없다는 결론을 얻었는데, 이는 중국 민주주의혁명의 발전이라는 객관적 법칙과 일치하는 것이었다. 나중에 발표된 『아Q정전』이라는 소설에서 우리는 부르주아계급에

54　루쉰, 『양지서(兩地書)』 8.
55　마오쩌둥, 『후난(湖南) 농민운동 고찰 보고』.

대해 회의하고 비판하는 루쉰의 형상적 표현을 보게 된다. 혁명을 지도한 부르주아계급은 웨이좡末莊의 고달픈 농민의 혁명적 요구를 반영하지 않았고, 그들에게 어떤 실질적 이익도 가져다주지 않았다. 오히려 봉건세력과 결탁하여 혁명을 동경하는 고달픈 농민 아Q를 얼떨결에 혁명의 제물이 되게 했다. 부르주아계급에 대한 루쉰의 이런 깊은 회의와 비판은 이미 국민성 개조 사상 자체의 의미를 뛰어넘었고, 급진적 민주주의 혁명전사 특유의 사상적 광채가 번쩍이고 있는 것이다.

부르주아계급에 대해 실망한 뒤 루쉰은 새로운 혁명역량을 찾기 시작했다. 인민대중, 특히 농민대중의 각성 문제가 그의 주된 관심사가 되었다. 신해혁명 후 그는 『월탁越鐸』을 위해 쓴 「발간사出世辭」에서 봉건주의의 '전제가 오래 지속되고 혹형으로 정치를 하여', 비록 '족쇄가 문득 풀렸지만' 민중은 아직 각성하지 못했고, 현실은 여전히 '국민의 소리는 적막하고 대중의 의지는 갇혀있다'[56]고 깊이 한탄했다. 1912년 그는 또 일기에 이런 내용을 적었다. 북방 사람들이 월식을 보고 '구리쟁반을 마구 두드리며 살려내려는' 광경을 보고 이렇게 탄식했다. "남방 사람들은 애정이 말라버려, 달이 정말 하늘개天狗에게 먹히더라도 더 이상 구하려고 하지 않는다. 말끔하게 씻어낼 수 있다고 함부로 믿지 않는 것이다."[57] 얼마 되지 않는 이런 서술을 통해 신해혁명 후 루쉰이 인민대중에게 혁명적 각성이 결여된 상황에 대해 얼마나 고통과 격분의 감정을 품었는지 알 수 있다. 루쉰은 신해혁명 후 2개월도 지나지 않은 1911년 겨울 문언소설 「회고懷舊」를 써 그런 격분의

56　루쉰, 『집외집습유 · '월탁' 발간사』.
57　1912년 9월 26일 『루쉰 일기』를 보라.

감정을 형상적으로 표현하고, 혁명과 농민의 각성의 관계에 대한 깊은 관찰을 반영했다. 한 차례 기세등등한 혁명이 농촌에서는 그저 '깜짝 쇼虛驚'를 한 것에 지나지 않았다. 거부이자 향신鄕紳인 진야오쭝金耀宗과 봉건적 둥훙양성冬烘仰聖선생이 '장발長毛'이 왔다는 소식을 듣고 극히 두려워하고 대경실색하여 온갖 꾀를 짜내어 상자를 끼고 피난 갈 궁리를 하고 '광주리 밥과 주전자 죽으로 왕의 군대를 맞이하는 술책'을 도모한다. 그러나 보통의 노동민중인 왕웡王翁과 리아오李媼는 오히려 두려워하는 기색도 없고 기뻐하는 기색도 없이 여전히 '나가서 시원한 바람을 쐬고 늘 하던 대로 했다'. 빽빽하게 둘러선 사람들에게 옛날 '장발'이 사람을 죽이던 이야기를 흥미진진하게 들려주며, 들려오는 혁명의 소식에 대해서는 완전히 마비되고 냉담한 모습이었다. 그들은 혁명을 이해하지 못했고, 혁명도 그들을 이해하지 못했다. 이런 혁명과 대중 사이의 슬픈 간극은 나중에 루쉰이 신해혁명을 가장 침통한 역사의 교훈으로서 묘사한 소설들 속에 더욱 깊이 있게 반영되었다. 신해혁명 이후 루쉰이 이처럼 혁명에 대한 농민의 태도를 주시하고 그들의 냉담함을 묘사한 것은 어떻게 하면 농민대중의 각성을 일깨우고, 새로운 혁명역량을 찾을 것인가 하는 문제에 대한 그의 깊은 사색을 증명한다. 이런 사색 또한 국민성 개조 사상의 한계를 이미 벗어나 선명한 계급적 대립 사상의 색채를 띠고 있고, 루쉰 자신이 이해한 풍부하고 심각한 혁명적 내용을 포함하고 있다.

4.

10월 혁명의 포성은 중국에 마르크스레닌주의를 가져왔다. '5·4' 이후 중국에 참신한 문화적 신예부대가 생겨났는데, 이것이 바로 중국 공산당이 지도한 공산주의 문화사상이다. 중국의 일부 선진적 인물들은 프롤레타리아계급의 우주관과 사회혁명론을 가지고 국가의 운명을 관찰하는 도구로 삼아 민족해방의 길을 새롭게 사고함으로써 '러시아인의 길을 걷자'라는 귀중한 결론을 얻어냈다. 이런 상황이 되자 원래 진보적 의의를 갖고 있던 국민성 개조 사상은 더없이 낙후되고 무력하게 보였으며, 심지어 부르주아계급이 마르크스주의 사상을 제지하고 개량주의를 고취하는 도구가 되었다. 초보적 공산주의 사상을 갖춘 지식인들은 재빨리 이런 부르주아계급의 사상적 무기를 버렸다.

동시대의 가장 선진적인 사상가와 비교하면 루쉰이 마르크스주의이론을 수용한 것은 비교적 늦었다. '5·4' 전야에서 대혁명 실패 이전까지 루쉰도 마르크스주의 사상의 영향을 받아 소박한 계급론과 변증법 사상을 갖추기는 했지만, 전체적으로 보면 여전히 철저한 혁명적 민주주의자에서 공산주의자로 전환하는 과정에 놓여 있었다. 이 때문에 그는 일시적으로 진화론과 국민성 개조 사상의 영향에서 벗어나지 못했다. 이는 부인할 수 없는 객관적 사실이다. 예를 들어 루쉰은 여전히 개인의 정신 개조의 역할을 강조했다. "반드시 먼저 자신을 개조하고, 다음에 사회를 개조하고 세계를 개조해야 한다."[58] 더욱이 민족의 열악한

---

58   루쉰, 『열풍·수감록』 62.

근성은 형성된 뒤에는 개조가 쉽지 않고, 자신을 속이고 남을 속이는 것과 같은 병적인 상태를 제거한 뒤에라야 중국에 비로소 '새로운 희망의 싹'[59]이 있을 수 있다고 보았다. 그는 여전히 광대한 노동자 농민 대중의 각성과 투쟁이라는 측면을 보지 못했고, 일부 마비된 대중을 '영원히 연극의 관객이다'[60]라고 간주했다. 사회를 개혁하려면 반드시 먼저 지식인부터 착수하고, '민중은 장래를 기다려 다시 말해야 한다'고 인식했다. 1925년에서 1926년까지 루쉰은 쉬광핑과 편지를 주고받으며 전적으로 이 문제를 토론했는데, "이런 병폐의 뿌리를 제거하는 작업에 관한 한 할 수 있는 일이 있다면 아직은 손을 떼고 싶지 않다"[61]고 말했다. 이런 국민성 개조 사상은 '5·4' 이후 루쉰의 전투에 어느 정도 방해가 되었고, 대중의 각성에 대한 편견 또한 그가 사상적으로 전진하는데 있어서 일정한 짐이 되었다고 말하지 않을 수 없다.

그러나 10월 혁명 이후 루쉰에게도 참신한 사회주의 사상의 요소가 생겨났다. 그는 『신청년』을 진지로 하는 신문화 혁명 진영에 참가했고, '명령을 준수하는 문학遵命文學'의 전투실적으로 제국주의와 봉건주의 및 그 문화 사상에 대해 맹렬한 공격을 퍼부었다. 그는 아직 공산주의의 우주관과 사회혁명론을 운용하여 현실투쟁과 사회현상을 관찰하고 분석할 수 없었지만, 한 위대한 혁명가이자 사상가로서의 정치적 예민함과 심오한 통찰로 10월 혁명의 승리에서 '주의를 가진 민중'의 혁명적 역량을 보았고, 그들의 폭력혁명의 '칼날과 불빛' 속에서

---

59   루쉰, 『화개집·갑자기 생각나다』 11.
60   루쉰, 『무덤·노라는 집을 나간 뒤 어떻게 되었는가』.
61   루쉰, 『양지서』, 1925년 4월 8일 쉬광핑에게 보낸 편지.

'새로운 세기의 서광'을 볼 수 있었다. 그리하여 '새로운' 사회의 창조자는 소수의 영웅과 현자가 아니라 '프롤레타리아계급'임을 확신했다. 이는 루쉰 사상의 발전에서 중대한 전환이다. 이런 거대한 전환과 참신한 요소는 그가 일시적으로 아직 버리지 못하고 있던 국민성 개조 사상에도 근본적 변화가 일어나도록 만들었다.

먼저 루쉰의 국민성 개조 실천이 철저하고 비타협적인 반제반봉건 사상혁명과 결합하기 시작했다. 일본 유학에서 신해혁명 이후까지 루쉰이 부지런히 실천했던 문예를 가지고 인민대중의 각성을 일깨우는 작업은 당시의 혁명투쟁과 그다지 잘 결합되지 못했다. 천박한 혁명 논조가 그의 전투적 함성을 삼켜버렸다. 『신생』의 요절과 『역외소설집』에 대한 냉담한 반응, 민국 원년 이후의 실망이 바로 이에 대한 증거이다. 루쉰은 고통스럽고 끈질긴 모색 속에서 더욱 광대하고 진정한 사상혁명의 도래를 갈망하고 있었다. 5·4신문화운동은 바로 이런 사상혁명운동의 위대한 발단이었다. 『신청년』이 제창한 '문학혁명'이 후스 등이 주장한 형식적인 '혁신'에서 '사상혁명'으로 매진하는 것을 보았을 때, 루쉰은 이 '사상 혁신의 결과는 사회혁신 운동의 발생'[62]이라는 것을 똑똑히 알았다. 그는 여기서 구제도의 '쇠로 만든 방'을 깨부술 희망을 보았고, 그리하여 7, 8년에 이르는 긴 침묵을 끝내고 의연히 문화혁명의 조류에 뛰어들어 5·4문학혁명의 위대한 총사령관이자 기수가 되었다. 이때부터 루쉰의 국민성 개조 요구는 반제반봉건 사상혁명의 전투 속에 녹아들었다.

---

62   루쉰, 『삼한집·소리 없는 중국』.

루쉰은 전투에서 줄곧 사상혁명의 큰 깃발을 높이 들었다. 후스 등이 흥미진진하게 백화라는 문학형식의 개량을 이야기하고 에스페란토 논쟁에 열중하고 있을 때, 루쉰은 예리하게 지적했다. "내 의견은 정당한 학술과 문예를 주입하여 사상을 개량하는 것이 첫째라고 생각한다." "만일 사상이 예전대로라면 이는 간판은 바꾸었지만 물건은 바꾸지 않은 것이다."[63] '5·4' 고조기가 지난 뒤에도 그는 여전히 현실을 개조하는데 가장 효과적인 방법은 『신청년』이 제창한 '사상혁명'[64]이라고 굳게 믿었다. 루쉰이 이때 말한 '사상혁명'은 정치투쟁을 초월하거나 그것과 유리된 국민성 개조가 아니었다. 그의 「광인 일기」 등의 빛나는 소설과 필치가 예리한 잡문은 자각적으로 당시 '혁명 선구자의 명령'을 받들었고, 프롤레타리아계급이 지도하는 신민주주의 문화사상의 철저하고 비타협적인 반제반봉건 정신과 천하무적의 혁명적 예봉을 충분히 구현했다. 그것은 실제로 '한창 사방에서 적의 공격을 받고 있던' 『신청년』의 부분적 전투임무를 수행했다.[65] 루쉰을 총사령관으로 삼았던 문화전선의 반제반봉건 투쟁은 당이 지도한 혁명투쟁 과정에서 '위대한 공로'를 세웠다. 이런 전투들은 이미 국민성 개조 사상으로 설명할 수 있는 것이 아니다.

물질 개조와 정신 개조의 관계에 대해 새로운 인식을 갖게 된 것은 '5·4' 이후 루쉰의 국민성 개조 사상의 또 하나의 중대한 전환이다. 루쉰은 정신의 작용을 지나치게 강조하던 견해를 바꾸어 민중의 정신

---

63   루쉰, 『집외집·도하와 길 안내』.
64   루쉰, 『화개집·통신』.
65   루쉰, 『'열풍' 머리말(題記)』.

개조는 사회경제적 제도의 변혁과 분리될 수 없다는 진리를 인식하기 시작했다. 「노라는 집을 나간 뒤 어떻게 되었는가」와 「죽음을 슬퍼하며」에서 하나는 논리적으로 하나는 형상적으로 이런 사상을 설명했다. 입센의 희곡에 나오는 노라는 남편의 '노리개'라는 지위에서 벗어나려고 의연히 집을 나갔다. 이런 개성해방의 정신은 '5·4' 시기에 일시를 풍미하는 영향을 끼쳤다. 그러나 사람들이 출로를 찾았다고 생각한 곳에서 루쉰은 깊은 회의를 드러냈다. 노라가 가출한 결과는 어떻게 되었을까? 그는 예리하게 지적했다. 노라의 앞에 놓여진 것은 두 가지 길밖에 없다. 돌아가는 것 그리고 타락하거나 죽는 것. 왜 그런가? 루쉰은 사람들에게 역사적 유물론의 일반적 법칙을 알려준다. 경제적 지위의 변혁이 없다면 인간의 정신적 해방은 실현될 수 없는 것이다. "그러므로 노라를 위해 계획을 세운다면 돈, 고상하게 말해서 경제가 가장 중요한 것이다. 자유는 참으로 돈으로 살 수 있는 것이 아니지만, 돈 때문에 팔 수 있는 것이다."[66] 만일 경제제도 변혁을 위한 대중적 투쟁을 떠나 단순히 개성해방만을 추구한다면 그 결과가 어떻게 될 것인가? 소설 「죽음을 슬퍼하며」에 나오는 쯔쥔子君과 쥐안성涓生의 비극은 이 문제에 형상적으로 대답했다. 쯔쥔과 쥐안성은 봉건적 예교라는 정신적 속박을 벗어나 자유결혼을 얻고 이상적인 핵가족을 꾸리는 행복을 얻었다. 그러나 개성해방에 대한 그들의 추구는 인민 대중의 철저한 해방을 쟁취하는 사회적 투쟁과 결합하지 않았기 때문에 비록 일시적 행복을 얻을 가능성은 있었지만 이런 행복을 유지할

66　루쉰, 『무덤·노라는 집을 나간 뒤 어떻게 되었는가』.

능력은 없었다. 쥐안성이 직업을 잃자 경제적 곤궁이 찾아오고 그들
의 정신적 지주도 무너져 내렸다. 남은 길은 봉건적 가정의 품으로 다
시 돌아가 꼼짝달싹도 하지 않고 죽어가든가 고통스러운 교훈을 통해
'새로운 살길'을 찾든가 둘 중에 하나였다. 쯔쥔과 쥐안성의 비극을
통해 루쉰은 사람들에게 개인의 정신적 해방이 사회제도를 변혁하는
투쟁에서 벗어나면 결과를 얻을 수 없다는 사실을 알려주었다. 바로
이런 역사적 유물론 사상에서 출발했기 때문에 루쉰은 '격렬한 전투'
로 '경제권'[67]을 요구해야 한다는 호소를 제기했던 것이다. 계급투쟁
형세의 발전에 따라 또 한 걸음 더 나아가 '개혁이 가장 빠른 것은 역
시 불과 칼'[68]이라는 정확한 길을 제시하며, 청년들에게 청원의 방식
을 그만두고 '다른 방법의 전투'[69]로 대체하라고 호소했다. '4·12' 쿠
데타 전야에 루쉰은 더욱 분명하게 해석했다. "중국의 현재 사회상황
은 실제의 혁명전쟁이 있을 뿐입니다. 한 수의 시는 쑨촨팡孫傳芳을 놀
라 달아나게 할 수 없지만 한 방의 총성은 쑨촨팡을 쫓아버릴 수 있습
니다."[70] 이런 사상 발전의 맥락은 루쉰이 '5·4' 이후에 어떻게 국민
성 개조 사상의 한계를 돌파하여 점차 역사적 유물론이라는 사상적 지
평으로 전진했는지를 설명해준다.

　압박 받는 농민대중한테서 잠재적 혁명역량을 발굴하는 것을 중시
했던 것도 루쉰이 국민성 개조 사상의 한계를 돌파한 또 하나의 중대
한 발전이다. 『아Q정전』에서 루쉰은 농민의 비참한 생활 처지와 혁명

67　　루쉰, 『무덤·노라는 집을 나간 뒤 어떻게 되었는가』.
68　　루쉰, 『양지서』 10.
69　　루쉰, 『화개집·빈말』.
70　　루쉰, 『이이집·혁명시대의 문학』.

적 각성이 결여된 첨예한 모순을 고통스럽게 그려냈을 뿐만 아니라, 굳건한 신념으로 고달픈 농민한테 존재하는 혁명적 요구를 밝혀냈다. 아Q는 극도로 낙후된 빈농이다. 그는 경제적으로 착취를 당해 씻은 듯 가난하고, 정신적으로 유린을 당해 전율을 느낄 만큼 마비되어 있다. 그의 머릿속에는 '성군聖君과 현상賢相'의 사상으로 가득 차 있고, 혁명에 대해 '불구대천의 원수처럼 미워하는' 태도를 지니고 있다. 그러나 신해혁명의 소식이 웨이쫭未莊에 전해졌을 때, 아Q는 실제의 느낌과 절실한 이익에서 출발하여 혁명에 대한 열렬한 동경을 나타내고, 자신이 이해한 방식으로 '혁명당에 투항하고' 일어나 '반란을 일으키려고' 했다. 이런 혁명 행위와 환상이 얼마나 원시적 보복의 색채를 띠고 있는지는 막론하고, 루쉰은 그것을 발굴해냄으로써 농민의 혁명적 역량에 대한 그의 지대한 관심을 표현했다. 루쉰은 나중에 이렇게 말했다. "아Q의 형상은 확실히 내 마음속에 여러 해 동안 있었던 것 같다." "중국이 만약 혁명을 하지 않는다면 아Q는 (혁명당이) 되지 않을 것이다. 혁명을 한다면 곧 (혁명당이) 될 것이다."[71] 이것은 아Q의 비참함과 마비상태 그리고 그가 일어나 혁명할 수밖에 없는 필연성을 설명해주는 것이고, 중국사회의 계급관계, 농민의 운명 그리고 혁명역량의 근원 문제에 대한 루쉰의 장기간에 걸친 깊은 통찰의 결과이다. 마오주석은 이렇게 말했다. "중국의 혁명은 실질적으로 농민혁명이다." 농민은 "중국혁명의 주된 역량이다".[72] 또 이렇게 말했다. 중국 50여 년의 혁명의 경험과 교훈의 "근본은 바로 '민중을 일깨운다'는 이런

---

71   루쉰, 『화개집 속편·'아Q정전'의 유래(成因)』.
72   마오쩌둥, 『신민주주의론』.

이치이다".[73] 루쉰이 이론적으로 이런 인식의 지평에 도달했기를 바라는 것은 물론 불가능한 일일 것이다. 하지만 루쉰은 신해혁명 이래 깊은 역사적 관찰과 경험을 통해 부르주아계급에 대한 회의에서 출발하여 혁명에 대한 대중의 냉담함에 격분하는 과정을 거쳐 다시 농민대중한테서 혁명의 역량을 발견하기에 이르렀다. 이는 실질적으로 중국혁명의 본질문제를 건드린 것이다.

점차 심화된 계급 대립의 관념에 힘입어 루쉰은 실제 투쟁 속에서 국민성 개조 사상이 지닌 초계급적 한계를 차츰 극복했다. 초기에 형성된 루쉰의 소박한 계급 대립의 관념은 '5·4' 이후 부단히 성장하고 날로 선명해져 점차 계급투쟁 사상의 지평으로 상승했다. 이런 사상으로 말미암아 그는 전투에서 날카로운 예봉을 드러냈고, 두루뭉술하게 국민성을 개조하는 사상과는 완전히 상이한 결론을 얻었다. 1925년 루쉰은 「춘말 한담」, 「등하 만필」 등의 잡문에서 '국민'이 결코 계급적으로 구분되지 않은 총체가 아니라, '지배자'와 '피지배자', '부자와 가난뱅이', '주인과 종, 상급과 하급, 귀함과 천함의 구별'이 있다는 사실을 형상적으로 설명했다. 수천 년의 사회역사를 사람을 먹는 '연회'를 즐기는 소수의 지배자가 대다수 인민대중을 압박하고 착취한 역사로 간주했다. 아울러 바로 '죽어도 분수를 지키려고 하지 않는' '국민'의 존재가 있어서 '부자의 세상은 아무래도 태평하기 어려울 것'이라고 지적했다. 「'페어 플레이'는 늦추어야 함에 대해」에서 각종 가면을 쓰고 있는 부르주아계급에 대한 철저한 폭로, 그 철저하고 비타협적인 전투정

---

[73] 마오쩌둥, 『청년운동의 방향』.

신, 그 선명한 계급투쟁의 관점은 필력에 힘이 넘쳤고, 심오하고 예리했다. 주목할 만한 것은 루쉰이 과거에 늘 사용했던 두루뭉술한 '국민' 개념에 대해서도 선명한 계급적 분석을 했다는 점이다. 당시 어떤 이가 '국민의 영혼民魂'을 크게 발전시켜야 한다고 떠들었을 때, 루쉰은 한 마디로 정곡을 찌르듯 이렇게 지적했다. "엉망진창인 난장판 속에서 관리가 말하는 '비적匪'과 백성이 말하는 '비적'이 있다. 관리가 말하는 '국민民'과 백성이 말하는 '국민'이 있다. 관리는 '비적'이라고 말하는데 사실은 참된 국민인 경우가 있고, 관리는 '국민'이라고 여기는데 사실은 아전이나 마부인 경우가 있다. 그러므로 '국민의 영혼'처럼 보이지만 때로는 여전히 '관리의 영혼'일 수밖에 없는 경우가 있다. 이는 영혼을 감별하는 사람이 더없이 주의해야 할 것이다."[74] 루쉰이 영혼을 감별하는 기준은 이미 국민성의 우열이 아니라 계급의 차이였다. 이런 인식에서 출발하여 우리는 루쉰이 1925년 3월 쉬광핑에게 보낸 편지에서 언급한 '이후에 가장 중요한 것은 국민성을 개혁하는 것'이라는 주장에 대해 비교적 정확하게 인식할 수 있다. 루쉰이 여기서 말한 '국민성'은 결코 인민대중한테 있는 약점을 포함하는 것이 아니라 명확한 공격 목표를 지닌 것이다. 하나는 신해혁명 이후 '덧칠한 새 페인트가 다 벗겨져 예전 모습이 다시 드러난' '가사를 주관하던' 종들, 즉 부르주아계급과 봉건세력의 대표이다. 하나는 '이른바 뿌리 깊은 구문명',[75] 즉 봉건도덕과 봉건문화이다. 이런 전투의 예봉이 지향한 바는 이미 선명한 계급론의 사상내용을 드러냈다.

---

74   루쉰, 『화개집 속편·학계의 3혼』.
75   루쉰, 『양지서』, 1925년 3월 31일 쉬광핑에게 보낸 편지.

'5 · 4' 시기 루쉰의 잡문에는 때때로 국민성 개조 사상이라는 모호한 관념이 나타났다고 한다면 루쉰의 소설에서는 계급적 관계에 대한 깊은 이해가 형상적으로 표현되었다. 그의 매 편 소설은 바로 계급적 대립과 계급적 압박을 그린 한 폭의 풍속화이다. 아Q, 우아줌마吳媽, 샤오D, 왕털보王胡는 웨이좡의 피압박 피착취 대중이고, 그들의 머리를 밟고 있는 것은 자오어르신趙太爺, 첸수재錢秀才, 가짜 양놈假洋鬼子 등 웨이좡을 지배하고 있는 '부자'들이다. 고달프고 마비된 룬투閏土의 등짝에서 우리는 '군인, 비적, 관리, 신사'라는 이들 '지배자'의 무거운 압박을 얼마나 느낄 수 있는가? 「축복」의 루鲁 넷째나리는 영원히 샹린싸오祥林嫂를 비참한 죽음으로 이끈 망나니의 대표로서 증오와 저주를 받을 것이다. 샹린싸오와 아이구愛姑의 비극에서 우리는 더욱 분명하게 '피압박자의 선량한 영혼, 고달픔, 발버둥'[76]을 보게 된다. 이런 잊기 힘든 형상적 화면을 통해 우리는 생활을 인식하는 과정에서 사용된 루쉰의 소박한 계급론 사상 특유의 예민함과 심오함을 똑똑히 보게 된다.

5.

루쉰의 국민성 개조 사상은 '5 · 4' 시기 루쉰의 소설 창작에 어떤 영향을 끼쳤는가?

---

[76]   루쉰, 『남강북조집 · 중러 문자 교류를 축하하며』.

'5·4' 시기 루쉰의 소설창작은 국민성 개조 요구에서 나온 것이 아니라 더욱 심오한 목적이 있었다. 루쉰이 말했듯이 그가 소설을 쓴 것은 대개 '열정적인 사람들에 대한 공감' 때문이었고, 적막 속에서 내달리던 전사들에게 응원의 '외침'을 보내기 위해서였다. 동시에 '구사회의 병폐의 뿌리를 폭로하여 사람들에게 관심을 갖게 하고 방법을 강구하여 치료하게 하려는 희망'[77]이 섞여 있었다. 다른 글에서 루쉰은 또 이렇게 말했다. "'왜' 소설을 썼는가에 대해 말하자면 나는 여전히 10여 년 전의 '계몽주의'를 지니고 있다. 반드시 '인생을 위해'여야 하고, 더욱이 인생을 개량해야 한다고 인식한다. (…중략…) 그래서 나는 소재를 주로 병든 사회의 불행한 사람들 속에서 선택했으며, 그 의도는 질병으로 인한 고통을 드러내어 치료에 대한 주의를 끌어보자는 것이었다."[78] 이런 말들은 루쉰이 소설을 쓰게 된 동기에 주로 두 가지 측면이 있었다는 사실을 설명한다. 첫째, 반봉건 투쟁의 필요 때문이다. 반봉건 전사들에게 외침과 응원을 보냄으로써 그들을 '거리낌 없이 전진하게' 하기 위해서였다. 이 때문에 그는 자신의 창작을 '선구자들과 보조를 같이 했던' '명령을 준수하는 문학遵命文學'이라고 자랑스럽게 불렀다. 둘째, '인생을 위해'라는 계몽주의 사상이다. 봉건사회의 피압박자, 즉 '병든 사회의 불행한 사람들'한테 있는 정신적 고통을 폭로하고, '병적인' 봉건제도와 정신문명에 대해 무자비한 폭로와 비판을 진행함으로써 피압박 인민대중의 해방을 위해 호소하고 반항했다. 루쉰의 '5·4' 시기 창작의 의도는 이미 국민성 개조 사상의

---

77   루쉰, 『남강북조집 · '자선집' 자서』.
78   루쉰, 『남강북조집 · 나는 어떻게 소설을 쓰게 되었는가』.

범주를 뛰어넘은 것이 확실하고, '국민성'의 병폐의 뿌리를 폭로하는 것이 아니라 반제반봉건 혁명투쟁, 피압박 민중의 운명과 긴밀하게 연결되어 프롤레타리아계급이 지도하는 신민주주의 문화의 빛나는 '실적'이 되었다. 국민성 개조를 루쉰의 평생 창작의 '기조基調'[79]로 간주하거나, 루쉰의 창작과 번역을 '민족성을 치료하기 위한 처방'으로 인식하고, 루쉰을 '민족성을 치료하는 국가급 의사'[80]라고 하는 견해는 잘못된 것이다. 어떤 부르주아계급 문예가는 국민성 개조사상이 루쉰 창작에서 갖는 영향을 무한히 과장했는데, 이는 사실 루쉰 창작의 중대한 의의와 가치를 폄하한 것이다.[81]

루쉰의 소설은 '5·4' 시기에 두루뭉술하게 국민성 개조를 주장한 그의 잡문과는 다소 상이한 특징을 지니고 있다. 잡문은 사상적 형식으로 비판을 진행하고, 소설은 예술적 형상으로 생활을 재현한다. 이 때문에 소설은 더욱 심원한 수준에서 생활의 본래 면모를 반영하고 더욱 선명한 계급적 내용을 갖는다. 루쉰은 그의 소설이 주로 '상류사회의 타락과 하층사회의 불행'[82]을 표현했다고 말했다. 이는 루쉰의 주관적인 창작 '기조' 또한 결코 '국민성의 약점을 치료하는 것'이 아니라 계급적 압박으로 가득한 현실생활을 깊이 있게 재현하는 것이었음을 증

---

79 쉬서우상, 『죽은 친구 루쉰 인상기』, 베이징 : 인민문학출판사, 1953, 20쪽.
80 쉬서우상, 「루쉰과 민족성 연구」, 『내가 아는 루쉰』, 베이징 : 인민문학출판사, 1952, 50쪽.
81 예를 들어 일본의 오다 타케오(小田岳夫)의 『루쉰전』은 루쉰의 '소설, 수필, 번역'이 모두 '중국인의 인성을 개혁하려는 욕망'이라는 '동일한 몸통에서 뻗어 나온 상이한 가지'라고 말했다. 루쉰의 평생 '창작의 근본 목표는 결국 중국인의 인성의 개혁에 있었다'. 판취안(范泉)이 번역한 『루쉰전』(1946, 개명서점 출판)을 보라.
82 루쉰, 『집외집 습유·영역본 '단편소설선집' 자서』.

명하는 것이다. 그의 이른바 '치료에 대한 주의를 끌어보자'는 것은 사실 인민대중의 정신적 속박을 깨트리고, 어두운 '쇠로 만든 방' 같은 사회제도를 철저하게 '깨부수도록' 사람들을 일깨우는 것이다. 루쉰은 문예와 인민대중의 정신 사이의 변증법적 관계를 깊이 있게 해석했다. "문예는 국민정신이 피워 올린 불꽃임과 동시에 국민정신의 미래를 인도하는 등불이다."[83] 국민정신을 개조하는 문예의 작용에 대한 루쉰의 이런 이해는 필연적으로 그의 소설창작에 반영되기 마련이다. 그는 노동인민의 정신적 고통을 특히 중시했다. 그는 일찍이 침통하게 말했다. "조물주가 사람을 만든 것은 이미 아주 교묘했다. 한 사람이 다른 사람의 육체적 고통을 느끼지 못하게 만들었다. 우리의 성인과 성인의 신도들은 뜻밖에 조물주의 결함을 보완했다. 사람들이 더 이상 다른 사람의 정신적 고통을 느끼지 못하게 만들었다."[84] 인민대중의 각성을 일깨우기 위해, 사람을 먹는 종법제도와 그런 '성인과 성인의 신도'들이 고취한 공맹孔孟의 도에 반항하도록 민중을 환기하기 위해, 루쉰은 소설에서 압박받는 민중의 이런 정신적 고통을 표현했다. 루쉰의 소설을 읽으면 우리가 봉건사회의 중압에 시달리는 노동민중의 비참한 생활처지를 볼 뿐만 아니라 그들의 선량하고 아름다우면서도 더없이 고통스럽고 마비된 영혼도 깊이 접촉하게 된다. 혁명가는 대중을 위해 희생하지만 대중은 그들을 전혀 이해하지 못하고, 오히려 혁명가의 피를 가지고 자신의 아이의 폐병을 고치는 '영약'으로 삼는다. 농민 룬투는 천진난만한 '어린 영웅' 같았던 소년에서 말라죽은 나무처럼 정신이 마비된

83　루쉰, 『무덤 · 눈을 뜨고 보는 것을 논함』.
84　루쉰, 『집외집 · 러시아어 번역본 「아Q정전」 서문 및 저자 자서 약전』.

사람으로 변해버려 소년 시절의 친구와 '슬픈 두터운 장벽'을 형성한
다. 샹린싸오의 영혼을 뒤흔드는 충격은 그녀의 생활에 있어서의 불행
한 운명이 아니라 그녀가 받았던 심각한 정신적 유린이다. 재가한 남편
은 가난과 병으로 죽고, 사랑하던 아이는 이리에게 잡아먹히고, 그녀
자신은 또 '풍속을 어지럽힌' 여자로 간주되어 저승의 징벌을 받아야
한다. 그녀는 속죄의 희망을 안고 문지방을 기증했지만, 제사를 지낼
때 여전히 '그냥 두어라, 샹린싸오'라는 무서운 소리를 들었다. 그녀의
영혼의 깊은 곳에 있던 최후의 한 가닥 희망조차 소멸되었다. 그녀는
마침내 설을 쇠는 부잣집에서 '복을 비는祝福' 폭죽소리를 들으며 '사람
이 죽은 뒤에도 영혼이 있는가 없는가'하는 절망적 문제를 품은 채 적
막하게 죽어갔다. 샹린싸오라는 인물의 비극이 사람의 마음을 격동시
키는 힘을 갖는 이유는 루쉰이 봉건사회의 '4대 밧줄四大繩索'의 속박과
유린에 시달리던 그녀의 정신적 고통을 깊이 발굴하여 피압박 계급 여
성의 영혼을 그려냈기 때문이다.

　민중의 정신적 고통을 드러내는 이런 창작 사상은 『아Q정전』에서
더욱 두드러지게 표현되었다. 루쉰은 아Q라는 형상을 빌어 봉건적 압
박에 시달리는 빈농의 마비된 정신상태를 집중적으로 묘사했다. 아Q
는 압박받고 능욕을 당하지만, 자신의 노예적 지위를 직시하지 않고,
거꾸로 스스로를 속이고 다른 사람을 속이는 갖가지 방법을 사용한다.
때로는 과거를 자랑하고, 때로는 미래를 환상하고, 정신적 '승리'를 가
지고 스스로 만족하고, 원한을 잊을 뿐만 아니라 고통도 잊어버린다.
신해혁명이 일어나자 그는 혁명을 동경했지만 결코 진정으로 각성한
것은 아니었고, 결국 혁명 과정에서 '대단원'의 비참한 결말을 맞았다.

루쉰은 자신이 '침묵하는 국민의 영혼'을 '그려내려' 했다고 말했다. 이는 바로 '높은 담장 안에 갇힌' '백성'의 '영혼'을 가리킨 것이다. 그들은 "말없이 자라고, 누렇게 시들고, 말라 죽는다. 마치 큰 돌덩이 밑에 깔린 풀처럼 이미 4천 년 동안 그랬다".[85] 확실히 루쉰은 아Q라는 슬픈 형상 속에 수천 년 동안의 계급적 민족적 압박이 낙후한 농민에게 조성한 각성하지 못한 정신상태를 집중적으로 요약했다. 어떤 이는 선명한 계급성을 지닌 아Q라는 이런 예술형상을 갖가지 국민성의 약점을 집약한 '사상적 전형'[86]이라고 말했는데, 이는 루쉰 자신의 창작 의도 및 예술형상의 객관적 효과 모두와 현저하게 배치되는 것이다.

'질병의 고통을 드러내고 치료를 끌어내자'는 희망에서 출발하여 루쉰은 봉건적 정신의 지배와 소생산자 지위의 한계로 말미암아 조성된 인민대중 사이의 냉담함, 공감이 결여된 정신상태도 깊이 있게 그려냈다. 그들은 다른 사람의 불행과 고통을 이해하지 못하고, 때로는 오히려 그것을 가지고 자신의 감상거리로 삼는다. 이런 묘사들은 루쉰 소설의 인물들을 더욱 깊은 비극적 색채를 띠도록 만들었다. 샹린 싸오는 사랑하는 아마오阿毛가 죽은 뒤 사람을 만나기만 하면 곧 자신의 고통스러운 기억을 끊임없이 털어놓지만, 그녀가 얻은 것은 위안이나 동정이 아니라 놀림과 감상이었다. 「내일」의 찬單 넷째형수는 아

---

85 루쉰, 『집외집·러시아어 번역본 '아Q정전' 서문 및 저자 자서 약전』.

86 예를 들어 저우쭤런은 『아Q정전』과 관련하여 아Q는 '하나의 민족의 유형'이고, '중국인의 품성의 혼합적 묘사'라고 말했다. 펑쉐펑(馮雪峰)은 「'아Q정전'을 논함」에서 아Q를 국민성의 약점을 요약한 하나의 '사상적 전형'이라고 말했다. 오다 타케오(小田岳夫)는 『루쉰전』에서 아Q는 '중국인의 대명사'이고, '일종의 아주 빈약하고 퇴폐적인 인격'이고, 『아Q정전』은 국민성에 관한 루쉰의 추구가 피워낸 '성대한 꽃'이라고 말했다.

334   거친 들을 지나는 길손—루쉰의 정신세계 탐색

들의 병이 위독하지만 관심을 갖는 사람이 없다. 건달 란피아우蘭皮阿五
는 심술궂은 인간이고, 이웃인 왕쥬마王九媽조차 전혀 동정을 보이지
않고, 심지어 사실조차 알려주려고 하지 않는다. 「풍파」의 사공 치진七
斤은 변발이 잘렸기 때문에 장쉰張勳의 왕정복고 파동 과정에서 온 가
족이 자오趙 일곱째 나리에게 위협과 공갈을 당한다. 마을사람들은 자
오나리의 기세등등한 왕정복고 움직임에 대해 아무런 원한이 없고,
오히려 치진의 '범법'에 대해 '좀 고소하다'고 느낀다. 자신의 이해를
돌보느라 모두 치진을 슬금슬금 피하고 "더 이상 그가 성안에서 가져
오는 뉴스를 들으러 오지 않았다". 아Q와 꼭 같이 불행한 처지에 있는
왕털보, 우아줌마, 샤오D 그리고 웨이촹의 다른 '한가한 사람들'도 아
Q에 대해 전혀 동정을 보이지 않을 뿐만 아니라 그와 '용과 호랑이의
싸움龍虎鬪'을 벌이고, 그가 젊은 비구니를 모욕하는 것을 '아주 만족스
럽게' 감상하고, 아Q가 처형당하기 전의 조리돌림을 감상하고, 아Q
가 연극대사를 노래하는 것을 듣고 싶어 하고, 심지어 아Q가 머리가
잘리기 전에 내뱉었던 '선생 없이 혼자서 배운' 몇 마디를 듣고 '좋아'
라고 소리친다. 루쉰은 '옛날의 가르침에 의해 지어진 높은 담장' 속
의 '백성'들이 지닌 이런 냉혹함을 가슴아파했기 때문에 그들은 '연극
의 관객'에 지나지 않고, 아Q의 마비상태와 비교하면 대동소이하다고
격분해서 말했다.[87] 이런 관객의 눈에서 아Q는 이리처럼 '사납기도 하
고 두려워하기도 하는' 눈빛을 보았다. 이 눈빛은 아Q의 말을 질근질

---

87 루쉰은 일찍이 이렇게 말했다. 『아Q정전』의 샤오D는 결코 샤오둥(小董)이 아니다.
"그는 샤오퉁(小同)이라고 불렀으며, 크게 보아 아Q와 마찬가지이다." 『차개정 잡문
‧'극(戱)'주간 편집자에게 보내는 편지』를 보라.

근 씹고 있었을 뿐만 아니라 그의 영혼까지 질근질근 씹고 있었다. 루쉰은 이런 냉혹함과 이기심이 인민대중 자신의 각성을 심각하게 방해할 뿐만 아니라 봉건사회가 사람들의 영혼을 질근질근 씹도록 도와주는 역량도 된다고 인식했다. 이런 '병폐의 근원'을 들추어내는 것은 구제도와 구예교에 대한 피눈물 어린 고발이고, 또 혁명가가 민중을 일깨우는 것에 대한 전투적 호소이기도 하다. 루쉰은 이렇게 굳게 믿었다. "장래에는 높은 담장 안에 갇힌 모든 사람들이 스스로 각성하고, 걸어 나와 다 입을 열 것이다."[88] 이는 실천에 있어서 당시의 반제반봉건 사상혁명의 임무 및 목표와 완전히 일치하는 것이고, 부르주아계급 국민성 개조 연구자들이 고취한 민중의 '열악함' 따위의 빈말과는 전혀 상관이 없는 것이다.

사상과 생활의 한계로 말미암아 '5·4' 이후 인민대중의 각성과 투쟁, 현실에서 드러난 대중의 혁명적 역량은 루쉰의 소설에 반영되지 못했다. 이런 약점은 국민성 개조 사상의 영향이라고 말하지 않을 수 없다.

6.

루쉰의 사상 가운데 마르크스주의 요소가 부단히 증가하고 당이 지도하는 노농혁명운동이 왕성하게 발전함에 따라, 그는 중국 민족해방

---

[88]　루쉰, 『집외집·러시아어 번역본 '아Q정전' 서문 및 저자 자서 약전』.

의 길과 혁명을 지도하는 주된 역량이라는 오랫동안 관심을 가졌던 문제에 대해 날로 정확한 이해를 갖게 되었다. 1927년 '4·12' 반혁명 쿠데타는 루쉰에게 끼친 진화론 사상의 영향을 철저하게 '무신轟毀'시켰다. 현실투쟁의 교훈을 통해 그는 더욱 '오직 새로 생긴 프롤레타리아만이 미래가 있다'[89]는 진리를 확신하게 되었다. 위대한 공산주의자가 된 루쉰은 기나긴 혁명의 역사 속에서 추구한 민족해방의 길과 '가장 이상적인 인성'에 대해 마침내 정확한 답안을 찾았다. '5·4' 이후 이미 중대한 변화가 있었던 국민성 개조 사상의 영향은 이 시기가 되자 철저하게 지양되었다.

루쉰은 선명한 마르크스주의 계급론을 가지고 각종 사회현상을 분석하고 각종 계급의 적에 대한 자신의 투쟁을 지도함으로써 고도의 과학성과 전투성의 통일을 표현했고 공산주의 우주관이 지닌 천하무적의 예봉을 드러냈다.

첫째, 국민성 개조 사상과 관련된 문제들에 관한 루쉰의 분석에는 마르크스주의 계급론이라는 사상의 빛이 반짝이고 있었다. '신월파'와의 논쟁에서 루쉰은 세상에 '영원히 변하지 않는 인성'[90]이란 근본적으로 존재하지 않고, 사람의 "성격과 감정 등은 '경제의 지배'를 받으며" 그래서 '그런 것들은 계급성을 띠기 마련'[91]이라고 명확하게 지적했다. 어떤 이가 한 나라의 속담은 국민성의 표현이라고 인식했을 때, 루쉰은 속담은 결코 '한 시대 한 국민의 뜻의 결정체'가 아니고, 상

---

89   루쉰, 『이심집·서언』.
90   루쉰, 『이이집(而已集)·문학과 땀(文學和出汗)』.
91   루쉰, 『삼한집·문학의 계급성』.

이한 계급의 '일부 사람들의 뜻'의 표현이라고 단호하게 인식했다. 왜 냐하면 '어떤 종류의 사람은 반드시 그런 어떤 종류의 사상과 안목을 지니고 있을 뿐이고, 그가 속한 계급을 뛰어넘을 수 없기'[92] 때문이다. 루쉰은 '체면 중시'를 '중국정신의 핵심'으로 간주하는 주장에 반박하면서 선명하게 표현했다. '체면'도 계급에 따라 달라진다. "어떤 종류의 신분인가에 따라 어떤 종류의 '체면'이 있을 뿐이다."[93] 당시 어떤 이가 북방 사람은 '종일 배부르게 먹고 다른 것은 신경 쓰지 않는다'하고, 남방 사람은 '종일 어울려 다니고 정의에 대해서는 말하지 않는다'고 하면서 이는 국민성의 약점이라고 떠들어댔다. 루쉰은 이것은 결코 국민성의 약점이 아니라 '유한계급에 대해서 말한 것'[94]일 뿐이라고 반박했다. 또 다른 글에서 루쉰은 초계급적 인성론자와 날카롭게 대치하면서 각 계급 사이에 공통의 정신적 도덕은 근본적으로 존재하지 않는다고 더없이 분명하게 해석했다. "피압박자는 압박자에 대해 노예가 아니면 바로 적이다. 결코 친구가 될 수 없다. 그러므로 피차의 도덕은 결코 같지 않다."[95] 이런 사실들은 다음과 같은 내용을 충분히 설명해준다. 루쉰은 이미 국민성 개조 사상과 개념을 완전히 던져버렸고, 대신에 선명한 계급적 분석으로 대체하여 마르크스주의에 완전히 부합하는 결론을 얻었다.

둘째, 루쉰은 인민대중의 각성과 역량에 대해 역사적 유물론의 정확한 인식을 갖게 되었다. 루쉰은 더 이상 대중의 낙후를 국민성의 약

---

92   루쉰, 『남강북조집 · 속담(諺語)』.
93   루쉰, 『차개정 잡문 · '체면'을 말함』.
94   루쉰, 『화변문학 · 북쪽 사람과 남쪽 사람』.
95   루쉰, 『차개정 잡문 2집 · 후기』.

점으로 간주하지 않고, 봉건적 지배계급이 오랫동안 압박한 결과라고 명확하게 인식했다. "사람들이 사회에 살면서 애초에는 결코 서로 그토록 냉담하게 대하지 않았다." 단지 나중에 '승냥이와 이리가 권력을 쥐면서' 사람들이 '많은 희생을 치른' 뒤부터 그런 결과가 빚어졌던 것이다.[96] 이 때문에 그는 일부 지식인들이 중국인은 쟁반에 담긴 모래알이라고 탄식하고, 그 책임을 노동민중의 마비상태에 돌리는 잘못된 관점에 대해 날카롭게 비판했다. 그는 굳건하게 대답했다. "사실 그것은 대부분의 중국인을 억울하게 만드는 것이다." 민중이 어찌 단결하지 않았고 반란을 일으키지 않았겠는가? "예전에 청원, 민란, 반란이 있었고, 지금도 청원하는 무리가 있다. 그들이 모래알 같은 것은 지배자에 의해 성공적으로 '다스려진' 것이다. 문언을 가지고 말하자면 바로 '치적治績'인 것이다."[97] 루쉰은 대중한테 무궁한 혁명의 역량이 있다고 확신했다. '자기를 속이는 힘'이 가득한 사회에서 루쉰은 '결코 자기를 믿는 힘을 잃지 않은 중국인이 있다'는 사실을 보았다. 루쉰이 얼마나 자랑스럽게 말하는지 들어보자. "우리에게는 옛날부터 지금까지 머리를 처박고 열심히 일하는 사람이 있었다. 필사적으로 끈질기게 일하는 사람이 있었다. 백성을 위해 사명을 자임하는 사람이 있었고, 자신의 몸을 던져 법을 구하는 사람이 있었다. (…중략…) 제왕장상을 위해 족보를 지은 것이나 다름없는 이른바 '정사正史'라 할지라도 종종 그들의 빛을 가릴 수 없었는데, 그들이 바로 중국의 등뼈이다."[98] 「물을 다스리다理水」의 부지런하고 고생을 마다않고 머리를

---

96   루쉰, 『남강북조집 · 경험』.
97   루쉰, 『남강북조집 · 모래』.

처박고 열심히 일하는 대우大禹, 「침공을 반대하다非攻」의 '백성에게 이익이 된다'면 끓는 물과 타는 불도 두려워하지 않는 묵적墨翟, 이 모두는 '중국의 등뼈' 같은 인물에 대한 열정적인 찬양을 통해 역사와 현실에 있는 노동민중의 위대한 역량에 대한 루쉰의 확신을 표현한 것이다. 국민성 개조 사상이 원래 품고 있던 대중을 회의하는 그런 경향은 그림자도 보이지 않게 되었다.

셋째, 개혁가와 대중의 관계에 대한 루쉰의 인식도 완전히 정확해졌다. 1926년 루쉰은 '세상은 오히려 어리석은 사람이 만든다'[99]는 역사적 유물론의 빛나는 논단을 명확하게 제기했다. 1927년 그는 한 걸음 더 나아가 지식인은 '민중을 주체로 삼아야 한다'[100]는 귀중한 사상을 천명했다. 그가 공산주의자가 된 뒤 이 문제에 대한 이해는 더욱 깊어졌다. 그는 개혁가는 반드시 대중에 의지해야 한다고 선명하게 강조했다. "다수의 역량은 위대하고 중요한 것이다." '개혁에 뜻을 가진 사람은' 반드시 '민중의 마음을 깊이 알아야' 하고, 반드시 '민중 속으로 깊이 들어가야'[101] 한다. "그는 자신을 경시하여 대중의 배우라고 여기지 않으며, 다른 사람을 경시하여 자신의 졸개라고도 여기지 않는다. 그는 대중 속의 한 사람일 뿐이다. 이렇게 해야 비로소 대중의 사업을 할 수 있다."[102] 변증법 사상으로 충만한 이런 철저한 역사적 유물론의 인식은 초기의 소수의 선각자의 역할을 지나치게 강조하던

98 루쉰, 『차개정 잡문·중국인은 자신감을 잃었는가』.
99 루쉰, 『무덤·『무덤』의 뒤에 쓰다』.
100 루쉰, 『집외집 습유·옛날 노래는 이미 다 불렀다』.
101 루쉰, 『이심집·습관과 개혁』.
102 루쉰, 『차개정 잡문·문외문답』.

논조, '5·4' 시기의 먼저 지식계급부터 착수하고 '민중은 장래를 기다려 다시 이야기하자'던 계몽사상과 선명한 대비를 이루며, 루쉰 사상의 위대한 비약이라는 참신한 지평을 드러냈다.

넷째, 문예의 사회적 역할에 대한 루쉰의 이해가 계몽주의의 영향을 완전히 벗어났다. 루쉰은 공산주의자가 된 뒤 문예가 국민정신의 반영이라고 인식하는 이런 초계급적 계몽주의 문예관을 철저하게 부정했다. 문예의 역할을 지나치게 과장하는 사상적 한계를 극복하고 문예와 혁명, 문예와 정치의 관계를 명확하게 이해했다. '프롤레타리아문학은 프롤레타리아계급 해방투쟁의 일익'[103]이라고 인정했다. "정치가 선행하고 문예가 나중에 변한다. 만약 문예가 환경을 바꿀 수 있다고 여긴다면 그것은 '관념적'인 이야기이다."[104] 이는 문예와 정치의 관계에 대한 루쉰의 깊이 있는 요약이다. 루쉰은 자각적으로 자신의 전투를 당이 지도하는 혁명투쟁과 긴밀하게 결합시켰다. 적들의 반혁명 문화 '포위 토벌'과의 투쟁 속에서, 또 잘못된 노선의 간섭과 파괴에 맞선 투쟁 속에서, 용감하게 전진하며 가는 곳마다 적들을 무찌르고 빛나는 승리를 거두었다. 루쉰은 전투 속에서 '중국 문화혁명의 위인'이 되었다.

루쉰의 최후 10년 동안의 전투 업적은 더없이 빛났다. 앞의 서술은 단지 전기의 국민성 개조 사상과 관련된 문제라는 각도에서 거칠게 하나의 윤곽을 그려본 것에 지나지 않으며, 후기 루쉰의 사상적 발전의 전모를 요약하기에는 턱없이 부족하다. 그러나 공산주의자인 루쉰이

---

103 루쉰, 『이심집·좌익작가연맹에 대한 의견』.
104 루쉰, 『삼한집·현재의 신문학 개관』.

국민성 개조 사상의 영향을 철저하게 지양한 후 문화전선의 반제반봉건 투쟁에서 확실히 '유난히 빛나고 완전히 과학에 부합하는 지평에 도달했다'[105]는 사실을 볼 수 있다.

"루쉰의 방향은 바로 중국민족 신문화의 방향이다." 국민성 개조 사상에 대한 루쉰의 장기적 탐색, 비판 그리고 마지막 지양의 과정은 한 사람의 위대한 문학가, 혁명가 그리고 사상가가 중국민중의 민족해방과 혁명사업을 위해 힘들게 싸운 역정의 빛나는 구현이고, 동시에 사상의 발전과정에서 엄격하게 자신을 해부하고 자신을 개조한 그의 혁명적 배포의 필연적 결과이다. 루쉰이 프롤레타리아계급 혁명문예를 위해 남긴 귀중한 전투적 전통은 오늘날 우리의 모든 혁명문예 사업가들에게 여전히 지극히 심오한 계시와 교육의 의미를 지니고 있다.

---

105 「논설─루쉰의 방향」, 『신화일보』, 1946.10.19.

쑨위스의 루쉰연구 논저 목록

논문

1. 「중국 신시운동에 대한 루쉰의 공헌(魯迅對中國新詩運動的貢獻)」, 『北京大學學報』 제1기, 1963.

2. 「루쉰의 '혁명시대의 문학'을 읽고(讀魯迅的「革命時代的文學」)」, 『中國文學』(영문판) 제9기, 1977.

3. 「5·4시기 루쉰의 일문 4편을 소개하다－'미술잡지 제1기'와 '수감록' 3편에 관하여(介紹魯迅五四時期的四篇佚文－關於「美術雜誌第一期」和「隨感錄」三則)」, 『北京大學學報』 제1기, 1978.

4. 「루쉰의 일문 '미술잡지 제1기' 일부 사료에 관하여(關於魯迅佚文「美術雜誌第一期」的一些史料)」, 『安徽師範大學學報』 제2기, 1978.

5. 「전투의 비수, 불멸의 광휘－루쉰의 일문 '수감록' 3편을 말하다(戰鬪的匕首, 不滅的光輝－談魯迅的佚文「隨感錄」三則)」, 『安徽師範大學學報』 제3기, 1978.

6. 「루쉰의 국민성 개조 사상의 문제에 대한 고찰(魯迅改造國民性思想問題的考察)」, 上海 『魯迅研究集刊』 제1집, 1979.4.

7. 「루쉰과 '신청년'(魯迅與『新青年』)」, 『北京大學學報』 제2기, 1979.

8. 「예리한 '촌철'의 빛은 영원하다－새로 발견된 루쉰의 일문 4편을 읽고(鋒銳的「寸鐵」光輝永在－讀新發現的魯迅四篇佚文)」(팡시더方錫德와 공동집필), 『北京大學學報』 제2기, 1980.

9. 「새로 발견된 루쉰의 일문 11편을 소개하다(介紹新發現的魯迅十一篇佚文)」(팡시더方錫德와 공동집필), 『魯迅研究』 제1기, 1980.

10. 「'들풀' 예술적 구상의 특색을 논하다(論『野草』藝術構思的特色)」, 『中國現代文學研究叢刊』 제1기, 1981.

11. 「'들풀'의 예술적 근원 탐색(『野草』的藝術探源)」, 『魯迅研究』 제2기, 1981.

12. 「'들풀'의 언어미학을 논하다(論『野草』的語言美)」, 『北京大學學報』 제4기, 1981.

13. 「'들풀' 연구 30년(『野草』研究三十年)」, 『求是學刊』 제1집, 1981.9.

14. 「'들풀'과 중국 현대산문시(『野草』與中國現代散文詩)」, 『文學評論』 제5기, 1981.

15. 「과도기의 위대한 다리－5·4시기 루쉰의 사상해방에 관한 논술을 학습하자(過渡時

代的偉大橋梁 – 學習魯迅五四時期關於解放思想的論述)」, 『文藝報』 제18기, 1981.

16. 「속 깊은 기념, 진귀한 기록 – 루쉰을 기념하는 진귀한 단문 몇 편을 소개하다(深情的紀念,珍貴的記錄-介紹幾篇紀念魯迅的珍貴短文)」, 『新觀察』 제18기, 1981.

17. 「'류시쿠이의 신하'는 어떻게 된 일인가?('劉喜奎的臣子'是怎麽一回事?)」, 『魯迅硏究百題』, 湖南人民出版社, 1981.

18. 「'효도를 권장하는' 악부를 지은 것은 누구인가?(做'勸孝'樂府的是誰?)」, 『魯迅硏究百題』, 湖南人民出版社, 1981.

19. 「'들풀' 연구 스케치(『野草』硏究掠影)」, 『魯迅硏究資料』 제10기, 1982.

20. 「루쉰연구방법을 좀 연구하자(硏究一點魯迅硏究的方法)」, 『魯迅硏究』 제2기, 1983.

21. 「'들풀' 낙수(『野草』拾零)」, 『魯迅學刊』, 1983.

22. 「중일문화교류사에 있어서 또 하나의 기념비 – 일본에서 20권짜리 '루쉰전집'을 새로 번역하여 잇달아 출판하다(中日文化交流史上的又一座豊碑 – 日本新譯二十卷本 '『魯迅全集』陸續出版)」, 『魯迅硏究動態』 제7기, 1985.

23. 「루쉰의 국민성 개조사상 문제 검토(魯迅改造國民性思想問題相榷)」, 『現代文學論文集』, 北京大學出版社, 1986.

24. 「루쉰 시인기질의 형성과 중외문화(魯迅詩人氣質的形成與中外文化)」, 『魯迅硏究』 제12집, 1998.1.

25. 「'아름다운 이야기'가 꿈속에서 사라지지 않기를 바라며 – 웨이쥔슈『루쉰 '들풀' 탐색』재판 서문(願'好的故事'不消失於夢中 – 衛俊秀『魯迅「野草」探索』重版序言)」, 『魯迅硏究動態』, 2기, 1989.

26. 「반전통과 선구자의 문화적 선택 의식(反傳統與先驅者的文化選擇意識)」, 『北京大學學報』 제3기, 1989.

27. 「반전통과 문화심리적 타성(反傳統與文化心理惰性)」, 『魯迅硏究動態』 제5, 6기, 1989.

28. 「유학시기 루쉰의 문화적 선택 의식(留學時期魯迅的文化選擇意識)」, 『魯迅硏究月刊』 제3기, 1992.

29. 「역사에 대한 사고: 양지를 갖춘 한 일본학자의 영혼 – 이토 토라마루『루쉰, 창조사 그리고 일본문학』서문(思考歷史 : 日本一代有良知學者的靈魂 – 序伊藤虎丸『魯迅, 創造社與日本文學』)」, 『魯迅硏究月刊』 제9기, 1994.

30. 「현실적이고 철학적인 – 루쉰 '야초' 재해석(1~12) 및 서문(現實的與哲學的 – 魯

迅『野草』重釋(1~12)幷序)」, 『魯迅硏究月刊』 제1~12기, 1996에 연재.

31. 「루쉰과 베이징대학(魯迅與北京大學)」, 타이완『歷史月刊』제124기, 1988.5.

32. 「'민족혼'의 지음-루쉰에 대한 쉬서우상 해석의 한 측면을 회고하다('民族魂'的知音-重溫許壽裳對魯迅解釋的一個側面)」, 『魯迅硏究月刊』, 6기, 1998.

33. 「장푸구이 '관성의 종결 : 루쉰 문화적 선택의 역사적 가치' 서문(張福貴『慣性的終結:魯迅文化選擇的歷史價値』序)」, 『魯迅硏究月刊』, 6기, 2000.

34. 「5·4 신문화운동의 공자 반대 사조를 논평하다-'신청년' 잡지를 중심으로(五四新文化運動反孔思潮之評議-以『新靑年』雜誌爲中心)」, 『中國文化硏究』제3기, 1999.

35. 「자신을 돌아보고 진짜 루쉰에게 다가가자(反思自己,走近眞實的魯迅)」, 『魯迅硏究月刊』제7기, 2000.

36. 「신시기 루쉰 작품 연구 단상-장제, 양옌링 편 '루쉰의 글' 서문(新時期魯迅作品硏究斷想-張傑,楊燕麗編『魯迅其書』序)」, 『魯迅硏究月刊』제7기, 2001; 한국『중국어문학지』제10집, 2001.12(「중국 신시기 루쉰연구」라는 제목으로 실렸다).

37. 「루쉰-연구의 심화와 자아 조정(魯迅-深化硏究與自我調整)」, 『學術硏究』제9기, 2001.

38. 「문학가적 사상가로서 루쉰의 독자성을 존중하자(尊重魯迅作爲文學家的思想家的獨特性)」, 『魯迅硏究月刊』제5기, 2002.

39. 「베이징대학 신연극과 5·4 문화비판의 품격-에로센코에 관한 루쉰과 웨이젠궁의 서신 교류를 중심으로(北大新演劇與五四文化批評品格-以魯迅與魏建功關於愛羅先珂的筆墨之交爲中心)」, 『魯迅硏究月刊』제7기, 2002.

40. 「1981년 판 '루신전집' 제1권 주석 수정기(상)(1981年版『魯迅全集』第1卷註釋修訂札記(上))」, 『魯迅硏究月刊』제7기, 2003.

41. 「1981년 판 '루신전집' 제1권 주석 수정기(하)(1981年版『魯迅全集』第1卷註釋修訂札記(下))」, 『魯迅硏究月刊』제8기, 2003.

42. 「1981년 판 '루신전집' 제1권 본문 교감 요점(1981年版『魯迅全集』第1卷正文校勘擧要)」, 『魯迅硏究月刊』제8기, 2003.

43. 「'상당한 심혈을 쏟은' 루쉰 전기-린천 선생의 '루쉰전'을 읽고(一部'頗盡了相當的心力'的魯迅傳記-讀林辰先生的『魯迅傳』)」, 『魯迅硏究月刊』제3기, 2004.

44. 「'대지의 정화를 위해 그는 자신을 바쳤다'-리허린 루쉰연구의 학술정신과 인격('爲了淨化大地他獻出了自己'-李何林魯迅硏究的學術精神與人格)」, 『魯迅硏究月刊』제5기, 2004.

45. 「루쉰 '들풀'의 생명철학과 상징예술-수도사범대학 인문학술포럼에서의 강연(魯迅『野草』的生命哲學與象徵藝術-在首都師範大學人文學術論壇的演講)」, 『魯迅研究月刊』 제6기, 2005.

46. 「현실정감, 역사시점 그리고 학술의식-마루야마 노보루 선생의 '노신·혁명·역사'를 읽고(現實情懷,歷史視點與學術意識-讀丸山昇先生的『魯迅·革命·歷史』)」, 『魯迅研究月刊』 제1기, 2006.

47. 「루쉰연구의 '과도해석' 문제를 말하다-루쉰연구의 현대성과 과학성 관계에 대한 사고(談談魯迅研究中的'過度詮釋'問題-魯迅研究當代性與科學性關係的思考)」, 『魯迅研究月刊』 제6기, 2006.

48. 「이 고전에 다가가고 해석하는 사람은 있기 마련이다-2005년 판 '루쉰전집' 제1권 주석 소감(總有人走近和詮釋這部經典的-2005年版『魯迅全集』第1卷注後瑣言)」, 『魯迅研究月刊』 제10기, 2006.

49. 「눈길을 끄는 또 하나의 문학 풍경-야마다 게이조 지음 '루쉰-비자각적 실존주의' 서문(另一番引人囑目的文學風景-序山田敬三著『魯迅-無自覺的存在主義』)」, 『魯迅研究月刊』 제9기.

50. 「루쉰 해석의 공간과 한도-'들풀'을 예로 삼아 루쉰연구방법의 과학화 문제를 말하다(魯迅闡釋的空間與限度-以『野草』爲例談魯迅研究方法的科學化問題」, 『社會科學集刊』 제1기, 2012.

저서

1. 『'들풀' 연구(『野草』研究)』, 中國社會科學出版社, 1982.

2. 『현실적이고 철학적인-루쉰 '야초' 재해석(現實的與哲學的-魯迅『野草』重釋)』, 上海書店出版社, 2001.

3. 『진짜 루쉰에 다가가기-루쉰 사상과 5·4문화 논집(走近眞實的魯迅-魯迅思想與五四文化論集)』, 北京大學出版社, 2009.

4. 『루쉰에 다가가기 나머지(走近魯迅餘抄)』, 北京大學出版社, 2010.

후기

이 루쉰연구 논문집에 수록된 글은 「돤무훙량段木蕻良과 루쉰 정신의
관계」 1편이 아직 출판되지 않은 것을 제외하면, 나머지는 모두 학술
간행물에 이미 발표된 '논문'이거나 서문이다.

가장 이른 시기에 쓴 글은 1964년 여름에 완성한 「루쉰의 국민성
개조 사상의 문제에 대한 고찰」이다. 그것은 내 대학원 졸업논문이다.
지도교수는 내가 영원히 존경하고 그리워하는 왕야오王瑤선생이다. 당
시 논문 심사에 참가했던 사람은 지도교수 외에 탕타오唐弢선생이나
촨다오川島선생 같은 학문적 선배들이었다. 그분들은 나에게 많은 의
견을 제시했는데, 지금도 나는 깊이 그리워하고 또 감사하고 있다. 논
문 심사 후 문예 반동노선 비판투쟁, 4청운동四淸運動이 있었고, 그런 다
음 '문화대혁명'이 일어났다. 이 천박한 논문은 15년 동안 버려져 있
다가 1979년 봄이 되어서야 상하이의 딩징탕丁景唐 선생, 후충징胡從經
선생의 원고 청탁을 거쳐 상하이문예출판사가 창간한 『루쉰연구집간
魯迅研究集刊』 제1집에 발표되었다. 딩징탕 선생과 후충징 선생의 관대함
과 두터운 정은 지금까지도 감동으로 남아 잊을 수 없다.

1980년 전후부터 나는 루쉰을 연구한 글을 잇달아 써냈는데, 어떤
것은 『「들풀」 연구』의 장절에 속하지만, 대다수는 산만한 학술논문이
었다. 이론 문제를 토론한 것도 있었고, 새로운 사료를 발견한 것도 있
었고, 학술의 의식과 방법에 대해 토론한 것도 있었다. 학술회의나 원
고청탁 때문에 급하게 써낸 글도 있었고, 국내와 국외의 선배나 친구
의 대작을 위해 쓴 서문도 있었다. 이런 어지러운 글들은 대부분 진심

에서 나온 것이고 상당히 애를 쓴 것이기는 하지만, 이리저리 두서없이 손댄 것이어서 "유격대가 싸우는 것처럼 진지를 구축하지 못했다"는 말에 어울릴 것이다. 이제 이 가련한 '논문집'을 내면서 황송하게도 '명가'의 반열에 넣는다고 하니 교정지를 보고 나서 내심 드는 생각은 한 마디뿐이다. "그저 부끄러울 따름이다!"

원래 원고를 출판사에 넘길 때는 대체로 글이 발표된 순서로 배열했는데 무척 어지러웠다. 출판사에서 내용에 따라 분류하고 다시 편집해서 지금의 모양새가 되었다. 이 점은 특히 책임편집 루포盧坡 선생과 그의 동료들에게 감사를 드린다.

이제 나는 이미 늘그막에 접어들었다. 이 가련한 글들의 교정지를 보고 나니 마음속에 루쉰의 「길손」에 나오는 애처로운 정경, 세 세대가 주고받던 시적이고 철학적 의미가 넘치는 대화가 떠오른다. '길손'은 마지막에 이렇게 말했었다고 기억한다. "난 가야만 해, 난 그래도 가는 게 좋아……" 그런 뒤 그는 결연히 "들판을 향해 비틀거리며 걸어 들어갔다. 어둠이 그 뒤를 따랐다".

루쉰은 평생 자신의 마음, 붓, 피를 가지고 그 '거친 들을 지나는 길손' 세대 '사람'의 찬란함을 그려냈고, 어둠을 그들의 뒤에 남겨두었다.

우리 세대는 지나간 또는 지금의 이러저러한 세월 속에서 또 어떻게 '걸어갈' 것인가? 우리는 다음 세대에게 또 어떤 노을과 여명을 남겨줄 수 있을 것인가?

쑨위스

2013년 1월 30일 밤 베이징 교외 란치잉藍旗營에서 쓰다

 쑨위스 선생의 대작『거친 들을 지나는 길손－루쉰의 정신세계 탐색』을 번역하는 임무를 맡게 된 데에는 몇 가지 이유가 있다. 첫째, 쑨위스 선생과의 개인적인 친분이 작용했다. 20년 전 역자가 늦은 나이에 베이징대학 박사과정을 이수하던 시절, 선생은 베이징대학 중문과 교수로서 현대문학을 강의하고 있었고, 역자의 박사논문심사에 심사위원으로서 참가했던 분이다. 둘째, 선생은 중국에서 가장 먼저 루쉰의『들풀』에 관한 전문연구서를 출판했던 분이고, 이 책에서도 핵심적 내용을 차지하는데, 역자는 오래 전에『들풀』의 산문시 전체를 번역한 초고를 들고 있었기 때문이다. 이 두 가지 남다른 조건을 가지고 있던 역자에게 통큰 기획을 시도하고 있던 한국외국어대학교 박재우 선생이 번역을 의뢰했으므로 성사가 되었다.

 하지만 번역과정은 우여곡절이 많았다. 번역을 약속한 다음 뜻하지 않게 동서대학교와 중남재경정법대학이 합작해서 중국 우한에 세운 한중뉴미디어대학에 학장으로 파견되었다. 낯선 곳에서 새로운 업무에 적응하느라 어느새 거의 1년이 훌쩍 지나가고 있었다. 어느 날 잊고 싶었던 원고 독촉을 받았을 때는 공동기획번역이 아니라면 개인적으로 출판계약을 파기하고 배상을 하더라도 그만두고 싶은 심정이었다. 마침내 올해 3월 출간 예정이라는 경고를 받은 뒤 독한 마음을 먹고 지난 겨울방학을 번역에 매달려 초고를 완성해 보냈다. 그러나 7개월이 넘도록 아무런 소식이 없었다. 지난 11월 20일 300쪽이 넘는 교정용 PDF 파일을 메일로 받았을 때는 경악과 분노를 다스리느라 애를 먹었다. 또 다시 일정에 쫓기며 임무를 완수할 수밖에 없었다. 아, 공동기획번역이 이렇게 무섭고 무거운 족쇄인 줄 알지 못했다.

이 책의 원저는 32만 자 분량인데 공동기획번역 지침에 따라 20만 자를 선별해서 번역했다. 저자가 '후기'에서 언급했던 「돤무훙량段木萁良과 루쉰 정신의 관계」라는 글이 번역서에 보이지 않는 이유는 선별과정에서 빠졌기 때문이다. 원저는 다음과 같은 4편으로 이루어져 있다. 제1편 '사료의 발견과 관련 고찰', 제2편 '『들풀』탐구와 해석의 한도', 제3편 '국민성 개조와 계몽의 반성', 제4편 '독서의 풍경과 새로운 지식'. 역서에서는 원저의 제2편 전부와 제3편 대다수를 실었고, 제1편에서 『들풀』과 관련된 한 편을 뽑아서 보탰다. 원저의 제1편은 제목에서 보이듯이 사료학의 성격이 강하고, 제4편은 전체가 서평으로 이루어져 있기 때문이다. 따라서 번역대상의 선별기준은 루쉰 또는 루쉰 정신과의 직접적 관련성 여부임을 알 수 있다.

저자는 중국현대문학연구사 또는 루쉰연구사의 산 증인이라고 할 수 있다. 이 책의 미덕은 저자의 학문적 성실성과 학자로서의 분투정신이 돋보인다는 것이다. 루쉰 사상의 정수가 녹아있는 산문시집 『들풀』에 대한 줄기찬 연구, 『들풀』의 초기형태 또는 원형이라고 간주되는 연작 소형 산문시 『혼잣말』에 대한 발견과 소개, 상징주의에 대한 무시와 편견의 분위기 속에서 진행된 『들풀』의 상징성에 대한 선구적 탐구, 루쉰의 산문시에 끼친 보들레르와 투르게네프의 영향에 대한 실증적 비교연구, 5·4시기 루쉰의 국민성 개조 사상이 지닌 독자성에 대한 탁월한 해명, 반전통을 외쳤던 5·4의 사상적 선구자들도 극복할 수 없었던 문화심리적 타성에 대한 해부 등은 루쉰연구자들이 주의 깊게 읽을 만한 내용을 담고 있다고 생각한다.

하지만 토론의 여지가 있는 점도 있다. 대표적인 예로 들 수 있는 것이 루쉰의 사상전환에 관한 견해이다. 중국의 학계는 보편적으로 루쉰이 혁명적 민주주의자에서 마르크스주의자로 사상적 전환을 이루었다는 견해에 찬동한다. 저자 역시 이런 관점에서 『들풀』의 대표적인 난해한 시편인 「묘비문」을 해석하고 있는데, 묘주의 사상을 루쉰이 과거에 빠져있던 허무주의 사상으로, 겁에 질려 달아나는 시적 화자를 이를 극복하고 사상적 전환을 이룬 루쉰의 모습으로 간주한다. 이는 산문시 「묘비문」의 구성원리라고 할 수 있는 아이러니에 대한 이해에 문제가 있다는 것을 드러내며, 나아가 「그림자의 작별」이나 「이런 전사」 같은 또 다른 난해한 시편들에 대한 해석에 있어서도 루쉰 사상의 정수를 드러내는 데 무력한 이유가 되고 있다. 저자가 루쉰이 자신의 '독기와 귀기'를 부정했다고 소박하게 인식하는 것도 이런 아이러니에 대한 이해와 관련이 있어 보인다.

중국의 대표적인 루쉰연구자의 저서를 한국의 독자와 연구자에게 소개하는 의미있는 일에 참여하게 된 것을 영광으로 생각한다. 공동 기획번역을 성사시킨 박재우 교수님, 중임을 맡은 소명출판 편집진에게도 감사를 드린다. 이 책은 나의 아내이자 친구인 유지가 없었다면 세상에 나오지 못했을 것이다.

2021년 5월
김언하